Frostblüte

© Walker Books

Zoë Marriott lebt im Nordosten von Lincolnshire, zusammen mit ihren zwei Katzen Echo und Hero und ihrem Hund Finn.

© Tillman Schneider, Faceland Berlin

Claudia Max lebt als freiberufliche Übersetzerin mit ihrem Mann und ihrer Tochter in Berlin.

Zoë Marriott

Frostblüte

Aus dem Englischen von Claudia Max

CARLSEN

FSC
www.fsc.org
MIX
Papier aus verantwortungsvollen Quellen
FSC® C083411

Veröffentlicht im Carlsen Verlag
Dezember 2016

Originaltitel: »FrostFire«

Umschlagbild: Getty Images © Dagny Willis / Edward Carlile Portraits
Umschlaggestaltung: formlabor unter Verwendung
des Entwurfs von Suse Kopp
Corporate Design Taschenbuch: bell étage
Druck und Bindung: CPI books GmbH, Leck
ISBN 978-3-551-31557-1
Printed in Germany

Dieses Buch ist in tiefster Dankbarkeit Ausnahmelektorin Annalie Grainger und Superagentin Nancy Miles gewidmet. Ich weiß zwar nicht wie, aber ihr habt es geschafft, mir immer wieder Mut zu machen!

Liebt' ich am Himmel einen hellen Stern
Und wünscht' ihn zum Gemahl; er steht so hoch!

An seinem hellen Glanz und lichten Strahl
Darf ich mich freuen; in seiner Sphäre nie.

Shakespeare, Ende gut, alles gut

In meinen Träumen sind die Wölfe hinter mir her. Ihre Stimmen hallen von den weit entfernten Bergen und den frosthellen Sternen wider. Sie singen von der Jagd und heißem Blut im Schnee und von dem Angstgeruch ihrer Beute im Wind. Meiner Angst.

Ich laufe davon. Laufe immer davon. Felder fliegen schemenhaft an mir vorbei, die zerklüfteten Stämme kahler Bäume und überfrorene Flüsse, schwarze Silhouetten im gnadenlosen Sternenlicht. Meine nackten Füße versinken im Schnee, die Kälte lässt sie brennen. Mein Atem bildet Kristalle in der Luft. Mein Herzschlag pocht durch den ganzen Körper.

Doch gleichgültig, wie schnell ich fliehe, sie sind mir immer dicht auf den Fersen.

Prolog

Als der Wolf das erste Mal von mir Besitz ergriff, war ich acht.

Bis zu diesem Zeitpunkt hatte ich mich für normal gehalten. Auch wenn mich die anderen Kinder manchmal verspotteten, mich »Vaterlose«, »Namenlose« schimpften, konnten mir ihre Worte nichts anhaben, weil sie nicht zutrafen. Ich hatte einen Vater. Er war der große Jäger, den die Fangzähne des Dämonenwolfes vor meiner Geburt besiegt hatten. Jeder kannte seinen Namen. Ich war stolz darauf, Garin Aeskaars Tochter zu sein.

Damals wusste ich nicht – niemand wusste es –, dass er mir, als er starb, viel mehr als seinen Namen und seinen Mythos hinterlassen hatte.

An jenem Morgen zerbrach ich ein Tongefäß. Als ich meiner Mutter die irdene Schale reichen wollte, strahlte die Hitze durch den Stoff und verbrannte mir die Hand. Ich ließ die Schale fallen, die stark riechende Kräutertinktur ergoss sich über den festgestampften Lehmboden. Rote Scherben flogen in alle Richtungen.

Die Hand meiner Mutter schnellte vor, dann fühlte sich meine rechte Gesichtshälfte taub an.

»Nutzloses, ungeschicktes Mädchen«, sagte sie, ihre Augen wurden zu eisigen, schwarzen Schlitzen. »Du bist genau wie dein Vater … Nein, versuch nicht, es aufzuwischen! Du machst es nur noch schlimmer. Raus mit dir. Verschwinde! Geh mir aus den Augen!«

Ich rannte davon, mein Magen rumorte mit einer Mischung aus Scham und Trotz. Es tat mir leid, dass meine Ungeschicklichkeit die Arbeit eines Morgens zunichtegemacht und Durcheinander angerichtet hatte. Doch als die Taubheit nachließ und meine ganze rechte Gesichtshälfte schmerzte und meine Hand brannte, verwandelten sich meine Schuldgefühle in Wut. Es war nicht fair, schließlich hatte ich es nicht mit Absicht getan. Und es war sinnlos, Ma um Brandsalbe oder eine Kompresse für mein Gesicht zu bitten. Solche Dinge vergeudete sie nie an uns. Sie verkaufte sie und sammelte das Geld im hohlen Bein des wackeligen Schemels unter dem Fenster.

Obwohl das Sonnenlicht grell genug war, um mir noch mehr Tränen in die Augen zu treiben, war die Luft kalt. Ich rieb über die Gänsehaut auf meinen nackten Armen, während meine Schritte auf dem gefrorenen Boden knirschten. Der Frühlingsregen am Tag zuvor hatte die Wege durchs Dorf in aufgewühlten Matsch verwandelt. Doch die Nacht hatte Frost gebracht und den schmatzenden, stinkenden Dreck zu harten Erdkrusten erstarren lassen, die sich in die dünnen Sohlen meiner Stiefel drückten, als ich zwischen den niedrigen, bienenkorbförmigen Häusern hindurchlief.

Ich eilte am Haus des Ältesten Gallen vorbei, dessen Frau auf dem Vorhof die Ziege ausschimpfte, und verlangsamte meinen Schritt, als ich mich der Schmiede näherte. Heiße, nach Eisen stinkende Luft quoll heraus, von Zeit zu Zeit flogen orangefarbene Funken. Das rhythmische Geräusch von Metall auf Metall klang wie Musik.

An einem normalen Morgen wäre ich dortgeblieben, hätte die Wärme auf meiner Haut genossen und Eilik, dem Schmied, dabei zugesehen, wie er das glühende Eisen auf seinem Amboss zu nütz-

lichen Formen schlug. Doch ich konnte schon spüren, wie mein Gesicht anschwoll. Er würde es bemerken.

Eilik würde keine Fragen stellen. Das tat er niemals. Doch da wäre dieser Blick in seinen sanften Augen, dieser Blick, unter dem ich mich stets wand. Also machte ich einen Bogen um den Hof des Schmieds, wo der kaputte Karren des Ältesten Rangar auf ein neues Rad wartete, und ging in den Wald.

Dort war es ruhig. Es war eine Art kameradschaftliche Stille. Vögel zwitscherten, Büsche raschelten, der Wind spielte in den Baumwipfeln. Dass keiner von ihnen mir Beachtung schenkte, gefiel mir. Ich stopfte den Saum meines Rockes in den Gürtel und lief ein Stück, das verfaulte gelbe Wintergras knackte unter meinen Schritten, meine Hände strichen über die raue rote und graue Rinde der hohen Bäume.

Ich kam zu einer kleinen Lichtung, auf der die anderen Dorfkinder und ich im Sommer manchmal spielten, und setzte mich auf einen umgestürzten Baumstamm. Vorsichtig betastete ich mein Gesicht. Die Haut war heiß und geschwollen und fühlte sich empfindlich an. Mit Ausnahme einer Stelle. Ich fuhr über die rauen Erhebungen der Narbe. Diese Stelle war immer kalt. Selbst wenn ich einen blauen Fleck bekam, würde sie sich wie ein Muster aus weißen Eiskristallen von meiner Wange abheben. Gleichgültig, wie oft mich Ma schlug, die Narbe wurde niemals rot, niemals heiß. Verschwand nie.

Sie war ein Teil von mir, solange ich mich erinnern konnte. Und solange ich denken konnte, hatte Ma sie gehasst. Sie hasste es, als die Dorfbewohner mich ihretwegen »Frost« zu nennen begannen. Sie war die Einzige, die mich weiterhin bei meinem wirklichen Namen rief, Saram.

Saram bedeutete ›Kummer‹. So wollte sie mich genannt wissen.

Ich griff unter mein Hemd und zog das Lederband heraus, das ich um den Hals trug. Daran hing ein scharfer, krummer Zahn, so groß wie mein Zeigefinger und von feinen gelbbraunen Linien durchzogen. Ein Wolfszahn. Ein Zahn des Wolfes, der Garin Aeskaar getötet hatte. Meinen Vater.

Als ich noch ein Kind war, bevor ich so groß und ungeschickt wurde wie mein Dad und Mas Temperament so unberechenbar, hatte ich sie viele Male nach der Narbe in meinem Gesicht gefragt. Seit wann hatte ich sie? Wie war es passiert? Sie antwortete mir nur ein einziges Mal. Sie sagte: »Das war ein Wolf.«

Und als ich fragte: »Welcher Wolf?«, sagte sie: »Der Dämonenwolf.«

Damals hat sie mich zum ersten Mal geschlagen.

Mein Vater und der Dämonenwolf hatten einander vor meiner Geburt umgebracht. Der Wolf konnte mich unmöglich gebissen haben. Doch aus dem gleichen Grund, aus dem ich seinen Zahn um den Hals trug, gefiel es mir, so zu tun, als hätte er mich tatsächlich gebissen. Auf diese Weise fühlte ich mich meinem Vater näher. Manchmal stellte ich mir vor, wie sich alles entwickelt hätte, wenn ihn der Wolf nicht getötet hätte; wenn meine Mutter nicht das Haus meines Vaters im Norden verlassen hätte – wo die grauen Augen, die ich von ihm geerbt hatte, nicht aufgefallen wären –, und wenn sie nicht in dieses Dorf gezogen wäre, wo die Leute tuschelten und mir Seitenblicke zuwarfen. Vor allem stellte ich mir jedoch vor, dass ich eines Tages stark genug sein würde, um seine große Axt mit der Doppelklinge von ihrem Platz über der Feuerstelle zu nehmen.

Eines Tages würde ich so stark sein wie mein Vater.

Meine Finger umklammerten den Zahn und es gefiel mir, wie scharf er war. Eines Tages würde mich niemand mehr schlagen.

»Oh, sieh an! Da kommt Frostauge!«

Ich stöhnte leise und stopfte den Zahn wieder unter mein Hemd. Ulem Gallen.

»Was tust du hier draußen, Vaterlose?« Als ich die zweite Stimme hörte, bekam ich wirklich Angst. Das war Marik Ersk, Ulems bester Freund. »Wer hat dir erlaubt, in unseren Wald zu kommen?«

Ich stand auf und drehte mich zu ihnen, mein Blut kribbelte. Ulem allein war schon schlimm genug, aber er war wenigstens träge und dumm und langweilte sich schnell. Bei Marik sah das anders aus. Seit es uns letzten Winter nicht gelungen war, seine Mutter vor dem Fieber zu retten, hasste er Ma und mich. Ihr konnte er nichts anhaben – doch er hatte sich angewöhnt, auf mich Jagd zu machen, wenn er mit Ulem zusammen war, was mir ein blaues Auge, herausgerissene Haare, zerschrammte Schienbeine und zerfetzte Kleider eingetragen hatte. Es gab nichts, was ich dagegen tun konnte. Ulems Vater war der Dorfälteste. Niemand würde gegen ihn für mich Partei ergreifen.

Sie kamen von der anderen Seite der Lichtung auf mich zu. Ich schluckte und suchte nach einer Lücke zwischen den Bäumen.

»Verschwindet«, sagte ich. Ich wollte, dass die Worte energisch und zornig herauskamen, doch sie klangen dünn und schwach. Ich versuchte es noch einmal. »Lasst mich in Frieden!«

»Hör dir das an!«, sagte Marik höhnisch. »Sie erteilt uns Befehle. Wir brauchen nicht zu tun, was uns ein dummes, vaterloses Mädchen sagt. Du bist nichts. Keiner muss auf dich hören.«

Ulem lachte. Es war ein gemeines, dumpfes Lachen, das seine

Wangen hässlich rötete. Seine kleinen Augen glänzten vor Aufregung. »Dein Dad ist bloß gestorben, um nicht bei dir sein zu müssen! Selbst deine Mutter nennt dich Saram. Keiner will dich, Frostauge.«

»Vielleicht sollten wir uns allen einen Gefallen tun und sie beseitigen«, flüsterte Marik, während er langsam näher kam.

Ich konnte Mas Stimme in meinem Kopf zischen hören: Kämpf nicht gegen sie. Reize sie nicht. Bleib ruhig. Geh ihnen aus dem Weg. Wir dürfen die Ältesten nicht gegen uns aufbringen. Sei ein braves Mädchen und halt dich raus.

Wie, Ma? Wie soll ich jetzt hier wegkommen, ohne zu kämpfen?

Ich holte tief Luft, drehte mich zu Marik – und rannte los. Ich drängte mich an ihm vorbei, stieß die Hand weg, die mich hinten am Hemd zu packen versuchte, und raste einen flachen Abhang hinunter. Sie schrien wütend hinter mir her. Einen Augenblick lang dachte ich, ich wäre ihnen entkommen.

Doch dann geriet mein Fuß in ein Loch und ich verdrehte mir den Knöchel. Ich stürzte und versuchte vergeblich mich an Gestrüpp festzuhalten. Ich rappelte mich wieder auf und ignorierte das Pochen in meinem Bein – aber es war zu spät. Ulem und Marik standen hinter mir auf dem Hang und mit diesem Knöchel käme ich nie die andere Seite hinauf. Ich saß in der Falle.

Mariks Augen waren zornig und kalt, so wie jeden Tag, seit die Priester den Scheiterhaufen seiner Mutter angezündet hatten. Er hielt einen Stein in der Hand.

Ich schrie vor Schmerz, als er mich an der Brust traf. Ich presste die Hand auf die pochende Stelle, Wut vertrieb Mas warnende Stimme aus meinem Kopf. »Wirfst du jetzt schon mit Steinen nach Mädchen? Feigling!«

Seine Antwort bestand darin, sich nach einem heruntergefallenen Ast zu bücken und ihn nach mir zu schleudern. Ich sprang zur Seite, aber dem Stein, den Ulem gleichzeitig warf, konnte ich nicht ausweichen. Er traf mich an der Schulter. Ich fühlte, wie etwas knackte, und schrie – doch der Schrei verstummte, als ein weiteres Geschoss meine geschwollene Wange streifte. Mir wurde schwindlig vor Schmerz. Ich fiel auf die Knie, wütendes, würgendes Keuchen nahm mir die Luft.

Kämpfe nicht gegen sie. Bleib ruhig. Geh ihnen aus dem Weg.

Etwas Warmes lief mir über die Wange. Wärmer als Tränen. Es tropfte auf meine Faust, mit der ich mich auf der Erde abstützte.

Es war rot.

Irgendwo in der Nähe begann ein Wolf zu heulen.

Ich starrte auf die glänzenden, purpurfarbenen Tropfen auf meiner Hand. Noch immer prasselten Steine und gefrorene Matschklumpen und Äste auf mich nieder. Ich fühlte sie nicht mehr. Ein tiefer, krampfartiger Schauder lief meine Wirbelsäule entlang und ließ meine Muskeln zucken. Die Haut unter den Blutstropfen begann sich zu verändern. Silbrig weiße Muster breiteten sich wie Frost – wie Eisblumen – auf der braunen Haut aus.

Mein ganzer Körper zitterte. Mir war kalt.

So kalt.

Der Wolf heulte. Näher nun. Er pirschte sich an.

Hörten Ulem und Marek ihn nicht? Sie sollten besser davonlaufen. Warum liefen sie nicht davon?

Das Heulen übertönte alles andere. Es vibrierte durch meine Knochen, trübte meinen Blick und ließ meine Zähne klappern. Doch Marik und Ulem konnten es noch immer nicht hören.

Nur ich.

Und mir wurde klar: Es war nicht draußen im Wald. Es war in mir. Der Wolf war in mir.

Hab keine Angst, meine Tochter, *heulte er.*

Ich bin hier.

Ich werde dich beschützen.

Neun Jahre später

Eins

Mein Mund schmeckte nach Staub und Eisen.

Der kühle weiße Nebel, der sich am frühen Morgen die Berghänge hinunterwälzte, war verschwunden, weggebrannt von der inzwischen hoch am Himmel stehenden Sonne. Von Zeit zu Zeit drang ein greller Lichtstrahl durch das silbrig blaue Laubdach und blendete mich. Ich hatte gelernt, mich mit halb geschlossenen Augen fortzubewegen. Meine Hüften und Füße schmerzten, als würde eine Schwellung abklingen. Schweiß juckte auf meinem Rücken, in meinen Kniekehlen und Armbeugen. Aus dem Zopf, der um meinen Kopf festgesteckt war, hatten sich dunkle, lockige Haarsträhnen gelöst, die, gleichgültig wie oft ich sie zurückzustreichen versuchte, feucht auf meiner Haut klebten.

Ich war schon so lange unterwegs.

Als ich gerade wieder Haare aus meinem Gesicht blies, brach plötzlich die trockene Erde unter meinem linken Stiefel weg. Zur Seite taumelnd klammerte ich mich an den biegsamen Baumwurzeln fest, die aus der Böschung ragten, um mich vom Abgrund wegzuziehen. Der Pfad war gefährlich schmal und schlängelte sich am Berg entlang. Wenn ich abstürzte, wäre es ein sehr langer Fall den steilen, stufenförmigen Abhang hinunter in den Fluss, der in der Tiefe toste. Wahrscheinlich gelänge es mir nie wieder, auf den Pfad zurückzuklettern.

Ich fand mein Gleichgewicht wieder und ließ mit einem müden Seufzen die Wurzeln los, um mir die rote Erde von den Händen zu klopfen. Die ersten Male, als der Pfad unter mir weggebrochen war, hatte ich Herzrasen und zittrige Finger gehabt, doch mittlerweile war ich zu erschöpft, um mich von diesen Begegnungen mit dem Tod noch aus der Fassung bringen zu lassen.

Der Busch vor mir raschelte.

Ich erstarrte.

In den Blättern bewegte sich etwas. Etwas Großes.

Ein Wegelagerer? Nein. Dafür war der Busch nicht groß genug.

Dann ein Tier. Ein Leopard?

Bei einem Leoparden hätte ich keine Chance.

Meine Füße fühlten sich an, als wären sie in der abbröckelnden Erde verwurzelt. Ich schluckte und griff langsam, langsam, *langsam* nach der Axt meines Vaters, die am Bündel auf meinem Rücken festgeschnürt war –

Ein riesiger Buntfasan brach aus dem Gebüsch. Seine kupferfarbenen Schwanzfedern streiften fast mein Gesicht, als er mit aufgeregten Flügelschlägen, die meinen Herzschlag nachzuahmen schienen, hochflatterte. Nachdem er zwischen den Bäumen verschwunden war, ließ ich matt die Hand von der Axt gleiten. Nur ein Vogel. Nur ein Vogel.

Ich kniff die Augen zusammen und holte tief und ruhig Luft, während die Welt um mich verschwamm. *Zu müde, um von Begegnungen mit dem Tod aus der Fassung gebracht zu werden? O Vater – immer diese Lügen, die ich erzähle.*

Mein Magen knurrte laut, was mir ein schwaches Lachen entlockte. Mein Magen scherte sich nicht um Angst. Ich rieb mir mit den staubigen Händen grob übers Gesicht und kletterte dann jenseits des Pfades den Hang hinauf, bis ich eine Gruppe purpurfarbener Büsche fand, die mich verdecken würden, falls unten jemand vorbeikam. Ich ließ mich in den Schutz der Blätter sinken und nahm mein Lederbündel ab. Meine Schultern knackten bei der Bewegung. Ich stöhnte, streckte meine schmerzenden Beine aus und ließ die Füße in den schweren Stiefeln kreisen. Von meinem neuen Aussichtspunkt konnte ich durch die Bäume das helle Glitzern des Wassers erkennen. Der Mesgaofluss. Nun war es nicht mehr weit. Ich brauchte bloß dem Lauf des Flusses zu folgen, er würde mich zu meinem Ziel bringen. Mein Blut pochte vor Hoffnung und Sehnsucht – und Angst.

Ich hatte so viel durchgemacht.

Aus Gewohnheit streckte ich die Hand zuerst nach Dads Axt aus. Während ich die Lederbänder aufknotete, mit denen sie am Bündel festgemacht war, nahm ich mir einen Augenblick Zeit, die Klingen zu überprüfen. Die Axt war kostbar, und das nicht nur, weil sie fast das Einzige war, was ich noch von meinem Vater besaß. Wenn ich unterwegs nicht anbieten konnte, Holz zu spalten, baufällige Schuppen abzureißen oder widerspenstige Baumstümpfe auszugraben, gäbe es für niemanden einen Grund, mir etwas zu essen oder einen Schlafplatz auf dem Heuboden anzubieten. Ich konnte mich weder auf mein Glück noch die Barmherzigkeit Fremder verlassen. Beides war im besten Falle ungewiss.

Nachdem ich zufrieden festgestellt hatte, dass die Axt in gutem Zustand war, schnürte ich das Bündel auf und betrachtete entmutigt den Inhalt. Ich hatte das Vorgebirge überquert und war über die niedrigen Pässe der großen Subira-Bergkette nach Ruan gewandert, sobald das Wintereis getaut war. In den zwei Wochen seither war mir selten Arbeit angeboten worden. Dieser Teil der Welt schien größtenteils von buckligen, wettergegerbten Schaf- und Ziegenhirten bewohnt, die aussahen, als wären sie aus der roten Erde und dem grauen Fels ihrer Gebirgsheimat herausgewachsen. Sie starrten mich an, wenn ich mit meinen großen, plumpen Händen und Füßen, meinen fremdartigen Augen und der Axt vor ihnen stand, und schüttelten wortlos den Kopf. Auf ihren Gesichtern lag eine Mischung aus Misstrauen und Verachtung. Selbst wenn sie meine Hilfe brauchen konnten, hatten sie wenig als Gegenleistung zu bieten. Meine Essensvorräte neigten sich dem Ende zu. Es war mittlerweile nur noch ein Paket getrocknetes, zähes Lammfleisch und der Rest eines herben weißen Ziegenkäses übrig. Den Käse hatte ich mir vor zwei Tagen verdient, als ich in eine Schlucht geklettert war, um eine verirrte Ziege herauszuholen.

Da es sich länger halten würde, packte ich das Fleisch wieder ein und aß langsam den Käse, wobei ich jeden Bissen möglichst lange kaute. Ich leckte die weißen Krümel von meinen Fingern und spülte sie mit einem Schluck der lauwarmen Flüssigkeit aus meinem halb vollen Trinkschlauch herunter. Wenn ich nicht bald an einem Gehöft oder einem

Dorf vorbeikam, wo ich gegen Nahrung arbeiten konnte, müsste ich Fallen aufstellen, um an frisches Fleisch zu gelangen. Bei dem Gedanken an die vergeudete Zeit zuckte ich ungeduldig mit den Achseln.

Ich musste weiter. Ich musste die Feuergöttin finden.

Die Stille wurde von einem lauten *Määäh* unterbrochen, gefolgt vom blechernen Bimmeln einer Glocke. Ich sprang auf und presste die Hand aufs Herz. Einen Augenblick später hörte ich das vertraute Trappeln von Hufen näher kommen. Ich packte meinen Wasserschlauch weg, verschnürte mein Bündel und wartete, dass meine Hände zu zittern aufhörten. *Beruhig dich. Hier will dir niemand etwas Böses. Und vielleicht bringt diese Herde einen Schäfer, der Verwendung für deinen starken Rücken hat.*

Ich beugte mich vor und spähte vorsichtig durch die Blätter. Vier struppige Ziegen mit beeindruckenden Hörnern zuckelten den Pfad hinauf, gefolgt von einem Hirten.

Er hatte dunkle Haut, dunkler als meine, und über seine wirren schwarzen Locken war eine leuchtend rote Kappe gestülpt. Er mochte ein, zwei Jahre älter sein als ich, also achtzehn oder neunzehn, hatte breite Schultern und wirkte gesund und kräftig. Leichtfüßig bewegte er sich über den unebenen Boden, in der Hand einen hölzernen Kampfstock, mit dem er seine Herde führte. Ich verzog das Gesicht. Er brauchte bestimmt keine Hilfe von mir. Aber ich hatte mir sowieso angewöhnt, jungen Männern aus dem Weg zu gehen, vor allem solchen, die allein unterwegs waren. Knorrige Alte mit grauen Haaren und krummem Rücken waren sicherer.

Ich wartete ungeduldig, dass er weitergehen würde, doch seine Schritte waren langsam und er schlenderte über den Pfad, als wäre er in Gedanken versunken.

In der kühlen, schattigen Höhle des Blattwerks spürte ich meine Lider schwer werden. Ich war erschöpft von den Wochen des Umherwanderns. Gleich würde ich einschlafen und den halben Tag vergeuden. Um die Schläfrigkeit zu vertreiben, zwang ich mich, die Augen weit aufzureißen – und sah in dem Gestrüpp unterhalb des Pfades etwas aufblitzen.

Ein kalter Schauder überlief mich. Mein Blick jagte über den Hang, dem Glitzern nach – glänzendes Metall, das sich verstohlen durchs Unterholz bewegte. Die Form war unverkennbar.

Ein Messer.

Jetzt, da ich es entdeckt hatte, konnte ich auch den Mann, der es hielt, teilweise erkennen. Er sah mager und abgerissen aus und trug eine verbeulte, zusammengestückelte Rüstung. Seine Haut war sehr bleich und sein Haar gelblich, beides fettig und voller Schmutz. Und er war nicht allein. Ein Stück den Pfad entlang versteckte sich ein weiterer Mann hinter einem Baum. Dieser hielt ein Schwert.

Bevor ich in die Berge gegangen war, hatte ich einen Tag auf einem Hof an der Grenze gearbeitet und die Nacht dort auf dem Heuboden verbracht. Die Bauersfrau hatte mich gewarnt, dass sich in den Ruabergen viele Aufständische herumtrieben, die nach dem Bürgerkrieg von der ruanischen Königin in die Verbannung geschickt worden waren. Die Männer waren früher Soldaten gewesen. Nun waren sie Diebe und Räuber. Doch auch ohne diese Warnung war ich in meinem Leben schon genug Menschen begegnet, die mir Schaden zufügen wollten, um die gierige Anspannung in den Körpern dieser Männer, die Verbissenheit auf ihren Gesichtern zu deuten.

Sie würden dem Ziegenhirten auflauern. Seine Tiere stehlen. Ihn töten.

Bleib ruhig. Kämpf nicht. Halt dich raus.

Das hier ging mich nichts an. Der Ziegenhirte war ein Fremder. Er war mir gleichgültig. Wären unsere Rollen vertauscht, würde er sich nicht um mein Schicksal scheren.

Halt dich raus. Kämpfe nicht.

Ich schloss die Augen. Es half nichts. Die Bilder waren in meinem Kopf und ich konnte ihnen nicht entkommen. Ich sah das Gesicht meiner Mutter: kalt wie Lehm, die Augen trübe und von einem Schleier überzogen, um ihren Mund getrocknetes Blut und Schaum. Der Körper eines halbwüchsigen Jungen, im Laub ausgestreckt, sein Gesicht zerfleischt. Ich sah meine eigenen blutverschmierten Hände. Priester, die mit kaltem, selbstgerechtem Gesichtsausdruck nicht angezündete Fackeln hielten. Zwei Jungen mit höhnischen Gesichtern, durch die Luft fliegende Steine. Ich sah meine Vergangenheit.

Ich sah Tod.

Als ich auf die fröhliche rote Kappe des Ziegenhirten hinunterblickte, erfasste ein leises Zittern meinen Körper.

Halt dich raus.

Ich kann nicht. Ich kann nicht. Ich kann nicht.

Ich kann nicht zusehen, wie er stirbt.

Ich bin seine einzige Hoffnung.

Meine Finger zerrten an dem Sackleinen, das ich um die Axt gewickelt hatte. Der Ziegenhirte war nun fast unter mir. Der Räuber vor ihm setzte zum Sprung an.

Der Ziegenhirte blieb stehen. Er drehte sich um und packte eines der Tiere, das seitlich den Hang hinaufirrte, an den Hörnern. Als er es auf den Pfad zurückzog, trat der Wegelagerer mit erhobenem Schwert hinter dem Baum hervor.

Vater, schütze sie.

Sorge dafür, dass mein Blut nicht fließt.

Ein angsterfüllter, trotziger Schrei entrang sich meiner Kehle. Ich stürzte aus dem Gebüsch, rannte den Abhang hinunter und landete mit einem dumpfen Aufschlag, der mir durch Mark und Bein ging, auf dem Pfad. Der Räuber taumelte erschrocken zurück. Ich schwang die Axt meines Vaters. Sie traf mit einem ohrenbetäubenden *Klong* auf das Schwert des Räubers und schlug es ihm aus der Hand. Während er seine leeren Finger anstarrte, trat ich mit aller Kraft zu. Mein Stiefel traf die empfindliche Stelle zwischen seinen Beinen.

Der Räuber krümmte sich und würgte. Ich schlug ihm die eiserne Schaftfeder der Axt auf den Hinterkopf, das dumpfe, fleischige Geräusch ließ mich zusammenzucken. Er brach auf dem Pfad zusammen.

Für den Bruchteil einer Sekunde stand ich keuchend da, benommen von dem, was ich getan hatte. Dann drehte ich mich um und packte den Ziegenhirten am Arm. »Lauf!«

Ich versuchte ihn wegzuzerren, doch es war, als zöge man

an einem Ast. Er war nicht größer als ich, aber kräftiger. Ich bekam ihn nicht vom Fleck und er gaffte mich nur mit offenem Mund an.

»Was glotzt du so blöde?«, schrie ich. »Lauf!«

Ich zog mit aller Kraft an seinem Arm – und spürte, wie der Pfad erneut unter meinem Absatz wegbrach. Ich taumelte rückwärts und ließ den Ziegenhirten los, als ich verzweifelt mit den Armen ruderte, um mein Gleichgewicht wiederzufinden. Der Ziegenhirte, nun endlich zu einer Bewegung veranlasst, packte mein Handgelenk, als wolle er mich zurückziehen.

Stattdessen riss ich ihn, als der Boden unter mir wegsackte, mit in die Tiefe. Wir stürzten den Abhang hinunter, er ließ mich los und ich überschlug mich. Gestrüpp und Ranken zerkratzten meine nackte Haut und rings um mich wirbelten Staubwolken auf. Obwohl die Klingen meinem Gesicht gefährlich nahe kamen, hielt ich Dads Axt verzweifelt umklammert.

Dann blieb die Schneide der Axt in einer dicken bleichen Wurzel hängen, was meinen Sturz mit solcher Wucht bremste, dass es mir fast den Arm auskugelte. Als ich nach unten blickte, sah ich meine Füße in der Luft baumeln. Unter mir glitzerte der Fluss.

Nachdem ich etwas Erde ausgespuckt hatte, bewegte ich meinen anderen Arm langsam nach oben, packte die Wurzel und hievte mich, vor Anstrengung keuchend, wieder auf die Füße. Ich zog die Axt heraus, ohne die Wurzel loszulassen. Dann hielt ich nach dem Ziegenhirten Ausschau.

Er hockte knapp über mir auf einem kleinen Vorsprung

und richtete sich gerade auf. Er war voller Schrammen und Erde und er hatte seine rote Kappe verloren, doch in der rechten Hand hielt er noch immer den Stab. Er starrte zu mir herunter und mir fiel auf, dass seine Augen eine blassgrüne Farbe hatten, die seltsam zu seiner dunklen Haut aussah.

»Kletter hier hoch.« Seine Stimme war leise und rau.

Die Hand, die er mir entgegenstreckte, zitterte. *Wut oder Angst?* Ich zögerte einen Augenblick und sah in diese merkwürdigen kalten Augen. Doch seine Hand machte den Eindruck, als sei sie kräftig genug, und er hatte keinen Grund, mir etwas zu Leide zu tun. Ich streckte ihm die Hand entgegen und er zog mich über den Rand des Vorsprungs. Sobald ich oben war, ließ er meine Finger los.

»Arian!«, schrie jemand. Es war eine Männerstimme: tief und gebieterisch. Man hörte kleine Steine herunterprasseln und eine Bewegung im Gebüsch, jemand schien herunterzuklettern. »Hallo! Bist du verletzt? Was ist da unten los?«

»Mir ist nichts passiert«, rief der Ziegenhirte zurück. »Hast du den anderen gekriegt?«

»Nein, der ist davongerannt, als du den Abhang hinuntergestürzt bist. Hat sie sich verletzt?«

»Wen interessiert das? Dank dieser … dieser Idiotin war alles umsonst.«

Mir klappte die Kinnlade herunter. »Ich habe dir gerade das Leben gerettet.«

»Du? Du könntest doch noch nicht mal deinen eigenen Hintern retten.« Er warf mir einen kalten, zornigen Blick zu. Ich zuckte zusammen und umklammerte den Schaft meiner Axt.

Er beachtete mich nicht weiter und reckte den Hals, scheinbar hielt er nach dem Mann Ausschau, der ihm zugerufen hatte. Irgendetwas stimmte hier nicht. Wo kam dieser andere plötzlich her? Auf dem Pfad war niemand gewesen, nur der Ziegenhirte, die Räuber und ich. War das eine Art Falle? Und wenn ja, für wen?

Ich begann mich seitlich wegzuducken und suchte den Abhang nach etwas ab, woran ich mich hochziehen könnte. Was immer hier vor sich ging, ich wollte nicht zwischen die Fronten geraten. Ich drehte mich genau in dem Augenblick um, als ein Räuber mit gezücktem Messer auf den Vorsprung kletterte.

Sein Gesicht war wutverzerrt. Sein Blick war auf den Rücken des Ziegenhirten gerichtet. »Ruanisches *Dreckspack*!«

Ohne nachzudenken, warf ich mich ihm entgegen, meine Axt hielt ich wie einen Schild vor mich. Das lange Messer des Räubers stieß gegen eine der eisernen Schaftfedern und rutschte mit einem Klirren ab. Das grelle Sonnenlicht auf der Messerklinge blendete mich. Ein brennender Schmerz durchzuckte meinen Handrücken.

Als er nachließ, tanzten schwarze Punkte vor meinen Augen. Ich starrte auf die roten Tropfen, die aus meiner Haut quollen.

Der Mann stürzte sich auf mich, sein Messer sauste in einem heimtückischen Bogen nach unten.

Ein Holzstab mit Silberkappe hieb dem Räuber das Messer aus der Hand, wirbelte durch die Luft und schlug dann die Beine unter ihm weg. Der Mann stürzte mit einem heiseren Schrei über den Vorsprung und verschwand den Abhang hinunter.

»Trampel«, sagte der Ziegenhirte barsch. »Du hast zugelassen, dass er dich erwischt.«

Er streckte den Arm aus, als wolle er meine Hände berühren, die noch immer angestrengt den Schaft der Axt umklammerten.

»Nein.« Ich würgte das Wort heraus und taumelte rückwärts. Ich ließ die Axt fallen, den Blick weiter auf das Blut gerichtet. Der Schweiß auf meiner Stirn verwandelte sich in Eis. Als ich ausatmete, bildete sich eine Wolke in der Luft. »Nicht.«

»Zeig her«, fuhr er mich an.

»Geh weg!« Die Worte verzerrten und verformten sich in meinem Mund und kamen als Knurren heraus. »Lauf!«

Das Gebüsch über uns raschelte und ein zweiter Mann, größer als der erste, sprang mit einem Breitschwert in der Hand leichtfüßig auf den Vorsprung. Er trug eine glänzend polierte Plattenrüstung und einen Helm, der den größten Teil seines Gesichts verdeckte. Ein Paar dunkle, funkelnde Augen musterten kurz mein Gesicht, dann schob er schnell das Schwert in die Scheide.

»Was ist denn? Hast du nicht gesagt, sie sei unverletzt?«

In mir – an jenem kalten Ort – gellte ein durchdringender, einsamer Schrei. Er dröhnte in meinen Ohren. Die Lippen der Männer bewegten sich noch immer, doch ich hörte keinen von beiden mehr.

Alles, was ich hören konnte, war der Wolf.

Langsam verblassten die Farben um mich herum. Ich

blinzelte und die Welt war blau und grau und silbrig. Das einzig verbliebene Rot war die helle Flüssigkeit, die aus meiner Hand tropfte. Der zweite Mann kam langsam auf mich zu, er hielt beschwichtigend die Hände hoch. Ich versuchte wieder zurückzuweichen – aber da war kein Raum.

Nein, flehte ich lautlos. *Nicht jetzt. Ich bin so kurz vor dem Ziel. Bitte …*

Die Verbindung zwischen meinem Körper und mir zerriss.

Geräusche kehrten zurück. Die Sicht wurde schärfer. Muskeln spannten sich an.

Der Wolf fletschte die Zähne, als er das Blut roch.

Zwei

Ich wagte nicht, die Augen zu öffnen.

Mein Schädel pochte im Takt meines Herzschlags. Ich war steif und jeder Knochen tat mir weh. Die Wunde auf meiner rechten Hand juckte schrecklich. Doch das Schlimmste war die Scham. Tränen quollen unter meinen Augenlidern hervor und rannen mir übers Gesicht.

Oh, Vater. Es ist wieder passiert.

Ein leises Knarzen war zu hören, es klang nach Leder. Ich riss die Augen auf. Die Tränen verschleierten meinen Blick. Neben mir saß ein Mann auf einem niedrigen Schemel.

Der Ziegenhirte.

Statt des schäbigen weiten Gewands trug er ein feines Leinenhemd, das am Hals offen stand, Kniehosen aus weichem Leder und blank polierte Stiefel. Und um seine Taille hing ein Schwert. Unter meinem Blick schlossen sich seine Finger fester um die Waffe.

Ich sah in sein Gesicht und erstarrte wie ein Kaninchen beim Anblick eines Leoparden. Diese grünen Augen waren ausdruckslos und kalt und furchteinflößender als eine laut ausgesprochene Todesdrohung. Als er den Blick abwendete, seufzte ich erleichtert auf – bis ich die vier tiefen Klauenspuren auf seinem Kiefer entdeckte.

»Sie ist wach«, rief er und stand auf.

Ich versuchte trotz des dämmrigen Lichts so viel wie möglich von meiner Umgebung auszumachen. Die Wände bestanden aus gehobelten Holzplanken, die Decke war niedrig und unverputzt. Es war ein kleiner Raum ohne Fenster. Nur durch einen schmalen Schlitz oben in der grob gearbeiteten Tür mit dem Eisenriegel fiel etwas Licht. Der Raum roch nach Stroh und Vieh. Wie eine Scheune.

Mir schnürte es die Kehle zu und ich zwang mich auf jedes Geräusch zu lauschen. Stimmen. Einige entfernt, andere näher. Vogelgezwitscher. Klimpern und schweres Stampfen, das lauter wurde und dann verstummte – Pferde wurden weggeführt. Das Klirren von Metall, das in Form geschlagen wurde.

Es war zu vertraut. Jedes Geräusch. Es erinnerte mich an … erinnerte mich an …

Hör auf. Hör auf, daran zu denken!

Die Tür schwang auf. Spätnachmittagslicht durchflutete den Raum und ließ meine Augen noch mehr tränen, während ich den Mann musterte, dessen Silhouette sich gegen das Licht abzeichnete.

»Ich hoffe, du bist bereit, ein paar Fragen zu beantworten, du Möchtegernmörderin«, sagte die Silhouette. Ich erkannte die Stimme. Es war der zweite Mann vom Hang, der mit den dunklen Augen. »Ich muss gestehen, dass meine Geduld begrenzt ist.«

Als ich versuchte mein Gesicht mit den Händen vor der Sonne zu schützen, um ihn richtig sehen zu können, spürte ich das Gewicht von Metall um meine Handgelenke. Meine Hände steckten in schweren Eisenfesseln.

Die Angst, die ich so verzweifelt zu unterdrücken versucht hatte, kam hoch und krallte sich mit eisigen Klauen in mir fest. Die Handschellen klirrten, als mein Körper zu zittern begann. Von einer Sekunde auf die andere war ich wieder acht und in der Scheune des Ältesten Gallen eingesperrt. Ich konnte die Priester draußen singen hören und roch den Rauch.

Vater, hilf mir.

Ich sprang auf, obwohl meine geschundenen Muskeln protestierten. Das laute Prasseln des Feuers hallte in meinem Kopf.

Der Ziegenhirte trat hastig auf mich zu. Ich warf mich mit vollem Gewicht auf ihn, so dass er gegen die Wand prallte, was die kleine Holzhütte erzittern ließ. Der Hirte schnappte nach Luft. Ich stieß ihn weg und rannte auf die geöffnete Tür zu.

Die Silhouette streckte einen Arm nach mir aus, fast als wollte sie mich an sich ziehen. Ich ließ die Handschellen niedersausen, es war mir gleichgültig, ob ich dem Mann das Handgelenk brach. Doch er war schneller. Er riss den Arm zurück, dann packte er mich an Schulter und Taille und hielt mich fest – nur Zentimeter von der Freiheit entfernt.

Ich versuchte mich loszumachen, doch seine Arme waren wie Eisen, stärker sogar als die Fesseln um meine Gelenke. Wie von fern nahm ich eine tiefe Stimme wahr, die auf mich einredete, aber ich verstand keine Worte. Ich wusste nur, dass ich entkommen musste, bevor die Priester eintrafen und Feuer legten.

Mein Blick glitt über die Umgebung draußen vor der Zelle. Ringsum standen Zelte in allen möglichen Formen und Größen, die Zeltwände waren grün und gelb und blau gestreift. *Eine Art Lager?* Hinter den Zelten erkannte ich den Wald und die Berge. Dorthin musste ich es schaffen, entkommen, mich verstecken. Ich musste so lange laufen, bis mich niemand mehr finden konnte.

Die Silhouette trat einen Schritt zurück, wollte mich wieder in die Zelle zerren.

Ich schrie. Es war ein schrilles Kreischen, wie das eines Kaninchens in der Falle.

»Beruhig dich«, sagte er. »Heilige Urmutter, hör auf zu kämpfen.«

Hör auf zu kämpfen. Bleib ruhig. Halt dich raus.

Ich riss mich mit aller Kraft von ihm los und spürte, wie seine Hand von meiner Schulter rutschte. Im gleichen Augenblick wurden meine Beine unter mir weggezogen und ich stürzte. Mein Kopf schlug auf etwas, das hart genug war, um mich schwarze und silberne Punkte sehen zu lassen. Dann verblasste das Schwarz und Silber und alles wurde wieder weiß.

Ich höre ihre Stimmen im Wind. Im fließenden Wasser. Im Rascheln der Blätter. Gleichgültig, was ich träume, sie sind da. Sie verstecken sich unter der Oberfläche. Beobachten. Warten. Die Welt meiner Träume wird immer kälter. Die Sonne im Traum geht immer unter. Und wenn die Sterne aufgehen, muss ich weglaufen …

Drei

Hinterher – nachdem es passiert war – tat ich immer so, als könnte ich mich an nichts erinnern. Ich tat, als habe der Wolf nicht nur meinen Körper, sondern auch meine Seele gestohlen. Doch das stimmte nicht. Ich war nach wie vor da. Zurückgehalten von Wänden aus Eis, unfähig zu sprechen oder auch nur einen Finger zu rühren, sah ich zu, wie alles passierte.

Ich erinnere mich daran, wie der Wolf den Abhang hoch auf Ulem und Marik zuraste, und an den Schock und die plötzliche Furcht auf ihren Gesichtern. Ich erinnere mich, wie er sich auf sie stürzte und seine Klauen einschlug, bis sie am Boden lagen; bis ihr Geschrei das ganze Dorf herbeirennen ließ; bis der Älteste Gallen und zwei andere Männer den noch immer heulenden, kämpfenden Wolf – mich – von den Jungen herunterrissen.

Ich erinnere mich an jeden Augenblick des Wolfangriffs. Und ich erinnere mich daran, wie gut es sich anfühlte.

Ich versuchte mir einzureden, dass es nur die Genugtuung des Wolfes war, die ich erlebte, das Hochgefühl, das Schmerz und Gewalt bei ihm auslösten. Aber auch das war eine Lüge. Ein Teil von mir hatte genossen, was der Wolf mit meinem Körper tat. Ein Teil von mir hatte diese Jungen verletzen wollen. Hatte sie so sehr verletzen wollen, wie sie mich verletzt hatten.

Zurückblickend will ein Teil von mir das immer noch.

Die Männer nahmen die Ketten von einer Pflugschar und wickelten sie um die Gliedmaßen des Wolfes. Sie schleiften ihn durch das Dorf, warfen ihn in die kleine Scheune des Ältesten Gallen und ließen ihn dort zurück.

Lange Zeit wehrte sich der Wolf gegen die Ketten. Doch er war nicht stark genug, um sie zu sprengen, noch nicht. Schließlich verließen ihn wohl die Kräfte. Der Wolf gab den Kampf auf und schlief ein.

Und ich wachte auf.

»Ihrem Kopf ist nichts passiert, aber sie wird sich ganz schön leidtun, wenn sie aufwacht. Musstest du wirklich so hart zuschlagen, vor allem so kurz nach dem ersten Mal?« Die Stimme klang weiblich. Sie klang alt und ein bisschen brummig – nach jemandem, der es gewohnt ist, Befehle zu erteilen.

»Ich habe dir doch gesagt, dass ich damit nichts zu tun habe. Sie hat sich den Kopf selbst an der Tür angeschlagen.« Das war der Ziegenhirte, seine Worte klangen hart und scharfkantig wie Steine.

»Nachdem du die Beine unter ihr weggetreten hast. Ja.«

Es folgte eine kurze Pause und dann eine andere Stimme, die Stimme des Mannes, der mich festgehalten und mir befohlen hatte, aufzuhören zu kämpfen. »Sie hat versucht wegzulaufen, Livia. Arian hat nur seine Pflicht getan.«

»Ich glaube, sie kommt zu sich«, sagte die Frau. »Heilige Urmutter, sie ist doch bloß ein Kind. Kann nicht älter als sechzehn sein.«

»Sieb… siebzehn …«, murmelte ich. Meine Lippen fühlten sich trocken und geschwollen an.

»Ach ja? Nun, für mich bist du damit immer noch ein Säugling, Mädchen. Mach jetzt die Augen auf.«

Ich versuchte wie selbstverständlich ihr zu gehorchen, denn ihr Tonfall ähnelte den unmissverständlichen Anweisungen meiner Mutter. Das Licht ließ mich zusammenzucken, doch dann legte mir jemand etwas Nasses, Kaltes auf die Stirn und ich seufzte. Es roch nach Kräutern – Pflanzen, deren Namen ich einmal gekannt hatte, bevor meiner Mutter klar geworden war, was ich war, und sie mich aus ihrer Vorratskammer verbannt hatte. Danach hatte es keinen Sinn mehr gehabt, mir die Namen zu merken.

Eine Frau beugte sich über mich. Sie hatte helle Haut, war aber stark gebräunt; den feinen Fältchen um ihre Augen und den Mund nach musste sie Mitte sechzig sein. Eisengraues Haar löste sich aus einem unordentlichen Knoten in ihrem Nacken. Auf der einen Seite ihres Gesichts hatte sie ein seltsames Mal, einen bläulichen Fleck, der sich um ihr linkes Auge bis zu ihrem markanten Wangenknochen zog. Eine Tätowierung. Ich kniff die Augen zusammen, um sie genauer zu betrachten. Sterne. Winzige Blumen. Ein Kaninchen – nein, ein Hase, der zu den Sternen über der grauen Braue hinaufstarrte.

»Was du da angaffst, ist mein Heilerinnenzeichen«, sagte die Frau munter. »Wenn du genug erkennen kannst, um zu gaffen, ist mit deinen Augen vermutlich alles in Ordnung.«

»Wo …?« Meine Stimme versagte und wurde zu einem trockenen Husten. Mein Kopf pochte, ich stöhnte leise.

»Hier.« Der zweite Mann sprach wieder. »Gib ihr das zu trinken.«

Die Frau hielt einen Holzbecher an meine Lippen. Ich nippte und schnappte nach Luft, als es heiß meine Kehle hinunterrann. Mein Kopf wurde ein wenig klarer. Ich schaffte es, »Danke« zu flüstern.

»Nun, du hattest Recht, Arian«, sagte die Frau und zog eine Augenbraue hoch. »Sie ist eine wild mordende Berserkerin, das merkt man sofort. Ich hätte dich nicht darum bitten dürfen, ihre Handschellen aufzuschließen.«

Handschellen aufschließen? Ich hob die Hände – meine Armmuskeln zuckten kraftlos – und war erleichtert, als ich feststellte, dass die Ketten verschwunden waren. Ich sah auch, dass meine verwundete Hand mit einem sauberen Tuch verbunden worden war.

»Wo bin ich?«, krächzte ich.

»Du bist im Lager der königlichen Berggarde und wieder in der Zelle, aus der du vor ungefähr zehn Minuten fliehen wolltest«, sagte die Heilerin. »Ich bin Livia und diese beiden sind Hauptmann Luca und sein Leutnant, Arian.« Sie tätschelte meinen Arm, dann erhob sie sich mit einem Ächzen.

»Geh nicht«, flüsterte ich und umklammerte ihre Hand. Sie war mein einziger Schutz vor diesen beiden fremden Männern. Ich wollte nicht mit ihnen allein sein.

Der Gesichtsausdruck der Frau wurde weicher, doch sie schüttelte den Kopf.

»Es tut mir leid, Kind. Ich habe alles, was in meiner Macht stand, für dich getan. Sag einfach die Wahrheit, dann wird alles gut, da bin ich sicher. Und ruh dich eine Weile aus, ja? Das nächste Mal überstehst du nicht.«

Nachdem sie mir einen Blick zugeworfen hatte, der mir wahrscheinlich Mut machen sollte, ging die Heilerin zur Tür. Ich schloss die Augen vor der gleißenden Sonne; als ich sie wieder öffnete, war sie verschwunden und die Tür hinter ihr geschlossen. Der Ziegenhirte lehnte dagegen, als wolle er sichergehen, dass ich nicht noch einmal zu fliehen versuchte. Der andere Mann nahm den Platz der Heilerin auf dem Schemel neben der Matratze ein. Er verschränkte seine langen, sehnigen Finger ineinander und beugte sich vor, offenbar wartete er darauf, dass ich etwas sagte.

Obwohl er saß, konnte ich erkennen, dass er größer war als der andere, wenn auch nicht so stämmig; seine langen Gliedmaßen fügten sich mit Anmut in den begrenzten Raum. Er sah aus, als wäre er höchstens zwanzig. Seine Haut war hell, leicht gebräunt und er hatte sehr lange Haare. Vielleicht sogar länger als meine. Sie hatten die satte, dunkelgoldene Farbe von Blütenhonig und waren von helleren Strähnen durchzogen. Er hatte sie aus der breiten Stirn gekämmt und zu einem einfachen Zopf geflochten. Der glänzende Strang fiel über eine muskulöse Schulter. Sein Gesicht war herzförmig, das Kinn kantig und entschlossen, die Nase eine dünne Klinge. Wenn der Ziegenhirte ein Leopard war, unbarmherzig und muskelstrotzend, dann war dieser ein Raubvogel. Schön und todbringend.

Es war unglaublich. Dieser Mann hatte – mit Hilfe des Ziegenhirten – tatsächlich den Wolf niedergerungen. Ohne ihn zu töten. Ohne mich zu töten.

Mir wurde bewusst, dass er mich ebenso durchdringend musterte wie ich ihn, seine Stirn war nachdenklich gerunzelt. Durch den vergitterten Schlitz in der Tür fiel ein Lichtstrahl auf seine Augen. Sie waren wie tiefes, stilles Wasser – so blau, dass sie in einem bestimmten Licht wahrscheinlich fast schwarz aussahen.

»Na, bist du stolz auf dein Werk?«, fragte er.

Seine Stimme klang tief für einen jungen Mann und trügerisch sanft. Mein Blick folgte seinem Zeigefinger zu seiner Stirn, wo ich nun eine rote, geschwollene Stelle bemerkte, die deutlich den Abdruck meiner Handknöchel erkennen ließ.

»Das war ein Volltreffer«, fuhr er fort. »Es schaffen nicht viele, mich derart zu überrumpeln. Aber ich würde gern den Grund wissen. Warum rettest du Arian zweimal und greifst uns dann an? Was bist du?«

Ich konnte nicht sprechen. Mein Herz pochte wild und jeder ohrenbetäubende Schlag nahm mir die Luft aus den Lungen. *Was bist du?* Was sollte ich darauf antworten? Ich wusste es doch selbst nicht.

Er seufzte. »Schweigen ist taktisch unklug. Wenn du dich weigerst meine Fragen zu beantworten, muss ich vom Schlimmsten ausgehen. Obwohl du, falls du wirklich eine Mörderin bist, heute eine sehr seltsame Strategie angewendet hast.«

Ich versuchte zu antworten, die Anschuldigung abzustreiten, doch die Worte blieben mir in der Kehle stecken und erstickten mich fast. *Sag etwas! Sag irgendetwas!*

»Seltsam oder nicht, es hat beinahe geklappt«, schaltete

sich der Ziegenhirte ein. »Du kannst von Glück sagen, dass es dir nicht gelungen ist, Mädchen. Luca hat mich vorhin davon abgehalten, die Sache zu Ende zu bringen, aber wenn es nach mir ginge, wärst du längst tot.«

Die ausdruckslose Kälte seiner Augen machte mir klar, dass er es ernst meinte.

»Ich bin k-keine Mörderin«, stotterte ich und zwang mich, die Worte auszusprechen. »Ich w-wollte niemanden verletzen. Ich habe bloß versucht zu helfen.«

»Wir haben dich nicht um deine Hilfe gebeten«, entgegnete der Ziegenhirte scharf.

»Man sollte Menschen nicht bitten müssen! Ich dachte, die Räuber wollten dich umbringen! Ich konnte nicht einfach dasitzen und zusehen.« Ich blickte wieder zu dem anderen Mann – Luca. »D-dann warst plötzlich *du* da. Ich dachte, ich wäre in eine Falle geraten. Es tut mir leid, dass ich dich angegriffen habe – aber ich habe P-Panik bekommen. Ich glaubte mich verteidigen zu müssen.«

Die dunkelblauen Augen wurden zu nachdenklichen Schlitzen. »Die Falle galt nicht dir. Wir haben versucht den Unterschlupf einiger Räuber aufzuspüren, die Leute aus der Gegend entführen und als Sklaven über die Grenze und … an andere Orte verkaufen. Es war ein unglücklicher Zufall, dass du da hineingeraten bist. Wo kommst du her?«

Zu lügen war sinnlos. »Uskaand.«

»Es ist ein langer Weg von Uskaand«, sagte der Ziegenhirte, sichtlich zweifelnd. »Mit wem bist du unterwegs?«

»M-mit niemand. Ich war allein. *Bin* allein.« Die Worte

waren ungeschönt und schmerzhaft; ich hasste ihn dafür, dass er mich dazu brachte, sie auszusprechen.

»Warum bist du in Ruan?«, fragte Luca.

Ich öffnete den Mund, dann schloss ich ihn wieder, mein Blick wanderte unsicher zwischen den beiden Männern hin und her. »Meine Ma starb letzten Winter. Ich habe sonst niemanden. Sie hat ständig über Ruan und die Feuergöttin gesprochen. Da es keinen anderen Ort gab, wo ich hingehen konnte, bin ich hierhergekommen.«

»Die Feuergöttin? Meinst du die Heilige Urmutter?«, fragte Luca.

»Die F-Feuergöttin«, wiederholte ich stur.

»Und du bist über tausend Kilometer gelaufen, allein, um jemanden aus einer Gutenachtgeschichte zu suchen, die dir deine Mutter erzählt hat?« Der Ziegenhirte schüttelte den Kopf. »Erwartest du ernsthaft, dass wir dir das abnehmen?«

»Es ist die Wahrheit.«

Als Luca aufstand, wanderte das Licht über ihn und ließ in seinem langen Zopf Farben aufleuchten, die an Tigeraugenquarz erinnerten. »Du hast heute eine Menge mitgemacht. Ich werde morgen wieder mit dir sprechen – nachdem du gegessen und geschlafen hast. Vielleicht ergibt deine Geschichte dann mehr Sinn.«

»Ihr l-lasst mich hier eingesperrt?«, fragte ich mit zusammengebissenen Zähnen. »Ich habe nichts verbrochen. Ihr könnt nicht –«

»Wir haben jedes Recht, dich festzuhalten«, sagte Luca. »Du hast uns angegriffen.«

»Ich h-habe es euch erklärt. Ich hatte Angst! Ich bin in Panik geraten!«

»Du hast nicht wie ein junges Mädchen gekämpft, das Panik hat. Du hast wie ein wildes Tier gekämpft und auch wie eines geheult. Du verheimlichst irgendetwas. Es ist die Aufgabe der Bergwächter, für Sicherheit in dieser Gegend zu sorgen. Ich glaube nicht, dass es sicher wäre, dich laufen zu lassen, ohne den wahren Grund zu erfahren, warum du hier bist und was du vorhast.«

»Ich l-lüge nicht. Ich will einfach meines Weges ziehen. Lasst mich gehen!«

»Ich bedaure.« Eine Sekunde lang sah er tatsächlich so aus, als täte es ihm leid, doch dann straffte sich sein Rücken.

Er verließ die Zelle ohne ein weiteres Wort.

Der Ziegenhirte schloss die Tür hinter ihm, stellte sich ans Fußende der Matratze und musterte mich. Seine Hand umklammerte den Schwertgriff so fest, dass die Knöchel gelblich hervortraten.

»Wenn du weiter lügst, gibt er irgendwann auf und bringt dich hinunter zu den Ältesten in Mesgao.«

»Ich lüge n–«

Er schnitt mir das Wort ab. »Sobald dich die Ältesten eingesperrt haben, bist du nicht mehr mein Problem und es ist mir egal, was du machst. Doch solange du in diesem Lager bist, werde ich dich keine einzige Sekunde aus den Augen lassen. Wenn du irgendetwas tust, die geringste Kleinigkeit, die die Vermutung nahelegt, dass du ihm zum zweiten Mal Schaden zufügen willst, werde ich dich hinrichten. Sofort und ohne Vorwarnung. Luca wird das nicht gefallen – aber *er* ist auch ein ehrenhafter Mann. Ich nicht. Behalte das im Hinterkopf.«

Er drehte sich um, riss die Tür auf und stapfte hinaus. Ich hörte, wie mit einem Quietschen ein Eisenriegel vorgeschoben wurde. Es dauerte einen Augenblick, bevor ich wieder Luft bekam.

Zitternd rollte ich mich zu einer Kugel zusammen, damit ich eine möglichst kleine Zielscheibe abgab. Die Kräuterkompresse rutschte mir von der Stirn, aber ich machte keine Anstalten, sie festzuhalten. Meine Hände wanderten zu meiner Brust, wo die vertraut spitze Form des Wolfzahns einen harten Klumpen unter meinem Hemd bildete. Ich umklammerte ihn durch den rauen Stoff.

Oh, Vater, ich muss hier weg. Ich muss es zur Göttin schaffen. Bevor ich noch jemanden töte.

Vier

Ich kniete auf der Matratze und suchte die Holzplanken der Zelle nach Schwachstellen oder Rissen ab, als ich Schritte näher kommen hörte. Ein Schatten bewegte sich in den goldenen Lichtbalken, den die schmale Türöffnung warf, und machte die Zelle kalt und dunkel. Gleich darauf war ein hartes Klopfen zu hören, dann eine ungeduldige Stimme. »Willst du essen oder nicht?«

Ich richtete mich auf, als auch schon ein hölzernes Tablett durch die Öffnung gestoßen wurde. Es kippte nach vorn und ich konnte es gerade noch im letzten Moment auffangen.

»Da wird gutes Essen an elendes Lumpengesindel vergeudet«, brummte der Mann auf der anderen Seite der Tür. Seine Schritte waren schwer, als er davonstapfte und wieder Licht in die Zelle fiel.

Ich warf einen Blick auf das Tablett und erwartete höchstens altes Brot und schimmligen Käse. Doch stattdessen fand ich einen Tonteller mit ordentlich geschnittenem Fladenbrot und eine kleine Schale mit irgendwelchen gelben Erbsen. Es gab noch eine weitere Schale mit etwas, das ich trotz der merkwürdigen roten Farbe für Fleischeintopf hielt, außerdem einen Becher Wasser. Bis auf das Wasser dampfte alles leicht. Sie hatten mir sogar einen Löffel dazugelegt.

Kein Wunder war der Mann erzürnt gewesen. Ganz sicher bekamen normale Gefangene kein solches Essen. Vielleicht hatte sich Livia für mich eingesetzt. Einen Moment lang wurde mir bei diesem Gedanken warm ums Herz, doch dann schüttelte ich ihn ab. *Dumm*. Es war bedeutungslos, wer das Essen hatte bringen lassen. Ich konnte mir nicht erlauben, hier irgendjemandem gegenüber Dankbarkeit zu empfinden. Nicht, wenn ich überleben wollte.

Die Gerüche, die von dem Tablett aufstiegen, waren fremdartig und würzig, aber köstlich. Als ich mich umdrehte, weil ich mich auf die Matratze setzen wollte, rutschte mein Fuß in eine Vertiefung im Boden. Ich schwankte und konnte gerade noch das Tablett retten. Hier war etwas …

Mein Hunger wurde sofort nebensächlich. Ich stellte das Essen und das Wasser auf dem Bett ab und kniete mich auf den Boden. Meine Fingerspitzen fuhren über die Planken und erforschten die Ecke der Zelle, wo der Boden abfiel. Mein eigener Schatten machte es unmöglich, irgendetwas zu erkennen, aber das war egal. Ich wusste, was ich da fühlte. Ein Spalt unter den Wandbrettern, der gerade breit genug war, um die ersten beiden Glieder meiner Finger darunter hindurchzuschieben.

Die Aufregung ließ mich schneller atmen. Vielleicht hatte ein Tier versucht sich einen Weg ins Zelleninnere zu graben, vielleicht war die Erde vor kurzem bei einer Überschwemmung weggespült worden. Wie immer es passiert war, es gab einen Spalt.

Ein beklommenes Gefühl ließ mich eine ganze Weile zögern. Was, wenn sie mich beim nächsten Fluchtversuch erwischten? Was, wenn dieser Spalt mit Absicht hier war, um mich auf die Probe zu stellen? Ich überging diese Ängste einfach. Sie durften mich nicht zurückhalten. Wenn ich hierblieb, würde ich mit Sicherheit sterben – oder töten. Die einzige Möglichkeit, dem zu entrinnen, war davonzulaufen.

Und nun hatte ich einen Fluchtweg aus dem Gefängnis.

Ich sah mich entschlossen um. Ich brauchte etwas, womit ich graben konnte. Der Eimer in der Ecke war zu morsch und alt. *Der Schemel?* Nein, der würde zu leicht vermisst, wenn ich ihn auseinandernahm. Mein Blick fiel auf den großen, grob gearbeiteten Metalllöffel auf dem Essenstablett. Er kam einem Spaten am nächsten. Doch wenn er beim Abholen des Tabletts fehlte, würden sie es bemerken. So etwas gehörte zu den Dingen, auf die Gefängniswärter achteten – deshalb gab es kein Messer.

Ich würde den Diebstahl des Löffels durch ein größeres Vergehen tarnen müssen, etwas, das sie so gegen mich aufbrachte, dass sie den fehlenden Löffel erst bemerken würden, wenn es zu spät war.

Ich erlaubte mir, das Wasser zu trinken. Meine Kehle war quälend trocken und wer wusste, wann ich das nächste Mal welches bekommen würde. Außerdem würde es niemandem auffallen, nachdem ich mein Werk vollendet hatte. Anschließend genehmigte ich mir noch zwei Mundvoll Erbsen, zwei Fleischbrocken und zwei Stückchen Fladenbrot. Die Gewürze brannten in meinem Mund, doch es war das Beste, was ich seit Wochen, vielleicht sogar seit Monaten gegessen hatte. Mein Magen krampfte sich schmerzhaft zusammen und bettelte knurrend um mehr. Ich schenkte ihm keine Beachtung.

Langsam und voller Bedauern trug ich das Tablett zur Tür und schob ein Teil nach dem anderen durch den schmalen Schlitz. Ich hörte, wie der dicke Tonteller und die Schalen zerbrachen, als sie auf die Erde polterten, und das Aufklatschen des vergeudeten Essens. Ich wollte das Tablett hinterherschicken – doch stattdessen wog ich es kurz in der Hand und zertrat es dann mit dem Fuß, nur eine Ecke ließ ich unbeschädigt. Die restlichen Teile warf ich hinaus. Das Tablettstück würde eine gute Schaufel abgeben.

Mit Blick auf die Wand, an der das Sonnenrechteck des Türschlitzes mich warnen würde, falls sich jemand näherte, zerrte ich die Matratze vor und setzte mich so darauf, dass niemand in die Ecke der Zelle sehen konnte. Ich zog das Lederband über den Kopf und küsste hastig den glatten Wolfszahn.

»Verzeih mir, Vater«, flüsterte ich.

Ich nahm den Zahn fest in die Hand – der Verband um meine Finger erwies sich dabei als hilfreich – und begann auf die steinharte Erdoberfläche unter dem Spalt einzuhacken. Die ersten paar Zentimeter Erde ließen sich fast nicht durchbrechen. Schweiß rann mir über die Stirn. Ich biss die Zähne zusammen und hieb fester zu, die Drohung des Ziegenhirten im Kopf. Er würde mir schlimmere Schmerzen zufügen als das hier.

Die gezackte Zahnwurzel bohrte sich in meinen Daumen und der Verband um meine Hand begann sich zu lösen. Die Anstrengung ließ meinen Kopf schmerzen.

Der Boden bekam kleine Löcher. Dann brach er auf.

Mit einem Seufzer der Erleichterung wischte ich die Erde von dem Zahn, hängte das Lederband wieder um den Hals und versteckte es sorgfältig unter meinem Hemd. Ich musste erst einen Augenblick lang meine steifen Finger lockern, bevor ich den Löffel in die Hand nehmen konnte.

Ächzend schob ich den Rand der Löffelfläche in den Spalt, den ich aufgehackt hatte, und brach die obere Schicht weg, um zu der weicheren Erde darunter vorzudringen. Nach ein paar Minuten bohrte sich der Löffelstiel schmerzhaft in die wunde Stelle auf meinem Daumen. Mit einem leisen Fluch hielt ich kurz inne. Ich konnte mir keine Blase erlauben, denn sie würde meine Arbeit verlangsamen. Nach kurzem Überlegen wickelte ich den Verband von meinen Fingern und anschließend fest um den Löffelstiel. Ich prüfte den Griff und nickte befriedigt. *Gut.*

Die Wunde, die der Räuber auf meiner Hand hinterlassen hatte, war ein schmerzhafter roter Strich, der beim Graben heftig juckte, doch ich schenkte ihm ebenso wenig Beachtung wie dem Knurren meines Magens und den Splittern, die von der Unterseite der Wand drohten. Ich wusste, dass sich schon morgen Schorf auf der Wunde gebildet haben würde, und am Tag danach würde sie, ohne eine Spur zu hinterlassen, verschwunden sein. Bei mir heilte alles schnell. Sehr schnell. Und ich bekam nie Narben. Das war so, seit der Wolf zum ersten Mal Besitz von mir ergriffen hatte. Hätten die Bergwächter mitbekommen, wie schnell ich mich erholte, hätten sie nicht so leichtfertig die Handschellen gelöst.

Es gelang mir, aus der Ecke der Zelle einen Abschnitt harter Erde auszuheben, der etwa einen Fuß breit war. Die Erdbrocken schob ich unter die dünne Strohmatratze. Sie beulte sich seltsam aus, doch da auch das Bettzeug unförmig war, würde es hoffentlich niemandem auffallen. Dann hörte ich Schritte. Ich schob hastig meine Grabwerkzeuge unter die Matratze und rollte mich vor dem Loch, das ich ausgehoben hatte, zu einer Kugel zusammen, als sich die Türöffnung wieder verdunkelte. Jemand fluchte aufgebracht, als er die Schweinerei entdeckte, die ich angerichtet hatte. Ich hielt den Kopf gesenkt und wartete darauf, dass er weggehen würde. Doch er stieß noch mehr Flüche aus und schlug gegen die Tür, während er übellaunig das vergeudete Essen und das zerschlagene Geschirr wegräumte. Nachdem die Geräusche verstummten, wartete ich noch eine Minute, um sicher zu sein, dass er nicht zurückkam, dann machte ich mich wieder an die Arbeit.

Als das Sonnenrechteck so weit über die Wand gewandert war, dass es über meinem Kopf hing, war der Spalt groß genug, um einen Arm und meine Schulter hindurchzuschieben. Ich konnte hohes Gras und Gestrüpp durch die Öffnung erkennen, außerdem die Haufen dunkler Erde, die ich aus der Zelle geschaufelt hatte. Falls jemand beschloss, einen Spaziergang um das Gefängnis herum zu machen, war ich tot. Der Gedanke ließ mich bloß noch schneller weitergraben.

Ich hatte die Arbeit gerade unterbrochen, um einen Splitter aus meinem Handrücken zu ziehen, da verschwand das Sonnenlicht in der Zelle erneut. Stirnrunzelnd sah ich auf.

Ich hatte keine Schritte gehört. Hatte sich eine Wolke vor die Sonne geschoben?

Als Lucas Stimme durch die Tür drang, machte ich vor Schreck einen Satz.

»Man hat mir berichtet, dass du dir nichts aus unserem Essen machst«, sagte er. »Gibt es dafür einen besonderen Grund?«

Ich kauerte mich noch tiefer in die Zellenecke, um mit meinem Körper so viel wie möglich von dem Spalt zu verdecken.

Ich hörte einen dumpfen Schlag – als hätte er den Kopf gegen die Tür fallen lassen. Als er weitersprach, klang seine Stimme sanfter. »Du musst doch mittlerweile völlig entkräftet sein. Es wird dir noch viel schlechter gehen, wenn du dich weigerst zu essen. Falls ich noch mehr Essen bringen lasse, wirst du es dann wieder nach draußen werfen?«

Sollte ich ihm seine Fürsorge abnehmen? Vielleicht bildete er sich ein, mich überlisten zu können. Ich presste meine Grabwerkzeuge an mich.

»Ich weiß nicht einmal deinen Namen«, murmelte er, als würde er zu sich selbst sprechen. »Wie soll man vernünftig mit jemandem reden, wenn man nicht mal dessen Namen kennt? Hör zu. Wir wollen dir nichts tun. Du bist in diesem Lager nicht in Gefahr.«

Ich werde dich hinrichten. Sofort und ohne Vorwarnung …

Ich kauerte mich noch mehr zusammen.

»Wir sind die königliche Berggarde. Weißt du, was das bedeutet? Wir vertreten die Gesetze der Reia. Das bedeutet, Gefangene werden nicht gefoltert. Das bedeutet, jedem wird ein fairer Prozess gemacht. Wir setzen unser Leben aufs Spiel, indem wir Patrouillen in die Berge schicken, um die Menschen hier vor den sedrischen Räubern zu schützen. Wir sind die Guten. Du brauchst keine Angst vor uns zu haben.«

Es folgte langes Schweigen. Erwartete er eine Antwort? Was wollte er von mir hören?

Die Guten? Meiner Erfahrung nach ließ sich die Welt unterteilen in Menschen, die einen sofort umzubringen versuchten, und in solche, die es bislang noch nicht versucht hatten. Was hatten Gut und Böse damit zu tun?

»Also gut. Ich lasse dich fürs Erste in Ruhe. Hier.«

Ein weiches, plumpsendes Geräusch war zu hören. Ich spähte über meine Schulter und sah, dass er eine zusammengefaltete Decke durch die Türöffnung geschoben hatte. Danach landete ein lederner Wasserschlauch mit einem schwappenden Aufklatschen auf der Decke. Ich starrte beides ungläubig an.

»Denk über meine Worte nach. Wenn du mir die Wahrheit sagst, kann ich versuchen dir zu helfen. Wir sind nur dann Feinde, wenn du es so willst.«

Sein Schatten bewegte sich von der Tür weg. Ich lauschte auf Schritte, doch es waren keine zu hören. Der Mann bewegte sich wirklich so geräuschlos wie ein Raubvogel. Das durfte ich nicht vergessen.

Ich zählte bis sechzig, bevor ich aufstand, zur Tür ging und durch die Öffnung spähte. Ein oder zwei Lagerbewohner gingen vorbei, mit ihren eigenen Angelegenheiten beschäftigt; Luca oder sein Ziegenhirtenwächter waren nirgends zu entdecken.

Ich hob die Decke und den Wasserschlauch auf und prüfte sie eingehend. Die Decke war dick, aus doppelt gewebter Wolle, grau und weich vom Waschen, der Wasserschlauch gut verschlossen und prall gefüllt.

Luca hatte mir gerade alles Notwendige für eine erfolgreiche Flucht hereingeworfen. Das war zu einfach. Warum gab er mir diese Dinge? Bestimmt nicht aus Freundlichkeit. Nicht, nachdem der Wolf und ich ihn und seinen Gefährten zweimal angegriffen hatten. Es ergab keinen Sinn. Doch er hatte mich bereits eingesperrt – mich herauszulocken, um mich dann von neuem zu jagen, ergab auch keinen Sinn.

Nein, diese Bergwächter wollten mich offensichtlich am Leben halten, um mir weitere Fragen zu stellen. Sie hielten mich für eine Spionin – jemanden, der möglicherweise über wertvolle Informationen verfügte. Zu ihrem Pech gedachte ich nicht zu warten, bis sie ihren Irrtum bemerkten.

Als es Nacht wurde, zitterten meine Schultern und Arme vor Erschöpfung. Meine Finger hatten nicht mehr die Kraft, das Grabwerkzeug zu halten. Da sich auf beiden Handflächen Blasen zeigten, hatte ich meine rechte Hand wieder bandagieren und auf die linke Livias feuchte Kräuterkompresse drücken müssen.

Doch das Loch unter der Wand war nun groß genug, um mich hindurchzuquetschen.

Ich verschob noch einmal die Matratze, trat so lange dagegen, bis sie quer auf dem Boden lag und hoffentlich einen Großteil des Durcheinanders verdeckte, das ich angerichtet hatte. Dann streckte ich mich darauf aus und lag ganz still.

Nur meine Hände öffnete und schloss ich vorsichtig, damit sie wieder etwas zu Kraft kämen.

Jemand trat an die Zellentür und leuchtete mit der Lampe herein. Angespannt stellte ich mir vor, wie sein Blick durch den Raum wanderte.

Als er weitergegangen war, wartete ich so lange, wie ich es aushalten konnte, und lauschte auf die Geräusche des Lagers, die sich mit Einbruch der Dunkelheit änderten. Nachdem alles eine geraume Weile friedlich geblieben war, ging ich zur Tür und spähte erneut hinaus.

Das Lager lag im kalten blauen Sternenlicht wie ausgestorben da. Ich konnte niemanden in der Nähe entdecken, aber das musste noch lange nicht bedeuten, dass niemand da war – es war einfach zu dunkel, um sicher zu sein. Aber ich konnte nicht länger warten. Ich musste noch vor Sonnenaufgang den größtmöglichen Abstand zwischen mich und diese Menschen legen.

Ich nahm den Wasserschlauch und die Decke und schob sie durch das Loch. Danach legte ich mich flach auf den Boden, drückte Bauch und Schultern nach unten und drehte den Kopf zur Seite. Die rauen Holzplanken rissen Haare aus meinem Zopf und zerkratzten mir Ohr und Wange, als ich mich durch den Spalt vorarbeitete. Ich spürte, wie die Nähte meines Hemdes auf dem Rücken spannten. Mir war übel von dem Gefühl, die Wand würde mich niederdrücken und mich in der Erde gefangen halten. Ich holte tief Luft, machte mich so dünn ich konnte – und quetschte mich auf der anderen Seite hinaus.

Ich blieb mit dem Gesicht nach unten in der schmutzigen

Kuhle liegen, die ich gegraben hatte, bis die Panik nachließ und mein Herz sich ein wenig beruhigte. Dann rappelte ich mich auf und blickte mich geduckt um.

Ich konnte mein Glück nicht fassen. Meine Zelle befand sich am Ende einer langen, einstöckigen Baracke und direkt dahinter erhob sich ein flacher Hügel, der mit struppigem Gras, Unkraut und Büschen bewachsen war. Ich konnte blitzschnell aus dem Lager verschwinden und mich sofort verstecken. Ich legte die Decke über eine Schulter, schob den Riemen des Wasserschlauchs quer über den Körper, um sie festzuhalten, und schlich den Abhang hinauf.

Auf halber Höhe hörte ich das Rauschen von Wasser. Ich verlor den Mut. Als ich die Hügelkuppe erreichte, war klar, warum man das Gefängnis an dieser Stelle gebaut hatte. Es war überhaupt kein Hügel. Es war der Rand einer Schlucht.

Der Fluss schlängelte sich am Fuße einer steilen, fast fünfzehn Meter abfallenden Felswand entlang. Die Bäume auf der anderen Seite der Schlucht hätten ebenso gut hundert Kilometer weit weg sein können.

Wenn ich entkommen wollte, musste ich die entgegengesetzte Richtung einschlagen. Und es war sinnlos, im Bogen um das Lager zu schleichen – denn dort wären die Wachen postiert.

Ich musste quer über den Lagerplatz.

Die eisigen Augen des Ziegenhirten kamen mir in den Sinn und seine Hand, die den Schwertgriff umklammerte. Ich begann zu zittern. Wenn er mich bei der Flucht erwischte, hatte er jede Ausrede, die er brauchte. Ich wäre tot, bevor der Wolf sich überhaupt regen konnte.

Dann sorge dafür, dass er dich nicht erwischt, sagte ich mir, als ich den Abhang wieder hinunterschlich. Ich duckte mich in den Schutz der Gefängniswand und schätzte die Entfernung zum nächsten Zelt ab. *Und hör auf, Zeit zu vergeuden.* Ich holte tief Luft und rannte geradewegs auf das Zelt zu. Sobald ich es erreicht hatte, ging ich mit wild klopfendem Herzen in die Hocke. Keine Schreie. Keine Pfeile. So weit alles gut.

Das Schwappen des Wasserschlauchs kam mir ohrenbetäubend laut vor, als ich mich von Schatten zu Schatten bewegte, im Zickzack durch den äußeren Ring von Zelten. Nur dank des hellen Sternenlichts stolperte ich nicht über Zeltpflöcke und herumstehende Hocker, Waschzuber und erkaltete Kochstellen. Allerdings würde mich dieselbe Helligkeit auch sofort verraten, falls zufällig jemand in meine Richtung sah.

Als ich den Rand des Lagers erreichte, kauerte ich mich an die Seite eines kleinen Zeltes und hielt einen Moment inne, um Luft zu holen. Hinter dem Zelt lag eine freie Fläche, die zum Wald hin leicht anstieg. Ich musste es durch diese Leere schaffen, um zu entkommen. Allerdings brauchte es nur einen Wachposten, der im falschen Moment aufsah und –

Als ich mir die Pfeile vorstellte, die sich in meinen Rücken bohren würden, überlief mich erneut ein Schauder.

Ich lauschte angestrengt auf Geräusche aus dem Lager. Wann immer ich in Uskaand Soldatentrupps gesehen hatte, waren es lärmende, raubeinige Männer gewesen, die bei jeder Gelegenheit schrien, fluchten und herumkrakeelten.

In diesem Lager herrschte im Vergleich dazu unheimliche Stille. Soweit ich sehen konnte, brannte nicht einmal Licht vor einem dieser Zelte.

Genug gezögert, ermahnte ich mich. *Los. Jetzt!*

Meine Muskeln spannten sich, bereit für die letzte Anstrengung, die noch notwendig war, um zu entkommen. Doch statt loszurennen, blieb ich wie angewurzelt stehen.

Jemand sang. Die tiefe, warme Stimme hallte durch die stille Nachtluft, bis es mir vorkam, als stünde der Sänger direkt neben mir. Das Lied war verstörend vertraut. Es war ein altes Volkslied – ein Lied, das meine Ma ihr ganzes Leben gesummt hatte. Manchmal, als ich noch sehr klein war, hatte sie es mir zum Einschlafen vorgesungen.

»Leb wohl, mein Lieb, es ist so weit,
so gern ich bleiben möcht;
es ist so weit, mein einzig Lieb,
weit fort ruft mich die Pflicht …«

Nach und nach fielen andere Stimmen ein, männliche und weibliche, und verbanden sich mit den süßen, traurigen Tönen einer Holzflöte; eine Trommel nahm den langsamen Rhythmus des melancholischen Liedes auf.

Meine Kopfhaut kribbelte. Doch dieses Mal war es keine Angst. Was ich fühlte, war Sehnsucht, Sehnsucht und Einsamkeit, wie ein verirrter Wolf, der einem fremden Rudel lauscht, das in der Nacht heult. Nah, ganz nah, aber völlig außer Reichweite. Eine Familie, zu der ich nie gehören konnte.

Ich blickte zu den kalten Sternen hinauf, nahm ihr Licht in mir auf und rief mir in Erinnerung, dass es manchmal besser war, allein zu sein. Sicherer. Für alle. Ich umklammerte Decke und Wasserschlauch und rannte aus dem Bergwächterlager in die Dunkelheit.

Ich blicke zurück. Immer. Ich kann nicht anders.

Die Wölfe sind Rinnsale aus Dunkelheit, die sich über den Schnee ergießen, wie Blut, schwarz im Sternenlicht. Silberzähne blitzen auf. Silberaugen funkeln. Sie wissen, dass ich sie beobachte.

Sie heben den Kopf zum Mond und ihr hoher, unheimlicher Gesang erfüllt die Nacht. Die Wölfe rufen mich. Sie rufen meinen Namen.

Und sie rufen mit der Stimme meines Vaters.

Fünf

Die Dorfbewohner legten mich in Ketten und sperrten mich zwei Tage in der Scheune ein. Keiner überschritt die Türschwelle, um mir Essen oder Wasser zu bringen. Als der Durst zu übermächtig wurde und ich das Gefühl hatte, an der brennenden Enge meiner Kehle zu ersticken, schaffte ich es, nah genug an die Wand zu kriechen, um die Feuchtigkeit von dem grünen Schimmel dort abzulecken, auch wenn der Geschmack Brechreiz auslöste.

Die Scheune stand in der Nähe der Dorfmitte und des unebenen Fleckens Erde, den sie als Anger bezeichneten. Es war der Ort, wo die Ältesten ihre Entscheidungen verkündeten. An jenem ersten Tag hatte sich das ganze Dorf dort versammelt, um zu beraten, was mit mir geschehen sollte. Das Gesetz untersagte die Tötung von Kindern unter zwölf Jahren, wenn es keinen besonderen Erlass eines Priesters von Askaan gab. Der Älteste Gallen schickte deshalb einen Boten zu Pferd in die nächstgelegene Stadt, um schnellstmöglich einen Priester aus dem Tempel dort zurückzubringen.

Ich hörte meine Mutter um Gnade flehen. Ich sei nur ein Kind, sagte sie, nur ein Mädchen. Sie bot an, das Dorf zu verlassen und mich mitzunehmen. Sie bat um Erlaubnis, mir Essen zu bringen und meine Wunden versorgen zu dürfen. Der Schmied Eilik und ein paar andere stellten sich hinter sie, doch sie wurden von den Ältesten überstimmt.

Ich sei besessen, behaupteten sie. Niemand dürfe sich mir nähern, bevor der Priester da wäre.

Der Bote kehrte am nächsten Tag zurück. Ich hörte den Tumult, als er und die Männer, die er mitgebracht hatte, eintrafen. Ich war von Durst und Hunger und Kälte so geschwächt, dass ich mich kaum noch darum kümmerte. Doch aus irgendeinem Grund taten die Blutergüsse und Wunden des Vortages nicht so weh wie erwartet. Ich rollte mich mühsam durch das Stroh und den Mist, bis ich ein Auge an eine Ritze in der hölzernen Scheunenwand drücken konnte.

Der in ein goldenes Gewand gekleidete Priester von Askaan stieg von einem goldenen Pferd, er hatte einen weißen Bart und ein strenges, väterliches Gesicht. Als er dem Ältesten Gallen die Zügel reichte, starrte dieser sie an, als habe er noch nie zuvor Leder gesehen.

Bei dem Boten war noch ein weiterer Mann. Ein schmächtiger, dünner Mann. Sein Kopf war kahl und glänzte in der frühmorgendlichen Sonne, trotzdem wirkte er jung, nicht einmal so alt wie meine Mutter. Sein Gesicht war glatt und faltenlos und seine Augen schienen – auch wenn ich ihre exakte Farbe aus der Entfernung nicht erkennen konnte – dunkel und unerbittlich. Sein Gewand war schwarz, genau wie sein Pferd. Er war ein Priester des Anderen.

Ab diesem Moment war ich überzeugt, dass ich sterben würde.

Die zwei Priester gaben Anweisungen, Tische und Stühle zur Dorfmitte zu schaffen. Sie wollten jeden befragen.

Man zerrte Ulem und Marik aus den Betten, damit sie bezeugten, dass ich wie eine Wölfin geheult und Schaum vor dem Mund gehabt hatte und in meinen Augen ein unheimliches Leuchten –

und dass ich grundlos angegriffen und versucht hatte ihnen die Kehle durchzubeißen. Sie befragten auch meine Mutter. Hatte es schon früher Anzeichen gegeben, dass ich besessen war? Hatte ich jemals fremdartige Sprachen gesprochen oder Gotteslästerliches von mir gegeben, Verlangen nach rohem Fleisch gezeigt?

Ma verneinte alles, doch ich hörte ihren Stimmen an, dass sie ihr nicht glaubten.

Sie machten eine Pause, um zu Mittag zu essen. Die Gerüche von siedendem Fleisch und Gemüse hätten mir das Wasser im Munde zusammenlaufen lassen sollen, doch mein Mund war sogar dafür zu trocken. Ich krümmte mich vor Magenkrämpfen, obwohl ich mich in den Ketten kaum rühren konnte.

Am Ende des Tages, als sich das Licht, das durch den Spalt in der Wand fiel, orange färbte, befahlen die Priester, die Scheune aufzuschließen. Dem Ältesten Gallen gefiel das nicht. Er behauptete, ich sei zu gefährlich. Als die heiligen Männer darauf bestanden, bot er beiden zum Schutz eine Mistgabel an. Auch dies lehnten sie ab.

Langsam und quietschend wurde die Scheunentür aufgestoßen.

Ich hörte meine Mutter aufschreien und die Geräusche eines Handgemenges, jemand schien sie zurückzuhalten. Ich konnte sie nicht sehen.

Der Priester von Askaan ging einige Schritte auf mich zu, dann wich er zurück und hielt sich die Hand vor den Mund. Die Scheune stank, nicht nur von den Ausscheidungen der Tiere, sondern auch von meinen eigenen. Ich hatte in die Hose gemacht. Die Ketten hatten mir keine andere Wahl gelassen, trotzdem schaffte die Scham, was der Furcht nicht gelungen war. Sie ließ mich zusammenbrechen. Ich begann lautlos zu weinen, gequältes Schluchzen schüttelte meinen Körper.

»Sie haben dir eine gehörige Tracht Prügel verpasst, nicht wahr, mein Kind?«

Ich sah den Mann, der gesprochen hatte, fragend an. Seine Stimme war sanft und gütig. Es war der Priester des Anderen. Er kniete sich neben mich, ohne sich weiter um den Gestank zu kümmern, nahm mein Kinn und drehte mein Gesicht vorsichtig zu sich. Seine Finger waren trocken und kühl.

Er sah mich forschend an und lächelte traurig. Danach stand er auf und verließ die Scheune, der Priester von Askaan folgte willig. Die Türen wurden wieder zugeworfen, so heftig, dass Splitter flogen und Heu und Staub auf mich herabwirbelten.

Draußen berieten sich die zwei Priester mit gedämpfter Stimme. Durch das Loch in der Wand konnte ich sie weder sehen noch hören, was sie miteinander sprachen, und nach ein paar Minuten gingen sie auf den Anger zurück.

Der Priester von Askaan nahm das Heilige Buch und las einen Segen daraus vor.

Danach verkündete der Priester des Anderen das Urteil. »Ein Dämon des Anderen hat von dem Mädchen Besitz ergriffen. Ich denke, sie ist zu jung, als dass sie den Dämon freiwillig in sich aufgenommen hat – die Tragödie wurde möglicherweise durch ihre Erziehung ausgelöst. Vaterlose Kinder sind immer besonders anfällig. Sie muss sich einer Reinigung unterziehen. Genau wie das Dorf.«

»Wie?«, fragte der Älteste Gallen.

»Mit Feuer, Ältester«, sagte der Priester des Anderen. »Mit Feuer.«

Die Decke, die ich mir wie einen Mantel um die Schultern gelegt hatte, bot keinen Schutz gegen die bittere Kälte, die mir durch die Knochen kroch, als ich mich den Schieferhang zu meinem Ziel hinaufkämpfte. Meine Hände schmerzten vom Festklammern an der rauen Oberfläche, meine Haut war spröde und aufgesprungen. Entfernt nahm ich das alles wahr, aber nichts davon war schlimm genug, um mich von dem Ziel abzulenken, für das ich einen so langen Weg zurückgelegt hatte. Von dem Ort, für den ich gelogen, gestohlen und gekämpft hatte.

Endlich war ich da.

Irgendetwas stimmte jedoch nicht. Die Kälte in mir war hundert Mal eisiger als die Kälte in den Bergen. Worauf ich starrte, war nicht die heilige Stätte, über die meine Mutter während ihrer Krankheit fantasiert hatte – ein Ort, an dem die heiligen Menschen Krieger und Heiler waren und wo niemand weggeschickt wurde, der Hilfe brauchte. Dies war nicht die Heimstatt der Feuergöttin.

Dies war eine Schlangengrube.

Ich starrte auf die hoch aufragende äußere Mauer des Bauwerks. Von meinem Versteck auf dem Hang konnte ich erkennen, dass von der früher wahrscheinlich unüberwindbaren Wehr nun wenig mehr als ein lückenhaftes Zackenwerk übrig war. Die Löcher in der Mauer waren mit aneinandergereihten, spitzen Holzpfählen geschlossen, sie bildeten eine zwei Meter hohe Palisade mit einem einzigen, grob gezimmerten Holztor. Männer in zusammengewürfelter, verbeulter Rüstung, das helle Haar fettig, die Haut dreckverschmiert, gingen durch dieses Tor ein und aus. Sie brachten Ziegen und Schafe, Karren mit Getreide, Fässer, die Bier zu enthalten schienen, und andere Waren ins Innere.

Und sie brachten Menschen.

Menschen mit dunkler Haut. Menschen, mit Blut und blauen Flecken und Tränenspuren auf dem Gesicht. Menschen, deren Hände auf dem Rücken zusammengebunden waren und die getreten, gestoßen oder ausgepeitscht wurden, sobald sie hinfielen oder sich zu wehren versuchten.

Auf der anderen Seite der Mauer konnte ich Frauen und Kinder mit hellem Haar und heller Haut erkennen, die vornehme Kleider trugen. Sie lachten, spielten und schwatzten. Männer in ordentlicher, geschwärzter Rüstung mit seltsam spitzen Helmen bewachten gleichgültig die innere Mauer um den Bergfried. Die Dunkelhäutigen schufteten: hackten Holz klein, gruben Gräben und schrubbten Kleider; ihre Rücken waren gekrümmt, als warteten sie auf den nächsten Schlag.

Sklaven.

Wäre mein Magen nicht so leer gewesen, hätte ich mich übergeben.

Hierher brachten also die Räuber die erbeuteten Waren und die Menschen, die sie entführt hatten. Dies war das Zuhause der Abtrünnigen, von denen Luca gesprochen hatte. Welcher heilige Ort auch immer hier einst gewesen sein mochte, er existierte schon lange nicht mehr. Es gab keine Feuergöttin. Es gab keine Hilfe für mich in Ruan. Es gab nirgendwo Hilfe für mich.

Beinahe unbewusst begann ich wieder hinabzusteigen, ich wollte nur noch der beißenden Kälte und dem Anblick meiner zerschmetterten Hoffnungen entkommen.

Es hatte mich fast einen Tag gekostet, den Bergkamm zu

erklimmen. Den Abstieg schaffte ich in der Hälfte der Zeit, ich war so verzweifelt, dass ich weder darauf achtete, woran ich mich festhielt, noch nach einem sicheren Pfad suchte. Irgendwo im Hinterkopf wusste ich, dass mein Handeln gefährlich war; ich konnte abstürzen und mich ernstlich verletzen oder sogar sterben. Der Wolf zwang mir seine überlegene Kraft und seine Reflexe nur dann auf, wenn andere mein Blut vergossen – wenn er eine Chance hatte, zu kämpfen und zu töten. Wenn ich aus Achtlosigkeit einen Abhang hinunterzustürzte, würde ihn das nicht wecken.

Doch ich wollte nur noch weg.

Der Abhang wurde flacher. Gestrüpp wich grauen, verkrüppelten Bäumen und dichtem Gebüsch und schließlich dem hoch aufragenden Grün des Bergwaldes. Ich lief ziellos weiter, mein Blick glitt über alles, ohne es wahrzunehmen.

Ich weiß nicht, wann ich zu zittern anfing. Ich bemerkte es überhaupt nur, weil meine Füße trotz des beinahe ebenen Untergrunds plötzlich wegrutschten und stolperten. Alles verschwamm mir vor den Augen. Ich merkte, wie ich nach Luft rang. Ich blieb stehen und starrte auf die grünen und blauen Gewölbe der Bäume rings um mich, auf das Sonnenlicht, das die Luft in Gold verwandelte, auf das Moos und die fette, dunkle Erde.

Wo bin ich? Wohin gehe ich?

Als ich mich auf die Erde setzte, knirschten Steine und abgebrochene Äste unter mir.

Der Wolf wird immer in mir sein. Ich werde niemals frei sein.

Ich griff ungeschickt nach dem Wolfszahn und würgte

mich fast, als ich das Lederband über den Kopf zog und die harte, vertraute Form zwischen meinen Händen drückte.

Vater. Vater, bitte hilf mir. Sag mir, was ich tun soll.

»Du hast einen weiten Weg auf dich genommen, um herumzusitzen und Selbstgespräche zu führen.«

Ich sprang auf, der Wolfszahn flog mir aus der Hand. Er landete einige Schritte weiter auf dem Boden. Instinktiv wollte ich danach greifen, doch Luca war schneller, er hob die Kette auf und betrachtete sie nachdenklich. »Der Fangzahn eines Wolfs? Warum trägst du so etwas um den Hals?«

Er sah mich neugierig an. Die Sonne ließ seine Augen mit einem goldenen inneren Licht funkeln, wie der Himmel kurz vor der Dämmerung – wenn die Welt an der Schwelle zum Erwachen zögert.

Er trug keine Rüstung, doch quer über seiner Brust spannte sich ein breiter Lederriemen und über seine linke Schulter ragte der Griff eines Schwertes. Zwei weitere Ledergurte über seinen Schultern hielten ein schweres Segeltuchbündel, das vermutlich genauso viel wog wie ich. An einem muskulösen, lederbekleideten Schenkel waren zwei lange Messer befestigt.

Er war gekommen, um zu töten.

Ich wich zurück, stolperte jedoch in meiner Hast. Ich hielt mich an einem Baumstumpf fest, um nicht zu stürzen. »Du bist mir gefolgt.«

»Nein, ich habe dich aufgespürt. Da besteht ein kleiner Unterschied. Du warst oben bei der Tempelfestung, oder?«

Ich konnte den Blick nicht von dem Wolfszahn abwenden, der so locker von seiner langfingrigen Hand herunterbaumelte. Ich hatte Dads Axt verloren. Der Zahn war alles, was mir geblieben war. Alles, was ich noch von Garin Aeskaar besaß.

»Warum bist du dorthin gegangen? Um deinen Sold für den Angriff auf Arian und mich einzufordern? Oder gab es einen anderen Grund?«

Ich wich noch einen Schritt zurück. Was nutzte mir der Wolfszahn meines Vaters, wenn ich tot war?

»Antworte mir!« Seine Stimme war etwas lauter geworden und ich sah ihm wieder ins Gesicht. »Warum bist du zum Stützpunkt der Abtrünnigen gegangen?«

Mit meiner Beherrschung war es vorbei. Ich riss mir die Decke von den Schultern und schleuderte sie Luca ins Gesicht.

Dann flüchtete ich ins Dickicht der Bäume, den Abhang hinunter. Ich duckte mich und schlug Haken, während dünne Zweige auf meine Haut peitschten und sie zerkratzten, Wurzeln sich in meinen Stiefeln verfingen und Steine unter meinen Füßen wegrollten. Die Luft brannte in meinen Lungen und mein Mund schmeckte nach Kupfer.

Wenn ich weiterrannte, konnte ich entkommen. Luca war größer als ich, aber er war breiter und mit Waffen und dem Bündel beladen, die sich in den Ästen verfangen und ihn bremsen würden. Ich musste nur einen gewissen Abstand zwischen uns schaffen. Dann konnte ich mich verstecken.

Vor mir stob ein Vogelschwarm mit schrillem Krächzen auf. Ich sprang zurück und blieb abrupt stehen. Dann fiel mir etwas auf: Ich hörte niemanden hinter mir.

Konnte ich ihn so einfach abgehängt haben?

Nein. Was hatte er gesagt? Er war mir nicht *gefolgt*. Er hatte mich *aufgespürt*.

Und er tat es jetzt wieder.

Ein Tröpfchen kalter Schweiß kroch mir wie ein vielfüßiges Insekt den Rücken hinunter.

In Uskaand hatte ich für uns Vögel und Eichhörnchen gejagt und Fallen für Kaninchen und Füchse aufgestellt. Ich wusste, wie man sich leise durch den Wald bewegte. Doch dieser Mann … dieser Mann war lautlos. Lautloser, als es irgendeinem Menschen zustand. Nicht einmal seine Schritte hatte ich bisher gehört. Er war irgendwo im Wald. Und er war hinter mir her.

Nun ging ich zögernd weiter, setzte vorsichtig einen Fuß vor den anderen, presste den Wasserschlauch an meinen Körper, damit die kärglichen Wasserreste kein verräterisches Geräusch verursachten. Irgendwo weiter oben knackte ein Ast. Ich wirbelte herum, meine Augen suchten nach etwas, irgendetwas, das mir den Aufenthaltsort meines Verfolgers verraten würde.

Doch da war nichts. Das Einzige, was sich bewegte, war der Wind zwischen den Blättern. Ich atmete langsam aus, drehte mich um –

– und stand Luca gegenüber.

Eine lange Schramme verunstaltete seine Wange und in dem ordentlich geflochtenen Haar hing ein Blatt. Er zog eine Augenbraue hoch. »Ich konnte Versteckspielen noch nie leiden.«

Ich schrie auf und machte einen Satz nach hinten. Mein

Stiefel verfing sich in einer herunterhängenden Schlingpflanze und ich schlug so hart mit der rechten Hüfte auf dem Boden auf, dass mir die Luft wegblieb. Verzweifelt versuchte ich mich aufzurappeln.

Eine kräftige Hand fasste mich am Handgelenk und zog mich sanft, aber unerbittlich hoch, bis ich aufrecht saß. Eine andere Hand rieb mir kräftig den Rücken, die Finger drückten auf meine Wirbelsäule. »Atme. Atme einfach. Mehr nicht. Ist gleich vorbei.«

Ich versuchte seine Hand abzuschütteln, versuchte meinen Arm loszureißen. »Lass mich los«, keuchte ich. »Verschwinde.«

Lucas Griff wurde fester. Ich erstarrte und mein Bauch verkrampfte sich, während ich darauf wartete, dass die Hand auf meinem Rücken tiefer rutschen und an meinen Kleidern zerren würde. Ich machte mich bereit, notfalls zuzubeißen, zu kratzen und zu schreien. Alles, um zu entkommen.

Er rieb einfach fest weiter. Er roch sauber, nach Seife und Leder und warmer Haut und etwas anderem, etwas … Süßem. *Geißblatt?* Seine Hände hielten mich weiter fest, allerdings nicht so fest, dass blaue Flecke zurückbleiben würden. Und er war warm und mir war so elend kalt.

»Wann hast du das letzte Mal etwas Vernünftiges gegessen?«, fragte er ruhig. »Deine Rippen sind so spitz, dass ich mir die Hand daran aufschneiden könnte. Du bist ja nur Haut und Knochen.« Ich zuckte instinktiv vor ihm zurück, doch er kümmerte sich ebenso wenig darum wie eine Eiche sich um einen Singvogel kümmert, der sich auf einem ihrer

Äste niederlässt. »Warum bist du zur Tempelfestung gegangen? Sag mir die Wahrheit.«

Ich versuchte erneut mein Handgelenk freizubekommen. »Ma hat mir das Versprechen abgenommen, dorthin zu gehen. Sie ließ es mich vor ihrem Tod schwören. Ich sollte die Feuergöttin finden. Doch falls sie jemals dort war, ist sie jetzt jedenfalls verschwunden und die heilige Stätte wimmelt von Räubern und Sklaven und ich weiß nicht, was ich tun soll. Ich weiß nicht, was ich tun soll. Ich weiß nicht –«

»Schon gut«, unterbrach er mich sanft. »Es ist gut. Ich verstehe.«

»Nein, tust du nicht!«, tobte ich und von irgendwoher kam wieder Kraft in mich und ich fing an zu kämpfen, um mich zu schlagen und zu treten. *»Ich weiß nicht, was ich tun soll!«*

Er ließ mich strampeln. Doch ebenso schnell, wie die Wut aufgeflammt war, erlosch sie wieder. Ich fühlte die brennende Hitze der Tränen, die meine Wangen hinunterrannen, und drehte den Kopf weg, während ich mit der freien Hand mein Gesicht verdeckte. Sein Griff um mein Handgelenk lockerte sich, doch er ließ mich nicht los und er sagte kein Wort.

»Ich bin keine Mörderin«, murmelte ich nach einigen Minuten. »Es ist mir egal, wenn du mir nicht glaubst. Knüpf mich auf, wenn du willst.«

»Du übertreibst gern, oder? Heilige Urmutter, wer hat je davon gesprochen, dich aufzuknüpfen?«

»Dein Leutnant«, sagte ich. »Und zwar sofort und ohne Vorwarnung.«

Er stöhnte, ließ endlich mein Handgelenk los und rutschte ein Stück weg. An der Seite, wo er sich gegen mich gedrückt hatte, spürte ich nun die kalte Luft.

»Da wird mir schon wesentlich klarer, warum du dir einen Fluchtweg aus der Zelle gegraben hast und mitten in der Nacht geflohen bist. Es tut mir leid, dass er dich bedroht hat – aber ich verspreche dir, mehr als eine Drohung war es auch nicht. Arian würde einem Gefangenen niemals etwas antun, vor allem keinem unbewaffneten Mädchen.«

Ich drückte mein Gesicht in die Beuge meines Ellbogens, um die Tränen abzuwischen und meinen ungläubigen Gesichtsausdruck zu verbergen. Dieser Ziegenhirte hatte jedes seiner Worte ernst gemeint. Es war keine Drohung gewesen, sondern ein Schwur.

»Wie ich sehe, glaubst du mir nicht«, sagte Luca trocken. »Aber du wirst es mir einfach abnehmen müssen.«

Das muss ich ganz sicher nicht.

Ich stand auf – und kippte um, als eine Woge der Benommenheit mir die Füße wegzog.

Luca erwischte mich gerade noch, bevor ich auf dem Boden aufschlug. Er half mir sanft, mich wieder zu setzen, doch dieses Mal hielt er mich hinten am Hemd fest.

»Bei solchen großspurigen Auftritten, die das Essen betreffen, gibt es ein Problem«, sagte er ruhig. »Irgendwann ist man einfach zu hungrig, um noch davonzulaufen.«

Sechs

Das Feuer knisterte fröhlich und flackerte mit lebhaften blauen und gelben und purpurfarbenen Lichtern. Ich hatte geglaubt, nur Treibholz würde mit solchen Flammenschattierungen brennen. Vielleicht war irgendetwas an dem Holz hier besonders. Oder an der Erde. Die pulsierenden Farben waren seltsam fesselnd. Ich hatte das Gefühl, hineingezogen zu werden …

Mit einem erschrockenen Luftschnappen wandte ich den Blick ab. Ich zog die Knie an die Brust und rutschte rückwärts gegen einen der großen Felsbrocken, die rings um die Lichtung lagen, auf die mich Luca gezerrt hatte.

Er saß im Schneidersitz am Feuer und summte vor sich hin, während er den Inhalt eines kleinen Blechtopfs umrührte. Er hatte ihn mit Wasser aus dem Bach neben den heruntergestürzten Felsbrocken gefüllt und anschließend irgendein fein gemahlenes Getreide eingerührt. Dann fügte er Trockenerbsen und Fleisch hinzu, sowie etwas, das ich für getrocknete Aprikosen hielt, außerdem prisenweise buntes Pulver aus kleinen Papiertütchen. Es roch köstlich – warm und würzig. Bestimmt hörte er mein Magenknurren. *Zum Teufel mit ihm.*

Die Nacht brach herein und färbte die Himmelsflecken

zwischen den Bäumen in einem dumpfen Schiefergrau. Der Feuerschein vergoldete Lucas Gesicht und ließ in seinen Augen diese seltsamen, verschwommenen Goldsprenkel leuchten. Sein langer Zopf fiel ihm über die Schulter und er warf ihn zurück – es war eine anmutige, selbstverständliche Geste, die mir mein eigenes schmutziges Haar und meinen dreckverschmierten Körper noch bewusster machte.

Seine Hand mit einem Deckenzipfel schützend zog er den Blechtopf von dem Gestell aus langen Zweigen, das er über dem Feuer gebaut hatte. Er löffelte etwas von dem gewürzten Getreide in eine kleine Holzschale, legte ein Stück Fladenbrot dazu und reichte mir alles.

»Normalerweise würde ich dich fragen, ob du Hunger hast, aber ich kenne die Antwort ja schon. Versuch bitte nicht, diese Schale zu zerbrechen oder mit dem Löffel zu graben. Ich brauche sie nach dir.«

Ich warf ihm einen bösen Blick zu und wünschte, ich hätte die Willenskraft besessen, ihm das Essen ins Gesicht zu schleudern. Doch ich hatte sie nicht. Als ich die Hände nach der Schale ausstreckte, zitterten sie. Ich hätte das Essen womöglich fallen lassen, wenn Luca meine Hände nicht behutsam um die sanfte Rundung aus Holz gelegt hätte.

»Pass auf«, sagte er, als er seine Finger löste. »Es ist heiß.«

Ich zog mich schnell in meine Ecke zurück, steckte den Löffel in den Getreidebrei und blies vorsichtig, bevor ich davon kostete. Der Geschmack war wundervoll – süß, scharf und herzhaft, alles zur gleichen Zeit. Das fremdartige Getreide war weich und die durch die Kochflüssigkeit aufgequollenen Erbsen, Aprikosen und Fleischstücke waren saftig. Ich verbrannte mir die Zunge am nächsten Löffel, aber es war mir egal.

»Es scheint also genießbar zu sein?« Er grinste.

Ich hörte auf zu essen, meine Finger umklammerten den Löffel. Dann nahm ich den Blick in seinen Augen wahr. Es war der Blick, den Ma manchmal hatte, wenn eine ihrer Kräuterrezepturen gleich beim ersten Versuch glückte. Er machte sich nicht über mich lustig – er war einfach stolz, dass ihm etwas gut gelungen war. Ich riss ein Stück von dem Brot ab. »Es ist köstlich. Danke.«

Er sah auf seine Hände und ich meinte einen Anflug von Rot auf seinen Wangen zu erkennen. Es konnte allerdings ebenso gut am Feuerschein liegen.

Ich wischte die letzten Reste mit einem Stück Brot aus der Schale, dann kniete ich mich hin, um sie ihm zusammen mit dem Löffel zu reichen. Sobald seine langen Finger meine streiften, zog ich die Hand zurück. Trotz seiner Sonnenbräune wirkte seine Hand neben meiner knochenbleich – und ich galt bei mir zu Hause noch nicht einmal als besonders dunkelhäutig. Wie sollte ich auch mit einem Vater aus dem Norden.

»Du bist hellhäutig«, murmelte ich, als ich mich wieder zurücklehnte.

Er sah mich fragend an und schüttete das restliche Essen aus dem Kochtopf in die Holzschale, holte ein weiteres Stück Brot aus seinem Bündel und begann zu essen, ohne das Essgeschirr zuerst sauber zu wischen. Unter meinem Brustbein verkrampfte sich etwas. Meine Mutter hatte alles, was ich berührt hatte, abgekocht, bevor sie es benutzte.

»War das für meine Ohren gedacht? Ist das bei euch zu Hause eine Beleidigung?«, fragte er nach ein, zwei Löffeln. Er klang nicht beleidigt, nur interessiert.

»Es ist keine Beleidigung. Es ist nur … die Aufständischen, die ich oben auf der Burg gesehen habe –«

»In der Tempelfestung.«

Ich zuckte ungeduldig mit der Schulter. »Sie hatten alle so helle Haut wie du. Die Dunkelhäutigen haben sie wie … wie Vieh behandelt. Die Räuber, die den Ziegenhirten angegriffen haben – ich meine, Arian –, sie waren ebenfalls hellhäutig. Er hat dunkle Haut und die Hellhäutigen griffen ihn an. Es ist irgendwie logisch. Menschen greifen immer Menschen an, die anders sind als sie selbst. Aber du passt nicht in dieses Muster. Du siehst wie sie aus. Warum bist du nicht bei ihnen?«

Er starrte mich an. Seine Augen kamen mir sehr dunkel vor und einen Moment glaubte ich, ich hätte ihn jetzt doch beleidigt. Dann schüttelte er den Kopf, im Feuerschein sahen seine Augen wieder hell aus. »Du weißt gar nichts über Ruan, oder? Ich kann nicht fassen, dass du den weiten Weg hierher zurückgelegt hast, ohne auch nur im Entferntesten zu wissen, worauf du dich einlässt. Hast du in Uskaand wenigstens von dem Krieg gehört?«

»Natürlich haben wir davon gehört«, sagte ich und verschränkte die Arme. »Es gab also einen Krieg? Und was hat das mit Hautfarben zu tun?«

Er musterte mein Gesicht. »Was weißt du über König Abheron den Wahnsinnigen?«

»Nicht viel«, räumte ich ein. »Jedenfalls nicht viel über

das, was wirklich passiert ist. Als ich klein war, haben die anderen Kinder Geschichten über ihn erzählt. Alberne Geschichten. Dass er nachts ins Haus kommen und einen über dem Feuer braten und dann verspeisen würde, wenn man etwas angestellt hat – solches Zeug.«

Luca stieß ein schnaubendes Lachen aus, doch es klang nicht besonders fröhlich. »Diese Geschichten sind nicht so albern, wie du vielleicht denken magst. Abheron war der König von Sedra, unserem Nachbarland. Doch er konnte sich dort nicht an der Macht halten. Kurz bevor er entthront werden sollte, kam er nach Ruan, angeblich um seinen Schwager, den Rei – so heißt der Herrscher in Ruan –, um Zuflucht zu bitten. Stattdessen setzte Abheron den Königspalast in Brand, ermordete seine Schwester und ihren Mann und ihre sämtlichen Kinder bis auf eines, das flüchten konnte. Dann beanspruchte er den Thron von Ruan für sich.«

Plötzlich wirkten die Schatten der Bäume um uns dunkler. »Das ist …«

»Wahnsinnig?«, schlug Luca vor. »Ja. Daher kommt sein Spitzname. Nachdem er die ruanische Königsfamilie ermordet hatte, brachte er seine sedrischen Edelmänner hierher. Für sie war es zu Hause ebenfalls brenzlig geworden. Sie besetzten Ruan für zehn Jahre, und das waren keine glücklichen Jahre für das ruanische Volk, glaub mir. Schließlich gelang es Abherons Nichte Zahira – dem einzigen überlebenden Mitglied der ruanischen Königsfamilie –, ihn zu besiegen. Sie übernahm wieder den Thron und heiratete Lord Sorin, der aus Sedra stammte, und gemeinsam versuchten sie uns zu einem Volk zu vereinen. Doch einige der sedrischen Edelmänner hatten sich daran gewöhnt, die Rua wie … wie Eigentum zu behandeln, wie Lasttiere. Sie änderten ihr Verhalten nicht, jedenfalls nicht auf Befehl einer ruanischen Herrscherin. Es gab Mordversuche, Scharmützel und schließlich einen Krieg, der ungefähr ein Jahr dauerte. Am Ende des Krieges trieb Reia Zahira alle Aufständischen zusammen und ließ sie über die Grenze bringen, zurück nach Sedra.«

»Das ist ja keine große Strafe«, sagte ich verächtlich. »Sie nach Hause zu schicken.«

»Außer sie zu töten, war es das Schlimmste, was die Reia ihnen antun konnte. Sedra ist mittlerweile eine Republik. Diese Edelmänner gaben alles auf – Ländereien, Titel, Geld –, als sie das Land verließen, um sich Abheron anzuschließen. Die Reia schickte sie nach Hause, mit nichts als ihren Kleidern auf dem Leib, und als sie die Grenze erreichten, mussten sie betteln, um wieder in ihrem eigenen Land aufgenommen zu werden. Ich bezweifle, dass noch viele dieser Rückkehrer am Leben sind.

Doch an diesem Punkt ging der Plan der Reia schief. Eine Gruppe Aufständischer setzte sich von der Hauptarmee ab, bevor die Männer der Reia sie ergreifen konnte. Sie flüchteten und nahmen ihre Soldaten, Familien, Unterstützer und Diener mit. Man hatte ihnen hier ihre Ländereien weggenommen, doch statt unter so schwierigen Umständen nach Sedra zurückzukehren, flohen sie in diese Berge und verschanzten sich. Sie versuchen sich einen eigenen Hoheitsbereich zu schaffen, weit weg vom Machtzentrum der

Reia. Sie bestechen örtliche Kaufleute, ihnen Waren zu bringen, oder rauben ausländische Handelskarawanen aus, die über die Bergpässe kommen. Sie senden kleine Trupps rangniederer Männer aus, um Bauern oder Dorfbewohner aus der Gegend zu bestehlen. In letzter Zeit haben sie auch damit angefangen, Menschen zu entführen: entweder als Sklaven für sich selbst oder um sie über die Grenze nach Sedra zu verkaufen. Offiziell wurde die Sklaverei in Sedra schon vor Jahren verboten, doch die Obrigkeit scheint nicht in der Lage zu sein, dies durchzusetzen.«

»Dann sind die Hellhäutigen also Sedrier?«

»Genau.«

»Und die dunkelhäutigen Menschen sind Rua?«

»Ja.«

»Das heißt doch, du bist Sedrier. Du stehst also noch immer auf der falschen Seite.«

»Es geht nicht um die Hautfarbe. Hast du nicht gehört, was ich erzählt habe: dass die Reia einen Sedrier *geheiratet* hat? Es gibt viel mehr von uns, die sich trotz sedrischer Wurzeln als Rua fühlen, als solche, die sich von Natur aus für überlegen halten, weil unsere Eltern von jenseits der Grenze kamen. Die Reia und der König haben viele treue sedrische Untertanen. Die Aufständischen sind nicht Aufständische, weil sie helle Haut und helle Haare haben. Sie sind Aufständische, weil sie gewalttätig, bestechlich und machtgierig sind.«

Eine Brise strich durch die Blätter über uns. Das Feuer flammte auf, als recke es sich dem Wind entgegen, und ließ Funken aufsteigen. Ich folgte ihnen mit den Augen. Durch die verschlungenen Äste der Bäume konnte ich die entfernten Lichter der Sterne erkennen. Ich zitterte.

»Und du bist hier, um sie gefangen zu nehmen.«

»Ja. Nachdem die Reia zwei Jahre lang regelmäßig normale Soldatentrupps hier hochgeschickt hat, die nichts auszurichten vermochten, schuf sie die Berggarde – eine hier stationierte Truppe gut bewaffneter, gut trainierter Soldaten, die sich in den Bergen zu Hause fühlt, die die Pässe sicher macht für den Handel und die Menschen in der Gegend schützt. Und die irgendwann die Anführer der Aufständischen aufspüren und gefangen nehmen wird.«

»Ihr habt sie gefunden. Sie sind in diesem Tempel.« Ich erinnerte mich an die begüterten, wohlgenährten Gesichter der Sedrier und die blau geschlagenen, verzweifelten der entführten Rua. »Warum habt ihr nichts unternommen?«

»Weil wir ihren Stützpunkt erst vor kurzem entdeckt haben. Wir sind nicht einmal auf die Idee gekommen, in diesen Ruinen zu suchen. Ehrlich gesagt haben wir während des ersten Jahres in diesen Bergen so hart um unser Leben gekämpft, dass wir kaum Zeit hatten, irgendwo zu suchen. Ständig griffen uns Räuberbanden an, und was an Kraft und Mitteln übrig blieb, verwandten wir darauf, die Menschen in der Gegend vor Tod und Entführung zu bewahren. Es war viel Arbeit, bis wir uns hier eingerichtet hatten. Vor nicht allzu langer Zeit hättest du diese Berge nicht überqueren können, ohne sofort angegriffen zu werden. Einige sehr tapfere Männer und Frauen haben im letzten Jahr dafür ihr Leben gelassen.«

»Aber ihr wisst doch jetzt, wo sie sind! Warum lasst ihr sie nach wie vor dort leben? Sie haben an Händen und Füßen gefesselte Gefangene dorthin verschleppt. Sie haben ihnen Schmerzen zugefügt. Ihr müsst den Gefangenen helfen!«

Luca lächelte. Zwischen seinen Augenbrauen war noch immer eine angespannte Falte, doch als er weitersprach, klang seine Stimme verändert. »Ich weiß, dass wir ihnen helfen müssen. Wir haben im Moment nur nicht genug Leute, um die Festung der Aufständischen einzunehmen. Ich habe der Reia und dem König eine Nachricht mit der Bitte um Verstärkung gesandt, und sobald sie eintrifft, stürmen wir den Tempel und nehmen ihn den Aufständischen wieder weg. Versprochen.«

Mir wurde bewusst, dass er mich beruhigen wollte. Ich rutschte unbehaglich hin und her, als ich wieder das seltsame Ziehen in der Brust spürte. Ich suchte nach etwas, womit ich mich ablenken konnte. Etwas, das ihn davon abbringen würde, mich so anzusehen, als hätte ich genau das Richtige gesagt und als wäre er stolz auf mich. Es war eine Täuschung. Ein Trick des Feuerscheins oder meiner Einbildung. Ich durfte nicht daran glauben.

»Warum sind die Aufständischen überhaupt dort? Ich dachte, es wäre eine heilige Stätte. Haben sie keine Angst, einen Fluch auf sich zu laden?«

Luca zuckte mit den Achseln. »Es war eine heilige Stätte, aber sie wurde schon vor Jahren zerstört. Seitdem ist sie verlassen. Es gab Überlegungen, sie wieder aufzubauen, doch die Reia konnte nie das Geld dafür auftreiben. Ich vermute, die Aufständischen gingen dorthin, weil die Ruinen ihnen mehr Schutz boten als die kahlen Berge.« Er zögerte, dann sprach er weiter. »Es rankt sich eine Legende um die Tempelfestung. Irgendwo im Gebäude soll es ein geheimes Zimmer geben. Eine Kammer, in der die Heilige Flamme brennt, eine Art … Zugang zur Urmutter. Die Legende besagt, dass diejenigen, die den Mut aufbringen, ins Feuer zu gehen, von Angesicht zu Angesicht mit Ihr reden könnten. Wenn sie das Wohlgefallen der Urmutter erregen, gewährt Sie ihnen vielleicht Ihre Gunst: heilt sie oder segnet sie. Es wird erzählt, dass Reia Zahira im Feuer, das den Rest ihrer Familie tötete, schreckliche Verbrennungen erlitt. Einer ihrer Diener brachte sie in den Tempel und legte sie in die Heilige Flamme. Und dort wurde sie nicht nur geheilt, sondern bekam auch den Segen der Mutter. Man erzählt, dass sie König Abheron aus diesem Grund besiegte, obwohl alle ihren Versuch für verrückt erklärt hatten. Möglicherweise gingen die Aufständischen zur Tempelfestung, weil sie hofften, sich einen besonderen Vorteil zu verschaffen, wenn sie die Flamme aufspüren könnten. Wahrscheinlich hätte sie sie wohl eher in den Wahnsinn getrieben oder zu Asche verbrannt. Aber so sind die Abtrünnigen. Sie besitzen die Arroganz, sich einzubilden, sie könnten sich nach Belieben alles nehmen.«

Seine letzten Sätze hörte ich kaum. *Eine Heilige Flamme.*

Ich erinnerte mich an das trockene, schmerzhafte Krächzen meiner Mutter, als sie auf ihrem Totenbett unzusammenhängend vor sich hin gestammelt hatte.

»Es war eine heilige Stätte, ein geheimer Ort. Eine Göttin war dort. Die Feuergöttin. Einige, die in das Feuer gingen, wurden wahnsinnig. Andere verbrannten. Doch einige wurden geheilt. Du

könntest geheilt werden. Du bist schon wahnsinnig, oder, Saram? Es ist besser, tot zu sein, als mit diesem Ding in dir zu leben. Wenn du doch bloß die Feuergöttin finden könntest, könntest du gerettet werden …

Ich bin zu schwach für diese Reise. Ich war immer zu schwach. Zu verängstigt. Nachdem dein Vater tot war … Er hätte mich nicht verlassen dürfen. Er hätte an diesem Tag niemals gehen dürfen …« Ihre Finger hatten sich in meiner Hand wie das zerbrechliche Skelett eines Vogels angefühlt. »Wenn ich tot bin, darfst du nicht hierbleiben, Saram. Versprich mir das. Bleib nicht hier wie ich. Mach dich auf den Weg. Geh in die Berge. Suche die heilige Stätte und die Göttin. Versprich mir das.«

»Ja, Ma«, hatte ich geflüstert, während ihre Hand aus meiner glitt. »Ich verspreche es dir.«

»Du kennst diese Legende, oder?«, fragte Luca und holte mich aus der Erinnerung. »Das meintest du mit der Feuergöttin. Wie in aller Welt konntest du davon wissen, wo du doch nicht mal den Unterschied zwischen Rua und Sedriern kanntest?«

Ich schluckte trocken. »Mas Eltern starben, als sie noch klein war. Damals besuchte eine Kräuterfrau das Dorf. Stela hieß sie. Sie kam aus Ruan und sprach kaum Uskaandisch, doch sie versuchte das Leiden meiner Großeltern zu lindern. Nachdem sie gestorben waren, konnten Mas Onkel und Tante es sich nicht leisten, Stela für ihre Pflege zu bezahlen, und da sie Ma sowieso nicht bei sich haben wollten, gaben sie sie der Kräuterfrau als Dienerin. Nur war Stela … sie war nicht so. Sie behandelte Ma wie ihr eigenes Kind und gemeinsam reisten sie durch ganz Uskaand. Ma übersetzte für sie und half ihr und irgendwann brachte sie ihr Uskaandisch bei. Stela lehrte Ma ihre Heilkünste und viele alte Lieder und Geschichten, und sie lehrte sie auch wie eine Rua zu lesen und zu schreiben und zu sprechen.«

»Und deine Mutter hat es dich gelehrt?«, fragte Luca. »Deine Aussprache ist sehr gut.«

Ich zuckte verlegen mit den Schultern. »Als Ma krank wurde, erinnerte sie sich an die Geschichte über die Feuergöttin und nahm mir das Versprechen ab, hierherzugehen und die Göttin zu finden. Und dieses Versprechen musste ich einhalten.«

»Du musst deine Mutter sehr geliebt haben.«

Ich blickte in das blaue, purpurfarbene, gelbe Feuer. *Musste ich? Sie hat mich nicht geliebt. Ich glaube nicht, dass sie mich gelehrt hat, wie das geht* … Unwillkürlich legte ich die Hand auf die Brust. Doch der Wolfszahn war nicht dort. Er steckte noch immer in Lucas Tasche. Meine Finger verkrampften sich zu einer Faust.

»Warum hat dir deine Mutter dieses Versprechen abgenommen? Warum wollte sie, dass du die Feuergöttin findest?«

Meine Hand ballte sich noch fester zusammen – bis sie zitterte. Ich blickte durch das Feuer auf sein Gesicht. Es war nun völlig dunkel und die Schatten ließen seine Augen schwarz aussehen. Ich kannte diesen Mann nicht. Warum hatte ich ihm das alles erzählt? Er hatte kein Recht, etwas über mich zu erfahren. Er hatte mich hereingelegt.

»Warum haben sie dich hierhergeschickt, um gegen die Abtrünnigen zu kämpfen?«, schoss ich zurück. »Du bist sehr jung, um eine Truppe Soldaten anzuführen, oder? Wollte man dich loswerden? Hast du irgendetwas verbrochen?«

Er blinzelte und schien für einen Moment die Sprache verloren zu haben und ich fühlte einen grausamen Anflug von Befriedigung. »Nein«, antwortete er schließlich. »Vermutlich haben sie mich hergeschickt, weil sie wussten, dass sie mir trauen konnten.«

»Warum das?«

»Dafür gibt es zwei Gründe«, sagte er, seine Stimme war nun flach und tonlos. »Zum einen ist Lord Sorin, der Mann, der die Reia heiratete und König wurde, mein Cousin.«

»Oh«, sagte ich kaum hörbar. Ich betrachtete ihn, wie er mit dem Löffel in der Hand entspannt auf der Erde saß, und schluckte. »Und was ist der andere Grund?«

»Der Anführer der Abtrünnigen ist ein Mann namens Ion Constantin. Der König weiß, dass ich nicht eher ruhen werde, als bis ihm der Prozess gemacht wird. Es ist allein meine Aufgabe und sonst niemandes. Ion Constantin ist mein Bruder. Er hat meine Familie ermordet.«

Sieben

Ich saß schweigend da und starrte auf den schlafenden Mann mir gegenüber. Die mit Asche bedeckten Überreste des Lagerfeuers strahlten noch schwache Hitze aus, doch das trübte meine Sicht kaum. Luca lag auf dem Rücken, einen Arm unter dem Kopf, den anderen über dem flachen Bauch, die Finger leicht gekrümmt. Er atmete tief und gleichmäßig.

Das blasse Gold der Morgendämmerung, das durch die Blätter schimmerte, warf ein seltsames Leuchten auf sein regloses Gesicht. Er sah unwirklich aus, wie ein Geschöpf aus einem Kindermärchen. Vielleicht wie ein Waldelf in Menschengestalt, der Mädchen mit seiner überirdischen Schönheit verführte. Elfen lockten ihre Opfer in den Wald, und wenn sich die Mädchen unter die Zweige legten und vor Liebe starben, lieferten ihre Körper Nahrung für die Baumwurzeln und machten den Waldelf unsterblich. Lucas Gesicht hätte ihm eine lange Existenz gesichert.

Ich seufzte über diesen für mich untypischen Anflug von Schwärmerei. Luca war ein ganz durchschnittlicher Sterblicher. Und ich würde mich weder von ihm noch sonst irgendjemand umgarnen lassen. Ich würde weggehen, und zwar auf der Stelle.

Doch zuerst musste ich eines tun.

Mit der gleichen Vorsicht, mit der ich mich über die dünne Eisschicht eines zugefrorenen Sees bewegt hätte, schlich ich um das Feuer und kniete mich neben meinen schlafenden Entführer. Sein Hemd war über Nacht verrutscht und meine Halskette lag nun auf seinem Herzen. Das Hemd stand offen und entblößte die goldene Haut seiner Kehle. Die Halsschlagader pulsierte kräftig. Meine Finger hingen über seiner Brust in der Luft.

»Schläfst du immer so fest?«, flüsterte ich mit kaum hörbarer Stimme. »Oder traust du mir wirklich nicht zu, dass ich dich ersteche, während du träumst?« Die Worte sollten spöttisch klingen. Aber irgendwie taten sie es nicht.

Nun mach schon. Ich schob meinen Zeigefinger in seine Brusttasche und berührte Leder.

Er seufzte. Hastig schaute ich auf und beobachtete sein Gesicht. Die Augenlider mit den langen, weizenfarbenen Wimpern flatterten, öffneten sich jedoch nicht. Ich schob einen zweiten Finger nach. Seine Haut war warm, selbst durch das Leinen. Ich konnte die Muskeln spüren.

Ich hakte vorsichtig einen Finger um das Lederband und zog es heraus. Luca gab ein leises Geräusch von sich. Ich hielt inne und sah ihm wieder ins Gesicht. Seine Augen waren noch immer geschlossen, doch nun runzelte er leicht die Stirn und seine Lippen öffneten sich ein wenig. Der Puls an seinem Hals schien schneller zu gehen. Ich wagte nicht zu atmen oder mich zu bewegen, während ich ihn beobachtete. Er seufzte erneut, drehte den Kopf auf dem Arm und lag wieder still.

Er schlief. Er musste schlafen.

Mit einem letzten vorsichtigen Ruck zog ich den Wolfszahn heraus. Die Erleichterung, ihn wieder in der Hand zu halten, war beinahe so groß wie die, Luca nicht aufgeweckt zu haben. Ich lehnte mich zurück und zog das dünne Lederband über den Kopf. Dann hob ich die Decke und den Wasserschlauch auf und hängte sie mir wie zuvor um, die Decke über meine Schulter und den Riemen des Wasserschlauchs quer über meinen Körper. Einen Moment lang zögerte ich und blickte mich auf der Lichtung um. Gleich darauf ärgerte ich mich über mich selbst. *Worauf wartest du? Du hast nichts vergessen. Du besitzt schließlich nichts, was du vergessen könntest.*

Ich verließ die Lichtung und konzentrierte mich darauf, kein Geräusch zu verursachen. So kam ich nicht in Versuchung zurückzublicken.

Eine Weile lang sorgten mein Erfolg, Luca entkommen zu sein, und das Mahl der letzten Nacht in meinem Bauch für ein Gefühl von Fröhlichkeit, sogar Unbeschwertheit. Ich lächelte, als ich durch die weißen Nebelfetzen lief, die vom feuchten Waldboden aufstiegen, und lauschte voller Freude dem Vogelgezwitscher. Doch je weiter ich mich von der Lichtung entfernte, umso mehr verdüsterte sich meine Stimmung.

Nichts hatte sich seit gestern geändert.

Ich wusste noch immer nicht, wohin ich gehen oder wie ich meinen Lebensunterhalt sichern sollte. Wäre ich frei gewesen, wirklich frei, hätte ich in der nächsten Stadt mein Glück versucht und dort nach Arbeit gefragt. Doch wie sollte ich, in diesem Zustand? In einer Stadt wären immer Dutzende Menschen um mich herum. Es brauchte nur einen übereifrigen jungen Mann, der angetrunken war und Nein nicht als Antwort gelten ließ, einen Halsabschneider, der mich für leichte Beute hielt, irgendein dummes Mädchen mit langen Nägeln, das Fremde nicht mochte. Ein Kratzer, ein Tropfen Blut und der Wolf würde loswüten und jeden töten, der ihm in die Quere kam.

Ich hatte bei meiner Reise darauf geachtet, mich von dicht besiedelten Gebieten fernzuhalten, Arbeit für ein, zwei Tage zu finden und dann weiterzuziehen, bevor ich Schwierigkeiten verursachen konnte. Je weniger Menschen um mich waren, umso weniger Menschen waren in Gefahr. Doch ohne die Axt meines Vaters war ich nicht mehr als ein ungelernter Vagabund, noch dazu eine Frau. Welcher Bauer oder Pächter würde mir schon Arbeit geben wollen?

Und ich konnte auch nicht allein hier draußen leben. Zusammen mit meinem Bündel hatte ich meine Fallen verloren, meine Messer, um Wild auszunehmen, meine gefettete Unterlegplane. Der erste Schnee – der erste Leopard oder Bär – wäre mein sicherer Tod. Dasselbe galt für den Versuch, nach Uskaand zurückzukehren. Der Wolf war viel schneller und stärker als ein Mensch, doch er war nicht unbesiegbar – nicht, solange er in meiner Menschengestalt steckte.

Ich verfluchte mich dafür, dass ich den Geschichten meiner Mutter Glauben geschenkt hatte, dass ich mich von ihren Worten hatte überzeugen lassen, in Ruan gäbe es Hoffnung. Es gab keine Hoffnung, weder hier noch sonst wo. Und nun war ich schlimmer dran als je zuvor.

Ich war seit ungefähr einer halben Stunde unterwegs, versunken in der Bitterkeit meiner Gedanken, da spürte ich, wie sich meine Wahrnehmung plötzlich änderte, wie ich unbewusst aufmerkte. Eine Warnung. Ich zog die Nase kraus und erfasste einen Geruch in der Luft. Es war ein Geruch, den ich hasste, aber gut kannte. Tod.

Direkt vor mir lagen zwei Männer in einer Grube. Ihre Körper waren ineinander verschlungen, ihre Kleider voller Schmutz und Blut. Spuren in der Erde daneben ließen erahnen, wie sie dorthin geschleift und anschließend in die Grube gerollt worden waren.

Mein Instinkt riet mir davonzulaufen, *auf der Stelle,* möglichst weit und möglichst schnell. Doch ich konnte nur die stumpfen, toten Augen des einen Mannes sehen, das Gesicht des anderen lag im Schmutz. Ich musste ganz sicher sein, dass ihm wirklich nicht mehr zu helfen war. Daher zwang ich mich, die letzten Schritte auf die Körper zuzugehen. Auf ein Knie gestützt fasste ich den Mann, dessen Gesicht ich nicht erkennen konnte, an der Schulter. Ich spürte die Wärme seiner Haut durch das Hemd. Vielleicht …?

Ich drehte ihn um. Der Anblick seines Gesichts ließ mich mit einem Schrei zurückspringen. Auf beiden Wangen klafften wüste Schnittwunden, die ein Kreuz andeuteten. Er war mittleren Alters, hellhäutig mit braunem Haar. Für ihn kam jede Hilfe zu spät.

Aus der Nähe konnte ich erkennen, dass der andere nur ein Junge war, nicht älter als dreizehn, er hatte olivfarbene Haut und dunkle, lockige Haare. Trotz der unterschiedlichen Haut- und Haarfarbe sahen sich die beiden ähnlich genug, um verwandt zu sein. Sie waren beide erstochen worden, doch nur den älteren Mann hatte man verstümmelt.

Das Blut auf den Körpern war noch nicht getrocknet.

Es war gerade erst passiert. Vielleicht lauerten die Mörder noch in der Nähe. Und beobachten mich.

Ich richtete mich auf und sprang aus der Grube. Dann rannte ich los, umrundete den dicken Stamm eines Baumes und prallte frontal gegen eine warme, muskulöse Brust. Große Hände packten mich an den Schultern und hielten mich. Rings um mich stieg ein vertrauter Geißblattduft auf. Ich schaffte es, den Aufschrei zu unterdrücken, der mir auf den Lippen lag.

»Hast du es eilig?«, fragte Luca. »Hast du dich plötzlich entschieden, doch nicht davonzulaufen?«

Ich sah ihn an. Sein Gesichtsausdruck änderte sich blitzschnell von spöttisch zu ernst. Er schob mich hinter sich, trat einen Schritt vor und blickte sich suchend im Wald um. »Was ist passiert? Alles in Ordnung mit dir?«

Ich rieb mir mit beiden Händen übers Gesicht und wischte den kalten Schweiß ab. Die Panik, die mich gepackt hatte, ließ nach. »Ich habe Leichen gefunden. Die Männer wurden erst vor kurzem umgebracht.«

Luca fluchte leise. »Zeig sie mir.«

Widerwillig führte ich ihn zu der Grube und wich ihm nicht von der Seite, als er sich neben die Männer kniete.

»Du hast Recht. Die beiden wurden vor etwa … einer Stunde getötet. Vielleicht sogar weniger.«

»Warum tut jemand so etwas?«, fragte ich mit zitternder Stimme. »Der eine ist doch bloß ein Kind. Und warum haben sie dem anderen das Gesicht zerschnitten?«

Luca senkte den Kopf, so dass ich seinen Gesichtsausdruck nicht sehen konnte. »Für Sedrier ist das Kreuz das Zeichen für einen Verräter. Auf der anderen Seite der Grenze pflegten sie es mit einem heißen Eisen einzubrennen. Das hier ist das Werk der Aufständischen.«

Ich drehte mich hastig weg und spuckte einen Mund voll Galle aus, das Brennen in meiner Kehle ließ mich husten und würgen. Dann wischte ich mir die Lippen mit dem Ärmel ab, drehte ihm jedoch weiter den Rücken zu, als ich ihn fragte: »Der Ältere … ist Sedrier, oder?«

»Es ist passiert, *weil* er Sedrier war«, sagte Luca und in seiner Stimme schwang grimmige Trauer. »Seinen Kleidern nach zu urteilen war er ein Bauer, der vermutlich nach Mesgao zum Viehmarkt wollte. Der Junge ist mit großer Wahrscheinlichkeit sein Sohn. Räuber haben ihn und seinen Jungen wegen der Tiere umgebracht, doch sie haben das Gesicht des Mannes gezeichnet, weil er hier ein friedliches Leben mit einer ruanischen Frau lebte. Du siehst ja, der Junge hat dunkle Haut. Die Aufständischen betrachten das als Verrat. Heilige Urmutter, wären wir doch bloß ein wenig früher hier vorbeigekommen …«

Ich zwang mich, noch einmal die Körper anzusehen. Es war falsch, sich von ihnen abzuwenden. Sie trugen keine Schuld an dem, was ihnen widerfahren war.

»Wir sollten sie begraben –« Ich hielt abrupt inne. »Luca, schau.« Ich nahm die Hand des Bauern und versuchte die unheimliche Wärme seiner Haut zu ignorieren, als ich die toten Finger aufbog und ein zerrissenes Stück rosa Stoff hervorzog. Es war mit weißen Blumen bestickt. »Das stammt nicht von den Kleidern der beiden. Sie hatten noch jemanden dabei. Ein Mädchen.«

Luca stieß erneut einen Fluch aus und dieses Mal dämpfte er seine Stimme nicht. Er richtete sich auf, machte zwei schnelle Schritte, drehte um und kam wieder zurück. Seine Hände waren zu Fäusten geballt. »Diese Schweinehunde. Sie haben sie mitgenommen.«

»Du hast gesagt, dass es vor weniger als einer Stunde passiert ist – sie könnte noch am Leben sein, oder?«

»Wenn sie nicht vorhätten, sich an ihr zu vergnügen, hätten sie sich kaum die Mühe gemacht, sie zu verschleppen. Ja. Sie ist möglicherweise noch am Leben. Wahrscheinlich wünscht sie sich gerade, dass es nicht so wäre.«

»Du könntest sie retten. Du könntest die Mörder verfolgen und das Mädchen befreien.« Ich starrte ihn an. »Aber … das wirst du nicht tun, richtig? Warum? Warum nicht? Ist das nicht deine Aufgabe? Du kannst die Männer doch nicht einfach laufen lassen!«

Sein Kiefer spannte sich. Er warf mir einen schnellen Blick zu, dann sah er wieder zu Boden.

»Es ist meinetwegen«, sagte ich wie betäubt. »Du traust mir nicht. Du denkst, ich würde davonlaufen.«

»Wirst du nicht?« Nun schaute er mich fest an, in dem dunklen Blau seiner Augen konnte ich Wut und Ohnmacht und Schmerz erkennen.

Ich blickte auf den kleinen Stofffetzen in meiner Hand.

Wenn sie nicht vorhätten, sich an ihr zu vergnügen, hätten sie sich kaum die Mühe gemacht, sie zu verschleppen …

»Wenn du die Mörder verfolgst, werde ich nicht weglaufen. Ich verspreche es dir. Ich tue alles, was du befiehlst. Nur … hilf ihr. Bitte.«

Aus dem Augenwinkel bemerkte ich, wie sich Lucas Fäuste langsam entspannten. Er holte tief Luft. »Gut. Doch du musst mich begleiten. Uns bleibt möglicherweise nicht viel Zeit.«

Ich stand auf, meine Hand schloss sich um den Stofffetzen. »Dann sollten wir jetzt gehen.«

Wir folgten den deutlichen Schleifspuren den Hügel hinauf, bis wir einen schmalen Pfad erreichten. Auf der Erde waren die Spuren des Kampfes zu erkennen, die den Bauern und seinen Sohn das Leben gekostet hatten.

Dicke, klebrige Blutstropfen glänzten auf den Blättern und der aufgewühlten Erde. Ich erkannte Hufspuren von Schafen und unterschiedliche Fußabdrücke.

»Es waren *zwei* Frauen hier«, sagte Luca und fuhr die Spuren in der Erde nach. »Und vier Räuber. Für sie muss es ein Glückstag gewesen sein. Der Bauer hatte nicht die geringste Chance. Sie sind von hier aus den Berg hinaufgeflohen.«

Luca bewegte sich nun schneller, er flog beinahe zwischen den Bäumen hindurch, trotzdem verursachte er so gut wie kein Geräusch. Ich zuckte bei jedem Zweig, der unter meinem Fuß knackte, zusammen, bei jedem Blatt, das ich aufwirbelte, und selbst bei meinem eigenen Keuchen.

Du musst es ihm sagen. Warne ihn jetzt, bevor es zu spät ist.

»Falls etwas passiert«, sagte ich, nach Luft schnaufend. »Wenn – wenn ich verwundet werde –«

»Ich werde nicht zulassen, dass dir etwas passiert.« Er drehte sich nicht einmal zu mir um.

»Du verstehst nicht. Um dich mache ich mir Sorgen. Um dich und diese Frauen.«

Lucas Schritt wurde langsamer und dann hielt er plötzlich an. Ich blieb taumelnd stehen, der Wasserschlauch schwappte, als ich die Hände auf die Knie stemmte, um wieder zu Atem zu kommen.

»Falls ich verletzt werde«, sagte ich und starrte auf das sattgrüne Moos unter meinen Stiefeln. »Wenn du Blut an mir entdeckst, lauf weg. Nimm einfach die Frauen und lauf.«

»Das musst du mir schon etwas genauer erklären. Du hast gerade versprochen, dass du nicht versuchen wirst wegzulaufen –«

Ein Schnauben kam mir über die Lippen. »*Du* wirst derjenige sein, der wegläuft, nicht ich.«

»Wovon redest du? Wir haben jetzt keine Zeit für Rätsel!«, sagte er gereizt.

Ich richtete mich auf und blickte ihm in die Augen. »Ich verliere die Kontrolle. Wenn ich angegriffen werde und auch nur ein Tropfen meines Blutes vergossen wird, weiß ich nicht mehr, was ich tue. Das bin dann nicht mehr ich, verstehst du das?«

»Eigentlich nicht, nein.«

Ich gab ein Geräusch von mir, das zwischen Lachen und Schluchzen schwankte. Da hatte ich mir so viel Mühe gegeben, um mein Geheimnis zu wahren, und nun hörte er kaum zu. Ich verspürte den feigen Impuls, es einfach dabei zu belassen. Andererseits wusste ich nur zu gut, dass ich nicht in der Nähe von Menschen sein konnte, ohne ihnen den Tod zu bringen. Das war mein Fluch. Wenn ich vermeiden wollte, jemandem Schaden zuzufügen – selbst Luca –, *musste* ich dafür sorgen, dass er mich verstand. Und sobald das der Fall war, wäre es nur eine Frage der Zeit, bis er mich den Priestern auslieferte. Meine Zeit war abgelaufen.

»Ich nenne es den Wolf«, sagte ich langsam, zwang die Worte förmlich heraus. »Wenn mein Blut im Kampf vergossen wird oder ich wütend bin, dann übernimmt er die Kontrolle. Er wird jedermann angreifen. Jeden in Reichweite. Freund oder Feind. Er hat bereits Menschen *getötet.* Wenn du also siehst, dass ich verletzt werde – wenn du Blut siehst –, musst du weglaufen und diese Mädchen mitnehmen, oder ich … er greift dich an.«

Luca starrte mich an. »Das war es, was am Abhang mit dir passiert ist, oder? Du hast versucht Arian zu retten, doch du wurdest verletzt und ab diesem Moment hattest du keine Kontrolle mehr über dich. Die Art, wie du gekämpft hast – das Heulen und Knurren …«

»Ich weiß, wozu mich das macht«, sagte ich müde und wich seinem Blick aus, in dem ich Angst und Widerwillen erwartete. »Ich weiß, was als Nächstes kommt. Doch ich will nur einmal etwas Gutes tun, bevor … bevor das passiert. Ich möchte helfen diese Frauen zu retten, und das kann ich nur, wenn du mir versprichst, dass du, sobald du mich bluten siehst, davonlaufen wirst, ohne dich umzudrehen.«

»Wir haben keine Zeit für so etwas«, sagte er, dieses Mal nicht gereizt, sondern nachdenklich. »Ich werde keine Versprechen abgeben, aber ich werde vorsichtig sein und ich werde darauf achten, niemanden in Gefahr zu bringen, der sich nicht verteidigen kann.«

»Luca –«

»Das ist keine Diskussion. Nun komm.«

Er rannte weiter. Ich folgte und innerhalb von Minuten war ich zu sehr außer Atem, um noch etwas zu sagen.

Acht

Als Luca das nächste Mal stehen blieb, donnerte mir das Blut wie ein wild rauschender Fluss in den Ohren. Nachdem er mir bedeutet hatte ruhig zu sein, ließ er sich auf den Boden fallen und kroch auf dem Bauch durch das Unterholz vor mir her.

Auf Händen und Knien versuchte ich seine Bewegungen nachzuahmen, ich setzte meine Hände dort auf, wo seine gewesen waren. Vermoderte Blätter und Erde quollen zwischen meinen Fingern hervor und ließen meine Hosenbeine feucht werden, als ich mich hinter Luca bis zu einem großen, moosbedeckten Felsbrocken vorschlängelte.

Der Geruch von Holzfeuer stieg mir in der Nase. Ich hörte Schafe ruhelos blöken und das leise Murmeln von Männerstimmen. Luca nickte mir zu, nachdem er hinter dem Felsbrocken hervorgespäht hatte. *Sie sind es.* Ich sah zwischen den Blättern hindurch.

Ein paar Schritte weiter war eine Felsnase, die über eine Spalte in der Bergwand ragte und so einen natürlichen Unterstand bildete. Zwei Sedrier – sie sahen sich ähnlich genug, um Brüder zu sein, beide waren rothaarig und muskulös – saßen vor der Höhle an einem kleinen Feuer, auf dem eine gewaltige Keule briet. Fett tropfte in die Flammen und ließ eine bläuliche Rauchwolke aufsteigen. Ich schnupperte noch einmal. Wild. Ungeachtet der Gefahr knurrte mein Magen.

Von Zeit zu Zeit drehte einer der Männer das Fleisch mit einem Stock, während sein Bruder in einem Lederbeutel kramte, Kleidung und Gefäße herausholte und neben sich zu einem unordentlichen Haufen auftürmte. Die Beute ihres Überfalls auf den Bauern und seine Familie.

Ein dritter Mann saß etwas abseits von den anderen. Er war älter und hatte schütteres, eisengraues Haar. Er rieb mit einem Lumpen angetrocknete braune Flecken von seinen Händen.

Im Schatten des Felsunterstandes, hinter einem notdürftig zusammengeschusterten Weidengatter, das eine kleine Schafsherde zurückhielt, saßen zwei Rua-Frauen. Eine von ihnen war mittleren Alters. Die kleinere konnte nicht älter als vierzehn sein. Das Gesicht des Mädchens war mit Dreck und Tränen verschmiert, das linke Auge der Frau und ihre Nase blau und angeschwollen. Beide waren geknebelt und an den Händen mit Seil gefesselt, ihre Füße waren jedoch frei. Wenn sie die Möglichkeit bekamen, konnten sie davonlaufen.

»Birkin könnte sich mit seiner Wascherei auch ein wenig sputen«, brummte der ältere Mann und kratzte braunen Dreck unter seinen Fingernägeln hervor. »Hab noch nie jemanden erlebt, der sich wegen ein bisschen Blut so zimperlich anstellt. Warum muss der sich immer so blitzsauber schrubben?«

»So ist Birkin halt«, sagte einer der Brüder und schüttete

die letzten Gegenstände aus dem Lederbeutel. »Und wenn du klug bist, wartest du auf ihn, wie er uns befohlen hat.«

»Ich warte doch, was willst du denn?« Der ältere Mann drehte den Kopf, um nach den Frauen zu sehen. »Versteh gar nicht, warum er sich Sorgen macht. Die Jüngere könnte was für Constantin sein, aber auf die alte Vettel hat er bestimmt keine Lust.«

Das Mädchen wimmerte durch ihren Knebel und ich spürte, wie Luca sich neben mir anspannte. *Constantin.* Der Anführer der Abtrünnigen. Sein Bruder. Als ich zu ihm hinüberblickte, sah ich seine Augen aufflammen wie einen Nachthimmel kurz nach einem Blitz.

Ich berührte ihn zögernd am Ellbogen und wartete auf einen Befehl. Er deutete mit einer bogenförmigen Fingerbewegung an, dass er weiter oben am Hang um das Lager herumlaufen würde. Ein nachdrücklicher Fingerzeig erst auf mich, dann auf den Boden, war das Zeichen, mich nicht vom Fleck zu rühren. Er entledigte sich seines schweren Bündels, zog den Riemen seines Schwerts wieder quer über den Oberkörper, dann bewegte er den Kopf von einer Seite zur anderen und streckte sich vorsichtig.

Ich wollte einwenden, dass ich ihm helfen konnte. Doch ich hatte ihm gerade von dem Wolf erzählt. Selbst wenn er mir abnahm, dass ich nicht davonlaufen würde, konnte ich nicht von ihm erwarten, dass er mir vertraute, niemandem Schaden zuzufügen. Ich nickte resigniert. Luca sah mich forschend an, dann zog er eines der langen Messer aus der Scheide an seinem Bein. Er drehte es um und hielt mir das Heft entgegen.

Ich starrte es ungläubig an. Er seufzte und drückte mir den Messergriff in die Hand. *Bleib hier,* formte er wortlos mit den Lippen. Ich nickte erneut und wog den kostspieligen, lederumwickelten Stahlgriff in der Handfläche. Die Klinge hatte die Form eines Blattes und war dünn geschliffen. Trotz der schrecklichen Umstände spürte ich ein schwaches Lächeln um meine Lippen spielen. Er vertraute mir tatsächlich – zumindest genug, um mir zu erlauben, mich zu verteidigen.

Lucas Hand lag noch immer warm auf meiner. Für einen kurzen Augenblick schoben sich seine langen Finger zwischen die meinen und drückten sie. *Sei vorsichtig,* formte er wortlos mit den Lippen.

Ich nickte wieder. *Du auch.*

Er ließ mich los und robbte außer Sicht. Ich konzentrierte mich auf die zwei gefangenen Frauen, die in der Dunkelheit kauerten, und biss die Zähne zusammen. *Haltet noch ein bisschen durch. Er wird euch retten.*

Luca trat auf die Lichtung und schlug dem einen Bruder mit einem einzigen Schwerthieb den Kopf ab. Ich musste angesichts der brutalen Schnelligkeit des Todes einen Aufschrei unterdrücken. Der andere Bruder brüllte los, ließ einige der geraubten Gegenstände fallen und griff nach einem Schwert, das neben ihm am Felsen lehnte. Bevor er es jedoch packen konnte, blitzte Lucas Waffe erneut auf. Der Schrei des Mannes verwandelte sich in ein seltsames Schluckaufgeräusch. Er sackte nur eine Handbreit neben meinem Versteck zusammen. Ein langes Rinnsal Blut floss über die Erde und das Moos auf mich zu und ich wich zurück.

»Birkin!«, rief der dritte Mann, als Luca auf ihn zueilte.

Das Schwert des Mannes, matt vom angetrockneten Blut, schnellte hoch, um Lucas Waffe abzuwehren. »Birkin! Hilf mir!«

Dieser ältere Mann war schneller und umsichtiger als die beiden Brüder. Er versuchte weder anzugreifen noch zu fliehen, sondern wich Luca bloß aus, während er sich vorsichtig um das Feuer bewegte. »Birkin!«, schrie er erneut.

Lucas Körper schien zu verschwimmen. Er sprang hoch und beförderte den Räuber mit einem Tritt von der Feuerstelle zu den Felsen. Die beiden Rua-Frauen waren schon auf den Knien und zerrten an den Seilen, sie wandten die Augen nicht von dem Kampf.

Los, drängte ich sie in Gedanken. *Los, ihr schafft das.*

Hinter mir preschte etwas durch die Bäume. Ich drehte mich blitzschnell um.

Direkt vor mir stand ein Hüne von Mann mit gewaltigen Muskeln. Seine langen blonden Haare waren feucht und hingen ihm wirr um das frisch geschrubbte Gesicht. In einer Hand hielt er ein Handtuch und ein Stück Seife. In der anderen ein Breitschwert. Seine hellen Augen funkelten zornig.

Er kam einen Schritt auf mich zu. Ich schnellte hoch, stieß mich von dem Felsbrocken ab – und stolperte über die Leiche des Räubers, den Luca soeben getötet hatte. Ich fiel kopfüber auf die Lichtung und wäre beinahe im Feuer gelandet. Meine Haare knisterten. Ich rollte mich weg. Als ich mich wieder aufrappelte – das Messer noch immer fest umklammert –, fiel die Hirschkeule herunter und heißes Fett spritzte.

Birkins Schwert zielte nach meinem Bauch. Ich sprang zur Seite und fuchtelte wild mit Lucas Messer. Birkin zuckte noch nicht einmal. Es war wohl mehr als offensichtlich, dass ich vollkommen ahnungslos war, und die Reichweite seines Schwerts übertraf die meines Messers sowieso um eine Armlänge. Ich kam nicht an ihn heran. Ich wich einem weiteren Schwerthieb aus. Irgendwann würde er mich erwischen. Und dann …

Als ich panisch zu Luca hinüberblickte, sah ich, wie er sein Schwert aus der Brust des grauhaarigen Räubers zog. Ich fühlte eine Welle der Erleichterung. In diesem Moment stürzte sich Birkin mit lautem Gebrüll auf mich, sein Schwert, das er mit beiden Händen umfasst hielt, sauste auf mich nieder und würde mich gleich wie ein Schwein aufschlitzen.

Irgendetwas, wofür ich kein Wort hatte – nicht Furcht, nicht einmal Wut –, bebte kalt wie Eis durch meinen Körper. Ich schrie herausfordernd, mein Körper bewegte sich aus eigener Willenskraft. Sein Schwert zischte an der Stelle, wo ich wenige Augenblicke zuvor noch gestanden hatte, durch die Luft. Mein Messer blitzte zweimal auf.

Auf Birkins Brust erschienen zwei sich kreuzende Blutspuren, genau über dem Herzen. Er taumelte rückwärts. Sein Fuß landete im Feuer und er schrie, als er das Bein aus den brennenden Holzscheiten zog. Das Schwert noch immer fest umklammert, fiel er auf ein Knie.

Die ältere Rua-Frau tauchte hinter ihm auf. In den Händen, an denen noch das Seil baumelte, hielt sie die schwere Hirschkeule. Sie ließ sie mit einem dumpfen *Wumm* auf

Birkins Schädel niedersausen. Einmal. Zweimal. Ein drittes Mal. Der Räuber verdrehte die Augen. Das Schwert fiel ihm aus der Hand. Er sackte auf die Erde.

Sie stand keuchend über ihm. Ihre Hände hielten den Knochen der Keule so fest umklammert, dass ihre Finger die gleiche bleiche Farbe zu haben schienen. Sie holte noch einmal mit ihrer Waffe aus.

Luca ging an mir vorbei und rammte sein blutverschmiertes Schwert in die Scheide. Mit erhobenen Händen deutete er an, dass er in friedlicher Absicht kam, und lenkte so die Aufmerksamkeit der Frau auf sich. »Ihr seid jetzt in Sicherheit«, sagte er. »Ihr seid in Sicherheit. Du kannst aufhören.«

Das junge Mädchen, das noch immer geknebelt war, kroch unter dem Vorsprung hervor und rannte zu seiner Mutter. Ein Schluchzen schüttelte den Körper der älteren Frau, sie ließ die Hirschkeule sinken. Dann schlang sie die Arme um das Mädchen und zog ihr sanft den Stofflappen aus dem Mund.

»Sie haben meinen Mann umgebracht«, sagte sie leise mit gebrochener Stimme. »Sie haben meinen Jungen umgebracht.«

»Das wissen wir«, sagte Luca. »Wir haben sie gefunden. Es tut mir so leid.«

Das Mädchen drückte ihr Gesicht an die Schulter der Mutter und weinte.

Der Rest des Tages verlief seltsam für mich. Es fühlte sich an, als hätte man mir in einem Theaterstück die Rolle von jemand anderem gegeben. Ich wusste, was ich sagen und tun musste, trotzdem wartete ich auf die richtige Schauspielerin, die mich wieder in meinen angestammten Part drängen würde.

Luca und ich rollten die Leichen der Räuber an den Rand der Lichtung und schürten das Feuer, damit sich die zitternden Frauen – Mala und ihre Tochter Crina – aufwärmen konnten. Er holte aus seinem scheinbar unerschöpflichen Bündel Verbände und kleine Tongefäße mit Wachsstöpseln und ich half den Frauen, ihre Schnittwunden und Blutergüsse zu säubern und einzusalben. Um Crinas verstauchten Knöchel wickelte ich eine Binde. Meine Finger bewegten sich schnell und geschickt, ich schien nichts von der Ausbildung meiner Mutter vergessen zu haben.

Luca verband in der Zwischenzeit – wesentlich weniger ordentlich – die Wunden des noch immer bewusstlosen Birkin, anschließend fesselte er ihn an einen Baum in der Nähe.

»Ich lasse ihn später von jemandem holen«, sagte er, als ich ihn fragend ansah.

»Was, wenn ein Bär oder eine Raubkatze von dem Blut angelockt wird?«

Luca zuckte die Achseln. »Ihm bleibt noch eine Menge Tageslicht. Und ein Raubtier wird sich zuerst über das tote Fleisch hermachen. Es gibt im Moment wichtigere Dinge, um die ich mich kümmern muss.«

Wir trieben die Schafe aus dem Pferch der Räuber und begleiteten Mala und Crina zu ihrem Hof, einem kleinen Stück Land, das sie dem Berg abgetrotzt hatten. Es war kein weiter Weg. Die Familie war mehr oder weniger auf der eigenen Türschwelle in den Hinterhalt geraten. Zwei dunkelhaarige Jungen, ungefähr in meinem Alter – vermutlich Zwillinge, wenn auch nicht eineiig –, rannten sofort auf uns zu, als wir in Sichtweite des kleinen Hauses kamen. Ihre Eltern hatten ihnen offenbar aufgetragen, den Hof zu hüten, solange sie weg waren. Ich sah, wie ihre hübschen Gesichter vor Grauen erbleichten, als sie den Zustand ihrer Mutter und ihrer Schwester wahrnahmen und vergeblich nach ihrem Vater und ihrem Bruder Ausschau hielten. Sobald wir das Vieh sicher in den Stall gesperrt hatten, gingen die zwei jungen Männer mit Luca los, um die Leichen ihrer ermordeten Angehörigen zu holen und zu begraben. Ich blieb bei den trauernden Frauen.

Mala drängte mich, auf einem der Holzstühle am Feuer Platz zu nehmen. Sie eilte hin und her, ihre Stimme war forsch und ein wenig zu schrill, als sie mir Tee und Honigkuchen anbot. Crina setzte sich auf den Stuhl mir gegenüber und wiegte sich, die Hände auf die Knie gepresst, leicht hin und her. Ihre Finger zuckten und streckten sich, als kämpfe sie noch immer gegen die Seile an, die einen Abdruck auf ihren Handgelenken hinterlassen hatten.

Mala und Crina waren an diesem Morgen als normale Familie mit den üblichen Sorgen und Pflichten zum Markt aufgebrochen. Gegen Mittag hatte man sie in eine Welt aus Blut und Schreien und unvorstellbarem Grauen gestürzt. Nun waren sie wieder zu Hause. Doch es war nicht das gleiche Heim. Es würde nie wieder das gleiche sein; nichts würde für sie je wieder wie zuvor sein. Das, was geschehen war, hatte sie für immer verändert. Ihre Familie war so schnell zerschmettert worden wie ein Tongefäß von einem achtlosen Kind. Dunkelheit und Trauer füllten die Leere, die jene hinterließen, die sie geliebt hatten.

Einige Stunden später kehrten Luca und die Zwillinge schlammverschmiert und erschöpft zurück. Ich war erleichtert, als einer von ihnen sogleich seine Mutter aufforderte, sich hinzusetzen und eine Tasse des Tees zu trinken, den sie zubereitet hatte. Der andere legte eine Decke um Crina und flüsterte ihr sanft etwas zu, bis ihre verkrampften Hände aufhörten, die Knie zu umklammern. Diese beiden würden sich um Mutter und Schwester kümmern. Sie waren gute Jungen.

Luca hatte mit mir über gute Menschen gesprochen. Er hatte gesagt, dass er und seine Männer »die Guten« seien. Ich hatte seine Worte verächtlich abgetan und mir gesagt, dass es so etwas wie gute oder schlechte Menschen nicht gab. Doch wenn ich jetzt an die abscheuliche, gedankenlose Grausamkeit der Räuber dachte, die dieser Familie so unendlich viel Leid zugefügt hatte, wusste ich, dass es eine Lüge war. Ich hatte mich an die Unwahrheit geklammert, weil es einfacher war, als mir einzugestehen, wovor ich mich fürchtete. Wovor ich mich in meinem Herzen schon immer gefürchtet hatte.

Dass ich nicht zu den Guten gehörte.

Luca lehnte sich müde an den Rahmen der offenen Tür. Rings um ihn strömte warmes Sonnenlicht herein. »Mala, ich werde noch heute in Mesgao nach einem Ältesten und einem Namoa schicken lassen, damit sie so schnell wie möglich herkommen«, sagte er. »Du wirst vom Königshaus

Witwengeld bekommen. Es ist kein Vermögen, aber es wird helfen.«

Bei dem Wort »Witwe« zuckte Mala zusammen. Sie nickte stumm und ohne aufzublicken.

»Danke«, sagte einer der Zwillinge an ihrer Stelle. Er sah mich mit ernsten Augen an. »Und dir auch vielen Dank. Hauptmann Luca hat uns erzählt, dass du diejenige warst, die meinen Vater und Abhay gefunden hat, und dass du es warst, die gemerkt hat, dass Mutter und Crina verschleppt worden sind. Ohne dich wären sie tot. Wir können es dir nicht vergelten, aber wir werden niemals vergessen, was du getan hast.«

Ich blickte hilflos zu Luca, doch die Sonne war zu grell. Ich konnte sein Gesicht nicht erkennen. Warum hatte er ihnen das erzählt? Gerade er wusste doch, dass ich keine Heldin war.

»Wie heißt du?«, fragte Crina und regte sich plötzlich in den sie einhüllenden Falten der Decke. »Wir müssen dich in unsere abendlichen Gebete aufnehmen. Es ist das Mindeste, was wir tun können, nachdem du – nachdem du so gut zu uns warst.«

Ich zögerte, denn ich spürte Lucas Aufmerksamkeit wie ein schweres Gewicht in meinem Nacken.

»Frost«, sagte ich schließlich. »Ich heiße Frost Aeskaar.«

»Lauf nicht davon, Tochter.«

Ihre Stimmen – ein Dutzend Varianten der Stimme meines Vaters – sind bekümmert. Ich stolpere durch den Schnee und halte mir die Ohren zu. Es lässt mich langsamer vorankommen und es blendet das Wolfsgeheul nicht aus, aber mehr kann ich nicht tun.

»Lauf nicht davon. Wir wollen dir bloß helfen.«

»Lasst mich in Frieden«, schreie ich, meine Stimme ist schrill und zittert. »Ihr seid nicht mein Vater.«

»Tochter«, heulen die Wölfe. »Warte auf uns.«

Doch es ist eine Lüge. Wenn sie mich fangen, werden sie mich mit Haut und Haaren verschlingen.

Ich bohre meine blasenbedeckten Zehen in den Schnee und laufe schneller.

Neun

Ich zitterte vor Kälte. Mein eigener Atem nahm mir fast die Sicht: silbrig weiß wie ein Sternbild breitete er sich vor meinen Augen aus. Ich hörte kaum, wie der Älteste Gallen mit den Priestern stritt.

»Wir können einen Scheiterhaufen am Waldrand errichten«, bettelte er. »Ein ganzes Gebäude mitten im Dorf niederzubrennen ist zu gefährlich.«

»Einem dämonenbesessenen Mädchen zu erlauben, die Scheune zu verlassen und andere auf ihrem Weg in den Tod anzustecken, ist viel gefährlicher«, erwiderte der Priester des Anderen ruhig.

»Aber – es ist meine Scheune! Die Kosten, sie wieder aufzubauen –«

»Sind ein geringer Preis für die Sicherheit deiner Gemeinde«, sagte der Priester von Askaan. »Bei meinem Barte, Mann! Du hast ein Ungeheuer an diesem Ort beherbergt! Wie kannst du nun daran denken, Vieh hier einzusperren? Es würde krank werden. Das Fleisch würde sich schwarz färben, die Milch zu Gift werden!«

Das ließ den Ältesten schweigen. Niemand brachte mehr irgendwelche Einwände vor. Die Schreie meiner Mutter waren in der Ferne verstummt. Jemand hatte sie weggezerrt. Vermutlich Eilik.

Schritte eilten an der Scheune vorbei. Ich stellte mir vor, wie die Dorfbewohner in ihre Häuser zurückhasteten. Ich stellte mir die

Menschen vor, die ich mein ganzes Leben gekannt hatte – die Gesichter, denen ich jeden Tag zugelächelt oder zugenickt hatte –, wie sie sich überstürzt in ihren Häusern verbarrikadierten. Ich stellte mir vor, wie sie sich von den Fenstern wegdrehten und sich die Ohren zuhielten, um den Sprechgesang der Priester nicht zu hören.

Wenn ich mir doch bloß auch die Ohren hätte zuhalten können. Doch die Fesseln verhinderten es. Die Stimmen der Männer hallten feierlich und ernst wider, als sie die Scheune umrundeten. Ich stellte mir vor, wie der Priester des Anderen sein trauriges Lächeln lächelte, und schauderte noch mehr. Mein Zittern ließ die Ketten klirren. Mit der Zeit verebbten die Stimmen.

Kurz darauf sah ich die Flammen. Der Rauch stieg zum Dach auf, wo er sich wie ein lebendiges Geschöpf kräuselte und wand. Hustend und würgend rang ich nach Luft. Feuer züngelte mit langen roten Flammen die Wände hinauf. Hitze schlug gegen meine Haut, doch sie wärmte mich nicht. Mir war so kalt; bestimmt würde mich das Eis vor dem Feuer töten. Darüber war ich froh.

Hinter mir krachte es. Mein Körper, der von den Ketten niedergedrückt wurde, bäumte sich unwillkürlich auf, als ein Teil der Wand einstürzte. Kalte Luft fegte in die Scheune. Das Feuer loderte auf.

Eine große, vierschrötige Gestalt, deren Gesicht mit Stoff verhüllt war, sprang durch den Spalt, in der einen Hand schwang sie einen Hammer, in der anderen ein Stemmeisen. Sie rannte durch den Qualm auf mich zu. Ich duckte mich.

Jemand hatte beschlossen, dass das Feuer zu gnädig für mich war.

Die Gestalt beugte sich über mich. Aus dem Stoff tropfte eiskaltes Wasser auf mein Gesicht, was mich zusammenzucken ließ. Ich erkannte die freundlichen Augen und die angesengten Augenbrauen über dem Stofflappen. Eilik.

Er rammte das Stemmeisen in eine der Ketten und ließ den Hammer niedersausen. Das tat er drei Mal. Beim letzten Schlag löste sich die Kette und fiel ab.

»Schnell, Mädchen!«, schrie er gegen das Knistern und Zischen des Feuers. »Bevor das Dach einstürzt!«

Er packte mich an den Armen und zog mich auf die Füße. Meine Muskeln verkrampften sich und zuckten und beinahe wäre ich gestürzt. Er nahm mich auf die Arme, als wöge ich nichts, als würde ich nicht nach Dreck und Urin und nach Schimmel stinken. Seine Hände waren so warm wie die Luft, die aus seiner Schmiede strömte.

Mein Gesicht an seine Brust pressend rannte er mit mir in die Dunkelheit hinaus, trug mich von der brennenden Scheune weg, aus dem Dorf, zum Waldrand, wo das Licht blau und dämmrig war. Unter den Bäumen warteten zwei blasse Gestalten. Ich erkannte Dolla, das Maultier meiner Mutter. Sie war mit Taschen und Kisten beladen, die aufs Geratewohl an ihrem Sattel festgebunden worden waren. Neben Dolla stand meine Mutter. Sie trat einen Schritt vor, als Eilik mich vor Anstrengung keuchend auf Dollas Rücken hievte. Dort lag ich, rang nach Luft und atmete den sauberen Pferdegeruch von Dollas Mähne ein, nahm die Wärme ihres breiten Rückens auf. Sie bewegte sich unter mir, gab jedoch keinen Laut von sich. Braves Pferd.

Ma streckte die Hand aus. Nicht nach mir, sondern nach Eilik. Neben seinem sonnengebräunten Unterarm wirkte ihre Hand sehr weiß.

»Danke«, flüsterte sie.

»Ich brauche keinen Dank«, erwiderte er schroff. Er drehte sich zu mir, doch im Dunkeln konnte ich seinen Gesichtsausdruck nicht erkennen. »Es ist nur die Angst, die sie dazu gebracht hat, aus einer Kinderprügelei einen Albtraum zu machen. Sie sehen ihre eigenen, geheimen Dämonen. Ich sehe bloß ein kleines Mädchen. Geht von hier weg, weit weg, wo sie euch nicht finden können, und fangt neu an.« Einen Augenblick später war er verschwunden.

»Ma«, flüsterte ich. Meine Stimme knisterte und zischte wie das Feuer. Ich streckte die Hand nach ihr aus. Ich wollte Trost, wollte irgendetwas, das mir helfen würde, das Grauen des soeben Geschehenen aus meinen Gedanken zu verdrängen.

Sie wehrte meine Hand ab. »Nicht.« Ihre Stimme war leise und gebrochen.

Als sie Dolla in den Wald führte, begann ich wieder zu zittern.

Lucas Hand lag leicht auf meinem Rücken, als wir über den Hof zu dem Pfad gingen, der von Malas und Crinas Haus wegführte. Die Hitze seiner sonnenwarmen Haut drang durch mein Hemd. Ich holte tief Luft, um wieder ruhig zu werden. Mit jedem Schritt versuchte ich den Mut aufzubringen, ihn zu fragen, was nun mit mir geschehen würde: Was taten sie hier mit Menschen wie mir? Ich brachte die Kraft nicht auf. Die Worte blieben wie trockene Brotkrumen in meiner Kehle stecken. Ich hatte versprochen mit ihm zu gehen und nicht wieder davonzulaufen, und dieses Versprechen würde ich halten, selbst wenn jeder Muskel meines Körpers zitternd nach Flucht verlangte. Weiter reichte meine Tapferkeit allerdings nicht.

Ich war überrascht, als Luca stehen blieb und sich auf die niedrige Steinmauer setzte, die den Hof der Familie umgab. Von dort konnte ich das ganze Grundstück überblicken, auch die zwei dunklen Erdhügel unter den Bäumen auf der einen Seite des Hauses. Jeder war mit einem Ring aus weißen Steinen gekrönt. Die Gräber des Bauern und seines Sohnes. *Nicu und Abhay.*

»Setz dich«, sagte Luca und deutete mit einer Hand auf einen umgefallenen Baumstamm, während er mit der anderen sein Bündel abnahm und es auf die Erde stellte.

Ich gehorchte und beobachtete unruhig, wie er den Gurt abschnallte, der die Scheide seines Schwerts auf dem Rücken hielt. Er seufzte und streckte sich, dann legte er das Schwert mitsamt der Scheide quer über seine Knie.

»Nun kenne ich also endlich deinen Namen«, sagte er. Fast beiläufig zog er das Schwert aus der Scheide.

Angst ließ mich verstummen. Meine Hände wollten nach dem Wolfszahn greifen, doch ich ließ sie fest gefaltet im Schoß liegen. Ich durfte mich nicht rühren, ansonsten würde ich aufgeben und davonlaufen.

Er wird mir nicht unnötig wehtun, versuchte ich mich zu beruhigen. *Er wird es schnell hinter sich bringen, da bin ich sicher.*

Luca hielt nun einen weichen Lappen in der Hand und nahm sich die Blutflecke auf der Klinge vor. »Genau genommen habe ich das Gefühl, heute eine Menge über dich erfahren zu haben. Zum Beispiel, dass du nicht zu denen gehörst, die einem schlafenden Mann die Kehle durchschneiden. Egal, wie leicht er es dir macht.«

Ich schnappte nach Luft, als ich die Bedeutung seiner

Worte begriff, und meine Wut wurde stärker als die Angst. »Du warst wach?«

»Wofür hältst du mich – einen Trottel? Natürlich war ich wach.«

»Aber – dann – *warum*?«, wimmerte ich und dachte daran, wie ich mich über ihn gebeugt, ihn angestarrt und vor mich hin geflüstert hatte.

»Ich musste herausfinden, ob du versuchen würdest mich umzubringen, um deine Freiheit zu erlangen«, sagte er, als wäre es die logischste Angelegenheit der Welt. Er sah nicht von seinem Schwert auf, sondern rubbelte weiter an einem hartnäckigen Fleck. »Ich habe weiterhin herausgefunden, dass du bereit warst, gegen jeden Selbsterhaltungsinstinkt zwei Frauen zu helfen, die du nicht kanntest. Dass du tapfer genug bist, einem Mann, der doppelt so groß ist wie du, mit nichts weiter als einem Jagdmesser entgegenzutreten, und schnell genug, um ihn beinahe damit zu töten. Dass du selbst dann, als du zu verängstigt warst, um etwas zu sagen, dein Versprechen, nicht davonzulaufen, gehalten hast. Das habe ich heute über dich herausgefunden.«

Ich konnte keinen klaren Gedanken fassen. Ich schüttelte den Kopf und versuchte seine Worte in einer Reihenfolge zu ordnen, die einen Sinn ergab. »Welche Bedeutung hat irgendetwas davon? Du weißt, was ich bin. Ich habe dir von dem Fluch erzählt. Du weißt über den Wolf Bescheid.«

»Frost.« Endlich blickte er von seinem Schwert auf und ich fühlte, wie meine Augen größer wurden, als ich in seine sah. In ihnen lag kein Anzeichen von Abscheu oder Angst.

Nicht einmal Mitleid. Nur Güte. »Du brauchst keine Angst vor mir zu haben.«

Die Priester hatten auch freundlich ausgesehen. Mitgefühl war nicht dasselbe wie Barmherzigkeit. Er konnte mich unter keinen Umständen laufen lassen. »Was wirst du mit mir tun?«, fragte ich.

Traurigkeit huschte über sein Gesicht und verdunkelte die goldenen Lichter in seinen Augen, wie eine Wolke, die vor die Sonne gleitet. Er schob sein Schwert eilig in die Scheide zurück und schnallte es wieder um. Anschließend beugte er sich vor, schnürte sein Bündel auf und zog ein großes, unförmiges Päckchen heraus, das in Sackleinen eingewickelt war. Er hielt es mir entgegen und wartete geduldig, bis ich den Mut aufbrachte, danach zu greifen. Sobald er losließ, zog das Gewicht meine Arme heftig nach unten. Das Paket war schwerer, als es in seinen Händen gewirkt hatte.

»Öffne es«, sagte er.

Während ich mich mit der Schnur abmühte, die alles zusammenhielt, stand er auf und schulterte wieder sein Bündel. Der Wind, der über den Berghang wehte, wirbelte die Blätter hinter ihm zu einer silbrig grünen Wolke auf. Feine helle Haarsträhnen flogen ihm ums Gesicht.

»Ich weiß nicht, was du als Nächstes erwartet hast«, sagte er, »aber es scheint nichts Gutes gewesen zu sein. Also höre mir jetzt zu. Ich werde dir ein Angebot machen, dass du annehmen oder ablehnen kannst.«

Meine Finger blieben auf dem Päckchen liegen. »Was für ein Angebot?«

»Schließ dich uns an. Schließ dich mir an. Werde eine Bergwächterin.«

Ich merkte, wie mir die Kinnlade herunterklappte. »Das – das kann nicht dein Ernst sein. Ich habe dich schon einmal angegriffen. Ich bin eine Gefahr für normale Menschen. Auf mir liegt ein Fluch.«

»Ich glaube nicht an Flüche«, entgegnete er mit durchdringendem Blick. »Ich glaube nicht an Magie, an Dämonen. Ich glaube daran, dass man die Wahl hat. Was immer man dir erzählt hat, wer immer dir Schaden zugefügt hat, welche Vergangenheit dich auch verfolgt, du kannst die Entscheidung treffen, das alles hinter dir zu lassen. Ich weiß es, Frost. Ich habe heute gesehen, wer du bist. Deine Tapferkeit hat diese Frauen gerettet.«

Ich begann den Kopf zu schütteln, doch er bedeutete mir mit erhobener Hand zu schweigen. »Ich glaube, dass du mit etwas Übung eine großartige Kämpferin werden kannst. Ich kann dir beibringen, wie du diese blinde Wut, die dich überkommt, lenken kannst. Ich kann dir beibringen, wie du gegen deine Angst ankämpfen und sie überwinden kannst. Doch das geht erst, wenn du dein Leben in die Hand nimmst. Du musst dich dafür *entscheiden*, nicht mehr davonzulaufen. Du musst dich dafür *entscheiden*, mir zu glauben.« Er lächelte und ich bekam keine Luft. »Ich jedenfalls glaube an dich.«

»Du kennst mich nicht. Du weißt nicht … was ich getan habe.«

»Ich kenne dich noch nicht besonders gut«, verbesserte er mich. »Doch ich habe heute genug gesehen, um dich für eine bemerkenswerte Frau zu halten. Anständig, warmherzig und tapfer. Ich weigere mich zu glauben, dass du etwas wirklich Falsches getan haben sollst. Ich denke nicht, dass du das könntest.«

Ich sah weg und biss die Zähne zusammen. Er hatte keine Ahnung, wie sehr er sich irrte. Und trotzdem bedeutet es mir so viel, jemanden sagen zu hören, dass er an mich glaubte – dass ich gut war. Meine eigene Mutter hätte das nicht von mir behauptet.

Ich hörte Stoffrascheln und das Knarzen von Leder und plötzlich kniete er mit gebeugtem Kopf vor mir. Ich starrte auf die goldbraunen und silberblonden Strähnen in seinem Haar, während seine langen Finger meine beiseiteschoben, die noch auf dem vergessenen Päckchen ruhten. Er knotete eilig die Schnur auf und schob eine Lage Sackleinen zurück.

Mir stockte der Atem, als ich sah, was ordentlich zusammengepackt darunter lag.

Mein Bündel. Meine Jagdmesser. Meine Fallen. Mein Wasserschlauch und Trockenfleisch.

Die Axt meines Vaters.

Alles, was ich auf der Welt besaß. Alles, was ich für immer verloren geglaubt hatte.

Zitternd umfasste ich den kalten Stahl und das glatte Holz des Axtschafts. »Du hast sie gefunden.«

»Ich wollte sie dir zurückgeben. Und dann sind ständig andere Dinge dazwischengekommen«, sagte er. Ich fühlte, wie mir bei dem Gedanken an meine wiederholten Fluchtversuche die Hitze in die Wangen stieg. »Jetzt weißt du, dass es mir ernst ist mit dem, was ich sage. Wenn du willst, kannst du gehen und brauchst mich und die Garde nie wiederzusehen. Ich werde dich nicht aufhalten. Es steht dir frei, Frost.«

Seine Hand umschloss meine zum zweiten Mal und unsere Finger wanden sich umeinander. Es war so natürlich, dass ich nicht weiter darüber nachdachte. Ich sah ihm in die fremden, dunklen Augen.

Nichts rührte sich mehr. Mir stockte der Atem. Der Wind schien sich zu legen, während mich das Sonnenlicht des Spätnachmittags einhüllte und in einem Schleier aus Wärme umfing. Ein Singvogel zwitscherte, das Geräusch vibrierte endlos in der Stille. Das blau-goldene Feuer in Lucas Blick flackerte durch meinen Körper und veränderte alles, was es berührte: jedes Stäubchen und jeden Tropfen Blut. *Für immer.*

Dann war es vorbei. Seine Hand ließ meine los. Er erhob sich und stand wieder vor mir. Ich sah auf meine kribbelnden, zitternden Finger.

»Du weißt, wo du uns findest«, sagte er. »Ich werde auf dich warten.«

Ich spitzte die Ohren, um zu hören, wie sich seine Schritte entfernten, doch da war nur die Stimme des Windes. Trotzdem wusste ich, dass er weg war.

Ich blieb lange Zeit dort sitzen, allein unter den sich sanft wiegenden Bäumen. Auch in meiner Brust rührte und bewegte sich etwas, öffnete sich unter meinem Brustbein. Es schmerzte, aber es war ein süßer Schmerz. Schmerz bedeutete Leben. Etwas, wofür ich keinen Namen hatte, wurde lebendig in mir. Etwas wie Hoffnung oder Glück oder Glaube – nichts davon oder alles. Wie die Axt meines Vaters hatte ich ein solches Gefühl für immer verloren geglaubt. Und genau wie die Axt meines Vaters war es mir zurückgegeben worden. Von Luca.

Er glaubte nicht an Flüche. Er glaubte, dass ich den Wolf bekämpfen konnte. Er hatte gesehen, wie ich zur Berserkerin geworden war, und hielt mich trotzdem für einen guten Menschen.

In diesem Moment fiel es mir zum ersten Mal wie Schuppen von den Augen, es war so offensichtlich, dass ich ein Lachen unterdrücken musste.

Ich war nicht mehr in Uskaand.

Hier gab es keine Priester von Askaan oder des Anderen. Es gab niemanden, der mein Schicksal verkündete oder befahl Feuer anzuzünden. Keinen, der wusste, was ich getan hatte oder wer ich gewesen war. Niemanden, der auch nur meinen richtigen Namen kannte. In Ruan war ich ein unbeschriebenes Blatt. Ich konnte mich tatsächlich dafür entscheiden, die Vergangenheit hinter mir zu lassen. Vorausgesetzt, ich konnte mich dazu durchringen, Lucas Worten Glauben zu schenken.

Meine Angst zu bekämpfen. Meine blinde Wut zu lenken. Menschen zu helfen, statt ihnen Schaden zuzufügen. Einen Platz zu finden und dort zu bleiben, statt immer wegzulaufen, mit dem ständigen Blick über die Schulter. Ich wusste nichts über Luca oder dieses Land. Ich wusste nicht, ob das, was er mir angeboten hatte, wirklich möglich war. Doch wie er gesagt hatte: Ich musste eine Entscheidung treffen. Ich musste mich entscheiden, ob ich ihm glaubte. Ob ich an mich glaubte.

Als ich die Hand auf meine Wange legte, war die Haut, die Luca berührt hatte, noch immer warm.

Ich verstaute meine Sachen ordentlich in meinem Bündel, legte das zusammengefaltete Sackleinen darauf und band die Axt meines Vaters fest. Dann warf ich mir die Trageriemen über die Schulter und stand auf. Ich nickte den Gräbern von Nicu und Abhay respektvoll zu.

Das Licht verdunkelte sich von Honig zu Bernstein, während ich durch das raschelnde Laub lief, und färbte sich blau, als die Sonne hinter den Bergen versank. Ich machte einmal Rast, um etwas zu essen und zu trinken. Am Himmel gingen die Sterne auf und der Wind wurde eisig.

Ich hörte Gesang.

Ich trat aus dem Wald heraus. Als ein Wachposten auf mich zueilte, nahm ich meinen Mut zusammen und hielt die Hände hoch, um zu zeigen, dass ich unbewaffnet war. Auch wenn es zu dunkel war, um sein Gesicht zu erkennen, konnte ich seinen prüfenden Blick spüren. Er nickte und deutete auf die Mitte des Lagers. Auf den Schein des Feuers.

Hier und da brannten Fackeln, es waren nicht genug, um das Lager tatsächlich zu beleuchten. Die Sterne schienen direkt über den Zelten zu schweben, sie glänzten silbern im dunklen Blau. Dieselbe tiefe, wunderschöne Stimme, die ich in der Nacht meiner Flucht gehört hatte, rief mich näher, sie sang dasselbe bewegende Lied. Die Holzflöte stimmte ein.

Als ich zwischen zwei Zelten heraustrat, saß eine Gruppe

um eine Feuerstelle – zwanzig, fünfundzwanzig Bergwächter, vielleicht auch mehr. Einige hatten sich auf langen, glatt polierten Holzstämmen niedergelassen, die im Dunkeln weiß leuchteten. Andere saßen im Gras. Die Farben der Flammen, die auf ihren Gesichtern tanzten, verbargen ihren Gesichtsausdruck. Ich erkannte niemanden. Falls Luca dabeisaß, sah ich ihn zumindest nicht.

Blaue und orangefarbene Funken stoben in den Himmel. Die Versammelten hoben beim Singen die Gesichter und blickten ihnen nach. Selbst aus der Entfernung konnte ich spüren, wie die Hitze des Feuers durch die Reihen der Singenden strahlte und meine kalten Wangen und Hände wärmte.

»Leb wohl, mein Lieb, gedenke stets,
wie ich einst weilt' bei dir;
lass dir mein Herz, mein Lieb, leb wohl,
ich hoff, du weinst nicht mehr …«

Ich kniete mich unbemerkt an den Rand der Versammlung und stimmte in ihren Gesang ein.

Ich kann meine Zehen nicht mehr spüren. Ich ziehe mich mit den Händen den Berg hinauf; als ich mich durch die dünne Schneeschicht zu dem steinigen Boden darunter vorkämpfe, brechen Nägel ab, Haut reißt ein. Meine Sicht verschwimmt und mein Herz scheint mir im Halse zu stecken. Ich zwinge mich vorwärtszugehen, zu den Felsen, die auf der Hügelspitze aufragen. Wenn ich sie erreiche, kann ich mich vielleicht verstecken. Kann ich vielleicht entkommen.

Die Stimmen der Wölfe, die mich überreden wollen, sind nun verstummt. Ihre Klauen knirschen rhythmisch hinter mir durch den Schnee. Näher, näher, immer näher. Leise, keuchende Atemzüge. Gellendes, gieriges Heulen. Bis auf die Geräusche ihrer Verfolgungsjagd ist kein Laut in der Nacht zu hören.

Sie wissen, wann ihre Beute ihre Grenze erreicht hat.

Zehn

Berichte über den Vorfall in meinem alten Dorf verbreiteten sich in Uskaand, so wie sich im Winter Eis über einen Brunnen legt: schnell und unaufhaltsam. Eine Zeit lang konnte jeder eine Geschichte über ein wildes Wolfsmädchen erzählen, das mit spitzen, gierigen Fangzähnen und funkelnden Silberaugen durchs Land streifte. Wenige schenkten den Geschichten Glauben, Kinder jedoch schnappten nach Luft und kicherten bei der Vorstellung eines solchen Geschöpfes und fragten sich, ob sie sich wohl im dunklen Wald versteckte oder in der kargen Einsamkeit der Ebenen. Selbstverständlich niemals in einem Dorf wie dem ihren.

Es dauerte vier Jahre, bevor der Wolf wieder Besitz von mir ergriff. Vier Jahre, in denen wir auf der Flucht waren, uns um Arbeit bemühten in winzigen Weilern, wo es sich die Bewohner kaum leisten konnten, Ma für ihre Dienste zu bezahlen. In denen wir unter falschem Namen lebten. In denen wir uns ruhig verhielten. Aus allem heraushielten. Und niemals kämpften.

Viele der Menschen, mit denen wir in dieser Zeit zu tun hatten, hielten mich für schwachsinnig. Ich sprach wenig und sah niemandem in die Augen.

Und ich »fiel« ständig hin. Ziemlich ungeschickt für ein so starkes, dralles Mädchen.

Mit gedämpftem Flüstern bezeugten sie Mutter ihr Mitleid.

Welch eine Schande, dass die Tochter einer Heilerin so kraftlos war! Keine Heilkunst konnte diese Krankheit lindern. Doch wenigstens war ich ruhig und gehorsam. Wenigstens war ich nicht … gewalttätig.

Die Eisschicht um das Herz meiner Mutter wurde mit jedem erzwungenen Umzug dicker: Wann immer die Dorfbewohner zutraulich genug wurden, um uns Fragen über unsere Herkunft zu stellen, wann immer meine ungewöhnlichen Augen Neugier erweckten, wann immer jemand vermutete, ich könnte doch keine so ungeschickte Idiotin sein, flüchteten wir wie Verbrecher mitten in der Nacht. Wir wurden Experten darin, unsere weltlichen Besitztümer von einem Moment auf den anderen zu packen und alles zurückzulassen, was wir nicht zwingend brauchten. Ich lebte in der Furcht, Ma könnte mich eines Tages ebenfalls zurücklassen und ich fände mich in einem dieser namenlosen Dörfer wieder, ausrangiert wie ein zerbrochener Stuhl oder eine zerschlissene Decke, für immer allein in der Welt.

Doch gleichgültig, welche Gefühle sie für mich hegte, gleichgültig, wie heftig sie zusammenzuckte, wenn ich ihr nahe kam, oder wie oft ich sie nachts schluchzen hörte, sie versuchte nie, ohne mich zu flüchten. Sie drohte nicht einmal damit. Sie ließ mich nie frieren oder hungern, wenn sie selbst nicht noch schlimmer fror oder noch hungriger war. Sie schlug mich nie hart genug, um mich zu töten.

Oder meine Haut zu verletzen.

Meine arme Ma. Als ich ungefähr zwölf war, hatte sie sich dem Glauben hingegeben, wir wären nun sicher. Der Wolf wäre verschwunden. Vielleicht war sie einfach zu erschöpft, um einen weiteren Winter auf der Flucht zu sein. So oder so, in diesem Jahr be-

schloss sie, bis zum Frühling in einem kleinen Dorf am Fuße der Berge zu bleiben. Es war eine Entscheidung, die wir beide bereuen würden.

Ich befreite mich aus dem vertrauten Elend des Traums, in dem sich alle meine Erinnerungen wiederholten, und richtete mich schwer atmend auf. Während ich mich mit schlaftrunkenem Blick umsah, tastete meine Hand nach der beruhigenden Form des Wolfzahns auf meiner Brust.

Ich war es gewohnt, jedes Mal, wenn ich die Augen öffnete, an einem anderen Ort aufzuwachen – vor allem in letzter Zeit –, doch das hier … das war etwas anderes.

Ich saß auf einem dicken Stapel Teppiche. Schwarze, graue und weiß gefleckte Felle mit heller Seidenfütterung waren über mich gebreitet. Sie waren so weich wie der Flaum eines Kükens und feiner als alles, was ich in meinem bisherigen Leben gesehen, geschweige denn angefasst hatte. Eine Holztrennwand, verziert mit Emailletafeln, die einen Wald aus goldenen und silbernen Bäumen darstellten, stand um meinen Schlafplatz.

Wo bin ich, Vater?

Ich hörte gedämpfte Schritte, die Trennwand wurde beiseitegeschoben und eine große Frau mit wirrem grauem Haar, einer Tätowierung im Gesicht und unangenehm durchdringendem Blick stand vor mir. Die Erinnerung kam mit einem beinahe körperlich spürbaren Schlag zurück.

Livia.

»Geht es dir gut?« Ihre Stimme war weniger barsch, als

ich sie in Erinnerung hatte, sie klang fast zögerlich. »Du hast … gerufen.«

»Gerufen?«

»Nach deiner Mutter.«

Mein Gesicht wurde heiß. »War nur ein Traum. Es hat nichts zu bedeuten.«

Da ihr unverhohlen mitleidiger Blick mich nervös machte, spähte ich an ihr vorbei in den Raum. Das Dach aus Zeltplane wurde von Holzpfosten gestützt, an denen gläserne Öllampen baumelten. Die reich bestickten Gobelins an den Wänden zeigten mythische Figuren – fliegende Pferde, Feuer speiende Löwen, dreiköpfige Schlangen –, den verblassten Farben nach zu urteilen waren sie sehr alt. Auf dem Boden lagen Teppiche, die den Wandbehängen an Erlesenheit nicht nachstanden. Ich sah einen niedrigen Tisch, der so lang war wie ich groß und in dessen Beine seltsame Muster geschnitzt waren. Auf der Tischplatte lagen Papiere und Bücher verstreut, Federkiele und Tinte. Es gab Stühle und sogar ein richtiges Holzbett, ordentlich gemacht mit einem dunkelblauen Überwurf. Nur ein sehr scharfes Auge konnte die verräterischen Formen der Scharniere entdecken, die es ermöglichten, derart luxuriöse Gegenstände für die Reise zusammenzuklappen. Wenn dies ein Zelt war, dann war es auf jeden Fall eines Prinzen würdig.

Oder eines Edelmanns, den sein König in die Wildnis geschickt hatte.

»Das ist Lucas Zelt, oder?«

Livia nickte und stützte den Arm beiläufig auf die Trennwand. »Er hat dich letzte Nacht hierhergetragen. Du bist auf dem Versammlungsplatz im Sitzen eingeschlafen. Du musst völlig erschöpft gewesen sein.« Sie hielt einen Moment inne. »Er hat sich gefreut, dich zu sehen.«

»Oh.« Ich sah auf die grau gefleckte Felldecke, die über meine Knie gebreitet war. »Wo ist er?«

»Er ist mit einem Spähtrupp unterwegs. Er bat mich zu warten, bis du aufwachst, um dir alles zu zeigen und dir zu helfen, dich einzurichten.«

Etwas – vielleicht Panik – musste sich auf meinem Gesicht abgezeichnet haben, denn sie fügte hinzu: »Er kommt heute Abend zurück.«

Um gleichgültig auszusehen, zwang ich mich, an glatte graue Flusskiesel zu denken. »Es tut mir leid, wenn ich dir Mühe mache.«

Sie schob die Trennwand mit einem Lächeln ein Stück zur Seite und deutete auf den unordentlichen Tisch. »Überhaupt nicht. Ich habe die Gelegenheit genutzt, meine Berichte zu ergänzen. Wenn ich das in meinem eigenen Zelt versuche, werde ich alle zwei Minuten unterbrochen. Ich kann noch nicht einmal essen, ohne dass jemand angerannt kommt und etwas von mir will. Und da wir gerade von Essen reden, Luca hat dir etwas zum Frühstück dagelassen. Du bist bestimmt hungrig.«

Ich rutschte an den Rand des Teppichstapels und wickelte mich aus den Felldecken. »Ich … du hast gesagt, Luca hat mich hierhergetragen. Habe ich mich überhaupt nicht gerührt?«

»Du hast keinen Ton von dir gegeben«, sagte Livia, räumte eine Ecke des Tischs frei und stellte ein Holztablett darauf.

Ich war seit meiner Kindheit eine leichte, unruhige Schläferin. Selbst wenn meine Nächte nicht von Träumen über Flucht und Geheul und scharfe weiße Fangzähne heimgesucht wurden, sorgten Gewohnheit und Notwendigkeit dafür. Doch als Luca mich in den Armen gehalten hatte, war ich nicht aufgewacht. Meine Wangen brannten.

Ich ging schnell zum Tisch, setzte mich auf einen der Stühle und lenkte mich ab, indem ich sämtliche Schalen auf dem Tablett aufdeckte. Da waren eine Tasse Milch, eine Schale mit runden, lockeren Gebäckstücken, irgendein Eiergericht und kleine gefüllte Fladenbrote, die knusprig und golden aussahen und offenbar in Öl ausgebacken worden waren. Als ich eines davon in den Mund steckte, stellte ich fest, dass es scharf gewürzte Wurzeln und Zwiebeln enthielt. Das Gebäck war süß und mit Nüssen und Honig verfeinert. Die Eier schmeckten nach grünen Blättern – ähnlich wie Spinat, aber intensiver – und Erbsen und noch mehr Zwiebeln. Das Essen war sehr scharf und brannte in meinem Mund, war aber köstlich. Ich versuchte langsamer zu essen, doch da ich am Vortag nur eine karge, fade Mahlzeit zu mir genommen hatte, ließ es mein Magen nicht zu. Ich war es gewöhnt, mich vollzustopfen, wenn sich die Gelegenheit bot, es war der Ausgleich für die Zeiten, in denen ich wenig oder gar nichts zu essen bekam. Außerdem brauchte ich nicht zu sprechen, wenn ich den Mund voll hatte.

Nicht, dass Livia das von mir zu erwarten schien. Sie kritzelte auf ihren Unterlagen herum, tropfte alles mit Tinte voll und nieste jedes Mal, wenn die Feder sie an der Nase kitzelte. Ihre entspannte Haltung und die Konzentration auf ihrem

Gesicht hatten etwas Beruhigendes, als wäre es überhaupt nicht seltsam oder peinlich, dass ich hier mit ihr in diesem Zelt saß. Dabei war ich das letzte Mal, als sie mich gesehen hatte, in einer Zelle eingesperrt gewesen. Dann war ich geflüchtet und der Hauptmann der Berggarde hatte höchstpersönlich nach mir gesucht. Und nun hatte ich die Nacht in seinem Zelt verbracht. Was mochte sie wohl denken?

Während ich die letzten würzigen Krumen mit dem letzten Schluck Milch herunterspülte, legte Livia ihre Feder beiseite und ging zu einer Truhe am Fußende des Bettes. Sie nahm ein großes, zusammengefaltetes Handtuch und ein Stück Seife heraus und hielt mir beides entgegen. Als ich aufstand, bemerkte ich zum ersten Mal, dass Livia größer war als ich – mindestens ein paar Zentimeter. In Uskaand war das selbst bei Männern selten gewesen. Die Sedrier schienen ein langbeiniges Volk zu sein.

»Ich soll dafür sorgen, dass du mit einer Uniform und allem anderen ausstaffiert wirst, was du heute brauchst, aber ich glaube, am besten wäschst du dich erst mal.« Sie legte noch einige saubere Kleidungsstücke auf den Stapel in meinen Armen. »Die gehören mir, sie sind nur für den Übergang.«

»Rieche ich so schlecht?«, fragte ich beschämt.

»Du stinkst nicht, aber ich kann riechen, dass du eine Weile auf dem Waldboden geschlafen hast. Wir haben leider kein Badehaus. Ich bringe dich zum Fluss.«

»Ich bin noch nie in einem Badehaus gewesen«, gestand ich. »Zu Hause hatten wir heiße Quellen.«

»Ah, das ist natürlich angenehm. Wenn ich noch einen

einzigen neuen Rekruten darüber lamentieren höre, dass es kein heißes Wasser gibt, schlag ich ihm den Schädel ein. Ich weiß nicht, warum sie sich melden, wenn sie auf Luxus aus sind.«

»Bin ich das?«, fragte ich zögernd. »Eine neue Rekrutin?«

Als sie nachdenklich die Stirn runzelte, schien der Hase in Livias Tätowierung einen Sprung zu machen. »Sieht so aus. Ich denke, du könntest hierher passen. Und an Mumm fehlt es dir ganz bestimmt nicht. Außerdem hat Luca sich noch nie in jemandem getäuscht.«

Während ich mir ihre Worte durch den Kopf gehen ließ, warf sie die Zeltplane zurück. Ich folgte ihr ins warme Morgensonnenlicht und in das geschäftige Treiben.

Bei Tageslicht war das Lager der Berggarde ein anderer Ort. Ich verdrehte mir den Hals, als ich versuchte alles aufzunehmen, was um mich herum geschah. Ich ging mit Livia quer durch das Lager, an einem kreisrunden Platz vorbei, wo ungefähr dreißig Männer und Frauen eine bestimmte Kampfabfolge übten, sie hoben und senkten die Schwerter in perfektem Gleichklang. Ganz in der Nähe trug ein Paar – ein Mann und eine Frau – einen waffenlosen Übungskampf aus, ihre Bewegungen bestanden aus kaum wahrzunehmenden Tritten und Fausthieben. Andere saßen friedlich da, polierten ihre Rüstung, reparierten Zaumzeug, schärften Waffen. Ich sah einen Mann, der Wäsche auf eine Leine hängte, die zwischen den Zelten gespannt war. Anderswo saß eine Frau mit einem Tuch um die Schultern auf der Erde, während eine Kameradin ihr vorsichtig die Haare schnitt.

Es fühlte sich weniger wie ein Lager, sondern mehr wie

eine kleine Stadt an. Die Zelte waren unterschiedlich groß – manche konnten problemlos zwei Dutzend Männer beherbergen, während andere eindeutig nur für ein oder zwei Personen gedacht waren. Als wir an der Feuerstelle auf der Rückseite des Lagers vorbeikamen, entdeckte ich Holzbaracken – die Gefängniszellen, in denen ich eingesperrt gewesen war. Wo nun möglicherweise Birkin festgehalten wurde.

Hoffentlich hatten sie ihn nicht in meine Zelle gesperrt. Auch wenn Birkin nicht durch den Spalt passen würde, den ich gegraben hatte.

Die Vielfalt der Haut- und Haarfarben unter den Bewohnern des Zeltlagers war verblüffend. Zu Hause hatte fast jeder die gleiche kupferbraune Haut und das gleiche dunkle Haar gehabt wie ich; dieselben breiten, ausgeprägten Wangenknochen und flachen Nasen. In Süd-Uskaand, wo ich aufgewachsen war, hatte schon die leichte Andersartigkeit meiner grauen Augen genügt, mich als Außenseiterin abzustempeln, was fast so schlimm war, wie eine Ausländerin zu sein. Dabei wusste ich, dass im Norden sowohl graue als auch blaue Augen als normal galten.

Unter den Bergwächtern glich kaum einer dem anderen. Ich sah einen Mann, der in Uskaand Getuschel und neugierige Blicke hervorgerufen hätte mit seinem runden Gesicht und der Knopfnase und der Haut, die so hell war, dass sie eindeutig ungesund aussah, vor allem im Vergleich zu seinen knallroten Haaren. Der Mann unterhielt sich mit einer Frau, die Haut von einem dunklen Blauschwarz hatte und Haare, die ihr wie dunkle Distelwolle um den Kopf standen. Ihre

Nase war flach wie meine – allerdings waren ihre Wangenknochen und das Kinn spitz und markant.

Und es gab so viele *Frauen*! Ich war davon ausgegangen, dass der Großteil der Soldaten Männer waren, so wie in der Armee zu Hause, vielleicht mit einer Köchin oder Heilerin wie Livia als Ausnahme. Doch hier schien die Hälfte der Soldaten Frauen zu sein, und während ich mich einerseits freute, nicht die einzige Rekrutin zu sein, war es seltsam, alle Bewohner des Lagers ungeachtet ihres Geschlechts in den gleichen Kleidern zu sehen – einfachen Hemden und Kniehosen – und mit umgeschnallten Waffen.

Viele Bewohner, an denen wir vorbeikamen, unterbrachen ihre Tätigkeit und starrten mich unverhohlen an. Ich sah niemandem in die Augen. Feindseligkeit, Vorsicht und Misstrauen waren mir nur allzu vertraut.

»Beachte sie nicht weiter«, sagte Livia und schob beiläufig ihren Arm durch meinen. Ich versuchte bei der unerwarteten Berührung nicht zusammenzuzucken. »Es sind ein paar wilde Gerüchte im Umlauf, seit der Hauptmann und Arian dich das erste Mal hierhergebracht haben. Die Leute werden sich schnell an dich gewöhnen.«

Ich versuchte zu lächeln. Es wäre schön gewesen, wenn ich ihre Freundlichkeit hätte annehmen können, ohne nach versteckten Beweggründen zu suchen – aber ich war mir noch nicht sicher, ob ich ihr trauen konnte. Keiner hatte mich je akzeptiert. Keiner hatte sich je an mich gewöhnt.

Luca will mich hier haben, sagte ich mir und straffte die Schultern. *Livia denkt, dass ich hierher passen könnte. Ich bin gut genug. Ich* werde *gut genug sein.*

Livia führte mich zum Rand des Lagers, wo es wieder Bäume gab. Viele Füße hatten einen Pfad über die hohe, moosüberwachsene Böschung zum breiten Flussbett hinunter ausgetreten. Das Wasser schimmerte in dunklem, geheimnisvollem Grün, die Oberfläche wirkte gläsern. Es badeten schon andere Frauen dort, sie lachten und bespritzten sich gegenseitig.

»Die Männer waschen sich abends, die Frauen morgens. Es läuft strikt getrennt, es sei denn – mmh, es ist vorher abgesprochen.« Livia warf mir einen Seitenblick zu und ich spürte, wie meine Wangen wieder zu glühen anfingen. Sie lachte. »Es wird auch penibel darauf geachtet, dass keiner heimlich schaut, du kannst dich also ganz sicher fühlen.«

Eine der Frauen im Wasser erspähte mich. Sie stieß ihre Kameradin an. Ich konnte ihre Stimmen wegen des Wasserrauschens nicht hören, doch das sofortige Ballen von Fäusten und Verschränken von Armen sagte alles. Sie wollten mich nicht dort haben.

»Dann lass ich dich mal allein«, sagte Livia und ging davon, offenbar hatte sie die Reaktion der Frauen nicht mitbekommen. »Wenn du fertig bist, komm wieder in Lucas Zelt, dann bringe ich dich zur Näherin.«

Mittlerweile starrte die ganze Frauengruppe zu mir hoch. Ihre entspannte Haltung hatte sich zu Wachsamkeit verhärtete. Würden sie gehen, wenn ich ins Wasser stieg? Oder würden sie über mich herfallen? Was, wenn ich jemanden verletzte? Dann hätte der Ziegenhirte endlich einen Grund, seine Drohung wahr zu machen. Oder, schlimmer noch,

Luca würde klar werden, dass er sich geirrt hatte, und mich wegschicken.

Bleib ruhig. Kämpfe nicht. Halt dich raus.

Ich versuchte den vertrauten, immer wiederkehrenden Spruch aus dem Kopf zu bekommen, doch das altbekannte Gefühl von Kälte setzte sich fest. Ich drückte die Kleider und das Waschzeug, das Livia mir gegeben hatte, gegen die Brust und wandte mich vom Fluss den schützenden Bäumen zu. Bei jedem Schritt fühlte ich die Blicke der Frauen auf meinem Rücken.

Als die Geräusche des Lagers hinter mir immer leiser wurden, hörte ich nur noch Vogelgesang und das Murmeln des Flusses. Goldene Pollenwolken tanzten in den Sonnenstrahlen und kribbelten mir in der Nase. Ich stieg über Kletterpflanzen und bemooste Felsen und versuchte auf dem steilen Abhang das Gleichgewicht zu halten. Auf meinem Gesicht bildeten sich Schweißperlen und ich geriet ein wenig außer Atem. Außerdem überkamen mich Schuldgefühle. Livia hatte genau gewusst, was sie tat, als sie mich zum Fluss brachte. Vermutlich hatte sie erwartet, dass ich ihnen die Stirn bieten, mich vorstellen und mit ihnen anfreunden würde. Stattdessen war ich wieder weggelaufen. So viel zu meiner »Tapferkeit«. Je weiter ich mich von diesen Frauen und ihren prüfenden Blicken entfernte, umso mehr löste sich die Anspannung in meinem Nacken und meinen Schultern.

Als ich einen schmalen Trampelpfad fand, folgte ich ihm und hielt nach einer Stelle Ausschau, wo ich hinunterklettern könnte, um zu baden. Doch der Pfad führte von dem kaum sichtbaren Glitzern des Wassers fort und das Rauschen wurde leiser. Ich überlegte umzukehren, doch … vielleicht waren die Frauen ja noch dort und warteten.

Ich verfluchte meine Feigheit und stapfte weiter. Der Pfad machte eine scharfe Kurve. Schließlich hörte ich wieder das Rauschen des Wassers, dieses Mal vor mir und viel lauter als zuvor. Zwischen den Bäumen wurde ein Tümpel mit klarem grünem Wasser sichtbar, das in der Sonne funkelte. Die Schönheit ließ meinen Atem stocken.

Der Tümpel wurde von einem dünnen Wasserfall gespeist, der sich über eine Felswand ergoss. Zwischen den Felsen sprossen leuchtend gelbe junge Bäume und bläulicher Farn. Das Ufer wurde von einem trockenen Halbmond aus glatten Flusskieseln gesäumt. Ich wollte schon darauf zurennen und alles näher in Augenschein nehmen, da sah ich den Mann.

Mit dem Rücken zu mir watete er aus dem Wasser und ging zu einem ordentlichen Kleiderstapel auf den trockenen Kieseln am gegenüberliegenden Ufer. Wie nicht anders zu erwarten war der Mann nackt. Als er sich abzutrocknen begann, spannten und bewegten sich seine schweren Muskeln geschmeidig unter der braunen Haut.

Ich hatte schon früher nackte Männer gesehen. Uskaand ist ein Land mit eisigen Flüssen und heißen Quellen, wo es normal ist, dass Männer und Frauen gemeinsam baden. Es wäre höflich gewesen, einfach wegzusehen, solange der Mann sich anzog.

Doch ich sah nicht weg.

Sein Rücken, seine Schultern und sein Gesäß waren

übersät von Narben. Langen, geraden Narben, die aussahen, als stammten sie von einer Peitsche. Dicken, unregelmäßigen Wülsten, die von Verbrennungen herzurühren schienen. Dünnen, silbrigen Schnittwunden, die eine Waffe mit scharfer Klinge hinterlassen hatte. Die Wunden waren längst verheilt, doch einige hatten noch eine blaugraue Farbe. Mir wurde klar, dass ich die Folgen monatelanger – *jahrelanger* – Misshandlungen sah. Ich konnte mir nicht vorstellen, wie jemand so viel Schmerz auszuhalten vermochte.

Als er seine Kniehosen anzog, wich ich hinter die Bäume zurück. Dieser Mann, dem es so wichtig war, allein an einer abgeschiedenen Stelle zu baden, durfte niemals erfahren, dass ich ihn gesehen hatte.

Ein lautes Knacken übertönte das Rauschen des Wasserfalls. Als ich nach unten sah, stellte ich fest, dass mein Stiefel einen Ast entzweigebrochen hatte. Ich fluchte lautlos – doch es war zu spät, um mich unbemerkt davonzustehlen. Das Hemd noch immer offen, drehte sich der Mann auch schon um.

»Schon zurück, Luca?«, rief er. Er lächelte, was sein Gesicht so völlig veränderte, dass ich ihn einen Moment lang kaum erkannte.

Es war der Ziegenhirte. Arian.

Wir starrten einander an, beide geschockt und reglos.

Dann stieß er einen leisen, gemeinen Fluch aus. Er stürzte über den Uferstreifen auf mich zu und packte mich am Arm. Seine Finger bohrten sich in mein Fleisch und er schüttelte mich brutal. Obwohl wir gleich groß waren, hob er mich fast hoch. »Wolltest wohl einen Blick riskieren, was? Jetzt rennst du vermutlich zurück und erzählst es allen?«

»Nein! Es tut mir l-leid!«, stammelte ich. Die Sachen, die ich umklammert hielt, fielen zu Boden, als ich auf den Kieseln, die unter meinen Füßen wegrutschten, das Gleichgewicht zu halten versuchte.

Seine freie Hand zuckte nach oben, als wolle er mich schlagen. »Luca war von allen guten Geistern verlassen, eine Rumtreiberin wie dich hierherzubringen –«

Wut und Panik ballten meine Faust und ich schlug damit hart auf sein Handgelenk. »Lass mich *los*!«

Er ließ mit einem Aufstöhnen von mir ab und ich stieß ihn mit beiden Händen weg. »Woher soll ich denn wissen, dass du hier bist? Gehört dir dieser P-Platz? Oder was?«

»Du bist mir hierher gefolgt – du hast mir nachspioniert.«

»Warum sollte ich das tun? Warum sollte ich die Nähe eines ekelhaften Grobians suchen, der mich laufend bedroht?« Ich stieß ihn noch einmal weg, mittlerweile zu aufgebracht, um vorsichtig zu sein. Ich hatte schon lange nicht mehr so die Beherrschung verloren. »Weißt du was? Du bist nicht der Einzige auf der Welt, der Narben hat! Bild dir bloß nicht ein, du wärst was Besonderes.«

Er ließ ein Geräusch hören, das einem Knurren gefährlich nahekam. »Verschwinde! Bevor ich etwas tue, das dir leidtun wird!«

»Ich denke nicht daran«, zischte ich. »Ich bin nur zum B-Baden hergekommen und du bist fast fertig. Also gehst du!«

Er trat mit einem langsamen, bedächtigen Schritt zurück.

Als er weitersprach, kamen die Worte leise und tonlos, als müsse er seine ganze Energie aufbringen, um sich zu beherrschen. »Hör gut zu. Schnapp dir jetzt deine Sachen und verschwinde. Geh ins Lager zurück. Bleib mir vom Hals.«

»Oder was?«, bohrte ich nach, angetrieben von der berauschenden Mischung aus Furcht und Wut. »Es macht dir wohl Spaß, unbewaffneten Frauen Gewalt anzutun? Da wird deine Mutter aber stolz auf dich sein!«

Er zuckte sichtlich zusammen und wurde vor meinen Augen aschgrau. Ich erstarrte, meine fiebrige Wut kühlte beim Anblick der eisigen Verzweiflung auf seinem Gesicht ab. Bevor ich versuchen konnte mich zu entschuldigen oder zu fragen, was los war, hatte er schon auf dem Absatz kehrtgemacht und stapfte durch die Bäume davon. In Sekundenschnelle war er verschwunden.

»Was habe ich gesagt?«, flüsterte ich.

Aber ich war nicht sicher, ob ich das wirklich wissen wollte.

Elf

Blitzsauber geschrubbt, mit feuchtem Haar und in Livias etwas zu engen Kleidern, deren Nähte mir in die Schultern schnitten, schlich ich zum Lager zurück. Ich hatte das Gefühl, an diesem Morgen zweimal auf die Probe gestellt worden zu sein und beide Male versagt zu haben. Zuerst, als ich vor den Frauen davongelaufen war, statt ihnen die Stirn zu bieten, und dann bei dem Streit mit Arian, als ich besser gegangen wäre.

Fast erwartete ich, von gezückten Schwertern empfangen zu werden, als ich aus dem Wald zurückkam, doch niemand beachtete mich. Damit das so blieb, hastete ich mit gesenktem Blick und gebeugten Schultern um das Lager herum.

»Oje«, sagte Livia, als ich in Lucas Zelt ankam. »Du siehst ja aus wie ein geprügelter Hund. Was ist denn passiert?«

»Ich hatte eine Auseinandersetzung mit dem Zie…, ähm, mit Arian.«

Sie lachte und schnitt eine Grimasse. »Mach dir deshalb keine Sorgen. Du wirst bald feststellen, dass Luca der einzige Mensch in der Berggarde ist, der mit Arian auskommt. Für uns andere ist es, als versuchten wir zu einem Stein freundlich zu sein. Ich bin nicht sicher, ob er noch andere Gefühle kennt als den Drang, alles, was ihm in die Quere kommt, kurz und klein zu schlagen.«

Ich dachte an den entsetzten Blick, mit dem mich Arian gerade angesehen hatte. Der Mann hatte ganz eindeutig Gefühle. *Doch das heißt noch lange nicht, dass es sicher ist, Mitleid für ihn zu empfinden,* ermahnte ich mich. *Es bedeutet bloß, dass er einen dafür möglicherweise nur noch mehr hasst.*

»Ich werde mich in Zukunft von ihm fernhalten«, sagte ich, vor allem zu mir selbst.

»Genau das versuche ich auch«, stimmte Livia fröhlich zu, als sie aufstand. »So, und jetzt zur Näherin mit dir.«

Und wieder marschierte die Heilerin quer durchs Lager, während ich mich am liebsten am Rand gehalten hätte. Nachdem sie einen Moment schweigend neben mir hergelaufen war, schlug sie mir plötzlich hart auf den Rücken. Meine Schultern zuckten nach hinten, als die Luft mit einem *Pfft* aus meinen Lungen wich.

»Schon besser«, sagte sie. »Mit einem Buckel bist du viel auffälliger, weißt du.«

Ich bemerkte, dass einige Leute bei diesem Wortwechsel grinsten. *Nun ja, sie warfen mir zumindest keine bösen Blicke zu. Oder lachten.*

Die Näherin des Lagers, Atiyah, war eine kleine, rundliche Frau mit einem dicken Schopf schwarzer Haare und Baumwollblüten-Tätowierungen auf beiden Wangen.

»Ah, das ist also die Neue? Sie sieht gar nicht so furchterregend aus«, sagte sie und ließ ein langes Maßband zwischen ihren Händen schnalzen. Als ich bei dem Geräusch zusammenfuhr, ließ sie ein überraschend mädchenhaftes Lachen hören. »Keine Angst, wenn du nicht beißt, beiß ich auch nicht.«

Livia leierte eine lange Liste von Anweisungen für Atiyah herunter, die offensichtlich von Luca stammten. Ich erfuhr, dass ich eine »Spezialrüstung« bekommen würde – aus leichtem, anschmiegsamem Leder, das meine Schwachstellen schützen würde: Stulpen, Armschienen, einen Halsschutz und einen Helm. Entgegen meiner Befürchtungen schien die Näherin von dem zusätzlichen Aufwand eher fasziniert als verärgert. Während sie Livia ununterbrochen mit Fragen bombardierte, nahm sie schnell und geschickt Maß. Dann erklärte sie, sie müsse mit Luca über die Materialien reden, sobald er zurück sei. Livia nahm ihr das Versprechen ab, dass ich am nächsten Tag zumindest eine einfache Uniform haben würde. Anschließend brachte sie mich zum Waffenzelt. Dort wurde wieder Maß genommen und ich bekam ein Übungsschwert aus einem stumpfen, weichen Metall, sowie einen Holzknüppel mit Messingkappen an beiden Enden. Als ich protestierte und auf meine Axt hinwies, lachte mir der Waffenmeister nur ins Gesicht. »Damit kannst du doch nicht trainieren!« Er schnaubte. »Du wirst jemanden umbringen, und zwar höchstwahrscheinlich dich selbst.«

»Wie soll ich lernen, besser mit der Axt zu kämpfen, wenn ich mit Schwert und Kampfstock trainiere?«, fragte ich Livia, als wir die Waffenkammer verließen.

Sie schürzte die Lippen. »Sprich mit Luca darüber, wenn er zurück ist. So, hier sind wir – das ist dein neues Zuhause.«

Ich blickte auf ein langes, schmales Zelt, dessen Eingangsplane hochgebunden war, dahinter sah man zusammengerolltes Bettzeug, ordentlich nebeneinandergelegt. Auf jeder Seite schliefen Dutzende, dazwischen waren jeweils nur wenige Zentimeter Platz. Im Augenblick schlummerten nur ein oder zwei Bergwächterinnen im Zelt, doch die Luft, die aus der Öffnung drang, war abgestanden und feucht vom Geruch warmer Körper. Ich konnte mir ausmalen, wie es nachts sein würde, wenn es mit Frauen vollgestopft wäre, die wie Kartoffeln in einem Sack aneinanderstießen. Wie bekamen sie bloß *Luft*?

Ich wich zurück und schüttelte den Kopf. »Nein. Es tut mir leid, das kann ich nicht. Ich kann nicht dadrinnen schlafen.«

Livia runzelte die Stirn. »Aber hier schlafen alle Frauen.«

»Du auch?«, fragte ich sie herausfordernd.

»Nein, das nicht – ich bleibe im Krankenzelt. Falls es einen Notfall gibt.«

»Dann schlafen also nicht alle Frauen hier. Ich möchte wirklich keinen Ärger machen. Ich richte mir einfach draußen ein Lager, das bin ich sowieso gewöhnt. Dadrinnen bekäme ich kein Auge zu, von Schlaf gar nicht zu reden.« Ich schauderte.

»Wir können dich nicht draußen schlafen lassen! Was machst du, wenn es regnet?«, fragte Livia entsetzt. »Ich würde dir ja anbieten bei mir zu wohnen, aber ich muss den Platz für Kranke frei halten. Dann bleibst du jetzt eben erst mal in Lucas Zelt. Er soll entscheiden, wo du schlafen sollst, wenn –«

»Er zurück ist«, wiederholte ich, es schien hier die Standardantwort auf alle schwierigen Fragen zu sein.

»Ja«, sagte sie, plötzlich wieder fröhlich. »Aber jetzt sterbe ich vor Hunger. Es muss doch allmählich Zeit fürs Mittagessen sein.«

Sie hakte sich wieder unter, ohne sich um mein unwillkürliches Zurückzucken zu kümmern, und zog mich zum größten Zelt des Lagers. Würzige Gerüche wehten mir entgegen, die mir den Mund wässrig machten und meinen Magen rumoren ließen.

»Das ist das Verpflegungszelt«, sagte Livia. »Hier gibt es dreimal am Tag etwas zu essen, allerdings kann man ihnen auch zwischendurch Essen abschwatzen, wenn man auf Grund von Diensten die Mahlzeiten versäumt hat. Wer möchte, darf sein Essenstablett mitnehmen, man muss allerdings die Teller und das Besteck zum Abwaschen zurückbringen. Sie kaputt zu schlagen gilt nicht.«

Ich biss die Zähne zusammen. Würden sie mich diese Sache jemals vergessen lassen?

Eine Seite des Zeltes war hochgeschlagen und wurde von langen Stäben abgestützt, was eine Art Vordach bildete, unter dem die Bergwächter auf Decken oder im Gras saßen und aßen und lachten. Drinnen standen lange, grob gezimmerte Tische und niedrige Schemel. An einem Ende des Zeltes gab es einen Tresen mit Tellern und Tabletts und Schüsseln, dahinter beugten sich Männer und Frauen zwischen Dampf- und Rauchwolken über Metalltöpfe.

Als Livia und ich das Vordach erreichten, starrten uns alle an. Das Lachen und Schwatzen verstummte, stattdessen wurde leise getuschelt.

»Vielleicht sollte ich einfach –«

»Vergiss es«, sagte Livia knapp. »Du magst, was das Schlafquartier anbelangt, für den Augenblick deinen Kopf durchgesetzt haben. Aber ich werde nicht zulassen, dass du vor allem davonläufst, was dir unangenehm ist. Wir sind keine Menschenfresser. Wir sind deine neue Familie, deine Waffenkameraden. Du musst uns kennenlernen und wir müssen dich kennenlernen – was nie geschehen wird, wenn du immer wegrennst.«

Ihre sehnigen Arme hatten erstaunlich viel Kraft. Sie zog mich fast bis zum Tresen.

Ich drehte den tuschelnden Bergwächtern den Rücken zu und versuchte mich zu konzentrieren, als sie mir erst zeigte, wo die Holztabletts aufgestapelt waren, und dann mehrere kalte Gerichte aus den zugedeckten Gefäßen auf dem Tresen auswählte.

»Man kann sich das … einfach nehmen?«, fragte ich ungläubig. »So viel man will? Und es gibt immer genug?«

Ich biss mir auf die Zunge, als sich wieder Mitleid in Livias Augen zeigte. Sie räusperte sich, dann beugte sie sich über den Tresen und bat einen der Köche um mehrere Schalen mit heißem Essen. Sie stellte die zusätzlichen Gerichte auf unsere Tabletts und deutete mit einer Kopfbewegung auf die Tische.

»Dann such uns mal einen Platz aus. *Nicht* dort«, fuhr sie mich an, als ich instinktiv auf einen leeren Tisch in der hintersten Ecke zusteuerte. Als sie meinen gehetzten Gesichtsausdruck sah, wurde sie ein wenig milder. »Ach, na gut. Kleine Schritte.«

Wir setzten uns an den freien Tisch und ich hob die

Deckel von den Gefäßen, deren kräftige Gerüche meinen Magen noch heftiger knurren ließen. Außerdem lieferte es mir eine Ausrede, die Heilerin nicht anzusehen. Ihr Blick war zu durchdringend, um sich wohlzufühlen.

»Frost«, sagte sie schließlich, während sie nachdenklich ein duftendes Gericht umrührte, das ich für Lamm hielt. »Weißt du eigentlich, was die Berggarde ist? Wirklich?«

»Luca hat gesagt, ihr wärt hier, um die Bergbewohner vor den Aufständischen zu schützen.«

»Das ist unsere Aufgabe, aber nicht das, was wir sind. Nämlich Überbleibsel.«

»Überbleibsel?«, fragte ich verwirrt.

»Als Luca die Aufgabe übertragen wurde, eine Truppe auf die Beine zu stellen, die diese Berge bewachen würde, wählte er keine Soldaten aus der normalen Armee. Seiner Meinung nach waren sie zu sehr daran gewöhnt, Befehle entgegenzunehmen und in ordentlicher Formation gegen Feinde zu kämpfen, die sich an die Regeln halten. Er wusste, dass solche Leute nicht für diese Aufgabe taugen würden. Also sammelte er sämtliche Überbleibsel zusammen. Reste und Teile von Widerstandsgruppen, die den Krieg überlebt hatten. Menschen, die kämpfen wollten, aber keinen Platz für sich fanden, weil sie Schwierigkeiten damit hatten, sich herumkommandieren zu lassen. Menschen, die nicht in ihre Familien passten oder die ihre Angehörigen verloren hatten. Wir haben alle auf irgendeine Art einen Knacks.«

Sie starrte in ihre Teetasse. Ihr Gesichtsausdruck war ernst, aber nicht traurig. »Ich stamme aus einer sehr reichen, sehr bedeutenden sedrischen Familie. Sie waren Günstlinge von Abheron dem Wahnsinnigen und damit ist auch schon alles über sie gesagt. Sie haben mich mit einem seiner anderen Günstlinge verheiratet. Er war ein bösartiger Mann. In den ersten Jahren lief ich ein oder zwei Mal davon, doch in Sedra ist eine Frau Besitz ihres Mannes, und zwar ungeachtet dessen, wie niederträchtig er sich verhält. Man hat mich immer wieder zurückgebracht. Dafür hat meine Familie gesorgt.

Nachdem mein Gatte mich nach Ruan mitgenommen hatte, ergriff ich die Gelegenheit und lief ein letztes Mal davon. Mittlerweile war ich schlau genug, nicht Zuflucht bei meiner Familie zu suchen, aber ich besaß kein Geld, keine Freunde, keine Fähigkeiten. Keinen Ort, wohin ich gehen konnte. Ich lebte in Aroha auf der Straße und tat alles, um zu überleben. Irgendwann fand mich der Orden der Urmutter und nahm mich auf. Sie lehrten mich die Heilkunst und ich stellte mich geschickt an. Jahre später half ich der Reia bei der Entbindung ihres Sohnes. So lernte ich Luca kennen und so wurde ich eines seiner … Überbleibsel.«

Sie nickte zum Nachbartisch hinüber. »Siehst du den Jungen dort, den hübschen Jungen mit dem roten Schal? Er heißt Dinesh. Als er fünf war, wurde seine Familie bei einem sedrischen Grenzscharmützel getötet. Er war der einzige Überlebende. Bis er zehn war und ihn ein umherwandernder Namoa fand – so heißen die heiligen Männer und Frauen, die dem Weg der Urmutter folgen –, lebte er wie ein Tier in den Wäldern. Noch immer spricht er kaum. Und die Frau neben ihm? Das ist Adela. Sie war von ihrem zwölften bis zu ihrem sechzehnten Lebensjahr eines der Dienstmädchen von Abheron dem Wahnsinnigen. Ich möchte mir nicht ausmalen, welche Abscheulichkeiten sie wohl mit ansehen musste. Wir mögen in unseren ordentlichen, sauberen Uniformen wie Gesetzeshüter aussehen, doch es gibt keinen unter uns, der nicht weiß, was es heißt, auf der Flucht zu sein oder keine Heimat zu haben oder sich zu verstecken. Deshalb können wir uns besser als alle anderen in die Aufrührer hineinversetzen, gegen die wir kämpfen. Und deshalb gibt es hier einen Platz für dich – ganz gleich, woher du kommst oder was du früher getan hast. Wenn du dich überwinden kannst, ihn anzunehmen.«

Nun war es an mir, in meine Tasse zu starren. Ich fühlte mich geehrt, dass sie sich mir anvertraut hatte. Aber es fiel mir so schwer zu glauben. So schwer zu hoffen. Vielleicht war es das Beängstigendste, was ich je getan hatte.

»Denk einfach darüber nach«, sagte sie nach einem Moment. »Und iss auf. Heute Nachmittag geht die Arbeit los.«

Zwölf

»Der alte Platz hat mir doch besser gefallen. Kannst du ihn bitte wieder zurückstellen?«

Ich unterdrückte ein Stöhnen, als ich den Tisch zum dritten Mal verschob. Selbst leicht gebaute Reisemöbel werden irgendwann schwer, wenn man sie den ganzen Nachmittag hin und her rückt.

Als vor dem Zelt der Heilerin plötzlich ein schriller Pfiff ertönte, zuckte ich so zusammen, dass mir fast der Tisch auf die Füße gefallen wäre.

»Das ist das Signal, dass Luca und sein Spähtrupp wohlbehalten zurückgekehrt sind«, erklärte Livia durch eine Dampfwolke hindurch. Sie schrubbte die Schalen, die sie zum Zerreiben der Kräuter brauchte, in einem Eimer mit brühend heißem Wasser. »Du wirst diesen Pfiff bald schon lieben.«

Wohlbehalten.

Irgendetwas zog heftig in meiner Brust.

Es entstand eine Pause. Dann fragte Livia: »Und?«

Ich warf ihr einen Blick zu und sah, dass sie grinste.

»Was?«

»Willst du ihn nicht begrüßen?«

»Er ist doch gerade erst angekommen«, erwiderte ich und

hoffte, dass meine Stimme ruhig klang. »Er wird sich bestimmt nicht gleich mit mir befassen wollen. Ich bin doch bloß eine neue Rekrutin.«

Als Livia antwortete, war ihre Stimme schroff: »Heilige Urmutter, Mädchen. Du brauchst ihm ja keine Rosenblüten vor die Füße zu streuen oder ein schmalziges Lied zu singen. Geh einfach hin und begrüß ihn. Es wird ihm gefallen.«

»Und du … du glaubst, es stört ihn nicht?«

»Ich glaube, du solltest aufhören dir den Kopf zu zerbrechen, was andere Leute denken, und einfach tun, was du willst. Du könntest eine Überraschung erleben.«

Ihre Worte ließen mich wie eine willensschwache Närrin wirken. Ich biss die Zähne zusammen, schlug die Zeltplane zurück und stapfte hinaus.

Mir war nicht bewusst gewesen, wie lange ich Livia geholfen hatte. Es dämmerte schon und die Fackeln im Lager brannten. Der Himmel war dunkelblau, über den Bäumen hingen Sturmwolken. Die kalte Luft und die Dunkelheit wirkten wie ein Schlag ins Gesicht. Ich blieb abrupt stehen. Livia hatte es zwar geschafft, mich mit ihren Worten in Bewegung zu setzen, trotzdem waren meine Ängste berechtigt. Aus welchem Grund sollte Luca sich mit mir befassen wollen? Ich durfte mich von unserem Gespräch am Rande des Gehöfts nicht beeinflussen lassen. Denn das, so hätte meine Mutter gesagt, konnte nur in einer Enttäuschung enden. Luca vermittelte wahrscheinlich jedem ein solches Gefühl.

Er war nicht wie ich. Er war schön und stark und … und

gut. Dieses Gute in ihm strahlte wie das goldene Leuchten in seinen Augen. Jemanden wie Luca würde man überall schätzen und achten. Es war bestimmt nicht seine Absicht, mich aus der Fassung zu bringen oder in die Irre zu führen, doch er konnte unmöglich ahnen, wie viel seine Worte, seine beiläufigen Taten für mich bedeuteten. Ich war nicht das erste Überbleibsel, das er aufgelesen hatte. Und ich würde auch nicht das letzte sein.

Tja, in diesem Fall, argumentierte eine zaghafte Stimme in mir, *wird es auch keinen Schaden anrichten, wenn du kurz einen Blick auf ihn wirfst. Nur um sicherzugehen, dass er tatsächlich wohlbehalten ist. Wenn er beschäftigt wirkt, kannst du dich immer noch davonschleichen. Er wird dich nicht mal bemerken.*

Unfähig, dieser verlockenden Logik zu widerstehen, folgte ich dem Geräusch der Stimmen. In der Nähe des Versammlungsplatzes, wo die mit weißen Steinen eingefasste Feuerstelle und die glatten Baumstämme im flackernden Licht der Fackeln leuchteten, hatte sich eine Menge gebildet. Ich konnte Luca zwischen all den Menschen kaum sehen. Nur der Scheitel seines blonden Kopfes, den er gesenkt hielt, um ihnen zuzuhören, war zu erkennen. Alle redeten gleichzeitig, drängten sich um ihn und bestürmten ihn mit Fragen. Sie erinnerten mich an einen Wurf Ferkel, die um den besten Platz am Bauch ihrer Mutter kämpften. Selbst Atiyah entdeckte ich dort, sie schwenkte einige Bögen Papier – wahrscheinlich wollte sie ihn wegen meiner Rüstung fragen.

Sprich mit Luca darüber, hatte Livia jedes Mal gesagt, wenn sie eine Frage nicht beantworten konnte. Scheinbar verfuhren alle so. Es grenzte an ein Wunder, dass er je einen Moment Ruhe fand.

Lucas Kopf tauchte auf. Mit gerunzelter Stirn blickte er über die wartende Menge, als suche er jemanden. Wen er wohl sehen wollte? Wahrscheinlich Arian. Dann bemerkte er mich ein Stück hinter den anderen. Die Falten auf seinem Gesicht glätteten sich. Er lächelte.

Das schmerzhafte Ziehen in meiner Brust löste sich und wandelte sich in etwas Sanftes und Süßes, warmem Honig ähnlich, als mir bewusst wurde, dass Livia Recht gehabt hatte. Er freute sich, mich zu sehen.

Etliche der Umstehenden bemerkten sein Lächeln. Sie drehten sich um, verstummten und starrten mich an. Zum ersten Mal war es mir gleichgültig. Ich lächelte einfach zurück.

Eine barsche Stimme tönte aus der Stille.

»Heilige Urmutter – ihr benehmt euch wie Geier über einem Kadaver. Er ist doch gerade erst zurückgekommen! Geht wieder an eure Arbeit und lasst ihn in Frieden!«

Arian.

Luca wandte den Blick von mir ab, und als er seinen Leutnant sah, der sich den Weg durch die wartende Menge bahnte, verwandelte sich sein Lächeln in ein Grinsen. »Du hast schlechte Laune. Wer hat dich dieses Mal erzürnt?«

Wieder drehten sich etliche aus der Menge in meine Richtung, darunter eine der Frauen, die an diesem Morgen im Fluss gebadet hatten. Ich fluchte innerlich. Natürlich – diese Frauen hatten gesehen, wie Arian vorbeimarschiert war, um sein Bad zu nehmen, und dann hatten sie mich die gleiche Richtung einschlagen sehen. Kurz darauf war Arian ins Lager zurückgestürmt. Die Frauen hatten den naheliegenden Schluss gezogen und mir die Schuld gegeben. Und sie hatten Recht.

»Ich habe keine schlechte Laune«, erwiderte Arian so grimmig, als ob selbst er das nicht ernsthaft glaubte. »Es erstaunt mich nur, dass bestimmte Leute so unhöflich sind und dir nicht einmal Zeit geben, dich zu waschen, bevor sie von dir die Lösung ihrer Probleme verlangen. Hat wenigstens irgendjemand daran gedacht, dir was zu essen zu bringen?«

»Ich habe keinen Hunger«, sagte Luca und sah sich wieder nach mir um. Ich bemerkte einen langen Schmutzstreifen auf seinem Hals. Seine Kleider waren voller Schlamm, als hätte er sich im Regen einen Berg hinuntergerollt. »Und unsere Mission war ein Erfolg, darum habe ich gute Laune, egal wie brummig du bist. Was ich jetzt will, ist der Urmutter danken und mit meinen Leuten reden. Irgendwelche Einwände?«

Jubel erklang und bevor ich's mich versah, loderte ein Feuer in der weißen Feuerstelle. Es breitete sich unglaublich schnell aus und flackerte in diesem eigenartigen Blaugrün und Purpur.

Der Duft von Sonnenschein und Geißblatt wehte mit dem ersten Rauch zu mir herüber, und als ich aufblickte, sah ich Luca auf mich zukommen. Eine warme, starke Hand umschloss meine. »Komm und setz dich zu mir«, sagte er.

Ich ließ mich zu einem der Baumstämme ziehen. Da ich mich nicht recht traute ihn anzusehen, hielt ich den Blick gesenkt, auch wenn ich in der zunehmenden Dunkelheit kaum meine Füße erkennen konnte. Wir setzten uns und Lucas Schenkel drückte gegen meinen. Ein Blitz fuhr durch meinen Körper. Ich zuckte zusammen und wäre fast vom Stamm gefallen, als ich hastig versuchte etwas von ihm abzurücken.

Luca hielt mich fest und zog mich lachend zurück. »Was tust du da?«

Ich schüttelte den Kopf und starrte weiter zu Boden. Ich war so verlegen, dass ich mit Freuden ins Feuer gekrochen wäre und mich in einer Rauchwolke aufgelöst hätte.

»Frost? Was ist denn?«

Ich zwang mich aufzublicken und sah ihm in die Augen. Er lachte noch immer. Verlegenheit, Anspannung, Angst – alles fiel so völlig von mir ab, wie ich es mir einen Augenblick zuvor gewünscht hatte. Ich lachte ebenfalls und schüttelte den Kopf über meine Albernheit.

»Das ist schon besser«, sagte er, als sich andere um uns herum setzten. »Wie war dein erster Tag? Tut mir leid, dass ich nicht da war. Wir mussten zurückgehen und Birkin einsammeln. So gern ich ihn als Bärenfutter dort zurückgelassen hätte, diesem Mann muss der Prozess gemacht werden.«

»Aber hast du nicht gestern schon gesagt, du wolltest jemanden schicken, der ihn holt?«

»Ja-a.« Er zog das Wort betreten in die Länge. »Na ja, ich wurde ein wenig abgelenkt und …«

Ich musste wieder lachen. »Du hast ihn einfach vergessen?«

»Nur für ein paar Stunden. Ich war beim ersten Tageslicht auf, um ihn zu holen, Ehrenwort. Allerdings hatte er sich da schon von den meisten Stricken befreit und war nicht allzu erfreut, abgeholt zu werden.«

»Bist du deshalb so schmutzig?«

»Nein, das war der Leopard.«

»*Was?*«

»Erzähl ich dir ein andermal«, sagte er. Seine Finger drückten meine zwei Mal kurz, als wolle er sich meiner Aufmerksamkeit vergewissern. »Du hast immer noch nicht auf meine Frage geantwortet. Wie ist es dir heute ergangen?«

»I-ich bin nicht sicher. Einige Dinge waren seltsam, einige interessant. Livia ist sehr nett.«

Luca öffnete den Mund, doch bevor er etwas sagen konnte, räusperte sich jemand geräuschvoll. Als wir aufblickten, nahmen wir einen Kreis interessierter Gesichter wahr. Arian saß mir genau gegenüber, seine Arme waren über der Brust verschränkt, so dass sich seine Armmuskeln bedrohlich hervorwölbten. Sein Gesicht war hart und ausdruckslos, sein Blick auf mein Knie gerichtet, auf dem meine Hand in Lucas lag.

Es herrschte betretenes Schweigen. Die anderen sahen zu Arian, dann zu mir und wandten den Blick ab. Ich spürte, dass etwas nicht stimmte, konnte es aber nicht benennen. Ich versuchte meine Hand aus Lucas zu ziehen, doch sein Griff wurde fester, als er zu mir herunterblickte. »Hier in Ruan glauben wir, dass die Urmutter unsere Stimmen hören kann, wenn wir uns so um das Feuer versammeln«, sagte er ernst. »Durch unsere Musik senden wir Ihr unseren Dank, unsere Wünsche und Gebete, unsere dunklen Gedanken und unsere leuchtenden Hoffnungen. Sie nimmt alles auf, vergibt uns und heilt uns in unseren Herzen. Es gilt als eine Ehre, das Lied anzustimmen. Ich finde, heute Abend gebührt sie dir. Du kannst alles singen, was du willst – was zählt, ist das Gefühl, nicht die Worte. Wenn du aber nicht möchtest, brauchst du es natürlich nicht zu tun. Ich kann niemanden zwingen, etwas gegen seinen Willen zu tun.«

Die letzte Bemerkung schien nicht an mich gerichtet, sondern über das Feuer hinweg an Arian.

Ich zögerte. Das hungrige Knurren des Feuers schien mir sehr laut, das wartende Schweigen allerdings noch viel lauter. Ich war an diesem Tag zwei Mal auf die Probe gestellt worden und beide Male hatte ich versagt. Nun warteten alle darauf, wie ich mit dieser Herausforderung umgehen würde.

Hier gibt es einen Platz für dich, hatte Livia gesagt.

Du musst mir glauben, hatte Luca gesagt.

Ich holte tief Luft. »Kennt ihr das ›Klagelied des Fuchses‹?«

Ein paar der Umsitzenden nickten.

»Ich glaube, ich habe davon gehört«, sagte Luca aufmunternd. »Du fängst an und wir stimmen ein.«

Ich holte noch ein paarmal tief Luft. Die Bergwächter warteten geduldig – außer Arian, der mit dem Finger auf seinen Arm trommelte. *Nun mach schon!*

Ich fing zu singen an. Meine Stimme ertönte in der Stille der Nacht, leise und ein wenig rau vor Nervosität.

»Ihr Liebster sprach, dein Haar, es gleicht
des Rotfuchses Fell, Geliebte,
rot wie die Leidenschaft, rot wie Blut.
Ihr Liebster sprach, dein Haar, es gleicht
herabfallenden Blättern, Geliebte,
hell wie ein Lächeln, schimmernd wie Tränen …«

Einige Augenblicke später holte jemand eine Holzflöte heraus und stimmte mit ein, und langsam begannen die anderen ebenfalls zu singen. Luca summte vor sich hin.

Das weiß glühende Herz des Feuers flackerte, der blaue Schein wurde intensiver, breitete sich aus. Fast bildete ich mir ein, Dinge darin erkennen zu können … lebende Dinge, die sich im Feuer bewegten. Schatten fast wie Gesichter. Schatten fast wie Hände. Lange Finger, die sich ausstreckten und in einem langsamen, hypnotischen Takt Zeichen gaben.

Meine Augen wollten sich nicht von dem Licht lösen, *ich* wollte mich nicht von dem Licht lösen.

Das Feuer prasselte und knisterte und flüsterte. Ich stellte mir vor, näher heranzurücken, kopfüber in das tanzende Blau zu fallen, die Umarmung der Wärme zu spüren … Irgendwo in der Nacht heulte ein Wolf. Wie ein schmelzender Eiswürfel rann ein eisiger Schauder über meinen Rücken.

Ich löste widerwillig den Blick vom Feuer, meine Stimme vertrocknete zu einem Krächzen. Niemand schien es zu bemerken. Ich sah auf meine Hände. Die linke, die Luca umfasst hielt, war nach wie vor warm. Ich konnte noch immer die Farben des Feuers sehen. Ich versuchte meinen stoßweisen Atem zu beruhigen. *Es ist gut. Es ist gut.*

Der letzte Ton der Flöte hallte noch in der Dunkelheit nach, da flackerte plötzlich die Mitte des Feuers auf. Die Gesichter ringsum verwandelten sich in dem leuchtenden Blau und Türkis und Grün – Farben, die ich noch nie zuvor in einem Feuer gesehen hatte. Ein blauer und purpurfarbener Funkenschwarm stob aus der Feuerstelle. Es war schön, aber ich betrachtete es mit Nervosität, Angst trübte meine Verzauberung. Trugen diese Funken tatsächlich die Gebete der Bergwächter mit sich fort, wie Luca gesagt hatte? Was, wenn sich das Feuer woanders hinwandte – an andere Mächte der Nacht?

Das blaue Feuer verebbte und erlosch schließlich. Es folgte ein allgemeines Aufseufzen.

»Sie war hier«, sagte jemand leise.

»Sie ist immer hier«, sagte Luca.

Ein Schrei gellte durch die Nacht. Es war die Stimme einer Frau, irgendwo ganz in der Nähe. Fast im gleichen Augenblick wurde sie vom wütenden Brüllen eines Mannes übertönt. Luca sprang sofort auf und ließ meine Hand los.

»Hauptmann! Hilfe!«, rief jemand.

Luca war schon unterwegs. Wir folgten ihm, doch die Menge schob und drängte sich um mich, so dass ich nicht weiterkam. Ich arbeitete mich mit aller Kraft vorwärts und sah den dunklen Umriss der Gefängnisbaracke direkt vor mir. Eine vertraut aussehende Bergwächterin saß davor im Gras und hielt sich den Kopf. Über eine Seite ihres Gesichts lief Blut und sie presste ein zusammengefaltetes Taschentuch auf die Wunde. Ein anderer Soldat – zu meinem Schrecken erkannte ich Dinesh, den Jungen mit dem roten Schal, den Livia mir mittags im Verpflegungszelt gezeigt hatte – stand über der am Boden liegenden Gestalt von … von *Birkin*.

Der große Mann wimmerte wie ein verwundetes Tier und kauerte sich zusammen, um sich vor Dineshs hinterhältigen Tritten zu schützen. Birkins Hände waren auf dem Rücken zusammengekettet. Sein Gesicht war blutverschmiert, die Augen fast zugeschwollen.

Luca packte Dinesh an der Schulter und drehte ihn so heftig um, dass der Junge ausrutschte und beinahe hingefallen wäre. Dinesh hob eine Faust, als wolle er zuschlagen, erbleichte jedoch, als er merkte, dass es Luca gewesen war, der ihn weggezerrt hatte.

»Er hat Adela angegriffen!«, platzte er heraus. »Als sie ihm sein Essen bringen wollte, hat er ihr einen Kopfstoß verpasst und versucht zu fliehen.«

»Und da hast du dir gedacht, du trittst ihn tot, während seine Hände auf den Rücken gebunden sind«, sagte Luca. Seine Stimme war leise und gefährlich ruhig.

Die Wut und der Drang, sich zu rechtfertigen, verschwanden aus dem Gesicht des jungen Bergwächters. Ein Schauder lief durch seinen Körper. »Ich … ich sah Adela und ich …«

»Ich habe dich nicht darum gebeten«, sagte die Bergwächterin mit schneidender Stimme.

Dinesh sah am Boden zerstört aus. Luca ließ ihn los und beugte sich über Birkin. Der Mann gab keinen Laut mehr von sich. Ich hielt ihn für tot.

»Hol jemand die Heilerin!«, zischte Arian.

»Bin schon da!«, rief Livias Stimme. Leicht keuchend drängte sie sich an mir vorbei und kniete sich neben den Aufrührer. Sie legte ihm die Hand auf die Kehle. »Er lebt. Helft mir, ihn ins Krankenzelt zu schaffen.«

Zwei Bergwächter traten hastig vor, um den bewusstlosen Birkin hochzuheben. In der Zwischenzeit redete Arian leise mit Adela. Die verwundete Frau rappelte sich auf und folgte dem Zug mit Birkin. Die Menge teilte und schloss sich schweigend hinter ihnen.

Luca starrte zu Boden. Schließlich richtete er sich auf und sah Dinesh eindringlich an. »Ist dir klar, was du um Haaresbreite getan hättest? Das wäre Mord gewesen. Nichts anderes.«

Dinesh schüttelte den Kopf. Ich meinte Tränen in seinen Augen zu erkennen. »Es tut mir leid«, flüsterte er.

»Ich weiß«, sagte Luca. Seine Stimme klang müde, doch er streckte ruhig die Hand aus, um die Schulter des Jungen zu drücken. »Du bist ein guter Mann. Wir alle hier sind gute Männer und Frauen. Deshalb ist es so gefährlich für uns, Tag für Tag diese Arbeit zu machen. Du darfst nicht werden wie sie. Wie er. Dann bist du nicht einmal mehr ein Soldat, sondern nur ein Mörder. Ich möchte nicht, dass dir das widerfährt.«

Luca wandte sich um und sah zu denen, die noch immer schweigend im flackernden Fackelschein warteten. »Ich möchte nicht, dass es irgendeinem von euch widerfährt. Wir kämpfen im Namen des Königs und der Reia für die Wiederherstellung von Gerechtigkeit und Sicherheit in diesen Bergen. Sobald wir das vergessen, sobald wir nur noch hier sind, um zu morden und anderen Schmerzen zuzufügen, sind wir genau das geworden, was wir verabscheuen. Nur eine weitere Verbrecherbande. Wir müssen besser sein, meine Freunde. Wir müssen besser sein als sie.«

Dreizehn

Ich lag auf den Teppichen und Fellen hinter dem Wandschirm in Lucas verdunkeltem Zelt. Mein Magen rumorte und ich drehte unruhig den Wolfszahn in meiner Hand hin und her. Birkins zerschlagenes Gesicht wollte mir nicht aus dem Kopf gehen. Ich ging die Szene immer wieder durch, rief mir Lucas bewusst ruhige Hand in Erinnerung, die er Dinesh entgegengestreckt hatte, und die Angst in Arians Augen, als Luca Dinesh sanft wegführte. Irgendetwas sehr Schlimmes war vorgefallen. Es ging nicht nur um das, was Dinesh getan hatte. Sondern was es für ihn und alle anderen bedeutete.

Gewalt war etwas Ansteckendes, und sobald sie Wurzeln schlug, tötete sie all das, was gut war in den Menschen. Glück, Vertrauen, Liebe. Dinesh hatte Adela retten wollen, stattdessen hatte er sie gegen sich aufgebracht, vielleicht für immer.

Genau wie ich es bei meiner Mutter getan hatte.

Doch Dinesh war nur ein Mensch. Ein normaler junger Mann, der die Kontrolle über sein normales menschliches Temperament verloren hatte. Jeder Mensch konnte einen solchen Fehler machen und ihn bereuen, man würde ihm vergeben. Ich war kein Mensch, nicht im eigentlichen

Sinne. Es war nicht meine eigene Wut, die ich auf die Welt loszulassen drohte, sondern der unersättliche Appetit des Wolfs, der nur nach Tod lechzte.

Hätte sich der Wolf auf Birkin gestürzt, hätte er ihm mit *meinen* Zähnen die Kehle durchgebissen. Hätte Luca mich an der Schulter gepackt, wie er es bei Dinesh getan hatte, hätte sich der Wolf auch auf ihn gestürzt. Der Schaden, den ich Menschen zufügen konnte, die mir … wichtig waren, war unermesslich.

Falls ich das für kurze Zeit vergessen hatte, hatte Birkins Anblick es mir wieder in Erinnerung gerufen. Ich wusste, dass ich noch in diesem Augenblick meine Sachen packen und vor diesem Ort und diesen Menschen davonlaufen sollte, um der Gewalt durch Flucht zu entkommen – so wie ich es immer getan hatte.

Doch ich packte nicht. Ich machte nicht einmal Anstalten dazu.

Die Stärke und die Entschlossenheit in Lucas Stimme, als er seinen Leuten erklärt hatte, dass sie gute Menschen waren, hatten sich um mein Herz gelegt und formten einen undurchdringlichen Panzer gegen die Zweifel, die mich zur Flucht bewegen wollten. Luca glaubte, was er gesagt hatte, glaubte es felsenfest. Und irgendwie spürte ich – *wusste* ich –, dass die bloße Kraft dieses Glaubens seine Worte wahr machen konnte.

Seine Worte wahr machen *würde.*

Die Zeltplane wurde mit einem Rascheln hochgeschlagen und eine kühle nächtliche Brise strich über mein Gesicht. Ich setzte mich auf.

»Ich weiß, dass du hier bist«, sagte Luca.

»Das ist mir klar. Ich habe auf dich gewartet.«

Es entstand eine Pause. Ich hörte keine Bewegung, doch ich stellte mir vor, wie er durch das Zelt ging. Das Kratzen von Feuerstein, ein Funke und das Aufflammen von Licht gaben mir Recht. Als Luca die Öllampe entzündete, die an einem Holzpfosten in der Zeltmitte hing, warfen winzige Unebenheiten im Glas einen Strahlenkranz auf die Zeltwände und verwandelten Lucas Gesicht in eine Maske aus Gold. Ich blinzelte und zwang mich wegzusehen.

Luca setzte sich auf den Rand seines Bettes. Ich rieb mir die Augen und sah ihn wieder an. Das Trugbild war verschwunden. Er sah müde aus. Mehr als müde – erschöpft. Erledigt.

»Du fragst dich wahrscheinlich, auf was du dich hier eingelassen hast«, sagte er. In seiner Stimme zeigte sich seine Erschöpfung sogar noch stärker als in der tiefen Falte zwischen seinen Brauen und der Anspannung um seinen Mund. »Ich habe dir versprochen, dass ich dir beibringe, deine blinde Wut im Zaum zu halten. Ich habe geprahlt und den Mund voll genommen. Und an deinem ersten Tag hier siehst du dann *das*. Den Beweis, dass es mir in über einem Jahr nicht gelungen ist, meinen eigenen Leuten diese Lektion beizubringen.« Er ließ ein bitteres Lachen hören. »Ich weiß nicht, warum mir jemand glauben soll, ich könne ihr oder ihm helfen, nachdem er Zeuge eines solchen Vorfalls geworden ist.«

Ich wollte ihn irgendwie beschwichtigen, aber es war völlig ungewohnt für mich, mir tröstliche Worte auszudenken. »Du hast gesagt, du glaubst nicht an Flüche, sondern dass man die Wahl hat«, sagte ich langsam. »Dieser Bergwächter, Dinesh – er hatte die Wahl, oder? Und er hat die falsche Entscheidung getroffen. Was passiert hier, wenn man die falsche Entscheidung trifft? Wirst du ihn bestrafen und wegschicken?«

Lucas Kopf schnellte hoch. »Nein! Er ist ein guter Soldat. Was heute Nacht passiert ist – hat ihn überfordert. Er liebt Adela. Er liebt sie schon seit langem, obwohl sie sich nichts aus ihm macht und er das weiß. Er hat einfach die Selbstbeherrschung verloren.«

»Er wird es nicht wieder tun?«

Luca schüttelte den Kopf. »Er schämt sich so sehr für sein Verhalten, dass er sich übergeben hat, als er ins Gemeinschaftszelt zurückkam.«

»Damit hast du doch deine eigene Frage beantwortet.«

»Welche Frage?« Er rieb sich die Stirn und blinzelte müde.

»Du hast Dinesh geholfen. Du hast ihn abgehalten, bevor es zu spät war; du hast ihm seinen Fehler vor Augen geführt. Du hast ihn getröstet und du hast ihm erlaubt zu bleiben und seine Tat wiedergutzumachen. Was hättest du mehr tun können?«

Seine Worte kamen stockend, zögernd. »Ja, vermutlich hast du Recht.«

»Luca, ich bin nicht hierhergekommen, weil ich erwartete, du … würdest mit den Fingern schnippen und mir meine Last nehmen. Ich wünsche mir bloß jemanden, der mir hilft, so wie du diesem Jungen geholfen hast.

Du hast selbst gesagt, dass du Menschen zu nichts zwingen kannst. Sie müssen ihre eigenen Entscheidungen treffen und damit leben. Hab ein bisschen Respekt vor Dineshs freiem Willen – und meinem. Wir sind beide keine Kinder mehr.«

Ein kleines Lachen, dieses Mal ein ehrliches, entschlüpfte ihm. »Ich habe verstanden. Nein, ihr seid keine Kinder. Ich werde mich also nicht mehr in Selbstmitleid suhlen.«

Ich öffnete den Mund, besorgt, weil er meine Worte als Tadel aufgefasst hatte – doch als ich sah, dass das goldene Licht wieder in seinen Augen tanzte, kniff ich die Lippen zusammen. Es war mir gelungen, etwas Passendes zu sagen. Wenn ich das nicht zerstören wollte, hielt ich besser den Mund.

»Also …«, fuhr Luca jetzt fort. »Versteh mich bitte nicht falsch, aber dürfte ich erfahren, warum du mir um diese Nachtzeit in meinem Zelt auflauerst, um mir die Leviten zu lesen?«

»Weil ich keinen anderen Platz habe«, sagte ich mit einem Anflug von Trotz in der Stimme. »I-ich würde lieber in einer *Höhle* schlafen als in dem Frauenzelt mit den ganzen anderen, die schnaufen und vor sich hin murmeln und schnarchen. Livia meinte, du könntest einen Schlafplatz für mich finden.«

»Hmm. Bist du sicher, dass das Frauenzelt nicht in Frage kommt? Vielleicht gewöhnst du dich ja daran.«

Ich schüttelte nachdrücklich den Kopf und gelobte mir schweigend, mich davonzuschleichen und auf einem Baum zu schlafen, falls Luca nicht nachgab.

Da er seufzte, hatte er meinen sturen Gesichtsausdruck offenbar bemerkt. »Und wie sieht es mit Livia aus? Ihr scheint ja ganz gut miteinander klarzukommen.«

»Sie hat abgelehnt. Die Betten müssen für Notfälle frei gehalten werden.«

»Da hat sie Recht.« Lucas Gesicht verdüsterte sich.

Sicher dachte er über Birkin und Adela nach. Er schwieg eine Weile, dann sagte er: »Ich habe hier jede Menge Platz. Du hast letzte Nacht in der kleinen Ecke dort drüben gut geschlafen. Du könntest bei mir bleiben.«

Ich erstarrte instinktiv, eisige Angst durchfuhr mich. Ich schüttelte wieder den Kopf – es war eine ruckartige, misstrauische Reaktion. Als er sich bewegte, zuckte ich zusammen. Doch er umfasste bloß seine Knie, die langen Finger schlangen sich fest ineinander. Er sah mich weiter ruhig und geduldig an. Der Schatten der Vergangenheit verflüchtigte sich, und statt mich zu fürchten, fühlte ich mich schuldig und undankbar. Luca hatte schon hundert Mal die Gelegenheit gehabt, mir etwas anzutun. Aber er hatte es nicht getan. Er *würde* es auch nicht tun. Er war … einer der Guten. Und nun hatte ich ihn beleidigt. Warum machte ich immer alles falsch?

Ich hatte zu lange gezögert, Luca nickte resigniert. »Schon gut. Wie ich sehe, gefällt dir dieser Vorschlag nicht.«

»Ich meinte nicht – es ist nicht so –« Ich stolperte über die Worte. »Ich vertraue dir, Luca. Wirklich. Aber … es gibt einen Grund, warum Männer und Frauen in getrennten Zelten untergebracht sind. Was würden die anderen denken, wenn ich hier schliefe?«

Luca stieß den Atem aus und ein paar seidige Haarsträhnen flatterten hoch. Seine Wangen wirkten plötzlich leicht gerötet. »Frost, ganz gleich, welche Gedanken du bei den anderen befürchtest, sie denken sie höchstwahrscheinlich sowieso schon.«

Ich konnte ihn nicht ansehen. »Tun sie das? A-aber warum?« Ich berührte meine heiße Wange. »Was hab ich denn getan?«

»Du hast überhaupt nichts getan. Brauchst du auch nicht. Sie sind Soldaten. Sie tratschen, sie stellen wilde Vermutungen an, sie denken sich schmutzige Lieder aus. Normalerweise alles gleichzeitig.«

»Über mich? Über dich?«

»Über alle. Tut mir leid. Ich hätte dich vorwarnen sollen. Es ist nicht bösartig und keiner von ihnen verurteilt uns – es ist einfach ihre Art, sich zu amüsieren. Du wirst dich daran gewöhnen.«

Ganz bestimmt nicht. »Vielleicht, wenn du mit ihnen reden würdest …« Mir versagte die Stimme. »Das würde alles nur noch schlimmer machen, oder?«

»Ja. Und da es nichts gibt, was du oder ich jetzt noch dagegen tun können, ist es sinnlos, wenn du deine Entscheidung davon abhängig machst. Wenn du dich nicht wohl dabei fühlst, dein Lager hier aufzuschlagen, lasse ich mir etwas anderes einfallen. Ansonsten ist mein Zelt auch dein Zelt.« Er machte eine Verbeugung und deutete mit der Hand eine übertriebene, geckenhafte Geste an.

Ich spielte an meinem Wolfszahn herum und wich seinem Blick aus. »Gut. Gut, ich … Na ja, dann.«

Luca legte den Kopf schief, bis ich ihn ansah. Das Zucken seiner Mundwinkel war eine Einladung, das Absurde der Situation mit ihm zu teilen. Auch wenn ich nicht sicher war, dass ich die Sache genauso lustig fand, hoben sich meine Mundwinkel, und als Luca ein leises Lachen hören ließ, prustete ich los.

Die Zeltplane wurde hochgehoben. Arian kam herein, er wirkte ernst und besorgt. Als er Lucas leicht gerötetes, grinsendes Gesicht sah, blieb er wie angewurzelt stehen und sein Blick wanderte zu mir.

Das Gefühl, das ihm in diesem Moment ins Gesicht geschrieben stand, war so unmissverständlich, dass es mir wehtat. Arian war gekommen, um seinen Freund zu trösten – doch Luca brauchte seinen Trost nicht. Luca brauchte Arian nicht. Einen Augenblick später waren die Kränkung und die Eifersucht verschwunden, weggewischt von seinem normalen ausdruckslosen Blick. Aber es war zu spät. Ich hatte es gesehen. Und er wusste es.

»Was hat sie hier zu suchen?«, fragte er mit harter Stimme.

Lucas Lächeln wurde etwas schwächer. »Warum sollte Frost nicht hier sein?«

»Heilige Urmutter, Luca!«, polterte Arian so heftig, dass ich zusammenzuckte. »Warum ist sie überhaupt im Lager? Sie ist nicht mal hübsch!«

Luca schaute bei der gemeinen Bemerkung erst überrascht, dann zornig. Wieder meinte ich eine Sekunde lang ein Gefühl – Scham? – über Arians Gesicht huschen zu sehen, bevor er es überspielen konnte.

»Wir sind nicht – es ist nicht –« Ich stand auf. Ich wollte

nicht die Ursache für ihre Wut und ihre Traurigkeit sein. Beides hatte ich in meinem Leben schon zu oft verursacht. »Ich glaube, ich gehe jetzt besser.«

»Du brauchst dich nicht zu verteidigen, Frost«, sagte Luca, als er sich ebenfalls erhob. »Und du brauchst nirgendwo hinzugehen. Arian, du benimmst dich wirklich rüpelhaft. Selbst für deine Verhältnisse.«

Arian schüttelte ungläubig den Kopf. »Das ist genau wie damals, als du beschlossen hast, diese Seilbrücke über den Wasserfall zu spannen. Und als du mir geschworen hast, das Hornissennest wäre leer. Und als du mir versprochen hast, der alte Kaufmann wäre harmlos. Dir fehlt jeglicher Selbsterhaltungsinstinkt! Du führst dich auf, als wärst du unsterblich, als könnte dir nichts etwas anhaben –«

»Nicht das schon wieder«, brummte Luca.

»Du weißt nicht, wer dieses Mädchen ist! Sie ist gefährlich! Sie hat uns verdammt noch mal fast umgebracht! Sie hat sich mit einem Löffel einen Fluchtweg aus der Zelle gegraben und dich einmal fröhlich den Berg hoch- und runtergejagt –«

»Und sie hat ihr Leben aufs Spiel gesetzt, um dich und zwei unschuldige Zivilisten zu retten.«

»Das bedeutet aber noch lange nicht, dass du sie mit ins Lager bringen sollst! Warum willst du eine halbverrückte Fremde, die weder eine Kampfausbildung noch Erfahrung hat, bei der Berggarde haben?«

»Weil sie etwas Besonderes ist«, lautete Lucas schlichte Antwort. »Ohne dich zu kennen, hat sie sich zweimal zwischen dich und einen Räuber geworfen, einfach weil es das

Richtige war. ›Man sollte Menschen nicht bitten müssen‹, lautete ihr Kommentar. So jemanden lässt man nicht einfach weggehen.«

Mein Gesicht glühte. Ich blickte sehnsüchtig zum Zelteingang.

»Du bist nicht für jeden Streuner verantwortlich, der dir über den Weg läuft«, knurrte Arian.

Als Luca weitersprach, war seine Stimme nur noch ein Flüstern. »Das willst ausgerechnet du mir erzählen? Wo wärst du denn jetzt, wenn ich nicht die Verantwortung für dich übernommen hätte?«

Ich wartete darauf, dass Arian noch mehr Gründe aufzählte, warum ich gefährlich war, doch Lucas Worte hatten die Auseinandersetzung offensichtlich beendet. Arian schluckte und blickte zu Boden. Dann wandte er sich zu meiner Überraschung zu mir. Den Blick beharrlich auf die Zeltwand gerichtet, sagte er: »Es tut mir leid. Ich hätte nicht so reden sollen.«

Ich nickte zögernd und nahm die Entschuldigung an.

»Ich weiß, dass du bloß versuchst auf mich aufzupassen«, sagte Luca sanft. »Du hast immer auf mich aufgepasst. Aber hör bitte auf, dir Sorgen zu machen, Bruder.«

Bruder? Das Wort stachelte meine Neugier an – waren sie trotz ihrer Verschiedenheit womöglich wirklich Brüder? Warum hatte keiner das erwähnt? Ich war allerdings nicht im Geringsten versucht, sie zu unterbrechen und Fragen zu stellen. Es kam mir vor, als wäre ein Wirbelsturm durchs Zelt gefegt und hätte mich um Haaresbreite mitgerissen. Ohne Lucas Einschreiten wäre das wohl passiert.

Arian umfasste Lucas Unterarm. Dann ging er zum Zelteingang und schlug die Plane wieder hoch. Er blieb in der Öffnung stehen und sah mich an.

Mir wurde klar, dass er darauf wartete, dass ich ihm nach draußen folgte. Meine Wangen fingen wieder an zu glühen. Allein um der unerträglichen Peinlichkeit ein Ende zu machen, war ich bereit mitzugehen, doch da sagte Luca bestimmt: »Gute Nacht, Arian.«

Arian nickte Luca ein knappes »Gute Nacht« zu und ging hinaus. Luca starrte eine ganze Weile auf den Zelteingang. Dann hellte sich seine Miene auf. Mit einem verschmitzten Funkeln in den Augen wandte er sich zu mir. »Möchtest du sehen, wie ich den Köchen ein spätes Abendessen abschwatze? Wir können bei einem nächtlichen Picknick über deine Ausbildung reden.«

Trotz meiner Verlegenheit konnte ich ein Grinsen über seine jungenhafte Freude nicht unterdrücken. Die Sorgen, die auf ihm gelastet hatten, als er ins Zelt kam, schienen von ihm abgefallen zu sein. »Nach Ihnen, Hauptmann«, sagte ich.

Wir lebten erst seit ein paar Tagen in dem neuen Dorf, als ich merkte, dass der Junge mir folgte.

Ich konnte nicht sagen, wie ich es spürte. Er hatte nie versucht mit mir zu reden und musterte mich immer nur aus dem Augenwinkel. Gut, er schien immer genau dort zu sein, wo ich gerade war, meistens stand er allerdings bereits im Getreideladen oder am Brunnen, bevor ich kam, es war schließlich ein kleines Dorf. Die Bewohner liefen sich zwangsläufig über den Weg.

Der Junge hieß Werrik. Er war achtzehn und – ungeachtet seiner langen, linkischen Gliedmaßen und seines Pickelgesichts – in den Augen der meisten ein erwachsener Mann. Trotzdem verrichtete Werrik keine Arbeit. Er erlernte kein Handwerk. Die Männer nahmen ihn nicht mit auf die Jagd und er bestellte auch nicht das Land seiner reichen, verwitweten Mutter. Dafür beschäftigte sie andere. Die Frauen des Dorfes zupften ihre Röcke zur Seite, wenn er vorbeiging, und tuschelten hinter vorgehaltener Hand – das Getuschel verstummte allerdings, sobald Ma oder ich näher kamen.

Wir waren die Neuen, praktisch Ausländer, und auch wenn Ma die Dorfbewohner pflegte und ihre Kinder heilte, teilten sie ihre Geheimnisse nicht mit uns. Es war das Risiko nicht wert, dass ihre Worte Werriks Mutter, die den Lohn vieler Ehemänner bezahlte, zugetragen werden könnten.

Sie betrachteten mich mit mitleidigen Augen und schwiegen.

Ich versuchte mir einzureden, dass ich mir das Ganze einbildete. Mir war sehr wohl bewusst, dass ich unansehnlich, stämmig und farblos war. Warum sollte mir irgendjemand folgen? Oder mich überhaupt anschauen? Ich konnte es nicht ertragen, Angst und Sorge auf Mas Gesicht zu sehen oder sie zu einem weiteren Umzug zu zwingen, solange nichts passiert war. Also behielt ich die Furcht und Besorgnis für mich. Und ich betete – nicht zum Gott meines Volkes, dem Gott, der mich im Stich gelassen hatte, sondern zu der Erinnerung an meinen Vater.

Wir blieben.

An jenem Tag – einem frischen Wintertag, frostig und klar, sechs Wochen nach unserer Ankunft im Dorf – hatte Ma mich losgeschickt, um ein bestimmtes Baummoos für einen ihrer Brustwickel zu sammeln. Es war dringend. Der Müller, einer der Dorfältesten und die zweitreichste Person nach Werriks Mutter, lag krank darnieder und spuckte Blut. Wenn Ma ihm Linderung verschaffen konnte, war eine Menge Geld für uns drin.

Ich blieb am Waldrand, wo ich das Dorf noch sehen konnte, und hielt Augen und Ohren offen. Doch Werrik kannte den Wald weit besser als ich. Als ich spürte, dass er in meiner Nähe war, stand er bereits hinter mir.

Ich will mich nicht daran erinnern.

Für mich ist es eine Abfolge von Augenblicken, ungeordnet und zusammenhanglos, jeder dunkel überschattet. Wie Scherben eines zerbrochenen Gefäßes, deren Ränder sich nie wieder richtig ineinanderfügen, egal wie gekonnt man sie kittet. Vielleicht kann ich nur so die Erinnerungen in meinem Kopf ertragen.

Es gibt einen Augenblick des Grauens, als ich das hungrige Funkeln in Werriks Augen sehe.

Bleib ruhig.

Es gibt einen Augenblick mit verschwommenen Bäumen und einem unvermittelt stechenden Schmerz an meiner Stirn, als ich ihm auszuweichen versuche und er mich festhält und mich mit dem Gesicht nach unten auf den Boden drückt.

Halt dich raus.

Es gibt einen Augenblick mit Händen, Jungshänden, dünn und weich und knochig, doch stark wie die eines Mannes, die sich um meine Kehle legen. Würgemale, die auf meiner Haut brennen. Das laute Geräusch, als mein Schultertuch zerreißt. Der Schweißgestank.

Kämpfe nicht.

Es gibt einen Augenblick, in dem ich meine eigenen Schreie höre, als mich Werriks Gewicht niederdrückt, in dem mein Gesicht taub wird, als er meine Nase in die Erde rammt. Als Blut über mein Gesicht läuft.

Und dann die Stimme meines Vaters. Dieses Mal spricht er keine Worte, es ist nur ein zorniges Heulen.

Eis rast durch meinen Körper, Kraft und kalte Wut durchfluten mich.

Der Wolf hat von mir Besitz ergriffen.

Ich war froh. Ich war froh. Ich war froh.

Bis mich der Wolf wieder verließ. Mich dort über Werrik kniend zurückließ, meine Hände voller Blut, das nicht meines war, mein zerrissenes Kleid mit weißen Knochensplittern und anderem, Schlimmerem besudelt.

Bis ich auf Werrik hinunterblickte. Auf das, was von Werriks Gesicht übrig war.

Und dann war es zu spät. Zu spät, um zu sagen, dass ich ihn nur abhalten, mich verteidigen, losreißen wollte. Zu spät, um es zurückzunehmen.

Vierzehn

»Worüber du nachdenken sollst«, sagte Luca, als er sich auf der Lichtung hinter seinem Zelt im Schneidersitz im Gras niederließ, »ist der Raum um dich herum. Versuche ihn dir wie … eine Blase vorzustellen. Eine Kugel, die gerade groß genug ist, um sie bei ausgestreckten Armen mit den Fingerspitzen zu berühren.«

Ich kauerte mich enger zusammen und sah mich auf der Lichtung um. Der Himmel war verhangen und die Luft feucht. Ich war verschwitzt und fühlte mich klebrig und unwohl, auch wenn ich bisher nichts weiter getan hatte, als zur Lichtung zu gehen und mich hinzusetzen.

»Hörst du mir schon jetzt nicht mehr zu?«, fragte Luca. »Wir haben noch nicht mal angefangen!«

»Nein – ich versuche es, aber – ich verstehe das alles nicht so ganz. Also, wie mir das helfen soll.«

Luca betrachtete mich nachdenklich. Ich versuchte seinem durchdringenden Blick standzuhalten. »Dein Wolf, der ›Fluch‹, der auf dir lastet, meldet sich, wenn du verletzt bist, richtig? Wenn du dein eigenes Blut siehst.«

Ich nickte zögernd.

»Dann muss die Strategie ganz klar darin bestehen, dich stärker und schneller – zu einer besseren Kämpferin – zu machen, damit du im Kampf nicht so schnell verletzt werden kannst.«

Ich nickte wieder, dieses Mal eifriger.

»Doch das allein wird das eigentliche Problem nicht lösen. Wir müssen an den Ursprung zurück, müssen herausfinden, was der Wolf ist und warum er auf diese Weise auf dein Blut reagiert. Vielleicht würde es helfen, wenn du mir zuerst – bevor wir zu arbeiten anfangen – mehr über den Wolf erzählst. Was weißt du über ihn? Wie genau läuft es ab?«

Ich saß einen Augenblick schweigend da und suchte nach Worten, um den Glauben zu erklären, mit dem ich mein ganzes Leben gelebt hatte. »In-in Uskaand gab es zwei Götter«, begann ich zögerlich. »Der erste ist Askaan. Der Gott des Lichtes und der Gerechtigkeit. Für ihn werden Tempel gebaut, er wird verehrt, zu ihm wird gebetet. Sein Bereich ist die Welt der Menschen und ihrer Geister. Er entscheidet, welche Kinder geboren werden sollen und wann für jeden die Zeit gekommen ist zu sterben. Der Gott des Anderen ist … ist kein richtiger Gott. Das predigen zumindest die Priester Askaans in ihren Tempeln. Sie behaupten, er sei das Gegenteil Askaans. Kein göttliches, sondern ein dunkles Geschöpf. Die meisten Städte haben einen Priester des Anderen, doch sie sind nur … eine Art Schutzmaßnahme. Um den Anderen fernzuhalten. Für den Gott des Anderen werden keine Tempel gebaut. Die Menschen verehren ihn nicht und beten auch nicht zu ihm. Sein Name wird niemals ausgesprochen. Er ist der Gott der wilden Geschöpfe, der Fehlgeburten, der Krankheit und des Leidens. Manche nennen ihn den ›Wolf‹, weil erzählt wird, dass er diese Gestalt annimmt, wenn er seinen Priestern im Traum erscheint.«

»Du hältst also deinen Wolf für ein Erscheinungsbild eines Gottes? Des Gottes des Anderen?«

»Es klingt lächerlich, wenn du es so sagst. Ich weiß es nicht. Vielleicht ein Dämon des Anderen? Ich glaube, so haben es die Priester genannt. Aber sie haben es auch als Fluch bezeichnet. Ich konnte ihnen keine Fragen stellen.«

»Ich habe dir ja schon erklärt, dass ich nicht an Flüche glaube. Und an Dämonen schon gar nicht. Ich werde dir erklären, was ich denke. Es hat schon immer Menschen gegeben, die im Kampf in Raserei verfallen. In der Geschichte werden sie als ›Berserker‹ bezeichnet. Im *Buch Rodica* gibt es einen berühmten Helden namens Sedrun. Als er ein Kind war, wurde seine Familie vor seinen Augen getötet. Danach wurde er von einer anderen Familie adoptiert und schien vollkommen normal – bis zu einer Schlacht, die er mit dreizehn oder vierzehn erlebte.

Als er sah, wie ein Mitglied seiner neuen Familie starb, überkam ihn seine erste Berserkerwut. Es wird erzählt, dass sein Gesicht auf die doppelte Größe anschwoll und rot glühte und dass ihm die Haare wie Stacheln um den Kopf standen. Er schlachtete die feindlichen Soldaten regelrecht ab. Mehr noch, er schlachtete jeden im feindlichen Lager ab, selbst den Tross und die verwundeten oder unbewaffneten Männer. Er tötete ihre Tiere und setzte ihre Zelte in Brand. Seine eigene Familie wagte erst, sich ihm zu nähern, als der Anfall vorbei war. Was sagt dir das alles?«

»Dass er ein Ungeheuer war«, flüsterte ich entsetzt.

»Nein«, antwortete Luca nachdrücklich. »Es sagt dir, dass Sedrun, als er auch seine neue Familie sterben sah, eine so unglaubliche Angst verspürte, dass sie ihn verwandelte. Besitz von ihm ergriff. Er vernichtete jeden, der eine Bedrohung für die darstellen konnte, die er liebte. Sobald er das geschafft hatte, war er wieder er selbst.«

»Das macht es noch lange nicht akzeptabel«, protestierte ich. »Wie konnte er sich selbst ertragen? Er hat so schreckliche Dinge getan!«

»Sedruns Familie sah in ihm einen Helden. Sie waren kurz davor gewesen, die Schlacht zu verlieren, und er hatte sie gerettet. Nach seinem Anfall wagten nur noch sehr wenige, die Familie anzugreifen. Darum geht es jedoch nicht. Was ich sagen will, ist, dass seine Berserkerwut etwas mit Angst und Selbsterhaltungsinstinkt zu tun hatte. Und ich glaube, bei dir ist das ähnlich. Du sagst, dass der Wolf von dir Besitz ergreift, wenn er dein Blut sieht. Bei dir ist der Anblick deines Blutes der Auslöser, der deine Angst übermächtig werden lässt. Wir müssen dir beibringen, deine Angst anzunehmen und zu kontrollieren. Sobald dir das gelingt, wirst du auch den Wolf annehmen und kontrollieren können.«

»Aber … aber das will ich nicht. Ich will den Wolf nicht annehmen. Er ist schrecklich, er ist böse. Ich will ihn loswerden.«

»Ich weiß nicht, ob das möglich ist«, sagte Luca sanft. »Der Wolf ist ein Teil von dir.«

Meine Finger zupften an dem kratzigen Gras unter meinen Beinen. »Ist er nicht. Er ist kein Teil von mir. So bin ich nicht.«

»Hör zu, vielleicht gibt es andere, die mehr für dich tun können, die … den Fluch aufheben können oder wie immer du es nennen willst. Du brauchst die Hoffnung nicht aufzugeben. Doch fürs Erste kann ich dir helfen, deine Berserkerwut in den Griff zu bekommen. Das ist doch besser als nichts, oder?«

Ich starrte auf die abgerissenen Grasbüschel. Er bot mir mehr Hilfe und Verständnis an als jeder andere zuvor. Ich musste ihm glauben. »Natürlich. Es tut mir leid, ich wollte nicht undankbar erscheinen.«

Er verzog angewidert das Gesicht. »Ich will keine Dankbarkeit! Ich will bloß, dass du mir zuhörst und es versuchst. Kannst du das bitte tun?«

»Ich kann es versuchen.«

»Gut. Vielleicht verstehst du die Bedeutung dessen, wovon ich spreche, jetzt noch nicht«, sagte er geduldig, »aber es ist wichtig. Ich möchte, dass du die Augen schließt. Stell dir in Gedanken eine Kugel vor – die Kugel Raum, die dich umgibt. Fühl sie. Sie gehört dir. Alles darin gehört dir, jedes Staubkorn, jedes bisschen Luft.«

Eine Kugel, die mich umschloss? Wie eine Hülle aus Licht? Sie würde … leuchten. In einem strahlenden, silbrigen Blau, wie Sternenlicht auf Schnee. *Kalt.* Ich schauderte. Ich hörte Krächzen und Flattern – über mir kämpften Vögel. Mein Gehirn griff das Geräusch auf, dankbar für die Ablenkung.

Ich holte noch einmal tief Luft und zwang mich, Lucas beruhigender Stimme zuzuhören: »… Langsam einatmen. Jetzt ausatmen. Einatmen. Aus. Spüre deinen Atem. Fühle deinen Körper, sein Gewicht und seine Kraft. Spüre das Leben in deinem Körper, das Licht, das in dir lebt. Versuche es in deinen Gedanken zu sehen.«

Das Licht in mir wäre wie das Licht der Kugel. Blau, leuchtend. Ich konnte die Kälte beinahe spüren. Das Gefühl war in Anbetracht der klebrigen Feuchtigkeit des Tages seltsam angenehm.

»… Sieh, wie das Licht durch deine Venen flutet, in deine Fingerspitzen, dein Gesicht, deine Lungen, deine Beine. Einatmen. Ausatmen.«

Ich stellte mir vor, wie ich von dem gleichmäßigen, silbrig blauen Licht durchflutet wurde. Es fühlte sich erstaunlich echt an. Fast glaubte ich, den eisigen Schimmer, der mich von innen erleuchtete, durch meine Haut erkennen zu können, wenn ich die Augen öffnete.

»Du hast Ängste und Zweifel. Sie verursachen ein beklemmendes Gefühl in deiner Brust und deinem Magen, hab ich Recht? Diese Gefühle sind ein Schatten in dir, eine Dunkelheit, die das Licht dämpft. Hol tief Luft und saug diesen Schatten, all diese Dunkelheit, tief hinunter in deine Magengrube. Kannst du es sehen?«

Ich nickte. Während ich atmete, konnte ich die langen, verschlungenen Stränge Dunkelheit erkennen, die sich aus dem filigranen Muster aus Venen und Knochen herauslösten; ich zog sie von den Stellen, wo sie das silbrige Licht ausblendeten. Sie sammelten sich in der Mitte meines Körpers. Die negativen Gefühle – Wut, Angst, Trauer, Schmerz – rangen und kämpften dort, krampften sich zusammen wie eine Faust aus schwarzem Dunst.

»… Hol noch einmal tief Luft. Jetzt atme aus, ausgiebig und langsam, und stell dir vor, wie diese Dunkelheit, all diese Gefühle in dir, nach oben und dann aus dir herausfließen.«

Ich spürte, wie die würgende Schwärze zusammen mit meinem Atem aus meiner Kehle wich; ich sah sie wie Rauch in die Luft steigen und verbrennen, in Fetzen gerissen von Luft und Licht. Das Licht flutete in den entstandenen Raum und strahlte mit neuer Leuchtkraft. Für einen Moment sah ich die wechselnden Farben aus dem Feuer der Urmutter darin: Grün und Purpur und leuchtendes Türkis und Silber. Doch die Flammen verströmten keine Hitze. Das silbrig-blaue Licht und die Pfauenschattierungen tanzten zusammen, winkten mich heran und zogen mich hinein. Ich wollte loslassen, mich in dem Licht verlieren …

Ein weiterer Schauder durchfuhr meinen Körper und ließ meine Finger und Zehen zucken.

Meine Tochter …

Ich riss die Augen auf und schlug die Hände auf das pikende Gras. Ich starrte sie an. Sie waren braun. Das Gras war grün. Mein Atem bildete keine Atemwolken in der Luft. Ich war in Sicherheit. Ich musste in Sicherheit sein.

Bitte, bitte lass mich in Sicherheit sein.

»Alles in Ordnung?« Ich hatte nicht gehört, wie er sich bewegte – das tat ich nie –, doch plötzlich kniete er neben mir, eine Hand legte sich leicht auf meinen Rücken. »Was ist passiert?«

Was *war* passiert?

Es war wohl wieder meine Einbildungskraft, so wie letzte

Nacht am Feuer. Das war die einzige Erklärung. Es war neu für mich und ich hatte Angst bekommen und … das war alles.

»Ich weiß nicht«, sagte ich, was mehr oder weniger der Wahrheit entsprach. »Ich habe das Licht gesehen, wie du gesagt hast. Es war … seltsam.«

Luca rieb mir den Rücken, es war eine abwesende, tröstliche Geste. Statt vor der Berührung zurückzuschrecken, sehnte ich mich nach mehr.

»Das ist ein gutes Zeichen«, sagte er. »Es bedeutet, dass du tief in dich gegangen bist. Ich finde, du hast dich gut geschlagen, vor allem für das erste Mal.«

Sein Lob ließ meine Wangen glühen und vertrieb die Kälte, die die seltsame Trance ausgelöst hatte. Ich senkte den Kopf und ertappte mich dabei, dass ich die warme, goldene Haut seiner Kehle anstarrte, die sein achtlos zugebundenes Hemd entblößte. Seine Brust- und Armmuskeln wölbten sich unter dem dünnen Stoff. Seine Hand auf meinem Rücken schien Wärme auszustrahlen. Ein weiterer Schauder durchfuhr mich, doch dieses Mal war es nicht die Kälte, die meinen Körper zittern ließ.

»Frost?«

Ich blickte ihm in die Augen. All meine Gefühle waren mir wohl klar und deutlich ins Gesicht geschrieben. Ich hörte, wie er scharf Luft holte.

Seine Hand legte sich auf meine Wirbelsäule, Fingerspitzen strichen über die nackte Haut über meinem Hosenbund. Er wiederholte meinen Namen und dieses Mal … dieses Mal war es anders.

Sein Gesicht näherte sich meinem. Ich spürte seinen Atem auf meiner Haut. Dann küssten wir uns, unsere Lippen pressten sich aufeinander. Ohne nachzudenken, schmiegte ich meinen Körper an seinen. Die Hand auf meinem Rücken verkrampfte sich zur Faust, so dass mein Hemd über meinen Brüsten spannte. Ich atmete schwer, meine Hände umklammerten meine Knie, wollten ihn berühren, trauten sich jedoch nicht.

Er ließ mich so unvermittelt los, dass ich fast umkippte. »Das hätte ich nicht tun sollen.« Seine Stimme war leise, fast barsch. »Es ist nicht richtig.«

Die Worte trafen mich wie unerwarteter Schnee. In Sekundenschnelle verwandelte ich mich von einem lebendigen, atmenden Mädchen in etwas Erstarrtes und Kaltes. Scham verursachte mir körperliche Übelkeit; mein ganzer Körper war plötzlich in klammem Schweiß gebadet.

Oh, Vater, was habe ich getan?

»Es tut mir leid ...«, flüsterte ich. Meine Stimme klang gebrochen und rau.

»Frost – Frost – das habe ich nicht ...« Er klang verstört.

Ich schüttelte heftig den Kopf. »Ich weiß.«

»Es ist nicht deine Schuld. Ich hätte das nicht tun dürfen.«

»Nicht.« Ich rappelte mich auf.

Er erhob sich ebenfalls, streckte eine Hand aus, als wolle er – was? Mich zurückhalten? Trösten? Bevor seine Finger mich berühren konnten, war ein verdächtiges Räuspern in der Nähe zu hören. Wir fuhren auseinander. Es war das erste Mal, dass ich Luca überrumpelt sah – was es nur noch schlimmer für mich machte. Als wir uns umdrehten, sahen wir Arian im Schatten des Zeltes stehen. Er starrte auf seine Stiefelspitzen.

»Tut mir leid zu stören«, sagte er, auch wenn es nach dem Gegenteil klang. »Zwei der Kundschafter sind mit Berichten über die Truppenstärke der Feinde zurückgekommen, Luca. Ich dachte, du willst sicher so schnell wie möglich mit ihnen sprechen.«

Luca schien zu zögern. Er sah mich nicht an. Dann nickte er entschieden. »Stimmt. Wo sind sie?«

»Ich habe sie zu Livia geschickt. Sie sind auf dem Rückweg eine Felswand hinuntergestürzt. Nichts Schlimmes, aber sie haben beide ein paar Prellungen und Schürfwunden, die meiner Meinung nach behandelt werden sollten.«

»Gute Idee. Dann werd ich mal … gehen.« Er drehte sich zu mir um. Ich starrte auf den Boden.

»Könntest du hier eine Weile für mich übernehmen?«, hörte ich ihn Arian fragen. »Prüfe Frosts Reflexe und zeig ihr ein paar Grundabwehrhaltungen.«

Es entstand eine Pause, dann kam widerwillig: »Wenn du meinst, das wäre hilfreich.«

»Wäre es«, sagte Luca mit Nachdruck. »Frost, wir reden, sobald ich mich um diese Sache gekümmert habe.«

Ich gab keine Antwort. Einen Moment später hörte ich ihn seufzen. Er ging davon und ließ Arian und mich allein auf der Lichtung zurück.

Das Schweigen dauerte an. Die Demütigung verursachte mir Magenkrämpfe. Bestimmt hatte Arian alles gesehen. Ganz bestimmt. Dass er Luca versprochen hatte, mir etwas beizubringen, sollte garantiert nur dafür sorgen, Luca von mir loszueisen. Ich wartete auf das Geräusch seiner sich entfernenden Schritte.

Arian räusperte sich noch einmal. »In Ordnung. Nimm eine Verteidigungshaltung ein.«

Ich hob den Blick vom Boden. »W-was?«

»Hast du was an den Ohren? Mach dich bereit, dich zu verteidigen.«

Seine eisigen Augen blickten gereizt und ungeduldig, aber ohne eine Andeutung von Schadenfreude oder – noch schlimmer – Mitleid. Es war ihm ernst. Langsam brachte ich mich in Position, die Füße schulterbreit auseinander. Meine Glieder fühlten sich steif und schwer an. Arian stellte sich mir gegenüber. Er musterte mich kritisch und brummte etwas, das anerkennend oder abfällig gemeint sein konnte.

»Abwehren!« Seine Faust schnellte auf mein Gesicht zu.

Ich wich gerade noch rechtzeitig zurück, mit rudernden Armen versuchte ich das Gleichgewicht zu halten.

»Ich sagte abwehren, nicht zurückweichen«, fuhr er mich an.

»Ich w-weiß nicht, wie.« Protestierend hob ich die Hände. Ich war bereits völlig durcheinander und hatte schreckliche Angst, in Tränen auszubrechen.

Er wirbelte herum, ein Bein in einer todbringenden, fließenden Bewegung ausgestreckt.

Ich zuckte wieder weg. »Ich sagte, ich weiß nicht, wie!«

Die Verachtung auf seinem Gesicht war nun unübersehbar. »Ich bin nicht Luca. Lass dieses Hilfloses-kleines-Mädchen-Getue.«

»Wovon redest du?« Ich bewegte mich vorsichtig von ihm weg.

Er folgte. »Auch wenn er sich vielleicht nicht mehr daran erinnert, ich habe nicht vergessen, wie du dort im Tal gekämpft hast. Ich weiß, wie stark und schnell du bist. Ich werde mich nicht hier hinstellen und so tun, als würde ich dir etwas beibringen, das du schon kannst.«

Dann hatte Luca Arian also nicht die Wahrheit über mich und den Wolf erzählt. Ich wusste nicht, ob ich für seine Verschwiegenheit dankbar sein sollte oder besorgt, weil er meinen Fluch vor dem Mann, den er als seinen Bruder bezeichnete, geheim gehalten hatte. Vielleicht bereute er schon, dass er mich gebeten hatte, mich der Berggarde anzuschließen.

Wenn er es vorher nicht getan hat, dann jetzt ganz bestimmt. Ich hatte uns beide lächerlich gemacht, indem ich mich ihm mehr oder weniger an den Hals geworfen hatte, wo er mir doch nur ein Freund sein wollte. *Oh, Vater, seit wann bin ich so dumm?*

Arian stürzte sich wieder auf mich und meine Gedanken lösten sich in Panik auf. Ich drehte mich weg, um davonzulaufen.

Er packte mich von hinten, schlang seine muskulösen Arme um meine Taille und presste mir dadurch die Hände an den Körper. Ich spürte seinen keuchenden Atem an meiner Wange. Als ich versuchte ihn abzuschütteln, drückte er nur noch fester zu.

Bleib ruhig. Kämpfe nicht. Halt dich raus.

»Befrei dich aus meinem Griff«, knurrte er mir ins Ohr. »Los. Zeig mir, was du wirklich draufhast.«

Panik überkam mich. »Das ist dumm. Lass mich einfach l-los.«

»Dieses Getue nehme ich dir nicht ab. Wenn ich dich loslassen soll, mach was.«

Ich trat ihm auf den Fuß und hörte ihn vor Schmerzen keuchen, als ich mich mit vollem Gewicht auf seine Zehen drückte. Doch sein Griff lockerte sich nicht.

»Da musst du dir schon ein bisschen mehr einfallen lassen.«

Ich schleuderte den Kopf nach hinten. Er zuckte gerade noch rechtzeitig zur Seite, sonst hätte ich ihm die Nase gebrochen.

»Schon besser«, lautete sein Kommentar. In seiner Stimme lag nun ein Anflug von Wärme, vielleicht sogar Genugtuung, was meine Angst nur noch mehr anfachte. Ihm machte das hier Spaß. Sein Griff wurde fester, sein Unterleib presste sich gegen meinen. Einen Moment lang hatte ich das Gefühl, ich läge auf dem Boden und ein schwerer Körper erdrücke mich. Ich schmeckte schalen Schweiß.

Kämpfe nicht.

Nein, nein, nicht noch einmal, nicht noch einmal.

Das letzte bisschen Kontrolle, das ich noch hatte, verschwand. Ich schlug und trat um mich, warf mein Gewicht nach vorn und den Kopf hin und her. Ich meinte zu spüren, wie er seinen Körper bewegte, um meine Anstrengungen abzuwehren. Ich meinte ihn sprechen zu hören. Doch ich war schon zu entkräftet, um darauf zu reagieren.

Bleib ruhig. Kämpfe nicht. Halt dich raus.

Ich schrie.

Arians Griff lockerte sich in genau dem Moment, als Luca und Livia um die Ecke von Lucas Zelt bogen. Ich fiel auf die Knie und krabbelte von Arian weg, Bilder aus meiner Vergangenheit tauchten vor meinen Augen auf und vermischten sich schwindelerregend mit der Gegenwart.

Das Blut.

Livias gerötetes zorniges Gesicht, die erhobene Stimme, die Worte, in die sich Wut mischte.

Das Blut in meinem Mund. In meinen Haaren, auf meinem Kleid. Knochensplitter, feuchte graue Substanz. Überall auf mir. Ich konnte es schmecken. Vater, Vater, bitte hilf mir.

Luca beugte sich über mich und wollte mich berühren, doch ich schreckte vor ihm zurück. Er erbleichte, seine Augen verwandelten sich in dunkle, zornige Löcher. Er ging über die Lichtung, wo Livia mit Arian stand, holte aus und streckte Arian mit einem Fausthieb nieder.

Meine Hände. Meine Hände waren blutverschmiert. Ich rieb sie an der Vorderseite meines Kleides, doch es war ebenfalls blutgetränkt. Das Blut ließ sich nicht abreiben. Zu spät. Zu spät, um es rückgängig zu machen.

Das wollte ich nicht.

»Frost?« Das war Livias Stimme, mittlerweile klang sie ruhig und sanft. Als ich die Vision in Rot verdrängte und aufblickte, sah ich sie vor mir knien. »Bleib ganz ruhig. Alles ist gut. Niemand wird dir etwas antun.«

»Ich weiß nicht, was passiert ist«, hörte ich Arian leise und mitgenommen sagen. »Ich wollte nur … Ich weiß nicht …«

Arian saß auf der Erde. Luca stand mit geballten Fäusten

vor ihm. Arian hielt die geöffneten Hände vor sich ausgestreckt und starrte sie an, als gehörten sie nicht zu ihm.

Als wären sie blutverschmiert.

Er sah mich an. Er schien genauso geschockt wie ich.

»Beachte ihn nicht weiter«, sagte Livia und half mir auf. »Luca nimmt ihn sich vor. Du kommst mit mir. Nach einer Tasse Tee wird es dir viel besser gehen.«

Hinter mir hörte ich Arian flüstern: »Das wollte ich nicht.«

Ich starrte auf meine eigenen Hände. Sie waren sauber, nur die Fingerspitzen hatten eine leicht grünliche Färbung vom Gras, aber ich konnte das Blut noch sehen. Ich konnte das Blut trotzdem noch fühlen.

Das wollte ich nicht …

Fünfzehn

Livia hatte Luca viermal weggeschickt. Beim ersten und zweiten Mal saß ich noch immer zitternd da, trotz der Hitze in eine Decke eingewickelt und einen großen Becher Anistee in den bebenden Händen. Livia hatte mich nicht einmal gefragt, sondern ihn einfach mit ein paar energischen Worten vertrieben.

Als Luca zum dritten Mal zu ihrem Zelt kam, war es später Nachmittag. Ich hatte die Decke abgelegt und saß im Schneidersitz auf dem Boden, wo ich halbherzig getrocknete Kräuter in Nesselsäckchen füllte. Livia warf mir einen schnellen fragenden Blick zu und nahm mein heftiges Kopfschütteln als Bestätigung, ihn wieder zu verscheuchen.

Als ich seine Stimme das vierte Mal vor dem Zelt hörte, war es schon fast Abend und die Dämmerung brach herein. Bevor sie zum Zelteingang ging, nahm Livia sehr langsam und behutsam meine Hand. »Wenn du bleiben willst, musst du dich irgendwann mit ihm auseinandersetzen. Du brauchst keine Angst zu haben, dass er Ausflüchte für Arian vorbringen wird – er möchte sich bloß dafür entschuldigen, dass er zugelassen hat, dass es zu diesem Vorfall kommen konnte. Und vielleicht fühlst du dich ja besser, wenn du das hörst.«

Ich schüttelte wieder den Kopf. Livia seufzte, beließ es aber dabei. Sie unterhielt sich vor dem Zelt eine Weile mit Luca. Vermutlich wurde sie ihn dieses Mal nicht so einfach los. Er machte sich allmählich Sorgen.

Livia hatte sofort verstanden, was mir auf der Lichtung passiert war, und meine Dankbarkeit gewonnen, als sie sich die Fragen verkniff, die ihr offensichtlich auf der Zunge lagen. Vermutlich gab es in ihrer Vergangenheit ebenso viele Schatten wie in meiner und Arian war wohl auch schon in ihre hineingestolpert. Sie hatte von Anfang an keinen Zweifel daran gelassen, dass sie ihn nicht mochte und ihm auch nicht über den Weg traute. Wahrscheinlich dachte sie, ich wolle Luca nicht sehen, weil ich noch immer böse auf ihn war, dass er Arian und mich allein zurückgelassen hatte. Dass ich wütend über seine Unfähigkeit war, seinen Freund und Leutnant unter Kontrolle zu halten. In Wahrheit hatte ich die Angst, die Arians Verhalten ausgelöst hatte, erschreckend schnell abgeschüttelt. Das lag möglicherweise daran, dass ich eine lange Übung darin hatte, solche Erinnerungen in das wirre Knäuel Dunkelheit unter meinen Rippen zurückzudrängen.

Vielleicht lag es aber auch daran, dass ich Arians am Boden zerstörtes Gesicht gesehen hatte, nachdem Luca ihn niedergeschlagen hatte, und daran, wie er seine Hände anstarrte, als würden sie jemand anderem gehören.

Er hatte mir nichts antun wollen. Er hatte mich aus der Reserve locken wollen. Er betrachtete mich als Rivalin, als eine gefährliche Unbekannte, die seinem Bruder irgendwie zu nahe gekommen war – vielleicht sogar Arian selbst zu nahe gekommen war. Ich verstand, warum. Innerhalb kürzester Zeit war es mir gelungen, ihn in seinem verletzlichen Zustand am Waldtümpel zu überraschen und einen Streit zwischen Luca und ihm auszulösen. Dann war er Zeuge der Szene zwischen Luca und mir gewesen, die den Eindruck erweckt haben musste, ich würde Luca bereits Schmerz zufügen. Wer wusste, welchen Schaden ich erst anrichten würde, wenn ich blieb? Seine Bemerkungen hatten klar gezeigt, dass er überzeugt war, ich verberge mein wahres Ich. Er hatte mich – den knurrenden, mächtigen Wolf, den er in mir sah – ans Licht zerren wollen. Mit Sicherheit war ihm überhaupt nicht bewusst, dass es in seiner Macht stand, mir Angst einzujagen, dass ich schwächer war als er, dass ich nicht zurückschlagen konnte, selbst wenn ich es wollte.

Als er seinen Irrtum bemerkt hatte, war es schon zu spät gewesen. Er konnte es nicht mehr zurücknehmen.

Gerade ich wusste, wie sich das anfühlte.

Arian mochte gefährlich sein. Eigentlich war ich mir dessen sogar sicher. Aber er war kein Sadist. Niemand, dem es Vergnügen bereitete, andere zu quälen, hätte so geschockt und mitgenommen ausgesehen wie er, als ihm klar wurde, was er mir angetan hatte. Vielleicht würde er nie mein Freund werden, trotzdem hatte ich nun das Gefühl, ihn ein wenig zu verstehen – und auf Grund dieses Verstehens brauchte ich keine Angst mehr zu haben.

Der wahre Grund, weshalb ich Livia Luca wegschicken ließ, war wesentlich weniger ehrenhaft.

Ich hatte ihn geküsst und er war vor mir zurückgeschreckt. Im Augenblick wollte ich ihn nie wiedersehen.

Trotzdem hatte Livia Recht. Wenn ich bei der Berggarde bleiben wollte, musste ich mich mit Luca auseinandersetzen, und zwar bald. Alles andere war feige und unglaublich albern. Ich hatte mich zur Idiotin gemacht – allerdings legte die Tatsache, dass Luca immer wieder zum Zelt kam, nahe, dass er es mir verziehen hatte. Das Vertrauen und die Freundschaft, die zwischen uns entstanden war, als wir Jagd auf die Räuber gemacht hatten, als er mir die Möglichkeit gegeben hatte, wegzulaufen, und ich ihm stattdessen gefolgt war, konnte ich nicht einfach so wegwerfen. Ich konnte nicht die erste echte Hoffnung zerstören, die ich seit Jahren hatte.

Ich glaubte ihm noch immer.

Ich musste meine trügerischen Gefühle unterdrücken, sie zusammen mit den dunklen Erinnerungen verdrängen, so dass niemand, vor allem Luca nicht, je auf die Idee kam, dass sie existierten.

Als das Singen draußen begann, bemerkte ich den unschlüssigen, sehnsüchtigen Ausdruck auf Livias Gesicht. »Wenn du willst, geh ruhig. Ich komme schon klar«, sagte ich.

Sie sah mich abschätzend an, die schwarzen Schatten des Lampenscheins verstärkten den Ausdruck noch. »Warum gehen wir nicht gemeinsam zu der Versammlung? Du weißt, dass du dort willkommen bist.«

»Mir ist nicht nach Singen. Und ich werde auch nicht davonlaufen, wenn du mich allein lässt, mach dir also keine Sorgen.«

Sie sah schuldbewusst weg und ich wusste, dass ich den

Nagel auf den Kopf getroffen hatte. Luca musste ihr das Versprechen abgenommen haben, mich im Auge zu behalten.

»Ich werde zu Lucas Zelt gehen und dort auf ihn warten. Du hast Recht. Ich muss es hinter mich bringen«, sagte ich und erhob mich. »Danke, dass du so lieb zu mir warst.«

Sie stand ebenfalls auf, legte mir beide Hände auf die Schultern und drückte mir einen mütterlichen Kuss auf die Wange. Ich musste mich anstrengen, nicht zurückzuzucken, allerdings weniger als zuvor. Allmählich gewöhnte ich mich an Livia.

»Du brauchst mir nicht zu danken«, sagte Livia. »Und jetzt ab mit dir.«

Ich zwang mich zu einem Lächeln, als sie die Lampe ausblies. Dann verließen wir beide das Zelt. Sie lief zum Versammlungsplatz, zu dem flackernden Licht und den Stimmen, die ein fröhliches Lied über ein junges Mädchen sangen, das Unmögliches von seinem Geliebten verlangt. Ein Teil von mir wollte seine Meinung ändern, Livia begleiten und sich in diese Wärme und Fröhlichkeit hüllen. Doch ich hatte weder Wärme noch Fröhlichkeit anzubieten. Ich gehörte nicht dorthin.

Noch bevor ich den ersten Schritt zu Lucas Zelt machte, spürte ich, wie sich die feinen Härchen in meinem Nacken aufstellten. Ich wurde beobachtet. Ich drehte mich um und suchte den Hang ab, bis ich eine dunkle Gestalt sah. Auf einem Felsen, der zwischen den Bäumen aufragte, stand ein Mann. Der unverwechselbare quadratische Umriss seines Rückens und seiner Schultern war deutlich zu erkennen.

Arian.

Ich starrte auf seinen Schatten am Nachthimmel. Er hielt an seiner Einsamkeit und Verschlossenheit fest. Wie ich entschied er sich dafür, dem flackernden Feuer der Urmutter und dem frohen Geplapper der Stimmen dort fernzubleiben. Trotzdem hielt ihn wie mich etwas davon ab, fortzugehen. Irgendetwas zwang ihn, sich am Rande des Lebens mit der Berggarde herumzutreiben, niemals ganz Teil davon zu werden, aber sich auch niemals zu weit zu entfernen.

Luca band Arian an diesen Ort und diese Menschen, genauso wie er mich an sie band.

Ich haderte mit mir, als ich mich vom Lager abwandte und auf den Hang stieg.

Nur weil du dir einbildest ihn zu verstehen, bedeutet das noch lange nicht, dass es ihm mit dir genauso geht.

Du weißt, dass er gefährlich ist, du weißt, dass er handelt, ohne nachzudenken. Er hat dich mittlerweile dreimal bedroht.

Er will eindeutig allein sein. Was glaubst du damit zu erreichen?

Was wirst du überhaupt zu ihm sagen?

Mein gesunder Menschenverstand tobte. Ich ging weiter. Sobald ich den Wald betrat, verlor ich Arian aus den Augen, aber ich wusste genau, wohin ich musste. Als würde mich die absolute Einsamkeit seiner selbst auferlegten Isolation zu ihm hinziehen: zu einem verbannten Wolf, der in der Nacht heulte.

Sobald ich zwischen den Bäumen, die die Felszunge umgaben, heraustrat, konnte ich sehen, dass ich mich in einigen Punkten geirrt hatte. Er stand nicht auf dem Felsen, er saß darauf. Die Höhe des Steins hatte mich getäuscht. Seine hängenden Schultern und sein gebeugter Rücken drückten Niedergeschlagenheit aus, er hielt den Kopf gesenkt, genau wie nach Lucas Fausthieb. Das immer heller werdende Sternenlicht ließ erkennen, dass er auf seinen Händen saß.

Das wollte ich nicht …

Ich starrte zu ihm hoch, wagte nicht, mich ihm zu nähern, hatte aber trotzdem das Gefühl, etwas Bestimmtes tun zu müssen. Ich war mir nicht einmal sicher, ob er mich hatte kommen sehen. Sollte ich mich bemerkbar machen?

»Was willst du?« Seine harsche Frage ließ mich zusammenzucken.

»Mit dir reden«, brachte ich mit recht gut gemimter Ruhe heraus.

»Wenn du auch nur einen Funken Verstand hättest, würdest du großen Abstand zu mir halten.«

Die Worte sollten vermutlich bedrohlich klingen, stattdessen erinnerten sie mich an das trotzige Brabbeln eines Kindes, das wusste, dass es etwas falsch gemacht hatte, sich aber nicht entschuldigen wollte.

Vorsichtig nach Halt tastend begann ich den Felsen hinaufzuklettern. Ich zog mich mit einem angestrengten Ächzen hoch, setzte mich mit einer Armeslänge Abstand neben ihn und ließ die Beine über die Felskante baumeln. Von hier aus konnte ich auf das weiße und graue Wirrwarr der Zelte und die pulsierende Glut des Feuers der Urmutter unter uns blicken. Aus dem Augenwinkel nahm ich wahr, wie er von mir abrückte, das Sternenlicht verriet, dass seine Augen weit geöffnet waren.

»Du stößt ganz schön viele Drohungen aus«, sagte ich.

»Macht es dir wirklich solchen Spaß, Leuten Angst einzujagen?«

»Nein!«, fuhr er mich an. Er holte scharf Luft, als wolle er mehr sagen, schwieg dann aber doch. Als er weitersprach, klang seine raue Stimme ruhiger. »Ich wollte dir keine Angst einjagen. Ich weiß, das ist keine Entschuldigung. Aber … Ich werde dir nicht mehr nahe kommen.«

»Weil du das Luca versprechen musstest?«

»Ich bin kein Ungeheuer.« Er zog eine Hand unter dem Bein hervor und rieb sich die Stirn, als habe er Kopfschmerzen. »Glaubst du, er würde mich hier dulden, würde mich irgendwo in seiner Nähe dulden, wenn ich eines wäre? Du solltest eine bessere Meinung von ihm haben.«

»Warum hast du dich dann so benommen?«

Ich glaubte die Antwort zu kennen, aber ich wollte es aus seinem Mund hören.

»Ich *weiß* es nicht«, sagte er, die Worte klangen, als knirschten raue Felsbrocken aneinander. »Ich verabscheue Männer, die – ich ekle mich vor dem, was ich getan habe, und es tut mir leid. Du wirst es mir nicht abnehmen, aber es tut mir wirklich leid. Mein ganzes Leben habe ich versucht Menschen zu schützen, es wiedergutzumachen … Meine Mutter war erst vierzehn, als sie mich zur Welt gebracht hat. Ein sedrischer Stoßtrupp hatte das Dorf angegriffen. Einer der Männer – irgendein widerwärtiger Rohling – hat sie vergewaltigt. Hat sie mit mir geschwängert. Die Geburt hat sie getötet. Das Leid hat sie getötet. Ich muss mit diesem Wissen leben. Ich würde niemals, niemals einer Frau Gewalt antun – irgendjemandem Gewalt antun – auf diese Weise.«

Er hielt inne, sein Atem ging stoßweise. Dann wiederholte er: »Es tut mir leid.«

Ich schluckte und fühlte mich kleinlich und grausam, dass ich ihn zu diesem Geständnis getrieben hatte. Es war offensichtlich, wie schmerzlich seine Vergangenheit für ihn war. Doch gleichzeitig war ich auch froh. Ich hatte mich nicht in ihm getäuscht. Es brauchte einen Augenblick, bis ich ihm antworten konnte. »Ich glaube dir.«

Es entstand eine weitere Pause, bevor er ein einfaches »Danke« murmelte.

»Wirst du mir helfen? Bitte?«

Er hob den Kopf. »Wobei?«

»Ich möchte lernen, mich zu verteidigen.«

»Das wird dir Luca beibringen. Er ist der beste Lehrer, den du dir wünschen kannst.«

»Ich möchte, dass du mir Dinge zeigst, die er mir nicht beibringen kann. Ich bin groß für ein Mädchen und ich bin stark, aber ich weiß, dass ich auch … verletzlich bin. Wenn ich in Panik gerate, will ich einfach nur weglaufen. Immerzu weglaufen …« Es kostete mich einige Anstrengung, die Erinnerungen daran abzuschütteln. »Und das wird mich in Schwierigkeiten bringen. Es hat mich in der Vergangenheit in Schwierigkeiten gebracht. Ich muss stärker werden. Schneller und besser vorbereitet. Ich möchte, dass du mich an meine Grenzen bringst, mir die schmutzigen Tricks zeigst – jede Taktik, jemanden fertigzumachen, die Luca nicht lernen musste.«

Er klang fast amüsiert, als er sagte: »Du gehst also davon aus, dass ich schmutzige Tricks kenne?«

»Du hast selbst gesagt, dass Luca ehrenhaft ist. Er kann es sich leisten, weil er so stark, so gut ist. Er kämpft anständig. Das werde ich nicht immer können. Du konntest es vermutlich auch nicht immer. Oder?«

Er seufzte. »Scheint so. Verdammter Luca.«

Bevor ich fragen konnte, was er damit meinte, erhob er sich und war wieder ein quadratischer Schatten vor den Sternen. Er streckte mir die Hand entgegen. Ich zögerte einen Moment, bevor ich sie ergriff. Sein Griff war fester als Lucas; die Finger, die sich um meine schlossen, waren rau und dick und grob. Er zog mich ohne Anstrengung hoch, dann ließ er meine Hand sofort los.

»Sind wir jetzt Freunde?«, fragte ich.

»Kameraden«, verbesserte er mich. »Da ist die Gefahr geringer, dass ich dir in den Rücken falle.«

Als ich kurz darauf bei Lucas Zelt ankam, saß er schon auf dem Bett und wartete auf mich. Er war offenbar noch am Fluss gewesen. Seine nassen Haare hatten das Bernsteingold von Apfelwein und hingen ihm über Schultern und Rücken. Sein sauberes Hemd war nur halb zugebunden und entblößte die glatte, muskulöse Brust. Seine Füße waren nackt.

Er sah mich forschend an, sein Gesicht zeigte deutlich Besorgnis und Bedauern.

»Ich bin froh, dass du zurückgekommen bist. Ich habe mir allmählich Sorgen gemacht.« Es lag kein Vorwurf in seiner Stimme, trotzdem hatte ich das Bedürfnis, mich zu entschuldigen.

»Ich bin ein Stück gelaufen, um den Kopf freizukriegen.«

»Frost, was vorhin passiert ist –«

»Ich habe mit Arian geredet. Es tut ihm leid und es wird nie wieder passieren. Ich glaube, von jetzt an wird alles gut.«

Lucas Augenbrauen schossen nach oben. »Du hast mit ihm gesprochen? Wann?«

»Gerade eben, als ich meinen Spaziergang gemacht habe.«

»Das ist gut«, sagte er langsam. »Ich möchte nicht, dass du das noch einmal durchmachen musst. Aber das war nicht das Einzige, worüber ich mit dir reden wollte.«

»Bitte nicht.« Ich zwang mich zu einem Lächeln und versuchte meine Worte ebenfalls heiter klingen zu lassen. »Ich weiß, was du sagen willst; ich muss es nicht hören. Es war ein seltsamer Augenblick und es hätte nie passieren dürfen. Ich bin nicht deswegen hier, und deine … deine Freundschaft ist mir sehr wichtig. Wenn es für dich in Ordnung ist, lass uns einfach vergessen, dass es geschehen ist.«

Im dunklen Blau seiner Augen zeigte sich etwas – Erleichterung oder etwas anderes? –, aber sofort legte sich wieder ein Schleier darüber. Er sah weg. »Natürlich. Danke. Dann machen wir morgen mit der Ausbildung weiter?«

Ich nickte. »Ich sehe lieber zu, dass ich ein bisschen schlafe.«

Ohne eine Antwort abzuwarten, zog ich mich hinter den geschnitzten Wandschirm zurück und verschob ihn so, dass er mich vollständig verdeckte. Ich wartete seinen Gute-Nacht-Gruß ab und löschte die Lampe. Dann vergrub ich das Gesicht in einem der Felle, die er mir gegeben hatte, und weinte.

Sechzehn

Mein Leben mit der Berggarde – als eine von ihnen, wenngleich auch nur eine Anfängerin – wurde sehr schnell zur gewohnten Routine. Von Zeit zu Zeit unterbrach ich, was immer ich gerade tat, weil mir der Atem stockte. Dann sah ich mich um und konnte kaum glauben, wie unvermittelt sich mein Leben und alles, was ich kannte, verändert hatte.

Zu anderen Zeiten schien alles, was zuvor gewesen war – das Leben voller Hunger, Schmerzen und Kampf –, nicht mehr zu sein als die wunde Stelle eines verblassenden Albtraums.

Ich konnte nicht entscheiden, welches Gefühl mich mehr irritierte.

Ich war überrascht und froh, als ich feststellte, dass Arian sich nicht vor unserer Abmachung zu drücken versuchte. Gründe hätte er genug gefunden. Auch wenn das Hauptziel der Berggarde – die Gefangennahme der Abtrünnigen und ihrer Anführer, einschließlich Lucas Bruder – bis zum Eintreffen der Verstärkung in der Schwebe hing, war Arian genauso beschäftigt wie Luca. Manchmal sogar noch mehr, denn er war für die täglichen Abläufe im Lager verantwortlich. Er sammelte die Berichte ein, schickte die Kundschafter los, machte Vermerke auf Karten, organisierte Wachen und andere Pflichtdienste und orderte Nachschub. Doch an den meisten Tagen tauchte er irgendwann auf, zog mich von dem weg, was ich gerade tat, und ließ mich Übungen machen, die unmethodischer und wesentlich anstrengender waren als die, die Luca sich für mich ausgedacht hatte.

»Und wenn ich dich hier packe, was ist deine erste Reaktion?«, fragte Arian. Seine rechte Hand schloss sich fest um meinen linken Unterarm.

»Ich würde … dich schlagen«, sagte ich zögernd und versuchte die kleine Gruppe von Bergwächtern nicht weiter zu beachten, die sich um den Übungsplatz scharte.

Arian verdrehte die Augen und blickte zum Himmel, als flehe er ihn um Hilfe an. »Und *wohin* würdest du mich schlagen?«

Ich ballte meine rechte Hand zu einer Faust und tat so, als schlüge ich auf Arians rechten Arm, knapp oberhalb der knochigen Stelle am Handgelenk.

»Gut. Das ist besser, als wenn du versuchst deinen Arm herauszuwinden. Aber wenn du mich hier oder hier schlägst« – er nahm mit seiner freien Hand meine Faust und führte sie zur Innenseite seines Armes, kurz über der Armbeuge, dann zu einem anderen Punkt neben dem runden Muskelball auf seiner Schulter – »würde mein ganzer Unterarm taub werden. Ich müsste dich loslassen und könnte meine Hand zumindest für ein paar Minuten nicht einsetzen. Versuch es mal.«

»Ich soll richtig zuschlagen?«, fragte ich entsetzt. Einer der Zuschauer prustete vor Lachen.

»Du *musst* richtig zuschlagen«, sagte Arian mit überraschender Geduld. »Wie willst du es denn sonst lernen? Los, mach.«

Ich atmete aus, nahm die Faust zurück und bewegte sie vorsichtig auf die Stelle zu, die Arian mir gezeigt hatte. Bevor ich ihn traf, packte er erneut meine Hand.

»Zu langsam«, sagte er. »Durch dein Zögern hast du die Chance verspielt, dich einfach und problemlos von mir zu befreien. Was machst du jetzt?«

Ich bewegte meine Arme versuchsweise mit einem kräftigen Ruck. Luca hätte in dieser Situation sofort losgelassen; Arians Griff wurde fester, nicht so, dass es wehtat, aber es reichte, um mir klarzumachen, dass ich so nicht loskam.

»Ich würde dich treten«, sagte ich entschieden. »Ich würde … du weißt schon … zwischen die Beine zielen. Die meisten Männer bekommen Panik, wenn man das macht.«

»Gut. Versuch es.«

»Wirklich?«

»Frost!« Livias ungeduldiger Schrei kam irgendwo aus der Menge. Ich zuckte zusammen. Mir war nicht bewusst gewesen, dass sie sich unter den Zuschauern befand. »Weißt du, was manche Leute hier im Lager für diese Einladung geben würden? Mach einfach, was er sagt!«

Während die anderen Bergwächter in Gelächter ausbrachen, nahm ich meine Kraft zusammen und zielte mit dem Stiefel genau auf seinen Schritt.

Blitzschnell verlagerte er sein Gewicht zur Seite, und statt ihn zu treffen, erwischte mein Fuß nur Luft. Dann stand er plötzlich vor mir, seine Füße zwischen meinen, und drehte mir den Arm auf den Rücken.

»Wieder hast du gezögert und deine Chance vertan. Und jetzt?«, fragte er.

Trotz der Panik, die sich in mir breitmachte, konzentrierte ich mich darauf, langsam und gleichmäßig zu atmen. *Deshalb wolltest du ihn als Lehrer,* rief ich mir ins Gedächtnis. *Du musst mit so etwas klarkommen.*

»Soll ich es dir sagen oder es einfach tun?«, fragte ich und war überrascht, dass ich nicht stotterte.

»Tu es«, sagte Arian.

Ich nickte – und ließ den Kopf vorschnellen. Arian sprang gerade noch rechtzeitig zur Seite, um dem Kopfstoß auszuweichen, und ließ meine Hände los. Die Zuschauer klatschten. Livia stieß einen gellenden Pfiff aus.

Arians Gesichtsausdruck veränderte sich nicht, doch in seinen Augen leuchtete Anerkennung, es war wie ein Lächeln, das es nicht bis zu seinen Lippen schaffte. »Gut. Aber du hast nur erreicht, dass ich dich loslasse. Ich werde so lange nicht von dir ablassen, bis du mich zu Boden zwingst.«

Er versuchte wieder mich zu packen. Ich sprang zur Seite, wich seinen Händen aus und stampfte hart auf, um seinen Fuß zu treffen. Doch der war nicht mehr da. Arian drehte sich um die eigene Achse und umklammerte mich von hinten mit beiden Armen. Sein Körper presste sich gegen meinen Rücken. Es war die gleiche Position, deretwegen ich schon einmal in Panik geraten war.

»Alles in Ordnung?«, fragte er so leise, dass es außer mir keiner hören konnte.

Ich nickte. Mein Herzschlag war schneller geworden, doch noch hatte ich alles im Griff.

»Dann zeig mir, wie du dich aus dieser Umklammerung befreien würdest.«

Meine Oberarme waren an meinen Körper gedrückt, doch meine Unterarme und meine Hände waren frei. Ich nahm all meinen Mut zusammen und begann mich zu winden, bis ich mit einer Hand nach hinten greifen konnte und –

Arian ließ augenblicklich los und sprang zurück. Seine Augen waren weit aufgerissen und sein Mund stand offen.

Unter dem Johlen und Klatschen der anderen Bergwächter – Livia krümmte sich vor Lachen und bekam kaum Luft, ihr Gesicht war knallrot – sagte ich: »Das hast du mir nicht zugetraut, oder?«

»Ich bin nur froh, dass du kein Messer hattest«, sagte er und verschränkte die Arme. »Eigentlich ging es bei dieser Lektion darum, dir zu zeigen, dass du es vermeiden solltest, von einem stärkeren Kämpfer gepackt zu werden. Nutze deine Schnelligkeit. Deinen Verstand. Sorg einfach dafür, dass man dich nicht zu fassen bekommt. Falls es doch jemandem gelingt, ist es eine … ähm … gute Strategie, auf die Weichteile zu zielen. Lass uns noch einmal von vorn anfangen.«

»Darf ich unterbrechen?«

Als ich mich umdrehte, sah ich Luca am Rande des Übungsplatzes stehen.

Arian ließ die Arme sinken. Er nickte Luca wortlos zu und ging davon. Ich sah ihm mit Bedauern nach, als sich die restliche Menge unter Pfiffen und Gelächter auflöste. Zwischen ihm und Luca herrschte eine gewisse Kühle, eine

Fremdheit. Sie konnten noch immer nicht unbefangen miteinander umgehen. Es war meine Schuld, aber ich hatte keine Ahnung, wie ich es geradebiegen sollte.

»Wozu brauchst du mich?«, fragte ich Luca und versuchte fröhlich und normal zu klingen.

Er grinste spitzbübisch, was mich überraschte. Ich konnte nicht anders, als zurückzulächeln. Meine Anspannung löste sich ein wenig.

»Ich habe eine Überraschung für dich.«

»Was für eine Art Überraschung?«

»Es wäre ja kaum noch eine Überraschung, wenn ich dir das verraten würde, oder?«, sagte er. »Komm und schau es dir an.«

Er führte mich zu seinem Zelt und schlug die Plane zurück. »Fällt dir … irgendwas Neues auf?«

Ich blickte mich um. Meine kleine Ecke sah genauso aus, wie ich sie am Morgen verlassen hatte: die Felle und Decken lagen ordentlich aufeinandergestapelt, der Wandschirm war zurückgezogen. Lucas Bett, wie immer penibel gemacht. Die Stühle, die Teppiche und Wandbehänge waren unverändert. Der Tisch …

Da lag eine Axt auf dem Tisch. Eine hölzerne Axt.

Ich trat fasziniert näher. Sie war aus einem leichten, kaum gemaserten Holz gefertigt, das man so lange glatt geschmirgelt hatte, bis es glänzte. Sie hatte fast dieselbe Form wie die Axt meines Vaters, die mir Luca an dem Tag weggenommen hatte, als ich anfing mit dem Übungsschwert zu trainieren. Die halbmondförmige Klinge und die scharfe Spitze der hölzernen Axt waren mit Stoff umwickelt. Sie sah aus wie etwas, das man einem Kind geben würde. Einem sehr großen, sehr *gewalttätigen* Kind.

»I-ist die für mich?«

»Du hast gute Fortschritte bei den Übungen mit Schwert und Kampfstab gemacht, aber ich weiß doch, dass du deine Axt liebst. Mit der Holzaxt kannst du üben, ohne dich – oder sonst jemanden – in Gefahr zu bringen.«

»Ich weiß nicht, was ich sagen soll.« Meine Hände wollten danach greifen, blieben aber zögernd in der Luft.

»Du darfst sie anfassen«, sagte Luca und nahm sie mit einer Hand hoch. Er hielt sie mir entgegen.

Ich ließ die Axt beinahe fallen. Sie wog gut dreimal so viel wie Vaters Axt, die immerhin aus Eichenholz war und Stahlklingen und eiserne Schaftfedern hatte.

»Sie wurde schwerer gemacht«, erklärte Luca.

»Ach wirklich? Ist mir gar nicht aufgefallen!«, brummte ich und wuchtete sie wieder hoch, dieses Mal mit beiden Händen.

»Wir haben den Schaft ausgehöhlt und mit Blei gefüllt. Das wird dir helfen, deine Kampfmuskeln auszubilden und dein Tempo zu erhöhen – wenn du später dann deine richtige Axt benutzt«, sagte Luca. Er räusperte sich. »Gefällt sie dir nicht?« Ich meinte einen Anflug von Enttäuschung in seiner Stimme zu hören.

Die Überraschung wich der Freude und ich drehte mich zu ihm, meine Wangen schmerzten, so breit war mein Lächeln. »Natürlich gefällt sie mir. Ich kann nur … Ich kann nicht glauben, dass du dir so viel Mühe gemacht hast! Darf ich jetzt üben?«

Luca lachte, die Erleichterung stand ihm ins Gesicht geschrieben. »Ich wüsste nichts, was dagegen spricht.«

Danach kam das Training mit der Axt zu dem mit Schwert und Kampfstock hinzu, das ich mit den anderen Bergwächtern absolvierte. Von allen Übungen forderten mir die mit der Axt am meisten ab. Anfangs reichten fünf Minuten aus, dass ich keuchte, meine Arme vor Schwäche zitterten und mein Rücken schmerzte. Doch ich war harte Arbeit gewohnt und mit gutem Essen und ausreichend Ruhe jeden Tag gewöhnte ich mich mit beinahe unnatürlicher Geschwindigkeit daran. Falls es etwas mit dem Wolf zu tun hatte, versuchte ich nicht weiter darüber nachzudenken.

Der Stoff meiner Uniformhemden spannte mittlerweile an den Schultern und Oberarmen. Am zweiten Morgen, an dem Luca mich bei dem Versuch, Kniehosen über Beine mit mittlerweile strammen Muskeln zu ziehen, fluchen und brummen hörte, brachte er mich zu Atiyah und ließ sie erneut Maß nehmen. Im Vergleich zu ihrem Fluchen und Brummen, als sie feststellte, dass sie meine Spezialrüstung abändern müsste, nahm sich meines harmlos aus.

»Zu langsam!«, sagte Luca, sein hölzernes Übungsschwert streifte leicht mein Schlüsselbein. Er achtete bei seinen Hieben zwar immer darauf, mich nicht zu verletzen, trotzdem stöhnte ich bei der Berührung auf.

Als ich den Kopf schüttelte, flogen die Schweißperlen. »Ich bekomme diese Bewegung einfach nicht richtig hin.

Ich weiß nicht, warum. Beim Aufwärtsschwung zögere ich immer, weil ich das Gefühl habe, ich lasse die Axt los.«

»Du brauchst mehr Selbstvertrauen«, sagte Luca. Als er den Arm hob, um sich den dünnen Schweißfilm von der Stirn zu wischen, zeigte die ärmellose Tunika seine Muskeln. Sein Haar war an diesem Tag zu einem Pferdeschwanz hochgebunden, um es aus dem Nacken zu halten. Die Haut auf seinen Schultern, dem Nasenrücken und den Wangen hatte dank der Mittagssonne einen dunkleren Goldton angenommen. Der Sommer nahte und die Hitze hatte alle Zuschauer vom Übungsplatz vertrieben, selbst Livia, die sich gern in der Nähe aufhielt, als wäre ich ein Küken, das jeden Augenblick zerquetscht werden könnte.

»Das Problem ist, dass du dich zurückhältst. Du lässt die Axt schon nicht los – daran musst du einfach *glauben*. Fang noch einmal an, dieses Mal langsam. Folge dem Ablauf, lass deine Bewegungen fließen.«

Ich zuckte resigniert die Achseln, dann trat ich einen Schritt vor, um die Übung zu wiederholen.

Axt diagonal vor die Brust, um Lucas Schlag von oben abzuwehren. Seitwärts drehen, um einem Tritt auszuweichen. Axt nach unten, um einen Magenhieb abzuwenden. Drehen, um Schwung für einen Schlag gegen den Hals zu gewinnen. Wieder drehen, falls der Schlag abgewehrt wird, dieses Mal mit dem Kopf der Axt auf das Gesicht zielen. Lucas Übungsklinge mit der Schneide der Axt aufhalten. Gewicht verlagern und *hochziehen* –

Lucas Schwert wirbelte durch die Luft.

»Weiter!«, schrie er, als ich wie angewurzelt innehielt und

ungläubig das heruntergefallene Schwert anstarrte. »Bring den Bewegungsablauf zu Ende.«

Ich schluckte und schwang meine Axt mit beiden Händen in einem Halbkreis, der selbst mit der Holzklinge die Wucht gehabt hätte, Luca das Genick zu brechen. Ich stoppte den Schlag, kurz bevor er Luca traf, und brachte die Axt wieder in die Ausgangsposition.

Luca grinste. Er fasste mich an der Schulter und zog mich für eine kurze Umarmung an sich. Ich drehte mich zur Seite, um ihn nicht mit der Axt zu stoßen, was damit endete, dass ich ungeschickt an seiner Brust klebte. Meine Nasenspitze streifte die weiche helle Kuhle an seinem Hals. Der Duft von Geißblatt und warmer Haut ließ mir den Atem stocken.

»So geht das«, sagte er. Seine Stimme klang dunkel.

Dann ließ er mich los. Ich ließ den Kopf der Axt sinken, starrte darauf, als wäre ich von der stoffumwickelten Schneide fasziniert und murmelte: »Ich muss schneller werden.«

»Irgendwann schon, doch wenn du es im langsamen Tempo richtig beherrschst, dann ist Schnelligkeit nur eine Frage der Übung. Du weißt, was jetzt kommt, oder?«

»Ja.« Ich spürte, wie die Hitze in meinen Wangen nachließ, als wir uns wieder sicheren, sachlichen Themen zuwandten. Als Luca sich bückte, um sein Schwert aufzuheben, brachte ich die Axt wieder in die Ausgangsstellung. »Wir fangen noch mal von vorn an.«

»Braves Mädchen«, sagte er. »Du lernst dazu.«

Zusätzlich zu dem harten körperlichen Training verbrachte ich mindestens eine Stunde pro Tag damit, auf der Lichtung hinter Lucas Zelt in diesen seltsamen tranceähnlichen Zustand hinüberzugleiten, von dem Luca glaubte, er könne mir helfen den Wolf zu kontrollieren. Diese Stunde entwickelte sich bald zu dem Teil in meinem Tagesablauf, den ich am wenigsten mochte.

»Dein Körper ist voller Licht«, sagte Luca. »Stell dir vor, wie es aus deinen Poren dringt, in der Luft um dich schwebt und die Kugel füllt. Kannst du es sehen? Wenn ja, dann nicke.«

Ich nickte. Ich konnte tatsächlich *fühlen*, wie das Licht aus meinen Poren drang, silberne Glühfäden, fein wie Haare, die wie eisiges Sternenlicht um mich herum erstrahlten. Ich schauderte. Nun konnte jeden Augenblick –

Saram. Meine Tochter.

Ich hatte gelernt, meine Reaktionen auf die Stimme zu beherrschen. Ich verdrängte sie, indem ich mich auf das Jucken auf meinem Steißbein konzentrierte, wo der Schweiß mein frisches Uniformhemd durchnässte. Auf die kleine Haarsträhne, die sich aus meinem Zopf gelöst hatte und mich im Gesicht kitzelte. Ich lauschte auf die Geräusche im Lager, versuchte die verschiedenen Stimmen auseinanderzuhalten und ordnete denen, die ich kannte, Namen zu. So verdrängte ich das silbrig-blaue Licht und mit ihm verschwand auch die verräterische, lügende Stimme des Wolfes.

Ich blinzelte heimlich zu Luca hinüber und sah, dass er mich fragend anstarrte. Ich hatte nicht gemerkt, dass er zu reden aufgehört hatte. Ich kniff die Augen wieder zusammen.

»Ich glaube, es ist genug für heute«, sagte er nach einer Weile. »Komm zurück.«

Ich öffnete die Augen und fühlte mich schuldig, als ich blinzelte und gähnte und so tat, als wachte ich aus tiefer Trance auf. Luca saß schweigend da, während ich Arme und Beine streckte, dann fragte er: »Hast du heute etwas gesehen oder gehört?«

Ich überspielte meine Überraschung mit einem weiteren Gähnen. »Irgendetwas gehört? Was denn?«

»Ich weiß nicht. Ich hatte gehofft, dass ein innerer Teil von dir sich langsam bemerkbar machen würde. Dass du fühlen oder spüren oder dich an etwas *erinnern* würdest, das uns helfen könnte, deine Berserkerwut zu verstehen.«

Lass es ihn nicht sehen. Lass ihn nicht die Lüge sehen …

»Ich sehe bloß Licht«, sagte ich ein wenig steif und stellte mir in Gedanken glatte graue Kiesel vor, um möglichst unbeteiligt auszusehen. »Nur leuchtendes, silbrig-blaues Licht, so wie bisher. Ich höre nichts.«

Luca stand auf und hielt mir die Hand entgegen. Da meine Haut trotz der Hitze des Tages eiskalt war, tat ich, als hätte ich die Geste nicht bemerkt, und erhob mich ohne Hilfe. Als ich aufrecht stand, hatte er seine Hand sinken lassen und musterte mich forschend.

»Falls du dich an etwas erinnerst oder irgendetwas fühlst, egal wie merkwürdig oder erschreckend es dir auch vorkommen mag, wirst du es mir erzählen, oder? Selbst, wenn es dir albern erscheint. Es ist wichtig.«

Ich zögerte einen Augenblick und hätte nichts lieber getan, als all meine Ängste mit ihm zu teilen. *Es ist der Wolf, den ich sehe und höre. Es ist der Wolf, der sich bemerkbar macht. Ich habe Angst, dass wir alles nur noch verschlimmern.*

Doch ich brachte nicht den Mut auf. Luca war davon überzeugt, dass es der richtige Weg war, mir zu helfen. Wie sollte ich ihm beichten, dass ich in mir nur den Wolf fand? Ich wollte es nicht einmal mir selbst eingestehen. Der Wolf war ein Fluch. Ein Dämon. Ein Mörder. Alles Schlechte, was mir und meiner Mutter je widerfahren war, war das Werk des Wolfes. Er war kein Teil von mir. Durfte es nicht sein. Wäre er wirklich ein Teil von mir, wäre ich besser vor neun Jahren verbrannt.

Ich lernte hier zu kämpfen und wurde Tag für Tag stärker und schneller. Meine Spezialrüstung, die dem Feind keine Angriffsfläche bieten würde, um mein Blut zu vergießen, war fast fertig. Zum ersten Mal hatte ich das Gefühl, ein Zuhause zu haben, ein gutes Zuhause, das mir gehörte. Wenn der Preis für dieses Zuhause darin bestand, dass ich mich durch diese Sitzungen mit Luca schummelte, war es ein Preis, den ich zu zahlen bereit war. Und so nickte ich und wich seinem Blick aus.

Er seufzte. »Vielleicht morgen.«

Siebzehn

Arian stand am oberen Ende des steilen Felsabhangs und hielt den Kampfstock in der Hand. Er blinzelte mit zusammengekniffenen Augen in die Sonne, seine Schultern waren angespannt und drückten Entschlossenheit aus.

Ich sah auf meine Hände, die in einem Paar weicher, schmiegsamer Hirschlederhandschuhe steckten. Ihre Oberseite war bis zum Handgelenk mit einem länglichen Dreieck aus feinem Kettenpanzer verstärkt und dann nochmals mit Leder überzogen. Atiyah hatte mir erklärt, dass ich so einen Schlag abwehren konnte, ohne die Haut darunter zu verletzen. Die Knöchel waren mit Metallkappen verstärkt und von innen gepolstert. Um meine Unterarme waren lederne Armschienen mit eingearbeiteten Metallstreifen geschnallt. Dazu trug ich eine seitlich geschnürte lederne Tunika, die bis zu den Ellbogen reichte. Die Schulterteile bestanden aus vielen dünnen Lederstreifen, jeder davon war mit Metall verstärkt und in der Form meiner Schultern geschnitten, so dass er an seinen Platz zurückfiel, wenn ich den Arm bewegte.

Um den Hals trug ich einen breiten, mit kleinen Metallnieten besetzten Lederschutz. Meine verlässlichen alten Stiefel, die ich aus Uskaand mitgebracht hatte, waren das Einzige, was an dieser Uniform noch von mir stammte, und selbst sie waren gewienert und geölt und mit neuen Schnallen versehen worden.

Atiyah hatte die Rüstung in einer Lösung aus Kohle und Öl gewaschen, die ihr einen bläulichen Schimmer verlieh, und mit dem Punzeisen komplizierte verschlungene Bilder von Frost und Sternen auf den Brustschild und die Armschienen geprägt. »Die Eisblumen symbolisieren dich, Frost. Die Sterne bringen Glück«, hatte sie erklärt. »Die Urmutter wacht über die Ihren.«

Es wäre unhöflich gewesen, darauf hinzuweisen, dass ich nicht zu den Ihren der Urmutter gehörte. Ich hatte seit dem Abend, an dem Luca mich zu singen gebeten hatte, an keiner einzigen Versammlung mehr teilgenommen. Diese seltsamen, kalt aussehenden Flammen waren beunruhigend. Genau wie Lucas Lektionen machten sie mir die Anwesenheit des Wolfs allzu bewusst.

Die Rüstung war zwar erstaunlich bequem, aber schwer. Sechs Wochen zuvor hätte ich kaum darin stehen können und selbst jetzt war ich nicht sicher, ob ich mich darin schnell genug bewegen konnte, um Arians Kampfstock auszuweichen.

Luca, der ungefähr in der Mitte des Abhangs im Schneidersitz auf einem großen Steinbrocken saß, bemerkte meine Besorgnis. »Wir müssen herausfinden, ob es irgendein Problem mit der Lederrüstung gibt, ob sie dich beim Kampf einengt oder kneift. Dich mit Arian kämpfen zu sehen, wird mir außerdem helfen, Schwächen in deiner Technik festzustellen. Das Ziel ist, ihn zu entwaffnen, ohne verletzt zu werden.«

»Stehen wir hier den ganzen Tag rum oder kämpfen wir?«, rief Arian von der Hügelkuppe. »Komm schon. Ich gelobe, keine Knochen zu brechen.«

»Deine oder Frosts?«, rief Luca lachend zurück. Zwischen den beiden schien allmählich wieder alles beim Alten, worüber ich froh war. »Fang an, wann immer du willst.«

Ich holte tief Luft und ging über den unebenen Untergrund auf Arian zu. Ich konnte spüren, wie seine Augen mich verfolgten: ein Leopard, der einen Hirsch ins Visier nimmt.

Plötzlich stieß er einen Kampfschrei aus und stürmte den Berg hinunter. Der Stock zielte auf mein Gesicht, doch ich drehte mich weg und er berührte nur Luft. Arian ließ den Stock kreisen. Ich duckte mich. Er schlug mit dem Stab, den er jetzt mit beiden Händen gepackt hielt, nach meinen Beinen. Ich sprang hoch über das Holz, landete auf einem Bein, drehte mich und stand schließlich hinter ihm. Der Boden unter unseren Füßen war rutschig und knirschte, eine Staubwolke hüllte uns ein.

»Gut!«, rief Luca. »Versuch immer höher zu stehen als der Gegner. Aber sei aggressiver! Du kannst nicht ewig ausweichen; versuch ein paar Treffer zu landen!«

Arian hatte sich schon umgedreht. Wieder schlug er mit dem Stock nach meinen Beinen. Ich holte zum Halbkreistritt gegen seinen Kopf aus. Er konnte gerade noch zurückweichen. Ich landete auf meinem anderen Fuß, duckte mich unter dem Stock weg und trat seitlich zu.

Mein Stiefel landete in Arians Magen. Er ächzte und stolperte und konnte nur mit Mühe das Gleichgewicht halten, als er auf dem trockenen Boden wegrutschte. Ich verpasste ihm einen Kinnhaken. Sein Kopf ruckte nach hinten, doch sein Spieß schnellte hoch. Die Metallkappe bohrte sich in meinen Bauch.

Als ich stöhnend zurücktaumelte, trat ich mit der Ferse in ein Loch. Ich ging zu Boden und rutschte in einer Kaskade aus Erde und Steinen auf dem Hintern den Hang hinunter. Arian sprang hastig zur Seite. Ich bremste mich mit beiden Händen ab, rollte mich auf den Bauch und erhob mich schließlich, von Kopf bis Fuß voller Staub, der meine Augen brennen ließ und mir die Kehle austrocknete.

»Eins zu eins«, sagte Arian. Seine Augen glänzten – es war der Gesichtsausdruck, den ich als verstecktes Lächeln zu deuten gelernt hatte. Er hatte seinen Spaß an der Sache. Auf merkwürdige Art ging es mir ebenso.

Ich hustete etwas Staub heraus und schaffte es, Luft zu holen: »Falsch. Zwei zu null für mich.«

»Dieser kleine Stupser mit deiner Faust zählt nicht. Das war Murks.«

»Er hat Recht. Eins zu eins«, rief Luca. »Weniger reden, mehr kämpfen.«

Arian drehte den Stab in einer Hand und verlagerte sein Gewicht wieder auf das linke Bein. Ich vermutete, er würde zu einem Sprungtritt ausholen, und machte mich bereit, nach rechts auszuweichen. Doch plötzlich stürzte er sich auf mich und schwang die Waffe mit beiden Händen. Überrumpelt zögerte ich eine Sekunde zu lange, um zur Seite zu springen. In dem Versuch, meinen Kopf zu schützen, riss ich den linken Arm hoch.

Der Stock traf mein gepanzertes Handgelenk mit einem dumpfen Aufschlag, der durch Leder und Metall hindurch im Knochen vibrierte.

Ich schrie und mein Schmerzensschrei, der mir in den Ohren hallte, wurde zu einem langen, gellenden Heulen. Meine rechte Hand zuckte ohne mein Zutun nach oben. Meine Finger umfassten den Kampfstock. Ich fühlte einen Kältestoß.

Arians Waffe brach mit einem Geräusch entzwei, das einem Donnerschlag ähnelte. Die zersplitterten Teile fielen ihm aus den Händen.

Wir standen beide reglos da. Ich starrte auf den zerbrochenen Stock am Boden und schauderte. Langsam und ängstlich blickte ich Arian ins Gesicht. Sein Lächeln brachte ein tiefes Grübchen in seiner linken Wange zum Vorschein, das mir noch nie zuvor aufgefallen war. »Luca hat dir seine Kniffe beigebracht.«

»I-ich – weiß nicht – ähm – was? Bist du nicht böse?«

Er runzelte die Stirn. »Warum sollte ich?«

»W-weil …«, ich holte schnell Luft, »weil ich deinen Kampfstock zerbrochen habe.«

»Ich kann mir jederzeit einen neuen besorgen. Schlägst du schon Steine entzwei?«

»Nein.« Meine Beine zitterten und mein Kopf war dumpf und schwer. Ich konnte den Sinn seiner Worte nicht erfassen. »Warum sollte ich das versuchen?«

»Weil ich das kann«, sagte Luca und kam den Hang hinauf auf uns zu. »Wenn ich will. Was nicht oft der Fall ist, denn es ist albern. Was du mit Arians Stock getan hast, gehört zu der Technik, die ich dir beigebracht habe, Frost. Wenn du dich auf die Energie deines Körpers konzentrierst und sie an einem Punkt sammelst und kanalisierst, kannst du außergewöhnliche Dinge tun.« Er warf mir einen strahlenden, zufriedenen Blick zu, in dem ich Erleichterung wahrnehmen konnte. »Du hast größere Fortschritte gemacht, als mir bewusst war. Ich habe mir Sorgen gemacht … aber das ist jetzt egal. Zeig mir mal deinen Arm.«

»Du brauchst nicht –«

Arian unterbrach mich. »Das war ein heftiger Schlag. Das sollte man sich ansehen.«

Luca umfasste meinen Unterarm mit beiden Händen, löste die Schnallen der Armschiene und streifte meinen Handschuh ab. Seine langen Finger bewegten geschickt meine Hand, bogen sie hin und her. Als ich wimmerte, hörte er auf und fuhr vorsichtig mit dem Daumen über eine tiefe, dunkelrote Strieme, die sich zweifellos zu einem eindrucksvollen blauen Fleck entwickeln würde. Ich hielt die Luft an. Hoffentlich hatte er es nicht bemerkt.

»Kein stechender Schmerz und kein Knacksen«, sagte er schließlich. »Livia soll etwas von ihrer Heilsalbe auftragen, ansonsten hat die Rüstung aber standgehalten.«

»Gut. Dann kann ich ja diesen ganzen Staub abwaschen gehen«, sagte Arian, als er sich nach den zwei Hälften bückte, die einmal seine Waffe gewesen waren. Staub rieselte von ihm herunter, er schüttelte den Kopf und schnaubte angewidert. »Wer ist bloß auf die Idee gekommen, ausgerechnet hier oben zu kämpfen? Wahrscheinlich einer, der sich für umwerfend schlau hält?«

Luca schlug Arian fröhlich auf den Rücken. Noch mehr Staub wirbelte auf. »Ach, hör auf, dich zu beklagen. Du bist ja schlimmer als eine Katze. Sobald du einen neuen Kampfstock hast …«

Die beiden liefen den Hang hinunter. Ich folgte langsam, dankbar, dass ich so über das, was gerade passiert war, nachdenken konnte, ohne dass mich einer von ihnen beobachtete.

Ich ballte und streckte meine verletzte Hand. Der Schmerz im Gelenk ließ schon nach und auch die rote Strieme verblasste. Ich drehte den Handschuh, den ich getragen hatte, nach außen. Das Leder war von Feuchtigkeit überzogen. Schweiß? Hätte ich früher nachgesehen, hätte ich dort Frost entdeckt?

Meine Zähne klapperten. *Nein.* Das war unmöglich. Es war kein Blut geflossen.

In diesem Moment blickte Luca über die Schulter. Sein Lächeln vertrieb die Kälte der Angst.

»Los, kommt«, rief Arian. »Mein ganzer Rücken juckt.«

Vater, hilf mir, den Wolf unter Kontrolle zu halten. Ich muss es schaffen.

Eine halbe Stunde später stand ich bis zur Taille im Wasser und sah zu, wie sich der Seifenschaum vom Felsstaub grau färbte und davongespült wurde. Zwei andere Frauen wuschen sich in der Nähe – sie lächelten mir freundlich zu, was ich abwesend erwiderte. Ich war nicht in der Stimmung zu reden, trotzdem war es ein schönes Gefühl zu wissen, dass es möglich gewesen wäre. Ich ging unter Wasser, um mir die

Haare auszuspülen, und tauchte genau in dem Moment auf, als ein gellendes Pfeifen ertönte. Drei kurze Töne. Die anderen Frauen wateten eilig ans Ufer.

»Was bedeutet das?«, rief ich.

»Es ist ein Warnsignal der Wachposten«, rief eine von ihnen. »Eine große Gruppe Unbekannter nähert sich.«

Das Wasser spritzte, als ich ihnen folgte. Wir erreichten alle drei gleichzeitig das Ufer und rannten zu unseren trockenen Kleidern. Ich zerrte meine Hosen hoch, während die anderen Frauen mit den ihren kämpften.

»Die Aufrührer?«, fragte ich atemlos und zwängte meine feuchten Füße in die Stiefel. Ich wartete die Antwort nicht ab, sondern zog mein Lederwams über, schnappte mir den Holzeimer, den jemand dort hatte stehen lassen – keine perfekte Waffe, aber besser als nichts –, und stürzte die Böschung hoch.

Ich rannte an den Holzschuppen und dem Verpflegungszelt vorbei. Die anderen Bergwächter schnappten sich ihre Waffen und Rüstungen. Das hätte ich auch tun sollen, doch zuerst musste ich Luca finden. Wenn das Lager angegriffen würde, wäre er in der ersten Reihe, um die Wächter mit Arian an seiner Seite in den Kampf zu führen. Und die Kämpfer in der ersten Reihe starben auch als Erste.

»Entwarnung! Zurücktreten! Zurücktreten!«

Das war Lucas Stimme. Ich blieb abrupt stehen. Rings um uns war erleichtertes Aufseufzen zu hören und das weiche Gleiten und leise Klacken von Schwertern, die in die Scheide zurückgeschoben wurden.

Luca begleitete eine Truppe von Männern und Frauen

ins Lager zurück – Rua und Sedrier. Einige von ihnen waren zu Fuß, andere führten Pferde mit ausladenden Satteltaschen. Sie trugen einfache, robuste Kleidung und waren von der Reise staubbedeckt. Ich hatte sie noch nie in meinem Leben gesehen, doch irgendwie wirkten sie vertraut, fröhlich und Respekt einflößend zugleich.

Die Männer und Frauen der Berggarde rannten auf die Neuankömmlinge zu, um sie zu begrüßen. Sie riefen die Namen der Fremden und umarmten sie wie verloren geglaubte Freunde.

Lucas Verstärkung war endlich eingetroffen.

Achtzehn

Wenn ich mich so umsah, schlossen sich mindestens fünfzig neue Soldaten und Soldatinnen der Berggarde an. Unsere Truppenstärke wurde um ein ganzes Drittel aufgestockt. Luca war sicher überglücklich. Auf jeden Fall sah er so aus. Er stand lachend und grinsend inmitten der Gruppe von Neuankömmlingen. Ich fühlte das vertraute warme Ziehen in meiner Brust, es war eine Reaktion, über die ich keine Kontrolle zu haben schien. Ich öffnete den Mund, um ihm etwas zuzurufen – und erstarrte, als ich sah, wie er eine Frau umarmte.

Sie war klein und dunkelhäutig, eine Tätowierung bedeckte fast die ganze linke Hälfte ihres Gesichts; ihre Haare waren in unzählige Zickzackreihen geflochten. Ein breites, wunderschönes Lächeln ließ ihr Gesicht strahlen, als sie sich aus Lucas Umarmung löste und sich auf die Zehenspitzen stellte, um ihn fest auf den Mund zu küssen.

Der Holzeimer fiel mir aus den Händen. Ich starrte auf den Boden, meine Brust schnürte sich in kaum erträglicher Weise zusammen. Ich drehte mich weg und wollte davonlaufen. Doch bevor ich einen Schritt machen konnte, rief Luca meinen Namen.

Ich versuchte ein unbeteiligtes, ausdrucksloses Gesicht

aufzusetzen. *Kiesel. Kiesel.* Als ich aufblickte, sah ich ihn, den Arm um die Schulter der dunkelhäutigen Frau gelegt, auf mich zukommen. Mir fielen Momente ein, in denen er mich genauso gehalten hatte, und wie ich mich dabei gefühlt hatte. Fühlte sie nun dasselbe? Wie sah es mit ihm aus? Als *sie* ihn geküsst hatte, war er nicht zurückgezuckt.

Natürlich nicht. Sie war keine Verbannte, keine heimatlose Wanderin, kein zerlumptes Überbleibsel, das er aus Mitleid aufgelesen hatte. Sie war schön.

Bitte, ach, bitte, Vater, sorg dafür, dass man keinen dieser Gedanken von meinem Gesicht ablesen kann.

»Frost, das ist Hind«, sagte Luca. Der glückliche Unterton in seiner Stimme traf mich wie der Tritt eines Maultiers. »Sie ist die Anführerin dieses bunt zusammengewürfelten Haufens, den uns der König geschickt hat. Hind, dies ist meine – Frost. Sie ist gerade erst zu uns gestoßen, aber sie wird einmal zu unseren Besten gehören. Sagt Hallo.«

Ich machte eine kleine Verbeugung, dann zwang ich mich, der fremden Frau die Hand so freundlich entgegenzustrecken, wie ich es bei den anderen Bergwächtern gesehen hatte, als sie einander begrüßten. »Freut mich, dich kennenzulernen.« Meine Stimme war kaum lauter als ein Murmeln, doch im Lärm rings um uns bemerkte sie das hoffentlich nicht.

Die Frau – Hind – löste sich von Luca, um meine Hand zu ergreifen. Niedergeschlagen stellte ich fest, dass ihre im Vergleich zu meiner sehr klein war. Fein, aber kräftig. Und sie hatte einen festen Griff. Sie war schlank und muskulös.

Ich fühlte mich ungeschlacht und linkisch neben ihr, wie ein Ackergaul, der beschlossen hatte, sich auf die Hinterbeine zu stellen und Menschenkleider zu tragen.

»Ich freue mich auch, dich kennenzulernen«, erwiderte Hind. Ihr Blick wanderte langsam über meinen Körper und schätzte mich ein. »Oh, du bist wirklich groß, oder? Mit welcher Waffe kämpfst du am liebsten?«

»Lassen wir das besser«, unterbrach Luca, sein Lächeln verschwand unvermittelt. Er nahm Hind an der Hand und zog sie zurück, so dass sie mich losließ. »Ich möchte dir noch Adela vorstellen. Ihr zwei werdet euch bestens verstehen. Wir sehen uns später, Frost – stell nichts an.«

Luca tauchte in der Menge unter und zog eine sichtlich zögernde Hind, die mir zuzwinkerte, hinter sich her. Ich sah wieder zu Boden. Der tiefe Schmerz breitete sich aus. Alles in mir tat weh. Am liebsten hätte ich mich auf dem Rasen ganz klein zusammengerollt. *Warum tut es so weh? Warum muss es wehtun?* Ich rieb grob über mein Brustbein und schob den Wolfszahn beiseite.

Schließlich wurde mir bewusst, dass ich mit zerzaustem Haar und eilig übergestreiften feuchten Kleidern inmitten der fröhlichen schwatzenden Menge stand. Ich bückte mich, um den Eimer und das Stück Seife, das herausgefallen war, aufzuheben. Dann wollte ich mich in Lucas Zelt verkriechen.

Eine schwielige Hand griff vor mir nach der Seife.

Ich starrte Arian ausdruckslos an, blinzelte und nahm das Seifenstück entgegen. »Danke.«

»Gern geschehen.«

Wir richteten uns beide auf. Mit einem Kopfnicken wollte ich an ihm vorbeigehen. Er machte eine fahrige Geste, als wolle er mich am Arm festhalten, überlegte es sich dann jedoch anders. Ich blieb überrascht stehen.

Arian öffnete und schloss den Mund. Endlich sprach er: »Er kennt Hind seit Jahren. Sie sind Freunde. Weiter ist da nichts.«

Bevor ich über eine Antwort nachdenken konnte, war er schon weg und ließ mich sprachlos und mit brennendem Gesicht stehen.

Die Bergwächter begrüßten Hind und ihre Leute wie längst verloren geglaubte Familienmitglieder. Die normalen Pflichten und Beschäftigungen des Tages wurden aufgeschoben. Zeltplanen wurden hochgeschlagen. Kochfeuer geschürt. Krüge mit Bier wurden herangeschleppt und Fässer des starken Honig-Apfel-Mosts geöffnet, den die Bergwächter in Wagenladungen bestellten. Aus dem Verpflegungszelt wurden Speisen geholt, sowie Schemel und Decken und Kisten und alles, was sich sonst noch als Sitzgelegenheit verwenden ließ. Als das Licht schwächer wurde, zündete man ein großes Lagerfeuer in der Feuerstelle auf dem Versammlungsplatz an, wo sich alle trafen, die Musik machen wollten. Auf Trommeln, Flöten, Spießgeigen und Harfen spielten sie lebhafte und langsamere Volkstänze. Die Männer und Frauen, die kein Instrument spielten, forderten die Neuankömmlinge zum Tanz auf.

Die Lichtung war erfüllt von Lachen und Gesang und dem Duft des Lagerfeuers. Alle plauderten mit alten Freunden. Livia, bei der ich normalerweise Zuflucht gesucht hätte, saß in der Nähe des Feuers in ein Gespräch mit der neuen Heilerin vertieft, die die Verstärkung mitgebracht hatte – eine winzige Rua-Frau, die kaum alt genug schien, um Brot zu backen, geschweige denn Wunden zu nähen. So saß ich mit Luca, Arian und Hind auf einer Decke. Hind und Luca redeten und lachten völlig entspannt, während sie Klatsch austauschten über Lucas Leben im Palast und über Menschen, von denen ich nie gehört hatte. Selbst Arian, der zum ersten Mal, seit ich ihn kannte, Bier trank, beteiligte sich gelegentlich mit einem Kommentar oder einer Frage.

Ich hielt meinen Wolfszahn umklammert und tat so, als wäre ich zu sehr in die Musik vertieft, um zuzuhören. Eigentlich hätte es ein fröhlicher Abend sein sollen. Alle anderen *waren* fröhlich. Doch das Gelächter von Luca und Hind und der Anblick von Hinds Hand, die beiläufig auf Lucas Wade lag, machte mich so wütend und traurig – und so beschämt über diese Gefühle –, dass mir schlecht war. In dem Moment, als ich angefangen hatte mit Beständigkeit zu rechnen, veränderte sich plötzlich alles.

Dumm. Nichts bleibt je, wie es war. Und man kann sich auf nichts verlassen. Luca lachte über eine Bemerkung von Hind und legte auf seine lässige Art einen Arm um sie. *Auf niemanden.*

»Wer singt als Nächstes?«, rief Razia, eine junge Bergwächterin, die ich kaum kannte. Sie schwankte, als sie aufsprang. »Ich weiß es! Frost! Du hast seit Wochen nicht mehr gesungen. Komm, jetzt bist du an der Reihe!« Sie kam auf mich zugeeilt, nahm meine Hände und versuchte mich hochzuziehen. Ich schüttelte wortlos den Kopf und zog meine Hände weg.

»Frost!«, rief Livia von ihrem Platz am Lagerfeuer. »Sie werden ›Abenddämmerung‹ spielen! Das ist doch dein Lieblingslied, oder?«

Ich war überrascht und freute mich, dass Livia etwas so Unbedeutendes und Albernes an mir bemerkt hatte. Trotzdem schüttelte ich erneut den Kopf.

»Ich würde es gern hören. Es ist auch eines meiner Lieblingslieder«, mischte sich Hind ein. Aber dann sah sie wohl etwas in meinem Gesicht, denn sie machte hastig einen Rückzieher. »Wenn Frost aber nicht möchte, dann natürlich nicht.«

»Sie ist bei Fremden nur ein wenig schüchtern«, sagte Luca und warf mir ein verschwörerisches Lächeln zu, als würden wir über einen Witz lachen, den nur wir kannten. Zum ersten Mal spürte ich kein Verlangen zurückzulächeln. Luca schien es nicht zu bemerken – er blickte jetzt zu Arian. »Arian und Frost sollten zusammen singen.«

Arian verschluckte sich an seinem Bier und warf Luca einen zornigen Blick zu. Arian, der seine Brummstimme zu einer verträumten Liebesballade wie ›Abenddämmerung‹ erhob? Kein Wunder blickte er so finster.

Luca kümmerte sich nicht um Arians Gesichtsausdruck, sondern wandte sich wieder zu mir. »Wenn du nicht alleine singen musst, hast du keine Scheu, oder? Außerdem hast du Arian noch nie singen gehört. Er ist ein sehr guter Sänger.«

»Früher hat er gesungen!«, rief Razia. »Er hat am Feuer der Urmutter ständig für uns gesungen, bevor Frost …« Sie sprach nicht weiter.

Es entstand ein verlegenes Schweigen. Mir war, als legte sich eine Eisschicht um mich und trennte mich von allen anderen. Ich blickte auf meine fest geballten Fäuste, weil ich sicher war, dass die anderen mich entweder mitleidig oder anklagend anstarren würden. *Bevor Frost kam*, hatte Razia gemeint. Hind räusperte sich, als wolle sie etwas sagen. Ich zog die Schultern hoch.

Arian seufzte. »Von mir aus.«

Er fasste nach meiner Hand. Die rauen Schwielen kratzten auf meiner Handfläche und mit einem kraftvollen Ruck zog er mich hoch. Ihm konnte ich mich nicht widersetzen wie Razia. Bevor er mich losließ, drückte er für einen Augenblick meine Finger. »Sonst werden sie keine Ruhe geben«, sagte er. »Du singst die erste Strophe, ich die zweite, und den Refrain können wir gemeinsam singen.«

Als wäre damit alles geklärt, wurde der leicht trunkene Jubel noch lauter. Luca grinste. Ich sah ein, dass jede weitere Weigerung nur noch mehr Aufmerksamkeit auf mich lenken würde, also schnaubte ich resigniert. Besser, ich brachte es hinter mich. Ich folgte Arian zum Feuer. Razia torkelte uns hinterher und ließ sich neben die neue Heilerin sinken. Livia winkte mir ermutigend zu.

Wir setzten uns. Ich klemmte nervös die Hände zwischen die Knie und vermied den Blick ins Feuer. Die Flammen knisterten und knackten, rot und gelb wie normale Flammen – doch da ich dem Feuer in diesem Land nicht mehr traute, richtete ich meine Aufmerksamkeit auf die tanzenden Schattenformen, die die Flammen auf Arians Gesicht warfen. »Du hättest das nicht tun müssen«, flüsterte ich ihm zu.

Ein winziges Lächeln zuckte um seine Mundwinkel. Als er sprach, war seine Stimme jedoch das übliche tonlose, barsche Knurren. »Unfug. Ist doch nur ein Lied.« Er nickte dem Musikanten zu.

Der Mann führte die Holzflöte zum Mund und begann die sanften, hohen Triller des Liebesliedes zu spielen.

Ich schluckte, räusperte mich und zwang mich zu den ersten Zeilen der Ballade.

»Die nahende Nacht taucht deine Augen
in blaues Licht und Sternenglanz.
Und in der Dunkelheit hältst du mich fest,
bist Zuflucht mir vor dem aufziehenden Sturm.«

Ein anderer Musikant stimmte mit einer Laute ein, als der Refrain begann, und eine wunderschöne tiefe Stimme sang in vollkommener Harmonie mit meiner die Worte. Es war eine Stimme, die ich schon einmal gehört hatte. Diese Stimme hatte mich zögern lassen, als ich in jener ersten Nacht aus dem Lager der Bergwächter geflohen war. Sie hatte mich begrüßt, als ich zurückkehrte. Arians Stimme?

Ich sah ihn an, als unsere Stimmen gemeinsam die einfachen schönen Worte sangen.

»Liebster, mögen Stürme mich verfolgen,
Schneeflocken fallen,
ich ruhe in deinem Herzen.
Mag Donner grollen,
mögen Fluten steigen,
ich ruhe in deinem Herzen.«

Ich verstummte und Arian übernahm die zweite Strophe, begleitet von der Laute und der Holzflöte.

»Die nahende Nacht verhüllt dein helles Haar
und deines Lächelns warmen Glanz.
Doch trotz der Dunkelheit spür ich dein Herz
und weiß, es schlägt für mich allein.«

Als Arian mir zunickte, holte ich Luft – mir war nicht einmal bewusst gewesen, dass ich sie angehalten hatte, während er sang – und stimmte in den Refrain ein. *»Liebster, mögen Stürme mich verfolgen …«* Als wir zum Ende kamen, hob die Flöte zu den letzten hellen Tönen an, danach verstummte auch die Laute.

»Ihr solltet öfter zusammen singen«, sagte einer der Musiker mit gedämpfter Stimme. »Ihr passt zueinander.«

Arian beugte sich zu mir vor. »Frost …«

Luca tauchte lächelnd neben uns auf. »Ihr wart wundervoll. Kommt. Ruhe, alle miteinander! Ich habe etwas zu verkünden!«

Er half mir auf und zog mich vom Feuer weg. Ich warf einen Blick zurück. Arian war auf seinem Schemel sitzen geblieben und starrte in die Flammen.

Die Bergwächter rings um uns verstummten. Zwischenzeitlich waren Fackeln am Rand der Lichtung angezündet worden und die Gesichter um mich flackerten geheimnisvoll im Feuerschein.

»Vor einigen Wochen«, fuhr Luca fort und erhob die Stimme, damit jeder ihn hören konnte, »als Frost hierherkam, legte sie ihre Axt beiseite und tauschte sie gegen Übungswaffen ein. Ich habe ihr gesagt, dass sie die Axt erst wieder benutzen darf, wenn ich sicher sein kann, dass sie weder sich selbst noch jemand anderem Schaden zufügt.«

Es war Gelächter zu hören, doch Luca kümmerte sich nicht darum. Er blickte nun zu mir, seine dunklen Augen waren voller Stolz und Wärme, als er weitersprach: »Die Axt gehörte ihrem Vater und davor dessen Vater und es ist eine edle Waffe. Ich weiß, dass es für Frost ein großer Vertrauensbeweis war, die Axt beiseitezulegen. Doch sie hat es getan. Und heute steht eine Kämpferin vor uns, die mit jeder Waffe umgehen kann. Ich stelle euch nun also Frost vor, die keine Lernende mehr ist, sondern unsere neueste Bergwächterin.«

Die anderen johlten und klatschten und stampften mit den Füßen.

Luca ließ mich los, um nach einem Bündel aus Sackleinen zu greifen, das hinter ihm lag. Er hielt es mir entgegen, den groben Stoff ließ er zu Boden fallen. »Wir haben sie ein bisschen verschönert. Ihre Klinge geschärft und die rostigen Schaftfedern ersetzt. Sie poliert. Ich hoffe, du hast nichts dagegen?«

Ich schüttelte wortlos den Kopf. Meine Hände griffen instinktiv zu, die Finger umschlossen langsam und ehrfürchtig das glatte Holz des Schafts. Das frisch polierte Holz fühlte sich so natürlich und vertraut an wie ein Arm von mir oder ein Bein. Licht tanzte über die Doppelklinge, schillernd wie eine Eisschicht auf dem Wasser. Die Waffe bewegte sich leicht in meinen Händen, sie kam mir nicht mehr schwer vor. Ich schwang sie elegant hin und her, dann hielt ich sie in der Ausgangsposition diagonal vor meinen Körper. Ich jubelte innerlich – endlich war alles am richtigen Platz. Man hatte mir einen Teil von mir genommen. Nun hatte ich ihn zurück und es fühlte sich wunderbar an.

»Küss sie nicht«, neckte mich Hind. Ihr Arm lag um Adela. »Sonst wird Luca eifersüchtig.«

Ich sah die andere Frau stirnrunzelnd an und war kurz davor, eine ernsthafte Abneigung gegen sie zu entwickeln. Doch Luca lenkte mich ab, indem er rief: »Ich glaube, darauf muss angestoßen werden!«

Mit lautstarker Zustimmung eilten einige Bergwächter davon, um das letzte Bier auszuschenken. Im Schutz des neuen Lärms trat Luca näher.

»Frost …« Er räusperte sich und schien plötzlich unsicher. Doch dann hellte sich sein Gesicht auf, als habe er gerade die Antwort auf ein Rätsel gefunden. »Ist dir eigentlich bewusst, dass du immer noch voller Staub bist?«

Ich berührte unsicher mein Gesicht. »Wo denn?«

»Er ist in deinen Haaren, überall auf dem Gesicht und dem Hals – hast du überhaupt gebadet?«

»Natürlich! Der Warnpfiff kam, während ich im Fluss war.« Ich fuhr mit den Fingern über den hastig und achtlos geflochtenen Zopf, den ich mir um den Kopf geschlungen hatte. Staub rieselte mir übers Gesicht und als ich auf meine Hand blickte, war sie staubgrau. Ich hatte zwar den Kopf im Fluss untergetaucht, doch der Staub musste in meinen dicken Haaren haften geblieben sein und bröselte nun heraus, als es trocknete. »Warum hat mir das keiner gesagt?«

»Vielleicht dachten sie, du alterst vorzeitig, und wollten dich nicht verletzen«, schlug Luca mit Unschuldsmiene vor.

Ich warf ihm einen bösen Blick zu.

Er lachte. »Komm zurück ins Zelt, dann helfe ich dir den Staub rauszubürsten.«

Als ich mit meiner Axt, die ich vorsichtig in den Händen hielt, schließlich zum Zelt kam, hatte Luca schon zwei Lampen angezündet und kramte in der Truhe am Fußende seines Bettes. Ich legte die Axt vorsichtig auf den Fellstapel. Als ich mich umdrehte, hatte Luca neben den niedrigen Tisch ein Handtuch auf dem Boden ausgebreitet und hielt eine silberne Bürste in der Hand. Noch nie war meinen wirren verfilzten Haaren ein so vornehmer Gegenstand nahe gekommen.

»Damit bekommen wir den Staub heraus«, versprach er. »Setz dich hier auf das Tuch, dann verteilt er sich nicht auf die Teppiche.«

Ich lächelte, als ich mich im Schneidersitz auf den Rand des Handtuchs setzte.

»Was?«

»Nichts. Es ist nur … manchmal hast du so etwas … Mütterliches.«

Es entstand eine lange Pause. Ich warf ihm über die Schulter einen Blick zu. Er stand mit offenem Mund neben dem Bett. »Etwas *Mütterliches*?«, wiederholte er.

Ich konnte seiner Stimme nicht anhören, ob er wütend oder schlicht geschockt war. Ich zuckte die Achseln und freute mich ein bisschen, dass zur Abwechslung einmal ich *ihn* aus der Fassung gebracht hatte. »Manchmal. Gibst du mir jetzt die Bürste?«

»Nein«, fuhr er mich fast an und kniete sich hinter mich. »Du kannst nicht sehen, wo der Staub ist.«

Ein kleines Lachen entwischte meinen Lippen. Ich schlug die Hand vor den Mund. Nach einer Weile hörte ich ihn ebenfalls widerwillig lachen.

»Noch ein paar Witze dieser Art, dann schicke ich dich zum Fluss – und der ist kalt um diese Nachtzeit, glaub mir. Hier, halt das.« Er drückte mir über die Schulter die Bürste in die Hand und dann spürte ich mehrfach Ziepen an meinen Haaren. Der Zopf löste sich von meinem Kopf und ließ Staub über meinen Rücken rieseln.

»Woher weißt du, wie man das macht?«, fragte ich ihn.

»Was glaubst du wohl? Meine Haare sind länger als deine. Ich stecke sie ständig unter meinem Helm fest. Gib mir jetzt die Bürste und dann bitte keine lustigen Kommentare mehr.«

Er löste das Band von meinem Zopfende. Als ich fühlte, wie er vorsichtig die langen verfilzten Haarsträhnen mit seinen Fingern entwirrte, verging mir von einer Minute auf die andere die Lust, ihn aufzuziehen. Ich stieß einen langen, tiefen Seufzer aus. Beschämt presste ich die Lippen aufeinander, doch ich konnte nichts gegen die Gänsehaut tun, die mich überlief.

»Lehn dich zurück«, murmelte er und bog meinen Kopf nach hinten. Seine Fingerspitzen streiften meine Ohrmuschel. Ich biss mir auf die Lippe.

Die Bürste gab ein weiches, beruhigendes Geräusch von sich, als er damit durch die dicken, zerzausten Schichten fuhr und das Haar vorsichtig teilte, um den ganzen Staub herauszubekommen. Ich merkte, wie ich mich immer weiter gegen ihn zurücklehnte – ich konnte nicht anders –, und streckte eine Hand aus, um mich abzustützen. Sie landete auf dem Bein, das er neben mir ausgestreckt hatte.

Die feste, warme Muskelwölbung über dem Knie spannte sich unter meinen Fingern an. Die Bürste verharrte mitten in der Bewegung. Ich erstarrte.

Er räusperte sich. »Sag mir Bescheid, wenn dein Hals steif wird.« Die Bürste bewegte sich wieder weiter. Seine andere Hand hielt meine schweren Haare im Nacken hoch. Widerwilliges Behagen kroch meine Wirbelsäule hinunter, leuchtete hell, wie die orangefarbenen Funken, die aus einem Lagerfeuer in den Wind aufsteigen.

»Ich glaube, das war's«, sagte er. Die Hand in meinem Nacken schob mich nach vorn. Als ich merkte, dass meine Hand noch immer auf seinem Schenkel lag, zog ich sie schnell zurück und versteckte meine kribbelnden Finger in meinem Schoß.

Luca legte mir die Haare über die linke Schulter und strich mir über den Rücken, vermutlich, damit der Staub auf das

Tuch fiel. Dann rutschte er rechts neben mich. »Dreh deinen Kopf zu mir.«

Ich gehorchte zögernd. Luca wich meinem Blick aus, wofür ich ihm bemitleidenswerterweise dankbar war. Mit einem kleinen, gefalteten Tuch rieb er vorsichtig den Staub von meiner Stirn und der Schläfe. Mit der anderen Hand hielt er mein Gesicht, während er das Tuch unter meinen Kiefer und über den Hals gleiten ließ.

»So«, sagte er. »Das war der letzte Rest.«

Er legte das Tuch zur Seite. Ich hielt den Atem an und sehnte und fürchtete mich vor dem Moment, an dem seine Hand mein Gesicht loslassen würde.

Er kam nicht. Seine Augen starrten plötzlich in meine.

»Dein Herz schlägt so schnell«, sagte er leise, die Worte waren kaum mehr als ein Flüstern. »Ich kann dein Blut unter meiner Hand pochen fühlen. Hast du Angst vor mir?«

Ich schluckte und instinktiv flüsterte ich ebenfalls, als ich antwortete. »Nein.«

Als Luca näher rückte, füllte die Lampe über unseren Köpfen seine Augen mit tausend winzigen Sonnen. Seine Hand umfasste meinen Nacken, die Finger schoben sich vorsichtig in meine Haare. Die Stille hatte einen Rhythmus, als wir einander anstarrten, suchten, warteten …

Wir bewegten uns gleichzeitig.

Neunzehn

Sein freier Arm schlang sich um meinen Rücken und fasste mich an der Hüfte. Er zog mich an sich und unsere Lippen öffneten sich. Ich konnte den Most schmecken, den er getrunken hatte – Honig und Äpfel –, und dieselbe wilde, berauschende Süße des Geißblatts, die ihn auch stets umgab. Ich fühlte mich weich und schwerelos, biegsam, als bestünde ich nicht aus Fleisch, sondern aus einer warmen, goldenen Substanz, die sich in seine Berührung hineinschmiegte. Zögernd hob ich eine Hand, um der Linie seines Kiefers zu folgen, durch das weiche seidige Haar zu fahren, über die starken Sehnen seines warmen Halses, die verletzliche knochige Stelle an seinem Schlüsselbein. Seine Bartstoppeln kratzten auf meiner Haut, sein Atem strich über meine Wange.

Als ich fühlte, wie er sich bewegte und nach hinten rutschte, klammerte ich mich instinktiv an ihn, die Finger, die über seine Schultern gewandert waren, krallten sich in sein Hemd, um ihn festzuhalten.

Nein, nein, noch nicht. Nicht wie letztes Mal.

Er löste sein Gesicht von meinem. Sein Atem ging schnell und war ein wenig rau. Ich schloss die Augen und wartete darauf, wieder weggeschoben zu werden.

»Das wollte ich schon so lange tun.«

Meine Augen öffneten sich. »A-aber damals – hast d-du gesagt, es wäre ein schrecklicher Fehler.«

Sobald ich es ausgesprochen hatte, wurde mir bewusst, dass ich mich immer noch an ihn klammerte. Ich nahm hastig die Hände von seinen Schultern und versuchte etwas Abstand zwischen die warme Einheit unserer Körper zu legen. Seine Arme drückten kräftiger, dann lockerten sie sich ein wenig, doch nur so weit, dass ich mich hinknien konnte. Seine Handflächen lagen noch immer auf meinem Rücken.

»Ich habe nie gesagt, dass es ein schrecklicher Fehler war«, widersprach er. »Ich sagte, es war ein Fehler. Das war es auch. Du warst gerade erst ins Lager gekommen und hattest deine Ausbildung begonnen und du warst verletzlich und durcheinander. Es stand mir überhaupt nicht zu, dich zu küssen.«

Der Schmerz über diese unverblümten Worte durchbohrte mich, darauf folgte die reine Erleichterung der Wut. »Warum tust du es dann schon wieder?«, wollte ich wissen. »Ich bin kein S-Spielzeug, das du nehmen und weglegen kannst, wie es dir gerade in den Kram passt! Wenn du mit H-Hind zusammen bist, warum – warum küsst du mich dann überhaupt?«

Unglaublich, er lachte und strahlte plötzlich. Er zog mich wieder an sich und vergrub sein Gesicht in meinem Haar. »Du bist eifersüchtig, hab ich Recht? Danke, Urmutter! Ich dachte, es wäre dir egal.«

»Was redest du da?«

»Ich bin in dich verliebt.«

Ich erstarrte. Dann legte ich beide Hände auf seine harte, flache Brust und stieß ihn weg. »Bist du nicht!«

»O doch.«

»Nein, bist du *nicht*!«

»Doch, bin ich – Frost, beim Heiligen Feuer!« Er lachte wieder. »Das können wir die ganze Nacht durchziehen. Hör mir doch einfach mal zu.«

Ich versuchte mich loszumachen und schüttelte heftig den Kopf. »Du willst mich nicht. Ich … habe bestimmt nur Halluzinationen oder –«

Luca hielt mich an den Handgelenken fest. »Ich bin in dich verliebt. Ich bin seit dem Augenblick in dich verliebt, als du mir versprochen hast, nicht davonzulaufen, damit wir diese entführten Frauen retten konnten, und du hast dein Versprechen gehalten, obwohl ich dir jede Gelegenheit gegeben habe wegzurennen. Du warst für mich das tapferste Mädchen, das ich je kennengelernt habe, und seitdem ist nichts passiert, was meine Meinung geändert hätte. Ich bin in dich verliebt! Du bist wach und es ist die Wirklichkeit. Ich bin wirklich. Bekomme ich nun eine Antwort oder nicht?«

Ich hörte auf mich zu wehren. »Eine Antwort?«

»Was empfindest du für mich?« Seine Stimme zitterte leicht. Er hustete, dann sagte er energischer: »Magst du mich?«

Ich stieß einen lang gezogenen Seufzer aus und ließ mich zurücksinken. »Natürlich – Luca, ich mag dich *sehr.* Und es ist schrecklich! Es tut weh und es macht mich gleichzeitig glücklich und traurig und manchmal möchte ich dich schlagen und zu anderen Zeiten … Und ich kann nicht damit aufhören.«

Luca entspannte sich, seine Finger streichelten über meine Arme. »Das reicht mir.«

»Aber du hattest Recht beim ersten Mal«, sagte ich schnell. »Das hier ist ein Fehler.«

»Nein, ist es nicht.«

»Doch, ist es.«

»Nein, ist es nicht, und wenn du es noch einmal sagst, werde ich dich einfach so lange ablenken müssen, bis du vergisst, so stur zu sein …«, sagte er, seine Stimme wurde heiser, als er sich zu mir beugte.

»Hör auf!« Ich drehte den Kopf weg, mehr, weil der Ausdruck in seinen Augen mich schwach und zittrig machte, als aus Angst, er würde mich zu einem Kuss nötigen. »Du bist doch derjenige, der sich stur benimmt. Du hast das alles nicht zu Ende gedacht! Du hast vergessen, was ich bin, was in mir lebt. Ich bin noch immer verflucht. Niemand, der mich liebt, ist sicher. Ich … ich habe dir noch nicht alles erzählt.«

»Dann erzähl es mir jetzt«, sagte er einfach.

Ich öffnete den Mund und schloss ihn wieder. Wie konnte ich ihm erklären, dass ich ihn nicht gefährden wollte, ohne seinen Glauben in mich zu erschüttern? Dass ich Angst hatte, er würde vor mir zurückschrecken, wenn ich ihm alles sagte, und dass ich nicht wusste, ob ich das ertragen konnte?

Doch das war blanke Feigheit, das konnte ich ihm nicht sagen. Wenn er mir etwas bedeutete, musste ich ihm die Wahrheit gestehen.

Ich befreite meine Arme aus Lucas Händen und umfasste durch mein Hemd den Wolfszahn. *Vater, gib mir die Kraft, es zu tun.*

»Also gut. Ich … ich wusste es bis letztes Jahr selbst nicht. Ma hat es mir erst erzählt, als sie starb. Ich weiß nicht einmal, ob sie überhaupt vorhatte, es mir zu sagen. Sie war verwirrt vom Fieber.

Mein Vater war ein Wolfsjäger. Ein b-berühmter. Er zog in Uskaand von Ort zu Ort, befreite Städte und Dörfer von den Wolfsrudeln, die sich dort herumtrieben, und verkaufte anschließend die Wolfsfelle. Meine Mutter war eine fahrende Heilerin, sie verkaufte ihre Salben und Tinkturen und pflegte die Kranken. Nachdem er und meine Mutter sich kennengelernt hatten, reisten sie zusammen, sie waren ein perfektes Paar. Während der letzten Tage, in denen meine Mutter mit mir schwanger war, wurde mein Vater in eine große Stadt am Rande von einem der endlosen Wälder von Uskaand gerufen. Ein einsamer Wolf trieb dort sein Unwesen. Man erzählte meinem Vater, dass der Wolf ein riesiges Exemplar war, schwarz wie die Nacht, mit Augen wie Sterne. Anfangs hatte er nur die örtlichen Bauernhöfe geplündert. Die Ältesten ließen Fallen aufstellen – das Tier umging sie. Sie legten vergiftetes Fleisch aus – der Wolf fraß es, ohne Schaden zu nehmen. Die Bestie begann Übergriffe auf die Stadt. Die Ältesten sandten Jäger und Hunde aus. Die Hunde kehrten wahnsinnig zurück; sobald sie einen Menschen sahen, hatten sie Schaum vor dem Maul und knurrten. Die Jäger kamen überhaupt nicht zurück. Die Stadt war in Panik. Es gab Gerede unter den Bewohnern, dass der Wolf mehr als nur ein Tier war. Dass er besessen war oder verflucht oder … vom Gott des Anderen gesandt. Man fing an, ihn den Dämonenwolf zu nennen. Ma erzählte mir, dass sie meinen Vater, als sie diese Geschichten hörte, anflehte, ein so ungeheuerliches Geschöpf nicht zu jagen, doch mein Vater lachte bloß.«

Ich sprach nicht weiter, ein kalter Schauder lief meine Wirbelsäule hinunter. Luca schob mir eine wirre Strähne hinters Ohr und streichelte mir über die Wange. Ich konnte nicht anders, ich schmiegte mich in seine Berührung.

»Was ist passiert?«

»Meine Mutter wartete auf seine Rückkehr. Drei Tage lang wartete sie. In der Nacht des dritten Tages kam ein schrecklicher Sturm auf. Es fielen Schneeflocken so groß wie die Hand eines Mannes, ein tobender Wind ließ die Wände zittern. Im Sturm hörte meine Mutter einen Wolf heulen – das Geheul war so schrecklich, dass sie sich die Hände auf die Ohren presste, um es nicht hören zu müssen – und da wusste sie, dass mein Vater tot war. Sie wusste es, erzählte sie mir, als hätte sie in dem Wolfsheulen Worte ausmachen können. Und genau in diesem Moment setzen die Wehen ein. Die ganze Nacht lag sie während des Schneesturms allein in den Wehen, und als ich geboren wurde …« Ich hielt inne. Das war der schlimmste Teil.

»Als du geboren wurdest?«, half Luca.

»Hatte sich die Nabelschnur um meinen Hals gewickelt. Ich war tot.« Ich hörte, wie Luca scharf Luft holte. Ich sah ihn nicht an. »Meine Mutter war bei vielen Geburten dabei gewesen. Sie wusste, dass sie nichts für mich tun konnte.

Doch als sie ihr einziges Kind blau und verschrumpelt und reglos daliegen sah, verfluchte sie den Gott Askaan. Sie verfluchte ihn dafür, dass er ihren Ehemann hatte sterben lassen. Sie verfluchte ihn dafür, dass er sich ihr Kind nahm, bevor es den ersten Atemzug gemacht hatte. Sie rief den Gott des Anderen und flehte ihn an, er möge das Kind – mich – als seines betrachten, wenn er mich nur atmen lassen würde. Wenn ich bloß leben würde.«

»Sie hat dich dem Wolf angeboten?«

»Ja.« Ich lächelte bitter. »Ich kann mir nicht einmal ansatzweise vorstellen, was sie in diesem Moment gefühlt haben muss. So viel Trauer und Schmerz, so viel Verlust. Sie wollte bloß, was jede Mutter gewollt hätte – ihr Kind retten. Es war Wahnsinn … Doch irgendwie funktionierte es. Der Wind rings um das Haus wurde so stark, dass sie nichts mehr hören konnte, die Fenster und Türen flogen auf und es schneite in das Zimmer, in dem sie lag, bis sie nichts mehr sehen konnte. Dann war da ein bösartiges Knurren, so nah, wie du mir jetzt bist, und plötzlich wurde ihr das Kind aus den Armen gerissen. Und dann … hörte sie ein Kind weinen. Der Sturm beruhigte sich so schnell, wie er aufgekommen war, und ich lag mitten im Schnee. Lebend.«

Ich berührte die weiße Stelle auf meinem Gesicht. »An mir war Blut – frisches rotes Blut, es sah wie eine Wunde aus. Doch nachdem meine Mutter das Blut abgewaschen hatte, war da keine Wunde, nur diese Narbe. Am Morgen brachten die Bewohner der Stadt die Leiche meines Vaters und den Kadaver des Dämonenwolfes in unser Haus. Sie waren untrennbar ineinander verschlungen, der Wolf hatte die Zähne in den Hals meines Vaters geschlagen, die Axt meines Vaters steckte in der Flanke des Wolfs. Sie mussten sie auseinanderschneiden – es sah aus, als hätte der Tod sie zu einem Geschöpf gemacht. So wurde ich, was ich bin. Meine Mutter schloss einen Handel mit der Dunkelheit ab, um mich zu retten, und sie bezahlte einen hohen Preis dafür.«

»Nicht so hoch wie du«, sagte Luca ernst. Er fuhr vorsichtig mit einem Finger über das Zeichen auf meiner Wange. »Ich kann die Zahnspuren erkennen, sie sind wie kleine Eiskristalle.«

»Das ist noch nicht das Ende der G-Geschichte.« Ich spürte, wie sich meine Muskeln zu harten, knotigen Strängen verkrampften, während ich darauf wartete, dass Luca die Bedeutung meiner Worte begreifen würde, dass ihm klar würde, was ich wirklich war, und dass er mich von sich stoßen würde, wie es meine Mutter getan hatte.

»Ma verließ die Stadt, in der ich zur Welt gekommen war, und ließ sich in einem weit entfernten Dorf nieder. Sie beobachtete mich unablässig, hielt nach Anzeichen des Wolfes in mir Ausschau und betete, der Fluch, den sie herbeigerufen hatte, möge doch nicht zuschlagen. Als ich acht war, fanden es ein paar Dorfjungen lustig, mich zu ärgern. Sie warfen Steine nach mir. Einer davon verletzte mich vermutlich im Gesicht, ich weiß es nicht sicher … Egal, ich sah jedenfalls B-Blut. Der Wolf kam. Die Dorfbewohner mussten mich zurückreißen und in Ketten legen, um mich aufzuhalten. Es waren bloß Kinder, aber ich habe sie fast umgebracht.«

»Du warst auch ein Kind«, sagte Luca. »Als sie dich mit

Steinen bewarfen, hätten sie dich auch ernsthaft verletzen können. Mir scheint, der Wolf – was immer er ist – ist eine Art Beschützer für dich. Er wendet Schaden von dir ab.«

»Da täuschst du dich«, sagte ich. »Er *benutzt* mich als eine Art Portal ins Leben, in diese Welt. Er benutzt mich, um T-Tod zu bringen. Das ist alles, was er will.«

»Das kannst du nicht wissen«, sagte Luca und nahm sanft meine Hand, die fest den Wolfszahn umklammert hielt. »Ich glaube vielleicht nicht an Dämonen, aber ich weiß, dass es Götter gibt und dass ihre Motive nicht immer leicht nachzuvollziehen sind. In der Vergangenheit ist der Wolf zu deinem Schutz aufgetaucht, wenn du geblutet hast oder in Gefahr warst, doch nun kannst du dich selbst schützen. Du wirst lernen, deine Angst in den Griff zu bekommen, und ich glaube, sobald dir das gelingt, wirst du deine Berserkerwut beherrschen können. Du bist mit dem allem nicht mehr allein.«

Ich dachte an die vielen Male, als ich ihm die Trance vorgespielt hatte, Schuldgefühle und Erschöpfung überkamen mich. Er verstand es nicht. Er konnte es nicht verstehen. Trotzdem unternahm ich noch einen Vorstoß. Ich musste es tun. Er bedeutete mir zu viel, um es nicht zu versuchen.

»Luca, du weißt nicht, ob es mir je gelingen wird, den Wolf zu beherrschen. Es braucht nur einen Tropfen Blut und ich bin nicht mehr ich selbst. Ich habe das Gefühl … Ich habe das Gefühl, dass der Wolf mit jedem Mal, da er von mir Besitz ergreift, stärker wird. Ich spüre ihn mittlerweile immer, wie Eis unter meiner Haut. Manchmal ist mir bewusst, dass er knapp unter der Oberfläche ist – und dort auf den richtigen Augenblick wartet und lauert. Ich höre seine Stimme. Ich habe Träume, in denen er nach mir ruft. Eines Tages … eines Tages verschwinde ich vielleicht für immer.«

Luca drückte seine Lippen zärtlich auf meinen Mundwinkel. Das Ziehen in meiner Brust wurde schlimmer – und mit einem Mal wurde mir klar, dass es mein Herz war, das ich fühlte. Mein Herz, das einen Sprung machte, sobald Luca in meine Nähe kam. Nach allem, was ich ihm erzählt hatte, wollte er mich immer noch küssen. Er hatte keine Angst vor mir. Er hatte vor nichts Angst.

»Niemals«, sagte er und in seiner Stimme und seinen Augen lag die gleiche Überzeugung, die mich in ihren Bann gezogen und dazu bewegt hatte, ihm ins Lager der Berggarde zu folgen. »Frost, deine Tapferkeit, deine Güte, alles, was dich ausmacht – das gehört zu dir, gleichgültig, was passiert. Das kann dir niemand nehmen. Deshalb haben Menschen die Wahl, ob sie Götter anbeten wollen oder sie ablehnen – deshalb können uns die Götter nicht zwingen. Sie mögen über Kräfte verfügen, die wir nicht besitzen, doch wir haben etwas, an das sie nie herankommen. Eine Seele. Der Wolf leiht sich vielleicht deinen Körper, doch deine Seele kann er dir nicht nehmen.«

Ich unternahm einen letzten Versuch der Abschreckung. »Luca, ich weiß nicht mal, ob ich überhaupt eine Seele habe. Vielleicht hat meine Mutter sie weggegeben, als sie mich dem Anderen angeboten hat. I-ich bin ein Ungeheuer. Mir zu vertrauen kann dich töten.«

»Jemand anderem zu vertrauen kann einen immer töten«, sagte Luca unvermittelt grimmig. »Jetzt hör mir zu. Du hast mir deine Geschichte erzählt und ich empfinde es als Ehre, dass du das getan hast. Es ändert weder meine Meinung noch meine Gefühle. Du bist kein Ungeheuer und ich werde nicht mehr zulassen, dass du das sagst. Ich weiß, was Ungeheuer sind. Ich habe gesehen, was sie tun. Ich habe mit einem *zusammengelebt.*«

Ich blickte in die Dunkelheit seiner Augen. »D-dein Bruder?«, flüsterte ich.

»Hast du je ein Kind gekannt, dem Schmerz Freude bereitet? Ein Kind, das Schmetterlinge fängt, um ihnen die Flügel auszureißen? Eines, das Kätzchen ersäuft, aus purer Lust daran, sie ertrinken zu sehen?«

Ich nickte langsam und schauderte. Luca zog mich näher zu sich und ich schmiegte mich an ihn, unsicher, ob ich ihn oder mich selbst damit beruhigte. »Ja«, sagte ich. »Ich habe solche Jungen gekannt.«

»So war mein Bruder Ion. Er war zehn Jahre älter als ich. Ich weiß nicht, ob meine Eltern ihn verzogen haben, bevor ich geboren wurde, oder ob sein Charakter einfach so war, aber … weißt du, er war unglaublich liebenswürdig. So schlau, so gutaussehend. Er konnte einen anlächeln, dass man das Blut an seinen Händen kaum wahrnahm. Meine Mutter und mein Vater versuchten sein Verhalten als jugendliche Dummheit abzutun. Damals lebten mein Onkel, meine Tante und mein Cousin Sorin – mittlerweile König Sorin – bei uns und sie versuchten uns darauf hinzuweisen, uns vor dem zu warnen, was er ist. Doch wir wollten es nicht sehen.« Luca hielt einen Moment inne, sein Blick verharrte auf etwas in der Ferne.

Nach einer Weile schien er sich wieder zu besinnen und redete weiter. »Als Ion achtzehn war, konnte man ihm nichts Lebendiges mehr anvertrauen. Er ritt seine Pferde zu Tode, erwürgte einen Jagdhund, der nach ihm geschnappt hatte, drangsalierte die Diener, Männer wie Frauen. Und ich wusste das alles, verabscheute es, aber … mit uns, mit *mir,* ging er anders um. Er tat mir nie weh oder ärgerte mich. Er war geduldig und sanft. Er hob mich vor sich auf den Sattel, stibitzte für mich Süßigkeiten, ging mit mir angeln. Beim Abendessen erzählte er uns Geschichten, alberne Geschichten, die meiner Mutter und meinem Vater vor Lachen Tränen in die Augen trieben. Er war der tollste große Bruder der Welt. Ich hatte nie Angst vor ihm. Nicht eine Sekunde. Und dann …«

Er versuchte sich wieder zu fangen und ich erwartete angstvoll seine nächsten Worte.

Schließlich redete er weiter. »Mein Vater adoptierte Arian und brachte ihn in unser Haus. Anfangs war er wie ein kleines wildes Tier, lechzte nach jeder noch so kleinen Freundlichkeit. War so hungrig nach Liebe. Wir mochten ihn alle sehr und wollten ihm zeigen, wie viel er uns bedeutete – dass er uns trauen konnte. Ion war damals gerade verreist. Doch in dem Augenblick, als er nach Hause kam, wusste ich Bescheid. Ich sah, wie Ion Arian musterte. Am nächsten Tag hatte Arian bereits überall blaue Flecken. Der gehetzte Ausdruck war wieder in seinen Augen. Ich ging zu meinem Vater und erzählte ihm alles; ich nötigte Arian, ihm die Flecken zu zeigen. Vater wollte es nicht glauben, doch auch er liebte Arian, und diese Liebe zwang ihn, sich der Wahrheit zu stellen. Er rief Ion zu sich und befahl ihm aufzuhören. Weiter nichts. Ich werde nie den Blick vergessen, den Ion mir damals zuwarf. Er war wütend und fühlte sich natürlich verraten, aber auch verletzt. Es war ihm nie in den Sinn gekommen, dass ich gegen ihn für Arian Partei ergreifen könnte. Für Ion war Arian bloß ein weiteres Geschöpf, das er zu seiner Belustigung quälen konnte. Er war keiner von uns. Er war bedeutungslos. Nie zuvor hatte jemand gewagt, Ion für seine Missetaten zur Rede zu stellen, und dass wir es nun taten, wegen eines Außenstehenden … Ich glaube, das hat Ion das Herz gebrochen. Falls er eines besaß, das brechen konnte. Er tobte und schrie meinen Vater und mich an, zertrümmerte Gegenstände, machte uns allen Angst. Am nächsten Tag war er verschwunden. Er ging nach Aroha, an den Hof von König Abheron.«

»Dem Wahnsinnigen König?«

Luca nickte. »Ion wurde beinahe augenblicklich zu einem seiner Lieblinge. Offensichtlich amüsierten Abheron seine … Possen.« Seine Stimme versagte. Ich spürte, wie sich seine Brust hob, als er tief Luft holte. »Ein halbes Jahr später schickte König Abheron als Söldner verkleidete Soldaten nach Mesgao. Um uns alle zu töten.«

Ich biss mir auf die Lippe, um nicht aufzustöhnen.

»Hatte sich Ion darüber beschwert, wie ihn mein Vater behandelt hatte? Hatte er ein paar Bemerkungen zu viel darüber fallen lassen, was mein Vater und mein Onkel von Abherons Zurechnungsfähigkeit hielten? Ich weiß nicht, ob er uns verraten hat oder ob Abheron nur gegen uns vorging, weil er es unterhaltsam fand.

Mein Vater und mein Onkel waren damals gerade dabei, in Mesgao eine Steinfestung zu bauen, doch bis zu ihrer Fertigstellung wohnten wir in einem Holzgebäude auf der Rückseite. Abherons Leute legten Feuer. Das war seine Lieblingsmethode, um zu morden. Mein Cousin – Sorin – war nicht zu Hause. Er war ein paar Tage vorher zu Freunden geritten. Arian wachte nachts auf und sah die Flammen. Ich war bereits bewusstlos. Irgendwie brachte er die Kraft auf, mich ins Freie zu ziehen. Da ihm bewusst war, dass, wer immer das Feuer gelegt hatte, auf Überlebende lauern würde, schleppte er mich in die Festung und versteckte mich hinter Steinquadern. Er wollte zurück, um meine Eltern und die anderen zu retten, doch Abherons Soldaten fingen ihn ab. Sie brachen ihm einen Arm, die Nase und die meisten Rippen, doch er verriet ihnen nicht, wo ich versteckt war. Als sie gingen, hielten sie ihn für tot, das Haus lag in Asche. Mein Cousin kehrte ein oder zwei Tage später zurück und fand … die Überreste. Er brachte uns fort. Wir waren die einzigen Überlebenden.«

Lucas Stimme klang plötzlich gepresst. Seine Muskeln hatten sich unter meinen Händen in Stein verwandelt. Ich drehte mich in seinen Armen und umschlang ihn, rieb ihm über den Rücken, wie er es immer bei mir tat, wenn ich durcheinander oder verletzt war. Er zog die Knie an, so dass seine Beine mich zu beiden Seiten umschlossen, und schmiegte seinen Kopf an meinen, als wolle er mich umhüllen oder sich in mir verlieren.

»Deshalb hast du die Berggarde ins Leben gerufen«, flüsterte ich.

»Als der König sie ankündigte, nahm ich die Gelegenheit, ihr Anführer zu werden, nur allzu gern wahr. Es kam mir wie Schicksal vor. Zu wissen, dass Ion hier in den Bergen lauerte, frei war und noch immer Jagd auf Menschen machte … das war unerträglich. Ich dachte, als Hauptmann könnte ich endlich Ions Taten wiedergutmachen, ihn vor den König bringen, vor Gericht. Ich habe es mir so oft vorgestellt. Wie er wohl mittlerweile aussieht, wie er reagieren wird, wenn er mich sieht. Ob es ihm leidtun wird.« Luca schüttelte den Kopf und drückte mich heftig an sich. »Worauf ich hinauswill: Ich weiß, wie das Böse unter der Oberfläche aussieht. Gleichgültig, wie schön das Äußere ist, wie gekonnt die Lügen sind, ich mache mir nichts vor, nicht mehr. Du schleppst eine schreckliche Bürde mit dir herum, die niemand – auch ich nicht – wirklich verstehen kann. Aber das ändert nichts an dem, wer du bist, Frost. Du bist ein guter Mensch. Und ich liebe dich.«

»Ich würde so gern …« Meine Stimme versagte. »Ich würde das so gern glauben.«

Luca strich mir wieder die wirren Strähnen aus dem Gesicht und blickte mir in die Augen. »Es ist mir egal. Ich werde es dir so lange sagen, bis du es glaubst.«

Manchmal, wenn ich weglaufe, frage ich mich, warum ich nicht aufgebe. Warum ich nicht tue, wozu mich die Wölfe drängen. Mich in den Schnee lege. Ihnen ihren Willen lasse. Die Jagd wäre dann vorbei und ich könnte mich endlich ausruhen.

Aber ich kann nicht. Meine schmerzenden Arme und Beine, mein wild pochendes Herz, meine keuchenden Lungen lassen es nicht zu. Denn ich weiß, es gibt Schlimmeres als den Tod. Wenn die Wölfe mich erwischen, werden sie sich mehr nehmen als Fleisch und Knochen.

Sie werden mir meine Seele nehmen.

Zwanzig

Ich öffnete die Augen in der Dunkelheit. Ich lag auf Lucas Bett, auf den Decken, auf denen ich eingeschlafen war, als Luca und ich schließlich aufgehört hatten zu reden, irgendwann nach Mitternacht. Sein Gesicht war ein bleicher Fleck im Schatten neben mir. Seine Augen waren geschlossen und er atmete friedlich. Das Geräusch war vertraut für mich. Ich hatte die letzten sechs Wochen jede Nacht darauf gelauscht. In dieser Nacht erinnerte es mich nur einmal mehr daran, wie verletzlich Luca war, selbst wenn er sich dessen nicht bewusst war. Panik, vom Traum geschürt, umklammerte mein Herz.

Was, wenn ich ihn nicht schützen kann, Vater? Was, wenn ich ihn nicht vor mir schützen kann?

Der geschlossene Raum des Zeltes – die Stille und die Schatten – waren erstickend. Selbst Lucas Hand, die schützend um meinen Oberkörper lag, fühlte sich wie ein zu schweres Gewicht an. Ich ertrug sie nicht. Es forderte meine ganze Selbstbeherrschung, mich unter Lucas Hand herauszuwinden, statt mich heftig von ihm loszureißen. Trotzdem knarrte das Bett und Luca murmelte leise.

Ich betrachtete ihn einen Augenblick, rang nach Luft und versuchte meine widersprüchlichen Gefühle zu ordnen. In meinem Hinterkopf meldete sich die Vorsicht und warnte mich, dass etwas nicht stimmte, doch ich konnte diese Warnung nicht beherzigen. Ich konnte nicht atmen. Ich musste ins Freie. Ich musste weg. Auf der Stelle.

Draußen war Wind aufgekommen, er verfing sich in den Zeltwänden, ermunterte die Bäume zu zischelnden geheimen Gesprächen. Mein Hemd flatterte mir um die Taille und mein offenes Haar wehte mir ins Gesicht. Am Himmel trieben Silberwolken. Sie bildeten seltsame Formen, wenn sie vor den Sternen auseinanderrissen und wieder zusammenfanden. Das große Feuer war erloschen. Das Singen und Feiern war beendet und das Lager wirkte ausgestorben.

Ich zögerte erneut, irgendetwas beunruhigte mich. Doch etwas anderes zog mich weiter, fort von Lucas Zelt, zu den dunklen Schatten des Waldes. Wild umherpeitschende Zweige schlossen sich über meinem Kopf. Blätter tanzten in der Luft und wehten an meinem Gesicht vorbei. Vor mir teilten sich Bäume und Gebüsch zu einem schmalen, flüsternden Tunnel.

Nach einer Weile schimmerte Licht zwischen den Bäumen hindurch. Ich fühlte leichte, kalte Berührungen auf meinen Wangen und Händen. Sie hinterließen Tränenspuren auf meiner Haut. Nun fielen keine Blätter mehr, sondern Schneeflocken. Mein stockender Atem bildete Wolken aus Panik vor meinem Gesicht. Trotzdem konnte ich nicht stehen bleiben oder umkehren. Welche Kraft mich auch aus Lucas Bett gelockt hatte, sie hatte mich nun im Griff und meine Beine bewegten sich ohne mein Zutun.

Ich ließ den letzten Baum hinter mir und starrte über

eine große Schneefläche, die von einem wolkenlosen, strahlenden Sternenhimmel erleuchtet wurde. Am Rande der Ebene, so weit entfernt, dass ich sie kaum erkennen konnte, erhoben sich durchsichtige Klippen aus dem Schnee, und dahinter die zerklüfteten Umrisse der Berge.

Ein tiefes Knurren zerriss die Nacht. Gegen meinen Willen drehte ich mich um.

Wie Zwillingssterne leuchteten die Silberaugen im riesigen Schädel des schwarzen Wolfes. Seine Fangzähne schimmerten, dazwischen hing die rötliche Zunge heraus. Aus seinem Maul und seinen Nasenlöchern trat Dampf, genau wie an den Stellen, wo er mit seinen gewaltigen Klauen im Schnee stand.

Ich zwang die Worte über meine tauben Lippen. »Warum hast du mich hierhergebracht?«

Das habe ich nicht. Ich bin dir gefolgt. Ich bin dir immer gefolgt.

Die Stimme des Geschöpfs war das eifrige freudige Heulen eines Jagdrudels, es war das Geräusch, das mich mein halbes Leben im Traum verfolgt hatte. Es war der verzweifelte Schrei des einsamen Wolfes. Es klang nach brechendem Eis, Rabenkrähenkrächzen und dem letzten Flüstern sterbender Männer. Und es war die Stimme meines Vaters, die Stimme, die ich immer als seine gekannt hatte, auch wenn er vor meiner Geburt gestorben war. Der Klang war eine Qual für meine Ohren. Ich zuckte zurück und schrie auf. »Was willst du?«

Das weißt du doch. Du hast all die Jahre gegen mich gekämpft, doch das muss bald aufhören, Saram. Bald wird ein Sturm aufkommen. Dann wirst du mich brauchen.

»Das werde ich nicht. Bitte. Ich will einfach nur normal sein.«

Wärst du normal, wärst du schon längst tot.

»I-ich weiß. Aber … ich habe den Handel nicht abgeschlossen. Meine Mutter war diejenige, die dich gerufen hat, und sie ist nun tot. Warum lässt du mich nicht in Frieden?«

Du bist meine Tochter und ich liebe dich. Wie kann ein Vater sein Kind im Stich lassen?

Ich presste mir die Hände auf die Ohren und fing an zu rennen. Die Stimme schien noch trauriger zu werden, als sie mir hinterherrief.

Bald, meine Tochter. Bald wirst du mich herbeirufen, so, wie deine Mutter es getan hat. Und ich werde kommen.

Das Eis knackte und knirschte unter meinen Füßen, als ich floh – noch immer die Hände auf den Ohren, während mir Tränen übers Gesicht liefen. Ich weiß nicht, wann wieder Bäume vor mir auftauchten, doch irgendwie rannte ich zwischen ihnen hindurch und der Wind war wieder da, mit kräftigen Böen wirbelte er um mich. Ich stolperte aus dem Wald …

Und öffnete die Augen in der stillen Dunkelheit von Lucas Zelt und lag warm und sicher in seinen Armen.

Die Bergwächter standen am nächsten Tag vor dem Morgengrauen auf. Übernächtigt und einsilbig nach der wilden Feier stocherten sie lustlos im Frühstück herum, während Luca und Arian ihnen kurz das weitere Vorgehen erläuterten. Ich saß mit Livia in der Ecke des Verpflegungszeltes und starrte teilnahmslos auf mein eigenes Essenstablett. Bei mir lag es nicht an zu viel Bier, sondern am Grübeln. Der Traum der letzten Nacht lag mir wie ein Stein im Magen.

»Also gut, hört alle zu.« Luca hielt die Hand hoch, um für Ruhe zu sorgen. Hinter ihm waren ein Dutzend Vellum- und Pergamentkarten an der Zeltwand befestigt. »Diejenigen unter euch, die sich uns gerade erst angeschlossen haben oder die eine Zeit lang als Kundschafter oder Boten unterwegs gewesen sind, sollten besonders gut aufpassen. Wir wissen Folgendes: Der ständige Stützpunkt unseres Feindes befindet sich in den Ruinen der Tempelfestung. Möglicherweise halten sie sich schon seit ihrer Ankunft in den Bergen dort auf, sie scheinen jedenfalls den eingestürzten Abschnitt der Außenmauer wieder verstärkt und wirksame Abwehrmaßnahmen errichtet zu haben. Das ist schlecht. Je mehr sie sich verschanzen, umso schwerer wird es sein, sie dort wieder rauszuholen.

Immerhin glauben wir, dass die Splittergruppe, die Birkin angeführt hat« – er warf mir ein kurzes Lächeln zu – »die letzte war, die sich in den Bergen herumgetrieben hat. Das ist schon mal eine gute Nachricht. Allerdings wird Constantin, sobald ihm bewusst wird, dass seine umherstreifenden Kriegerhorden überwältigt wurden, höchstwahrscheinlich mehr von ihnen aussenden. Und auch wenn es ihn jedes Mal schwächt, wenn wir eine dieser Banden aufgreifen, können wir nicht länger unsere ganze Aufmerksamkeit auf sie richten. Unser vornehmlichstes Ziel war immer, die Rädelsführer der Aufständischen aufzuspüren und gefangen zu nehmen und sie vor Gericht zu stellen, vor allem Constantin. Und genau das sollten wir nun tun, finde ich.«

Es war verhaltenes Jubeln zu hören. Luca wartete, bis jeder seinen Gefühlen Luft gemacht hatte, bevor er wieder zu Ruhe winkte. »Es gilt mehrere Hürden zu überwinden. Wir haben noch immer keine konkrete Vorstellung von der Truppenstärke der Feinde oder ihrem Waffenarsenal. Die Männer, die wir festgenommen haben, trugen nur das bei sich, was sie im Kampf erbeutet hatten, aber das muss nicht heißen, dass Constantin in seinem Stützpunkt keine wesentlich bessere Ausrüstung hat – oder schmiedet. Wir brauchen unbedingt mehr Informationen. Wir müssen das Lager hier abschlagen und ins Feindesgebiet vordringen. Wir müssen jede Höhle, jede Felsspalte und jedes Versteck aufspüren, das sie nutzen könnten. Da sie diesen Ort mittlerweile wahrscheinlich wie ihre Westentasche kennen, sollten wir das auch tun. Danach werden wir einen ausgefeilten Plan erarbeiten, der sie von Nachschub und Quellen abschneiden und aus der Tempelfestung auf einen Kampfplatz unserer Wahl treiben wird. Denkt daran, der Feind ist dort oben in der besseren Position und hat einen sicheren Rückzugsort. Jeder Versuch eines Frontalangriffs zu ihren Bedingungen wäre Selbstmord. Wir müssen auf unsere Stärken setzen, schneller, schlauer und skrupelloser sein als sie, andernfalls haben wir keine Chance zu gewinnen.«

Luca warf einen langen Blick durch das Zelt und schien seine Soldaten einzuschätzen. Seine Augen waren warm und strahlten vor Überzeugung. »Ich weiß, dass ich mich auf jeden von euch verlassen kann.«

Ich spürte die Reaktion, das Gefühl des Stolzes und der Entschlossenheit, die sein Blick ausgelöst hatte. Einen Augenblick später trat er zur Seite und deutete auf die Karten. »Arian hat sämtliche Kundschafterberichte ausgewertet und wird euch mehr zum Stand der Dinge sagen.«

Meine Aufmerksamkeit ließ nach, als Arian sich erhob und auf Einzelheiten und Örtlichkeiten auf den Karten deutete. Ich hatte diese Berichte schon früher, über Lucas Schulter hinweg, gelesen und die Karten selbst studiert.

Ich war nun eine Bergwächterin. Eine richtige Kämpferin. Ich würde unter Lucas Befehl in den Krieg ziehen. Das Ergebnis dieses Kampfes bedeutete jedem hier etwas, für Luca bedeutete es alles. Er war bereit, mich mitten hineinzustellen, weil er an mich glaubte.

Ich hatte tödliche Angst, dass er sich täuschte.

Bitte, Vater. Lass mich die Soldatin, die Kämpferin *sein, die er braucht.*

Bitte halte den Wolf gefangen.

Die Küsse und Bekenntnisse der letzten Nacht erschienen mir wie ein Traum, weniger wirklich als die entsetzliche Vision danach. Doch wann immer Lucas Blick auf mir ruhte, wurde mir – mit einer Mischung aus Angst und Freude – von neuem klar, dass ich geliebt wurde. Wirklich geliebt wurde, vielleicht zum ersten Mal in meinem Leben. Ich hatte nicht das Gefühl, Luca oder seine Gefühle verdient zu haben. Trotzdem flackerte nun tief in mir – dort, wo früher immer nur Eis gewesen war – eine Wärme, die nicht einmal die Angst berühren konnte.

Du wirst mich rufen, so, wie es deine Mutter getan hat.

Niemals, schwor ich mir. *Niemals.*

Sobald es hell genug war, brachen wir das Lager ab, falteten die Zelte zusammen, beluden die Pferde und verriegelten die Holzschuppen, die wir zurücklassen würden. Ich verabschiedete mich mit Wehmut von dem Ort, den ich als mein Zuhause zu betrachten gelernt hatte.

Es war ein schwieriger Marsch den Berg hinauf. Je höher wir kamen, umso unwirtlicher wurde das Gelände. Grüne Bäume machten verkümmertem grauem Gestrüpp Platz, Gestrüpp wich blauem Moos und orangefarbenen Flechten, bis es schließlich kaum noch Pflanzenwuchs gab. Ich war schon einmal dort oben gewesen, doch damals war ich schwach vor Hunger und Verzweiflung gewesen und hatte nur wenig wahrgenommen. Ich hatte die Kälte vergessen. Obwohl die Ruinen der Tempelfestung nicht in der Nähe der schneebedeckten oberen Berghänge lagen, wurde es nach einem halben Tagesmarsch aufwärts bereits merklich kälter. Ich schmiegte mich in mein neues Lederwams und war für die zusätzlichen Kleiderschichten dankbar.

»Wollen wir zu diesem Bergkamm hinauf?«, fragte ich Luca mit einem Blick auf das, was lediglich wie ein schwarzer horizontaler Streifen auf der Bergseite aussah.

»Etwas tiefer«, sagte Luca und hielt die Hand vors Gesicht, weil ihn die Sonne blendete. Er schien nichts von der Verlegenheit oder Sorge zu empfinden, die mich belastete, und wie immer war sein Selbstvertrauen ansteckend. »Razia hat von einem Plateau berichtet, auf dem wir ein Lager aufschlagen können. Wir müssen vielleicht ein paar Felsbrocken aus dem Weg räumen, aber das wird es wert sein.«

Ich nickte und zwang mich, den Blick von seinem Gesicht abzuwenden. Ich hielt Ausschau nach Arian und entdeckte ihn ganz am Ende des sich langsam vorwärtsbewegenden Soldatentrupps. Er half, die Bündel auf dem Rücken eines der struppigen Bergpferde neu zu verteilen. Das Tier bewegte sich unruhig und warf den Kopf hin und her, während der zuständige Bergwächter hilflos zusah. Doch Arians kantige, fachkundige Hände beruhigten das Tier, so dass der andere Mann die Bündel umpacken konnte.

»Er ist schon immer gut mit Tieren klargekommen«, sagte Luca mit einem Lächeln in der Stimme.

Ich biss mir auf die Lippe. Jeder, der Augen im Kopf hatte, konnte das Band zwischen den adoptierten Brüdern sehen. Arians Vergangenheit und die Ereignisse, die ihn zu einem so komplizierten und schwierigen Mann gemacht hatten, waren allerdings noch immer undurchschaubar. Auch wenn Luca mir in der Nacht zuvor seine eigene Geschichte erzählt hatte – über die Geschichte des Missbrauchs, die auf Arians Rücken geschrieben stand, hatte er geschwiegen. Trotz der Zeit, die wir beim Training miteinander verbracht hatten, fühlte ich, dass ich von Arian nicht mehr wusste als bei meiner Ankunft im Lager.

Würde Arian irgendwann akzeptieren können, dass jemand Neues in Lucas Leben getreten war? Vor allem jemand, der wichtig für Luca war und ihm auf eine Weise nahestand, wie es Arian niemals könnte? Die Eifersucht und der Beschützerinstinkt, den Arian an den Tag legte, machten schmerzhaft deutlich, dass Luca alles war, was Arian hatte – alles, was ihm etwas bedeutete. Und während der

Zeit, in der Lucas Cousin sie beide versteckt gehalten hatte, um sie vor dem Wahnsinnigen König zu schützen, war Arian für Luca ebenfalls der einzige Mensch gewesen, dem er trauen und auf den er sich verlassen konnte. Doch nun schaffte Luca in seinem Herzen Raum für mich. Würde Arian sich verstoßen fühlen? Im Stich gelassen? Wenn dem so war, was konnte ich bloß tun, um das zu ändern?

»Worüber grübelst du nach?«, fragte Luca und unterbrach meine Gedanken. »Wenn du die Stirn noch mehr runzelst, wirst du mich in Stein verwandeln.«

»Ich weiß überhaupt nicht mehr, wo ich bin«, sagte ich und zwang mich zu einem Lächeln. Es war jetzt nicht die Zeit, um ihn mit meinen Ängsten zu belasten. »Wie weit ist es von hier zur Tempelfestung?«

»Vom Bergkamm ist es noch etwas mehr als eine halbe Stunde Fußmarsch«, sagte Luca. »Lass uns an die Spitze des Zuges gehen, dann kann ich dir den Pfad zeigen, dem wir folgen müssen.«

Wir liefen rasch an den Soldaten vorbei, die nur langsam vorankamen, bepackt mit all den Sachen, die nicht auf die Rücken der stämmigen Bergpferde passten. Sie winkten uns freundlich zu, als wir sie überholten.

Der Boden unter meinen Füßen war eher Sand als Erde – ein feiner, silbriger Sand, der das Sonnenlicht reflektierte und meine Augen brennen und tränen ließ. Auf dem Pfad lag graues und weißes Geröll, von kleinen Schiefersplittern, die unter unseren Füßen wegrutschten, bis hin zu Felsbrocken, die beinahe so groß waren wie das Haus, in dem ich als kleines Mädchen gelebt hatte.

Auf der einen Seite der beharrlich dahintrottenden Bergwächter ging es steil nach unten: eine senkrechte Felswand fiel zehn Meter tief zum Mesgaofluss ab. Wir waren hier mitten in den Bergen und der Fluss hatte sich verändert. Das Wasser floss nicht mehr grün und sanft in einem breiten Flussbett, sondern rauschte und schäumte in hartem, eisigem Blau durch die enge Schlucht. Auf der anderen Seite unserer Schar ragten die zerklüfteten Berge empor, die sich braun und schwarz vom Himmel abhoben.

Luca überholte die erste Reihe Soldaten und sprang leichtfüßig auf einen Felsen. Er zog mich hoch und drehte sich, um mir den Schatten des Waldes tief unten zu zeigen. »Wir sind um den Berg herumgelaufen, siehst du? Wo wir vorher klettern mussten, um zu den Ruinen zu kommen, brauchen wir jetzt nur hinabzusteigen. Das wird es schwieriger machen, den Aufrührern den Nachschub abzuschneiden – wir werden mehr Kundschafter aussenden müssen –, doch es wird Constantin hoffentlich unvorbereitet treffen.«

»Du kennst den Weg in- und auswendig, oder?«

»Ich habe die Karten oft genug angestarrt. Als ich klein war, habe ich meiner Familie immer erzählt, dass ich diese Berge eines Tages erkunden würde. Sie haben mich ausgelacht. Aber hier bin ich nun.«

Ich sah ihn fragend an, plötzlich war es mir sehr wichtig, seinen Gesichtsausdruck richtig zu deuten. »Sie wären bestimmt stolz auf dich, dass du dich auf diese Weise an deinen Traum erinnerst.«

Luca antwortete nicht gleich. Dann seufzte er. »Meine Eltern waren großartige Menschen. Sie waren nicht wie so viele andere Sedrier, die nach der Besetzung hierherkamen, nur um zu kämpfen und zu stehlen. Sie waren friedlich und voller Mitgefühl und sie haben sich die größte Mühe gegeben, den Rua zu helfen und einen Teil des Schadens gutzumachen, den Abheron angerichtet hatte. Sie bauten Schulen und Krankenstationen, besuchten die Höfe und Dörfer auf ihrem Land und brachten Heiler und Vorräte. Sie schlossen Freundschaften, wo immer sie hingingen, selbst mit denjenigen, die die Sedrier hassten. Ich glaube, ich bin nicht das geworden, was sie erwartet haben. Sie wollten immer, dass ich in ihre Fußstapfen trete – dass ich den Titel Lord Mesgao annehme und es mir zur Aufgabe mache, den Menschen zu helfen, sich ein Leben aufzubauen.«

»Aber du hilfst Menschen. Du rettest ständig Leben«, sagte ich überrascht.

»Aber ich bin kein Mann des Friedens, oder?« Er hob die Hand, die entspannt auf dem Schwertgriff geruht hatte. »Ich bin ein Krieger. Das war das Letzte, was sie sich für mich gewünscht hätten.«

Ich überlegte gründlich, bevor ich sprach. »Das ist ja nicht für immer. Eines Tages hast du dich von Ion und der Vergangenheit befreit. Wenn du deine Aufgabe hier erledigt hast, liegt immer noch dein ganzes Leben vor dir, das du nach deinen Wünschen gestalten kannst. Was wirst du dann tun?«

Luca ließ ein seltsames kleines Lachen hören. »Weißt du, darüber habe ich mir nie richtig Gedanken gemacht. Ich jage seinen Schatten seit so langer Zeit –«

Er redete nicht weiter, sondern drehte abrupt den Kopf.

Ich hörte Steine den Abhang herabstürzen; als ich Lucas Blick folgte, sah ich zwischen den Felsen über uns eine Staubwolke.

Mein Körper wurde eiskalt. Jedes Härchen auf meiner Haut stellte sich auf. Ich blickte Luca für einen Moment, der sich wie eine Stunde anfühlte, in die Augen und sah, wie seine Lippen das Wort formten. *»Hinterhalt!«*

Man hörte einen Schrei von den Felsen und dann war die Luft voller Pfeile.

Als ich in der ersten Reihe der Bergwächter zwei Männer fallen sah, warf ich mich gegen Luca und stieß ihn von dem Felsbrocken. Er landete mit einem Aufstöhnen unter mir auf der Erde, dann rollte er sich auf mich, um meinen Körper mit seinem zu schützen. Ein Pfeil zischte vorbei und bohrte sich nur wenige Zentimeter neben Lucas Gesicht in die Erde.

Die Pfeile trafen mit einem Geräusch wie Hagelkörner auf dem Pfad auf, fast übertönten sie das Trampeln der Füße, das Geschrei, das Klirren der Waffen.

»Schnell! Steh auf!«, schrie ich und versuchte ihn von mir wegzustoßen. Sein Rücken wäre die perfekte Zielscheibe für die Bogenschützen.

Er sprang auf die Füße und packte mich vorn an meinem Wams, um mich mit sich zu ziehen. Der Feind war hinter den Felsen oberhalb des Pfads hervorgekommen und schoss in die Menge. Unsere Soldaten ließen ihre Bündel und ihr Gepäck fallen und stürzten sich kopfüber in den Kampf. Die Pferde schlugen aus und wieherten, als sie versuchten dem Schlachtengetümmel zu entkommen. Staubwolken hüllten die Kämpfenden ein. Überall herrschte Chaos.

»Heilige Urmutter«, flüsterte Luca. Er rannte vorwärts.

Ein Angreifer in zerbeulter Rüstung sprang direkt hinter ihm von den Felsen. Der Aufständische hieb mit dem Schwert nach Lucas Rücken.

Ein zorniges Aufheulen brach aus meiner Kehle. Mit einem Griff zog ich die Axt meines Vaters aus ihrer Hülle und holte mit der Waffe zu einem Seitenhieb auf den Hals des Abtrünnigen aus. Heißes Blut spritzte mir ins Gesicht. Als der Mann zu Boden stürzte, riss es mir die Axt aus den Händen.

Ich taumelte rückwärts und starrte auf das, was ich getan hatte. Ich nahm kaum wahr, wie Luca über den gefallenen Aufrührer stieg, bis er mir mit der Rückseite seines Panzerhandschuhs vorsichtig die Blutstropfen von den Wangen wischte. Er zögerte und wollte offenbar etwas sagen – doch ein Schrei von weiter unten forderte seine Aufmerksamkeit.

»Danke.« Er nickte mir ernst zu, dann drehte er sich um und stürzte sich ins Getümmel. Er zog sein Schwert und bedeutete mir mit einer Handbewegung, ihm zu folgen.

Ich holte tief Luft, damit sich mein Magen etwas beruhigen konnte. Dann streckte ich die Hand nach dem Schaft der Axt aus. Knochen knirschte gegen das Metall. Ich musste meinen Stiefel auf den Rücken des Mannes stellen, um die Waffe herauszuziehen. Ich wischte notdürftig das Blut von den Klingen und rannte Luca hinterher.

Er war schon halb den Abhang hinunter. Von irgendwoher hatte er ein weiteres Schwert geholt und kämpfte nun mit einer Waffe in jeder Hand. Seine Bewegungen waren kaum mehr als ein tödliches Aufblitzen von Silber und

Gold, das die Angreifer zurückdrängte. Livia und die ruanische Heilerin waren am Fuße des Abhangs, umringt von Bergwächtern. An einer Biegung des Pfades standen Arian und Razia am Abgrund, die beiden stießen gegnerische Krieger über den Rand der Klippe oder in die Klingen der Kämpfer hinter ihnen.

Unterhalb von mir drängten die Bergwächter stetig den Abhang hinab und versuchten den Wall aufständischer Soldaten am Ende des Pfades zu durchbrechen. Sie waren doppelt so viele wie wir, doch Lucas Training zahlte sich aus. Langsam aber stetig gewannen wir Boden und kämpften uns aus der Falle heraus.

Jemand – Freund oder Feind? – rief: »Bogenschützen!«

Ein weiterer Pfeilhagel regnete auf das Getümmel. Ich hörte einen gellenden Schrei und sah, wie Razia zusammenbrach. Mit einem langen, weißen Pfeil im Oberkörper stürzte sie fast vor Arians Füße. Er ließ sein Schwert sinken, seine Augen waren voller Trauer, als er sich über sie beugte.

Ein feindlicher Soldat pirschte sich von hinten an ihn heran. Der Mann hielt einen Metallknüppel in der Hand und holte zum Schlag aus. Ich stieß einen Warnschrei aus und stürzte auf Arian zu, so schnell, dass sich der Boden unter meinen Füßen in Luft verwandelte. Arian richtete sich hastig auf – zu spät. Die Keule des Aufrührers traf ihn mit einem dumpfen Aufschlag am Hinterkopf.

Er verdrehte die Augen. Einen Augenblick versuchte er am Rande des Abgrunds das Gleichgewicht wiederzufinden. Dann stürzte er in die Tiefe, hinab in den Fluss.

Ich kam vor dem Soldaten, der Arian niedergeschlagen

hatte, zum Stehen und brachte ihn mit einem Axthieb zur Strecke. Dieses Mal empfand ich keine Reue. Razias Blick trübte sich bereits. Ihr war nicht mehr zu helfen.

»Frost!«, schrie Luca. Als ich mich umdrehte, starrten mich seine blauen Augen brennend an. »Er kann nicht schwimmen! Du musst ihn retten!«

Ich zögerte den Bruchteil einer Sekunde, als ich nach unten blickte. Der Fluss unter mir wogte. Arian war nirgends zu sehen. Wenn ich versuchte die Felswand hinunterzuklettern, käme ich nie rechtzeitig zum Fluss, um ihm zu helfen.

Ich stopfte meine Axt in die Hülle und sprang mit den Füßen zuerst in die Tiefe.

Einundzwanzig

Der Wind pfiff mir um die Ohren und zerrte an meinen Kleidern und Haaren, als ich in die Tiefe stürzte. Mir blieb ein kurzer Moment, um zu erkennen, wie dumm ich gewesen war, und um mir über versteckte Felsen, Strudel und Sandbänke Gedanken zu machen. Dann landete ich auch schon im Fluss.

Das Wasser schlug mit ohrenbetäubendem Krachen über mir zusammen. Ich tauchte tief unter, rings um mich schäumten weiße Blasen, die mir die Sicht nahmen und in meinen Ohren rauschten. Die Kälte brannte auf meiner Haut. Die Axt hing bleischwer über meinem Rücken und zog mich nach unten. Ich zappelte im Wasser wie eine Motte, die sich aus ihrem Kokon zu befreien versucht.

Arian ist irgendwo hier im Wasser. Und er kann nicht schwimmen.

Ich strampelte mit den verkrampften Beinen, zwang sie sich zu bewegen. Meine Lungen schmerzten, meine Rippen ächzten, ich ruderte im Wasser und betete, dass ich noch oben von unten unterscheiden konnte.

Ich durchbrach die Wasseroberfläche in einer Schaumfontäne und holte tief Luft, dann würgte und hustete ich, als ich dabei Wasser schluckte.

»Arian!«, schrie ich. *»Arian!«*

Ein abgebrochener Ast trieb auf mich zu, erschreckend schnell. Ich holte Luft und tauchte unter. Stachelige Zweige kratzten über meinen Kopf, als der Ast über mich hinwegtrieb. Ich stieß mit einem Schmerzensschrei zurück an die Oberfläche. Die Strömung riss mich weiter und meine Gelenke knirschten von der Anstrengung, mich dagegenzustemmen. »Arian! Antworte mir!«

Das Wasser zog mich wieder in die Tiefe und schlug über mir zusammen. Aber ich tauchte ein weiteres Mal auf, schnappte nach Luft und hielt, den Kopf wild umherdrehend, nach einem Anzeichen von ihm Ausschau. Doch meine Sicht war zu verschwommen. Plötzlich entdeckte ich etwas, ein kleines Stück vor mir. Ich blinzelte das Wasser aus den Augen. Ein Körper trieb den Fluss hinunter, wurde von der Strömung hin und her gerissen. Dunkle Haare schwebten wie eine Gewitterwolke im Wasser.

Ich begann zu schwimmen. Meine Lungen gaben hohle, keuchende Geräusche von sich, während ich mich zu ihm vorkämpfte. Der Fluss hob mich an, dann holte er mich zurück. Arians Arm trieb an mir vorbei. Ich streckte mich und packte mit meinen behandschuhten Fingern sein Handgelenk.

Die nächste Woge schwappte über uns. Ich schluckte Wasser, ruderte aber unablässig mit einer Hand und den Beinen. Ich durfte nicht noch einmal untergehen, sonst würde ich Arian mitziehen. Ich wartete darauf, dass ihn die nächste Welle näher bringen würde, dann drehte ich ihn und schob einen Arm unter seinem hindurch und über seine Brust. Sein Kopf sackte auf meine Schulter. Ich zog ihn hoch und versuchte seine Nase und seinen Mund über Wasser zu halten.

Sobald ich ihn sicher umfasst hielt, lenkte ich uns mit dem freien Arm, gleichzeitig trat ich kräftig mit den Beinen. Arians Gesicht war grau und reglos, ohne eine Spur von Leben. Durch die Handschuhe konnte ich nicht fühlen, ob das Blut unter seiner Haut noch pulsierte. Ich konnte nicht sagen, ob er atmete. Der Gedanke, dass ich möglicherweise seinen toten Körper umklammert hielt, war schrecklich. Er musste am Leben sein. Arian war eine Kämpfernatur – er würde nicht so leicht aufgeben.

Ich konnte ihn nur festhalten und dafür sorgen, dass er über Wasser blieb, wenn der Fluss wieder über uns zusammenschlug. Ich suchte die aufragenden Felswände zu beiden Seiten des Flussbetts nach einer Einbuchtung ab, einer Insel im Fluss – irgendeiner Stelle, an der ich Arian aus dem eisigen Wasser ziehen und mich vergewissern könnte, dass er noch am Leben war.

Aber ich entdeckte nichts dergleichen.

Tödliche Müdigkeit überkam mich. Das Wasser war zu kalt, die Strömung zu stark. Ohne es überhaupt wahrzunehmen, hatten meine Beine zu treten aufgehört. Bald musste ich Arians schlaffen Körper mit beiden Armen umklammern, ich hatte Angst, meine Hände könnten abgleiten und ich würde ihn loslassen. Meine Kehle war so rau, als hätte ich Säure getrunken.

Als der Fluss aus der schmalen Schlucht herausbrach, zog mich die Gewalt der Wogen ein weiteres Mal unter Wasser.

Mein Lebenswille entflammte von neuem. Ich kämpfte mich, Arians Arm umklammernd, wieder an die Oberfläche – und stellte fest, dass das Wasser um uns ruhiger wurde und sich zu einem friedlichen Grün vertiefte.

Nun war es einfacher. Statt fortgerissen, hin und her geworfen und vollgespritzt zu werden, trieben wir dahin. Das Wasser fühlte sich fast warm an. Hoffentlich lag es daran, dass wir nicht mehr so hoch in den Bergen waren, nicht daran, dass die Kälte mich allmählich umbrachte. Noch immer ragten zu beiden Seiten des Flusses Felswände auf, die selbst dann zum Hochklettern zu steil gewesen wären, wenn ich mich nicht um Arian hätte kümmern müssen.

Mit der Zeit wurden die Felswände zu Steilufern, auf denen oben Pflanzen und Bäume wuchsen. Als die Steilufer von herabgestürzten Felsbrocken abgelöst wurden, die mit den großen kegelförmigen Umrissen der Pinien dahinter den Fluss säumten, lehnte ich mich im Wasser zurück und strampelte mit den Beinen. Arian zog ich mit letzter Kraft mit.

Die Strömung schien uns davonzureißen. Panisch und atemlos umklammerte ich Arian. Wenn wir es nicht bald aus dem Wasser schafften, würde es uns nie gelingen. Ich strampelte fester, ungeahnte Reserven gaben mir noch einmal Kraft. Mit einem letzten machtvollen Stoß manövrierte ich uns aus der Strömung. Wir trieben seitwärts aufs Ufer zu. Als uns die Bewegung herumwirbelte, entglitt mir Arian und ich schob schnell den Arm unter seinen Nacken, damit er nicht unterging. Seine Augen waren noch immer geschlossen und seine Lippen hatten eine graue, lehmähnliche Farbe.

Bitte, Vater. Lass ihn am Leben sein.

Ich streckte den Hals und sah hinter mich, das Wasser plätscherte mir sanft gegen das Gesicht. Wir trieben auf eine kleine Bucht mit einem schmalen Ufer aus gelbem Sand zu, dahinter – fast unsichtbar unter den herunterhängenden Pflanzen – lag eine Höhle. Wenn wir es dorthin schafften, waren wir in Sicherheit.

Ich paddelte langsam auf die Sandbank zu, für alles andere waren meine Beine mittlerweile zu erschöpft. Langsam kam das trockene Land näher. Als mein Fuß das Flussbett berührte, blieb er in tiefem, schmatzendem Schlamm stecken. Ich kämpfte mich weiter, Arian noch immer im Schlepptau. Endlich erreichte ich den schmalen Sandstreifen und zerrte ihn unter den grünen Vorsprung. An Land waren meine nassen Kleider und die Axt schwer genug, um mich in die Knie zu zwingen. Vor Anstrengung ächzend, mit rasenden Rückenschmerzen und schwarzen Punkten vor den Augen, brachte ich Arian in Sicherheit.

Ich ließ mich neben ihn fallen, zu schwach, um mich auch nur aufrecht hinzusetzen. Dann zog ich meinen rechten Handschuh aus und tastete nach seinem Hals. Seine Haut war nass und kalt, wie die Schuppen eines Fischs, der gerade an Land gesprungen war. Ich fand die Stelle, wo sein Puls pochen sollte.

Ich fühlte nichts.

Ich schloss die Augen und versuchte meine Hand ruhig zu halten. Er war dort. Er musste dort sein.

»Bitte, Vater«, flüsterte ich.

Eine winzige flatternde Bewegung unter der Kuppe meines Zeigefingers.

Ich presste mein Gesicht auf Arians Brust. Sein Kettenpanzer drückte sich in meine Stirn, doch ich spürte es kaum. Die tropfnassen Kleider, die schwere Lederrüstung, das Gewicht der Axt, die mir in den Rücken drückte – nichts davon konnte mich dazu bringen, mich zu rühren. Es mochten Minuten verstrichen sein, vielleicht eine Stunde. Ich wollte es nicht wissen. Ich hatte es geschafft. Ich hatte ihn lebend herausgeholt.

Etwas Warmes rann über die kalte Haut in meinem Gesicht. Ich hob den Kopf, blinzelte und sah einen dunklen Fleck auf den Kettenpanzer unter meiner Wange tropfen. Blut. Der Ast hatte mich verletzt. Zum Glück war es nicht der Hieb eines Feindes gewesen, der meine Haut aufgeritzt hatte – ich musste so schon genug bewältigen, auch ohne dass der Wolf wieder hervorbrach.

Ich rückte von Arian ab und setzte mich ächzend auf. Wir waren beide klatschnass und durchgefroren, doch die Luft war mild. Wenn es mir gelänge, uns die nassen Kleider abzustreifen, würde uns warm werden. Ich zog meinen anderen Handschuh aus, meine Armschienen, den Axtgurt, das Lederwams und den Halsschutz. Mein Leinenunterhemd war ebenfalls durchnässt. Nachdem ich es ausgezogen hatte, trug ich nur noch die Brustbinde. Die Stiefel und Kniehosen waren klamm und ungemütlich, doch wenn ich sie auch auszog, wurden sie beim Trocknen möglicherweise enger, und dann hätte ich überhaupt nichts mehr zum Anziehen. Ich musste es irgendwie aushalten. Ich nahm mir einen Augenblick, um die Klingen von Dads Axt zu untersuchen, und freute mich, dass sie bei der wilden Reise den

Fluss hinab keinen Schaden genommen hatte. Danach breitete ich die nassen Kleidungsstücke auf dem Boden der Höhle aus und machte mich an die langwierige und mühsame Aufgabe, Arian aus seiner Rüstung und von den ganzen Kettenpanzern zu befreien.

Im schwachen grünen Licht des Vorsprungs und mit Händen, die nicht aufhörten zu zittern, schien es eine Ewigkeit zu dauern, die Rüstung abzustreifen. Ich hob Arian, so vorsichtig ich konnte, an – er war so schwer, dass ich vor Anstrengung keuchte – und legte seinen Kopf und Hals auf meinen Schenkel, so dass ich auch sein nasses Unterhemd aufschnüren und ausziehen konnte. Dann bettete ich ihn wieder in den Sand.

Ich rieb die Hände aneinander, bis sie trocken und warm waren, anschließend massierte ich Arians Arme, Hände und seinen Oberkörper und wischte die Wassertropfen weg. Meine braunen zerkratzten Hände wirkten blass und zerbrechlich auf seinem breiten Brustkorb. Seine Haut war trotz der harten Muskelstränge darunter weich wie die eines Kindes. Die feine Behaarung auf seinem Körper kitzelte an meinen Handflächen, als sie trocknete.

»Arian«, flüsterte ich. »Arian. Wenn du mich hören kannst, öffne die Augen.«

Weder ein Seufzen noch das Zucken eines Augenlids. Ich fühlte wieder nach dem Puls. Er war noch zu spüren, doch ich wusste genug über Heilkunst, um mir Sorgen darüber zu machen, wie schwach und schnell er war.

Ich legte meine Hand um seinen Nacken und tastete nach der Verletzung, die ihn niedergestreckt hatte. Er hatte eine

Beule von der Größe eines Wachteleis am Hinterkopf. Zumindest blutete sie nicht. Aber er war noch immer kalt. Ich legte mich neben ihn, streckte mein Bein über seines, so dass mein Oberkörper auf seiner Brust lag und ich so viel wie möglich von meiner warmen Haut auf seine kalte pressen konnte. Vorsichtig schob ich einen Arm unter seinem Nacken durch und schmiegte mein Gesicht an seine Schulter.

Ich hatte erwartet, dass ich angesichts der körperlichen Nähe die Panik niederkämpfen müsste, die ich, seit ich zwölf war, bei jedem Mann – außer Luca – erlebte. Vielleicht lag es daran, dass er bewusstlos war, vielleicht daran, dass wir in den letzten sechs Wochen so oft zusammen trainiert und miteinander gekämpft hatten, ich fand es jedenfalls überraschend angenehm. Zumindest körperlich.

Ich konnte nicht anders, als mir die Ereignisse dieses schrecklichen Tages immer wieder durch den Kopf gehen zu lassen. Arian war verletzt und weit und breit war niemand, der uns helfen konnte. Razia war tot. Ich hatte Luca und die anderen Bergwächter zurückgelassen, mitten in einem Kampf, bei dem sie stark unterlegen waren. Es hatte so ausgesehen, als würden wir gewinnen, doch wer konnte wissen, zu wessen Gunsten sich das Gefecht veränderte?

Lucas Blick, nachdem er Arian in die Tiefe hatte stürzen sehen, verfolgte mich. Er würde sich schreckliche Sorgen um seinen Bruder machen. Um uns beide. Was, wenn ihn das abgelenkt hatte? Ihn in Gefahr gebracht hatte?

Wer würde ihm Rückendeckung geben, nachdem Arian und ich nicht mehr da waren?

Zweiundzwanzig

Draußen wurde der Nachmittag zum Abend und der Abend zur Nacht. Das Licht wurde dämmrig und verblasste und schließlich versank unser Versteck in Schatten, die zäh und schwarz wie Teer waren. Ich konnte weder Arians Gesicht noch die Bewegung meiner Hand erkennen.

Es mochte eine Stunde vergangen sein, als ein schwaches silbriges Licht in die Höhle schimmerte und allmählich heller wurde. Der Mond ging auf. In seinem bleichen Schein, der sich von der Flussoberfläche widerspiegelte, sah man die grauen Wellen gegen den Sand plätschern. Ich betrachtete das Wasser mit müden, schlaflosen Augen. Arian lag wie der Stein neben mir, als den Livia ihn einmal bezeichnet hatte. Ich hielt sein Handgelenk fest umklammert – das schwache Pulsieren seines Blutes gegen meine Handfläche war das einzige Zeichen, dass er noch am Leben war. Er schien kaum zu atmen.

Als er sich schließlich rührte, hielt ich es zunächst für Einbildung. Das leise Seufzen hätte auch vom Wasser kommen können oder vom Sand, der rings um uns angespült wurde, oder von irgendeinem Nachtgeschöpf. Dann, nach einem endlosen Moment, vibrierte ein leiser Schmerzenslaut durch Arians Brust. Die Schulter unter meinem Gesicht zuckte.

Langsam und mit angehaltenem Atem löste ich mich von seinem Körper. Ich stützte mich mit den Händen links und rechts von seinem Kopf ab und betrachtete ihn. Ein leichtes Schimmern verriet mir, dass er die Augen offen hatte. Ich starrte auf sein schwach erhelltes Gesicht und beobachtete, wie sich dieses winzige Schimmern bewegte, als sein Blick durch die dunkle Höhle wanderte, in der wir lagen, dann zum Wasser und schließlich zurück zu mir.

»Arian?«, flüsterte ich. Erkannte er mich? War er in der Lage zu sprechen?

Eine Weile war nichts zu hören. Dann flüsterte er: »Du blutest.«

Ich seufzte, Erleichterung flutete warm durch meinen Körper. »Das ist nicht weiter schlimm. Weißt du, wer ich bin?«

Er schluckte, hustete und beugte sich zur Seite, als versuche er sich aufzusetzen. Ich drückte ihn mit einer Hand nach unten.

»Lass … lass mich hoch.« Seine Stimme war eine Mischung aus Verwirrung und Gereiztheit.

»Nein. Du bist verletzt; du musst still liegen.«

»Du blutest. Ich muss mir deinen Kopf ansehen.«

Als ich die Hand von seiner Brust nahm und mein Gesicht berührte, entdeckte ich einen langen Streifen Blut. Es war auf meiner Wange und meinem Kinn angetrocknet und bröckelte unter meinen Fingern ab. »Das ist nichts. Auf meiner Kopfhaut ist ein Kratzer, mehr nicht.«

»Lass mich hoch«, verlangte er mit mehr Nachdruck. »Du

würdest es noch als Kratzer bezeichnen, wenn dich jemand mit einem Spieß durchbohrt.«

»Mir geht es gut«, sagte ich verärgert, als ich ihn wieder nach unten drückte. »Hör auf, dich zu wehren, oder –«

Er wurde plötzlich ganz starr. Dann hob sich seine Brust. Ich machte hastig Platz, als er sich auf die Seite rollte und zu würgen begann. Was herauskam, schienen mehrere Liter Flusswasser zu sein, danach ließ er sich mit einem leisen Aufstöhnen zurücksinken.

»Ich hab's dir doch gesagt«, schalt ich leise und strich ihm wie einem Kind das verschwitzte Haar aus der Stirn. Ich warf einige Handvoll Sand auf das Erbrochene und wusch mir die Hände im Fluss. »Der Schlag, den du auf den Kopf bekommen hast, hat gereicht, um dich für Stunden außer Gefecht zu setzen. Wahrscheinlich wirst du eine Weile brauchen, bis du wieder auf den Beinen bist.«

»Was ist passiert? Wo sind wir?«

»Erinnerst du dich an gar nichts mehr?«

Er machte eine ungeduldige Bewegung mit der Hand, dann bedeckte er sein Gesicht. »Ich erinnere mich … an einen Hinterhalt. Pfeile. Razia?«

Ich zögerte einen Augenblick. »Es tut mir leid. Sie war schon tot, als du ins Wasser gestürzt bist.«

»Ich bin ins – ich bin was?« Er nahm die Hand vom Gesicht.

»Ein Aufrührer hat dich mit seiner Keule niedergeschlagen. Du bist die Felswand hinunter in den Fluss gestürzt.«

»Warum bin ich dann nicht tot?«

»Luca und ich haben dich fallen sehen. Er hat mir zugerufen, dass du nicht schwimmen kannst, und mir befohlen, dich zu retten. Also bin ich gesprungen.«

»Er hat dir befohlen, eine Felswand hinunter in den *Fluss* zu springen?«

Ich rutschte verlegen hin und her. »Vermutlich dachte er, ich würde hinunterklettern und versuchen dich herauszuziehen. Aber ich sah dich nirgends und hatte Angst, ich könnte zu spät kommen.«

Wieder legte er die Hand vors Gesicht. »Eigentlich sollten wir *beide* tot sein.«

»Tja, sind wir aber nicht. Sag ›Danke, Frost‹.«

»Danke, Frost.« Seine Stimme klang eher grimmig als dankbar. »Jetzt hilf mir auf.«

»Ich denke nicht –«

»Stimmt, tust du nicht, aber ich lasse es dir dieses eine Mal durchgehen. Wenn ich hier liege, geht es mir noch schlechter. Hilf mir auf.«

Eine Sekunde lang war ich versucht, die Arme zu verschränken und ihm dabei zuzusehen, wie er sich abmühte. Doch mit Sicherheit würde er es so lange probieren, bis er sich verletzte, und das würde schließlich keinem von uns beiden weiterhelfen. Ich kniete mich hin und schob den Arm unter seinen Rücken, dabei spürte ich die Narbenwülste gegen meine Haut drücken. Meinen anderen Arm hielt ich über ihn. »Halt dich an meinem Arm fest.«

Er gehorchte. Mit einer Anstrengung, die meine Bauchmuskeln zusammenkrampfen ließ, gelang es mir, ihn aufzurichten. Nach einigem Drücken und Schieben saß er schließlich so, dass er sich gegen die Wand der Höhle lehnen konnte. Er stieß ein Zischen aus, als sein bloßer Rücken die moosige Erde berührte. Ich hob sein dünnes Unterhemd auf, das mittlerweile fast trocken war, und legte es hinter ihn.

»Zieh dir auch was an«, sagte er schroff. Die Art, wie er den Kopf schräg hielt, ließ darauf schließen, dass er den Blick abgewandt hatte. »Du wirst dir sonst den Tod holen.«

»Mir geht's gut«, sagte ich. Doch bei seinen Worten wurde mir bewusst, wie wenig ich anhatte. Ich zog mein Hemd über die Brustbinde.

»Kannst du mir sagen, wo wir sind?«, fragte er.

»Nicht genau. Der Fluss hat uns ein ganzes Stück abwärts gespült, dann wurde das Flussbett plötzlich breiter und wir trieben eine Weile, bis die Felswände verschwanden.«

»Dann sind wir vielleicht gar nicht mehr auf dem Mesgao«, sagte er. »Vielleicht wurden wir in einen Nebenarm gezogen. Wenn es hell ist, klettere ich hoch und schaue, ob ich irgendwas erkennen kann, das uns bei der Bestimmung unseres Standorts hilft.«

»Du solltest so bald nirgendwohin klettern. Du bleibst hier und ich gehe raus –«

»Wofür soll das gut sein? Du hast doch schon gesagt, dass du keinen blassen Schimmer hast, wo wir sind.«

»Ich meinte nicht zum Auskundschaften«, fuhr ich ihn an. »Ich wollte Feuerholz sammeln und nach etwas Essbarem suchen. Du kannst dich ja nicht mal rühren, ohne dich zu erbrechen. Was glaubst du, wer dich wohl hierher zurückschleppen muss, wenn du ohnmächtig wirst und ins Wasser fällst? Benutz deinen Verstand!«

Zu meiner Überraschung lachte er, statt mich herunterzuputzen. Seine tiefe, raue Stimme hallte in der Höhle und ich setzte mich geschockt zurück. Ich hatte ihn noch nie zuvor so lachen gehört. Ich konnte mich nicht erinnern, ihn überhaupt je lachen gehört zu haben.

»Was? Was hab ich denn gesagt?«, wollte ich wissen.

»Nicht wichtig«, sagte er seufzend. »Ich schätze deine Ratschläge. Aber wir können hier nicht bleiben. Wir müssen zu den anderen zurück.«

»Wir wissen nicht, wo sie sind.«

»Wir gehen zum alten Lagerplatz zurück. Ich wette mit dir, dass Luca und die anderen mittlerweile wieder dort sind.«

Ich wollte es nicht aussprechen, doch die Worte ließen sich nicht aufhalten. »Falls Luca noch am Leben ist. Falls noch einer von ihnen lebt.«

Es entstand ein bedrücktes Schweigen, dann sagte Arian: »Natürlich ist Luca am Leben. Wir hatten die Oberhand, so weit kann ich mich noch erinnern.«

»Sie waren in der Überzahl. Zwei zu eins, mindestens. Und es waren noch mehr Aufrührer im Anmarsch. Wir hatten begonnen uns zurückzuziehen. Alles Mögliche konnte von da an passieren. Wir waren nicht dabei. Ich war nicht dabei –« Es gelang mir, die nächsten Worte zurückzuhalten. Nach Luft schnappend hielt ich inne.

»Du hast den Befehl deines Hauptmanns befolgt«, sagte er ruhig. »Mehr kann eine Soldatin nicht tun. Er hat dich losgeschickt, um mich zu retten, was du getan hast. Du solltest stolz auf dich sein und dir keine Vorhaltungen für Dinge machen, auf die du keinen Einfluss hast.«

Ich presste die Lippen fest aufeinander. Schließlich sagte ich: »Es sind bestimmt viele tot, oder?«

Arian zögerte. »Tod gehört zum Soldatenleben. Man braucht sich nicht zu schämen, wenn man überlebt.«

Ich rutschte neben ihn und lehnte mich gegen die Höhlenwand. »Aber du hast gesagt, dass du sicher bist, dass Luca noch am Leben ist.«

»Ist er«, sagte Arian überzeugt. »Ich wüsste es, wenn ihm etwas zugestoßen wäre. Ich habe es immer gespürt, wenn er in der Klemme saß. Es geht ihm gut. Ehrenwort.«

Mein Blick wanderte wieder zu den trägen grauen Wellen auf dem Wasser. »War das der Grund, warum du ihn aus den Flammen retten konntest?«

Ich war sicher, dass ich mir die Kälte in Arians Stimme nicht einbildete, als er fragte: »Hat Luca dir davon erzählt?«

»Ja. Wenn du nicht willst, brauchst du nicht mit mir darüber zu sprechen. Es ist nur … Ich hoffe, wir sind jetzt Freunde, oder nicht?«

»Ich muss zugeben, dass Luca dich richtig eingeschätzt hat. Du bist ein wertvolles Mitglied der Berggarde.« Seine Stimme klang tonlos.

»Das meinte ich nicht und das weißt du auch.«

»Du brauchst nicht aus Höflichkeit so zu tun, als würdest du mich mögen. Du kannst mit Luca befreundet sein und mich trotzdem wie die Pest hassen. Alle anderen im Lager können das auch.«

»Ich hasse dich nicht!« Ich wandte mich um und versuchte sein Gesicht zu erkennen. »Du bist unhöflich, gemein, stur und übellaunig wie ein Maultier, aber ich mag dich trotzdem. Der Rest der Berggarde würde das auch tun, wenn du es zuließest. Die Art, wie du Leute behandelst – es hat den Anschein, als würdest du es absichtlich tun, als würdest du dir beinahe wünschen, dass keiner dich leiden kann …«

Arian drehte den Kopf weg. Mir klappte die Kinnlade herunter.

»Es stimmt, oder? Du machst das absichtlich. Warum? Warum willst du verachtet werden?«

Er lachte wieder, doch dieses Mal klang es bitter.

»Sie würden es sowieso tun. Es ist einfacher, wenn sie mich verabscheuen, weil ich das so entschieden habe.«

Während ich in den Schatten starrte, der Arian umgab, sah ich in Gedanken die schrecklichen Narben auf seinem Rücken.

Wer hatte ihn so sehr gehasst? Wer hatte ihm eingeredet, dass er, egal, was er tat, immer gehasst werden würde?

»Was hast du gerade zu mir gesagt, Arian? Dass ich mich nicht für Dinge schuldig fühlen soll, auf die ich keinen Einfluss habe? Dass man sich nicht zu schämen braucht, wenn man überlebt?«

Sein Atem war in der Dunkelheit deutlich zu hören. »Komm mir nicht mit meinen eigenen Worten. Du kennst mich nicht.«

»Tja, das ist ja nicht meine Schuld. Du hast mir – oder sonst jemandem von der Berggarde – nie irgendwas über dich erzählt«, gab ich zurück. »Komm schon. Was ist dein großes Geheimnis? Was ist so wichtig, dass du denkst, es gäbe dir das Recht, dich die ganze Zeit wie ein waidwundes Wildschwein aufzuführen?«

»Ich hätte niemals geboren werden dürfen«, sagte er und spuckte die Worte wie Felsbrocken aus. »Das hab ich dir schon gesagt. Ich habe meine eigene Mutter umgebracht. Und jeden Tag, wenn mein Großvater in meine Augen blickte – diese sedrischen Augen –, sah er den Mann, der seine Tochter getötet hatte, in seinem Haus leben und sein Essen essen. Atmen, während sie nie wieder atmen würde. Er bestrafte mich für die Sünden dieses Soldaten. Und als er zu alt und schwach wurde, um mich selbst zu bestrafen, überließ er es den Dorfbewohnern. Ich war jedermanns Prügelknabe. Ich kann von Glück sagen, dass ich überhaupt neun wurde, und ich bezweifle, dass ich zehn noch geschafft hätte. Weißt du, wie Lord Petru mich gefunden hat? Hat Luca dir das erzählt?«

»Nein.« Meine Hände hatten sich zu Fäusten geballt, doch ich sprach mit ruhiger Stimme. Der geringste Anflug von Mitleid würde seinen Mund mit Sicherheit wie eine Bärenfalle zuschnappen lassen.

»Er besuchte das Dorf, in dem ich lebte. Luca begleitete ihn. Lord Petru sprach dort mit den Ältesten, mein Großvater war auch dabei. Luca sonderte sich von dem Treffen ab, wanderte herum und fand mich am Fluss. Eine Gruppe Jungen tunkte mich gerade unter. Sie drückten mich so lange unter Wasser, bis ich das Bewusstsein verlor, dann rissen sie mich hoch, bis ich wieder zu mir kam, und tunkten mich erneut. Als Luca versuchte sie zum Aufhören zu bringen, wandten sie sich gegen ihn und schlugen auch ihn. Ihnen war nicht bewusst, wen sie vor sich hatten. Der Tumult entging niemandem, auch Lord Petru und meinem Großvater nicht. Als Lord Petru die Narben und blauen Flecken sah und wie knochig meine Rippen herausstanden, hatte er Mitleid mit mir und nahm mich zu sich. Er wollte mich zu einem Mitglied seiner Familie machen. Stattdessen war ich das Ende ihrer Familie. Ich habe alles kaputt gemacht, habe Ion dem Wahnsinnigen König in die Arme getrieben und die Ereignisse ausgelöst, die Anlass für das Feuer waren –«

»Hör auf!«, unterbrach ich ihn. »Es war nicht so, wie du es klingen lässt. Luca hat mir erzählt, was wirklich passiert ist. Du warst ein Kind und Ion war wahnsinnig. Es war nicht deine Schuld.«

»Das hat er dir nicht erzählt«, sagte Arian tonlos. »Er hat dir nicht erzählt, dass es Ions Schuld war. Luca hat ihm für das, was geschehen ist, nie einen Vorwurf gemacht. Er macht sich selbst Vorwürfe. Und auch das ist meine Schuld. Sie waren glücklich, bevor ich dazukam, und danach waren sie tot. Ohne mich wäre das alles nicht passiert. Also verzeih mir, wenn ich keine neuen Freundschaften schließen möchte. Ich habe schon genug Menschen auf dem Gewissen.«

Seine Logik war vertraut. Schrecklich vertraut. Jedes Wort des Selbsthasses aus seinem Mund hatte auch ich schon benutzt, um mich in Gedanken zu bestrafen. Und trotzdem, als ich es aus seinem Munde hörte, schien es falsch. Warum sollte er die Schuld für Ions Taten auf sich nehmen? Warum sollte er dem Kind, das er gewesen war, die Schuld für Dinge zuweisen, die ein Kind nicht beeinflussen konnte?

»Du bist nicht der Einzige, Arian«, sagte ich langsam. »Nicht der Einzige, der unerwünscht war. Nicht der Einzige, der mit einem solchen Fluch leben musste. Als ich acht war, wollte mein Dorf mich verbrennen.«

»Sie wollten – was?«

»Du hast schon richtig verstanden. Dorfjungen griffen mich an und ich habe mich gewehrt. Als mich die Männer von ihren Söhnen wegzerrten, schlugen sie mich mit Stöcken halb tot, danach warfen sie mich in eine Scheune, deren Tor sie verriegelten. Sie glaubten, ich wäre von einem Dämon besessen. Ich war drei Tage mit gebrochenen Rippen und ohne Essen oder Wasser dort eingesperrt und hörte sie darüber beraten, ob sie das Gebäude in Brand setzen sollten, hörte meine Mutter, dic um Gnade flehte. Ich leckte den feuchten Schimmel von den Wänden, um nicht zu verdursten. Als ich schließlich entkam, wünschte ich mir, ich wäre tatsächlich gestorben.«

»Dämon?« Die Bitterkeit in seiner Stimme war verschwunden. »Das ist Barbarei. Keiner mit einem Funken Verstand glaubt an Dämonen. Du warst doch bloß ein kleines Mädchen. Sie hätten ihre Söhne schlagen sollen, nicht dich.«

»Ihre Söhne haben aber keinen Anfall bekommen und angefangen, wie Wölfe zu knurren und zu heulen, nicht wahr?«, sagte ich müde. »Du hast mich gesehen, wenn die blinde Wut über mich kommt. Es ist nicht normal. Es ist ein Fluch. Die Dorfbewohner wollten mich verbrennen, weil sie Todesangst vor mir hatten. Und sie hatten Recht, sich zu fürchten. Meine Mutter und ich rannten davon und fanden einen anderen Ort zum Leben, doch dasselbe passierte noch einmal. Einer der Dorfjungen versuchte mich zu –« Ich sprach nicht weiter, sondern schüttelte heftig den Kopf, als könne ich so die Erinnerungen abschütteln. »Er war sechs Jahre älter als ich. Ich hatte keine Chance gegen ihn. Doch als er mich angriff, begann ich zu bluten. Und der Wolf ergriff wieder Besitz von mir. Er hieb auf den Jungen ein, bis von dessen Gesicht nichts mehr übrig war. Ich kann mich noch immer daran erinnern, wie sein Schädel unter meinen Fäusten zerplatzte. Als ich wieder zu mir kam, waren meine Hände und Kleider voller Blut und Knochensplitter.«

»Frost …«

»Die Familie des Jungen forderte meinen Tod. Dieses Mal sollte ich ertränkt werden. Wieder flehte meine Mutter um Gnade und am Ende verbannten uns die Ältesten. Es passierte jedes Mal. *Jedes Mal.* Weil wir allein und schutzlos waren, gab es immer irgendjemanden, der uns Schaden zufügen wollte. Und dann kam der Wolf, und wenn er fertig war, traf uns die Schuld. Wir endeten in einem kleinen, zerfallenen Dorf, wo alle halb verhungert waren. Meine Mutter war krank. Sie war zu müde, zu ausgelaugt, um ihren Beruf noch auszuüben, und so hatten wir kein Geld für Essen. Ich jagte für uns und die Dorffrauen versprachen, dass sie sich während meiner Abwesenheit um sie kümmern würden, wenn ich ihnen dafür etwas Fleisch mitbrachte. Doch als ich zurückkam, war sie tot. Sie hatten zu große Angst, um das Haus zu betreten. Ich weiß nicht, ob sie mehr Angst vor dem Fieber oder vor meinem Fluch hatten. Weißt du, die Gerüchte waren mir gefolgt. Ma starb allein in der Kälte und ohne jemanden, der ihre Hand gehalten hätte. Meinetwegen.«

Arian knurrte. »Diese Frauen waren feige. Sie haben dich angelogen. Warum sollst du daran schuld sein?«

»Arian – du bist völlig unlogisch. Wenn das, was mit meiner Mutter passiert ist, nicht meine Schuld war, wie kann das, was mit Lucas Familie geschehen ist, deine Schuld sein?«

Er holte scharf Luft. »Das ist etwas völlig anderes.«

»Ja, es ist anders«, sagte ich und nahm nun die Bitterkeit in meiner eigenen Stimme wahr. »Der Grund, weshalb dich deine Verwandten gehasst haben, war weit weniger einleuchtend. Sie hassten dich dafür, dass du geboren wurdest. Dass du grüne Augen hast. Sie hassten dich für deine bloße Existenz. Du hast nie irgendjemandem Schaden zugefügt – anders als ich. Und ich werde dir noch etwas sagen, was deine und meine Geschichte unterscheidet, Arian. Dich hat jemand gefunden, als du ganz unten warst. Lord Petru und Luca sahen das Gute in dir und haben dir ein anderes Leben angeboten. Und auch wenn Lord Petru nun tot ist, hast du immerhin noch Luca. Er weiß alles über dich und liebt dich trotzdem, liebt dich wie einen Bruder. Das hatte ich nie. Sogar meine eigene *Mutter* hat sich vor mir gefürchtet. Jedes Mal, wenn ich mich zu schnell bewegte, zuckte sie zusammen. Und nachts, jede Nacht, hörte ich sie weinen, über mich und das, was ich getan hatte.«

»*Nein.*« Er klang fast verzweifelt, als hätte ihm meine Geschichte ebenso zugesetzt wie mir seine. »Sag das nicht.«

»Warum nicht?«, wollte ich wissen. »Du hast dir selbst nie verziehen. Warum sollte ich es tun?«

Für einige Minuten herrschte Schweigen in der kleinen Höhle.

»Gut«, sagte er müde. »Gut. Weißt du, wenn du erst mal anfängst, bist du wie ein Erdrutsch. Erst kommen die kleinen Steinchen runter, dann prasseln Kiesel und Steine, dann Felsbrocken auf einen nieder, bis man völlig platt ist und einem nur noch die Kapitulation bleibt.«

Ich stieß ein kleines, leicht überdrehtes Lachen aus. »Ich versuche das als Kompliment zu betrachten.«

»Würde ich an deiner Stelle lieber nicht tun.« Seine Stimme hatte wieder ihren gewohnten trockenen Ton angenommen. »Komm her. Du schlotterst ja, und wenn wir ordentlich schlafen wollen, müssen wir warm bleiben.«

Da er darauf bestand, half ich Arian, sich wieder flach auszustrecken. Ich dachte, dass ihm davon vielleicht wieder übel werden würde, doch nach ein paar tiefen langsamen Atemzügen durch die Nase bedeutete er mir, mich neben ihn zu legen. Er schien überrascht, als ich mich, ohne zu zögern, an ihn schmiegte.

»Das kommt mir … bekannt vor«, sagte er vorsichtig.

»Ich hab dich vorhin auch schon warm gehalten«, gab ich zu. »Als du bewusstlos warst.«

Er brummte etwas vor sich hin.

»Was war das?«, fragte ich und überlegte, ob er ernsthaft *Das kann ja nur wieder mir passieren* gesagt hatte.

»Nichts, nichts«, sagte er. »Halt den Mund und schlaf.«

Vor dem Ende des Albtraums graut mir am meisten. Egal wie lange oder schnell ich renne, ich kann ihm nie entkommen. Der Traum endet immer gleich.

Ein hoher, zerklüfteter Felsen ragt vor mir auf und meine Hände finden nirgendwo Halt. Schluchzend und keuchend kralle ich mich mit blutenden Fingern an den Felsen und suche nach einem Spalt, einem Riss, etwas, irgendetwas, dass mir die Flucht ermöglicht. Es gibt nichts. Ich komme nicht weiter.

Das Geheul der Wölfe wird lauter und hallt von den Felsen wider, die meine Grabkammer sein werden, ich höre nichts anderes mehr. Als ich mich umdrehe, um ihnen entgegenzutreten, strömen sie über den Schnee auf mich zu. Ohne zu zögern, stürzt sich der Erste mit gefletschten Zähnen und im Sternenlicht leuchtend auf mich. Ich stoße einen Schrei aus …

Und im selben Augenblick verwandelt sich mein Schrei in Knurren, mein schreiender Mund in eine Schnauze mit scharfen Fangzähnen. Ich falle auf meine geschwächte Beute, schlage die Zähne in das warme Fleisch, eisensüßes Blut spritzt über mein Fell und verschmiert es.

Wenn mein Hunger gestillt ist, hebe ich mein tropfendes Gesicht zum Mond und stimme in das siegreiche Geheul meiner Brüder ein.

Wir sind der Wolf.

Fürchtet uns.

Dreiundzwanzig

Auf einen Ellbogen gestützt beugte ich mich über Arian. Selbst im Schlaf sah sein Gesicht grau und erschöpft aus. Er hatte seine Verletzungen in der Nacht zuvor heruntergespielt – aber wenn es jemanden gab, der aus purer Sturheit einen Streit vom Zaun brach, obwohl er an der Schwelle des Todes stand, dann Arian. Ich war zerschlagen und voller blauer Flecken und mein Hirn war benebelt von den Strapazen des Vortages und dem Nahrungsmangel, und dabei hatte ich keinen Schlag auf den Kopf bekommen. Und ich wusste, dass der Wolf daran arbeitete, mich gesund zu machen. So zwiespältig dieser Vorteil auch sein mochte, Arian wurde er nicht zuteil. Er brauchte Ruhe.

Der Tag war gerade erst angebrochen. Auf dem Fluss funkelte bereits das Licht, aber in der kleinen Höhle war es noch dämmrig. Ich konnte mich hinausschleichen und Feuerholz sammeln, ohne ihn zu wecken. Sobald das Feuer brannte, wäre er vielleicht einverstanden zu warten, dass ich etwas Essbares auftrieb, um es darauf zu kochen. So würde er sich wenigstens noch ein paar Stunden ausruhen …

»Ich merke, dass du mich anstarrst«, sagte er und drehte den Kopf.

Plötzlich berührten sich unsere Nasenspitzen. Arian

schluckte hörbar. Ich lehnte mich zurück und zupfte mein Hemd zurecht. Hoffentlich waren meine Wangen nicht zu rot.

»Tut mir leid. Ich wollte dich nicht aufwecken.«

»Irgendwann muss ich ja aufstehen«, sagte er, ohne den Blick von der Höhlendecke abzuwenden.

»Nicht gleich. Ich werde nach Feuerholz suchen und schauen, ob ich etwas Essbares für uns auftreiben kann.«

»Weißt du irgendwas über die essbaren Pflanzen und Pilze in diesem Land?«, fragte er, den Blick noch immer zur Decke gerichtet.

Ich schnitt eine Grimasse. »Sie werden schon nicht so viel anders sein als die in Uskaand. Ich könnte auch versuchen einen Fisch zu fangen.«

Arian seufzte, dann rollte er sich auf die Seite und richtete sich vorsichtig auf. Er gab keinen Laut von sich, doch sein angespannter Kiefer und der Schweißfilm auf seiner Haut zeigten, wie anstrengend die Bewegung für ihn gewesen war.

»Idiotin. Du wirst uns beide mit deinen Ablenkungsversuchen vergiften. Wir bleiben nicht hier, also schlag es dir aus dem Kopf.«

»Hast du eine Ahnung, wie schlimm du aussiehst? In diesem Zustand schaffst du es keinen Kilometer – und zurück zu unserem alten Lagerplatz sind es vielleicht siebzig. Warum kannst du nicht einfach vernünftig sein?«

»Mir geht es gut. Ich habe Schlimmeres überlebt als dieses Beulchen.«

»Ganz klar«, sagte ich grimmig.

Statt mich anzuknurren, wie ich eigentlich erwartet hatte, lächelte er schief. »Ja. Deshalb versuch ausnahmsweise mal selbst vernünftig zu sein. Wir müssen die anderen finden. Wir haben keine Jagdausrüstung dabei, kein Essen und keiner von uns beiden ist geschickt genug, ausreichend Nahrung für ein paar Tage zu beschaffen. Mir wird es nicht besser gehen, wenn ich hier herumliege und verhungere. Als Erstes werde ich versuchen herauszufinden, wo wir sind. Dann können wir entscheiden, was wir als Nächstes tun. Einverstanden?«

»Einverstanden«, sagte ich grummelnd.

»Gut. Dann lass uns losgehen. Je schneller wir aus dieser Höhle herauskommen, umso besser.«

»Ja, kommandier mich ruhig rum«, brummte ich, als ich unter dem Vorsprung hervor zum Ufer krabbelte.

»Sagt die Frau, die mich letzte Nacht nicht hat aufstehen lassen«, rief Arian mir hinterher.

Die Sonne ging in einem langen dünnen Band diesiger Wolken auf und ich war dankbar für ihre Wärme auf meiner wund gescheuerten Haut. Bald wären meine steifen, klammen Kniehosen und Stiefel richtig trocken. Ich schnürte mein Hemd zu und rollte die Ärmel auf, dann kniete ich mich ans Ufer, um zu trinken. Als Arian sich hinter mir aus der Höhle schleppte, waren Schlurfgeräusche und einige Flüche zu hören, dann Platschen, als er meinem Beispiel folgte und trank. Schließlich spritzte er sich ein paar Handvoll des eisigen Wassers ins Gesicht.

»Wie geht es deinem Kopf?«, erkundigte er sich. »Ich habe mir das immer noch nicht angeschaut.«

»Ein bisschen wund«, räumte ich ein.

»Deine Haare sind voller Blut. Du solltest versuchen sie auszuwaschen. Sonst werden sie Insekten anlocken.«

»Igitt.« Mit einem Mal schien es mir keine überflüssige Anstrengung mehr, meine feuchten, verfilzten Haare zu entwirren.

Nach ein paar Minuten energischem und schmerzhaftem Rubbeln wrang ich den dicken Haarstrang aus und beugte den Kopf nach vorn, damit Arian meine Kopfhaut untersuchen konnte. Seine kräftigen Finger tasteten sie vorsichtig ab. Die Erinnerung, wie Luca meine Haare gebürstet hatte, ging mir kurz durch den Kopf und erfüllte mich mit so widersprüchlichen Gefühlen, dass ich Wohlempfinden kaum von Sorge und Verlegenheit trennen konnte.

Es ist alles in Ordnung mit dir, oder, Luca? Vater, bitte lass alles gut sein mit ihm …

»Da sind ein paar gemein tiefe Schrammen«, sagte Arian und unterbrach meine Gedanken. »Die müssen so bald wie möglich gesäubert werden. Livia wird ein oder zwei vielleicht nähen wollen. Kannst du deine Haare auf dem Kopf wieder zusammenflechten? Dann kommen die Fliegen nicht an die Wunden.«

Mir lief es kalt über den Rücken. »Klar. Das kann ich auf jeden Fall machen.«

Nachdem ich einen Zopf geflochten hatte, der meine nassen Haare über die schlimmsten Schrammen zog, nahm ich meine Axt und rieb die Klingen, die der Fluss vom Blut sauber gewaschen hatte, schnell mit dem Hemdzipfel ab. Anschließend streifte ich mein immer noch klammes Wams über und die Axthülle, die sich nur leicht verzogen hatte. Das Gewicht der Waffe verursachte mir Rückenschmerzen, doch um nichts in der Welt hätte ich sie zurückgelassen. Zuletzt schnallte ich meine Armschienen um und zog die Handschuhe an, die trotz Feuchtigkeit tragbar waren. Mein Lederhalsschutz war zwar fast trocken, doch er war geschrumpft und brüchig und die Nieten fielen heraus. Widerwillig warf ich ihn weg. In der Zwischenzeit schnürte Arian sein Hemd und zog vorsichtig den Brustpanzer über. Ich widerstand dem Drang, ihm zu helfen. Es wäre ihm unangenehm gewesen.

Ich ging auf die halbkreisförmige Uferböschung der kleinen Bucht zu und zog mich mit beiden Händen an der dichten, struppigen Pflanze hoch, die über den Rand wucherte, während ich gleichzeitig die Spitze meines Stiefels in die Erde bohrte. Nachdem ich oben ein paarmal aufgestampft hatte, um die Festigkeit des Untergrunds zu prüfen, beugte ich mich nach unten und streckte Arian die Hände entgegen.

Er trat in meine Fußstapfen und packte meine Hände, um sich über den Rand zu ziehen. Als er sich aufrichtete, atmete er schwer und machte eine Bewegung, als wolle er seinen Kopf berühren, unterließ es jedoch. Wieder unterdrückte ich den Drang, ihn zu schelten. Es half ja sowieso nichts. Stattdessen wandte ich mich um und ließ den Blick über die Landschaft gleiten, die sich vor uns erstreckte. Der Abhang stieg ungefähr hundert Meter an, bevor er im Wald verschwand, dahinter konnte ich die Umrisse der Berge erkennen. Sie schienen nicht so weit entfernt, wie ich erwartet hatte.

»Hast du irgendeine Vorstellung, wo wir sein könnten?«, fragte ich.

»Wir hatten Glück. Das ist ziemlich sicher noch der Mesgao. Ich erkenne diesen Bergrücken wieder und ich wage zu behaupten, dass wir nur einen guten Tagesmarsch vom alten Lagerplatz entfernt sind. Vielleicht treffen wir die anderen sogar unterwegs.«

»Dann machen wir uns jetzt wohl am besten auf den Weg«, sagte ich.

Ich entschied mich dafür, links hinter Arian zu gehen; ich achtete unentwegt darauf, wie er sich bewegte, damit ich, falls er strauchelte oder stürzte, wenigstens versuchen konnte ihn aufzufangen. Im Vergleich zu den meisten Pfaden in den Bergen war der Abhang nicht steil, doch als wir den Wald erreichten, keuchte Arian.

»Ich muss nur meinen Rhythmus finden«, sagte er, ohne mich anzusehen, als wir in den Schatten des Waldes traten. »Du brauchst kein Aufheben darum zu machen.«

Ich verdrehte die Augen und überholte ihn, möglichst unauffällig trampelte ich das Gestrüpp nieder und hielt die Zweige zurück. Er warf mir gereizte Blicke zu, aber er befahl mir nicht, damit aufzuhören, was mir noch mehr Sorge machte. Der Weg durch den Wald führte unablässig bergauf. Innerhalb einer Stunde hatte die aufgehende Sonne die Luft feucht und stickig gemacht und Arians Gesicht nahm wieder diese besorgniserregende graue Färbung an.

Ich hätte ihn gern gedrängt, anzuhalten und eine Pause einzulegen, doch er hätte meinen Vorschlag sicherlich mit einem Achselzucken abgetan und wäre noch schneller geworden, um mir zu beweisen, dass er es konnte. Ich begann nach einem Bach oder Flüsschen zu lauschen. Eine Trinkpause wäre ein plausibler Grund, um anzuhalten.

Nach meiner Schätzung verging eine weitere Stunde, bevor ich vor uns das Plätschern von Wasser hörte. Arian war immer langsamer vorwärtsgekommen – er hatte angefangen, mit leicht ausgestreckten Armen zu gehen, offenbar rechnete er damit, jeden Moment umzufallen. Der kleine Bach sprudelte aus einer Felsspalte, und sobald wir ihn erreichten, setzte sich Arian auf einen der sonnenwarmen Felsen in der Nähe. Dies machte deutlicher als alles andere, wie erschöpft er sein musste.

»Sturer, hochmütiger Narr«, murmelte ich, als ich die Handschuhe abstreifte und sie an meinen Gürtel hängte.

Ich untersuchte den Spalt. Die bunten Flechten und das Moos auf den Felsen waren ein sicheres Zeichen, dass das Wasser unbedenklich war. Ich riss ein großes wächsernes Blatt von einem der Büsche am Bach und rollte es zu einem festen Kegel. Dann ließ ich etwas Wasser hineinlaufen. Sobald es gefüllt war, roch ich daran, tauchte den Finger ein und probierte. Kein stark metallischer Geschmack oder irgendwelche Rückstände auf meiner Zunge. Gut.

Ich trug das Wasser zu Arian. »Versuch zu trinken.«

»Bin doch kein Krüppel«, sagte er kurz angebunden. Doch er nahm das Blatt und leerte es mit zwei Schlucken.

»Mehr?«

Er nickte. Ich füllte den Blattkegel von neuem und brachte ihn zu Arian. Wieder stürzte er das Wasser herunter.

Kurz darauf ließ er sich zurücksinken und schirmte die Augen mit dem Unterarm ab. Ich setzte mich auf die Erde, lehnte mich gegen den Felsen und legte die Wange auf meine verschränkten Arme. Arians keuchende Atemzüge schienen gleichmäßiger zu werden und ich meinte eine gesündere Farbe auf seinem Gesicht wahrzunehmen.

»Ich merke, dass du mich anstarrst. Schon wieder.«

»Ich habe ja nicht oft Gelegenheit, mir einen solchen Dickschädel anzusehen«, sagte ich und versuchte mir meine Besorgnis nicht anhören zu lassen. »Das koste ich aus.«

»Ein Glück, dass du diese Augen hast«, brummte er ein wenig schläfrig. »Ansonsten würde dein Mundwerk sämtliche Liebhaber in die Flucht schlagen.«

Ich schnaubte. »Ein Glück, dass du einen Schädel aus Stein hast, sonst wäre dein weiches Hirn jetzt schon Brei.«

»Ein Glück, dass du hier bist«, sagte er leise. »Sonst …«

»Sonst?«, wiederholte ich, nachdem eine Minute vergangen war.

Ein leises Schniefen kam als Antwort. Er war eingeschlafen.

Ich legte die Stirn auf meine Arme, schloss die Augen und erlaubte mir, für ein paar Minuten zu dösen. Dann kam mir etwas in den Sinn, das Ma immer gesagt hatte. Wenn jemand eine Kopfverletzung hatte und immer wieder einschlief, war das ein schlechtes Zeichen. Ich hob den Kopf und musterte besorgt Arians Gesicht. Er wirkte friedlich, aber wie sollte ich natürlichen Schlaf von etwas Schlimmerem unterscheiden?

Ich stand auf und lehnte mich mit der Hüfte gegen den

Felsen, während ich sanft seine Schulter drückte. »Arian. Wach auf.«

Beruhigenderweise öffnete er sofort die Augen. Er sah mich ohne Schwierigkeiten an. »Bin ich …? Tut mir leid.« Er setzte sich vorsichtig auf und rieb sich den Nacken.

»Wenn du wirklich müde bist, solltest du schlafen, aber wir müssen eine geschütztere Stelle finden«, sagte ich und fühlte mich schuldig.

Arian öffnete den Mund, als wolle er jegliche Müdigkeit abstreiten, doch offensichtlich lag etwas Warnendes in meinem Blick. Er zuckte die Achseln. »Scheinbar bin ich nicht mehr so jung, wie ich mal war.«

»O ja, alter Graubart. So steinalt, wie du bist, muss es wirklich schwierig sein, mit uns Jungspunden mitzuhalten.«

»Ich bin zwanzig«, sagte er würdevoll. »Als ich in deinem Alter war, hätte ich diesen Hieb locker weggesteckt.«

»Aber klar doch«, stimmte ich ruhig zu. »Und du konntest dir auch Flügel wachsen lassen, um deinen Gegnern Steine auf den Kopf zu werfen. An dem Tag, als wir uns das erste Mal begegnet sind, hast du mich mit links außer Gefecht gesetzt, ich habe zwei Tage gebraucht, um mich davon zu erholen. Dabei … habe ich einen Vorteil, den du nicht hast.«

»Vorteil?«

Als er nicht weitersprach, setzte ich mich neben ihn auf den Felsen. »Den Wolf.«

»So hast du es letzte Nacht genannt. Denkst du so über deine Anfälle von blinder Wut?«

Ich nickte schweigend. Ich hatte nicht vor, ihm alles über

meinen Fluch anzuvertrauen, nicht an diesem Ort und nicht in diesem Augenblick. Die Waffenruhe zwischen uns fühlte sich immer noch zerbrechlich an und nur jemand wie Luca konnte sich meine verrückten Tiraden über Götter und Dämonen anhören, ohne mit der Wimper zu zucken.

Arian hatte Recht mit seiner Behauptung, Luca würde sich aufführen, als wäre er unsterblich.

Ich hatte plötzlich das Bild vor mir, wie Luca fiel, verletzt, wie Blut durch seine Uniform sickerte. Mein Brustkorb schien sich zusammenzuziehen.

Ich zwang mich ruhig Luft zu holen, als die Panik mich zu überwältigen drohte.

Arian sah mich fragend an. »Was hast du?«

Ich versuchte zu lachen. Heraus kam etwas, das verdächtig nach einem Aufschluchzen klang. »Ach, nichts. Ich habe – ich habe an Luca gedacht und was du gestern gesagt hast – dass er … dass er keine Angst hat. Er braucht uns, damit wir ihn daran erinnern, dass er ein Mensch ist. Stattdessen sind wir hier. Ich kann nicht – was, wenn –« Meine Stimme brach.

Arian sagte leise: »Ich versuche seit Jahren dafür zu sorgen, dass ihm nichts passiert. Manchmal habe ich das Gefühl, *gegen* ihn zu arbeiten, denn dieses Selbstvertrauen, das er an den Tag legt, der Glaube … nach allem, was er durchgemacht hat, ist das fast erschreckend.«

»Er ist nicht wie wir, oder?«, fragte ich und starrte auf meine rauen, zerkratzten Hände. »Es ist, als wären Menschen – normale Menschen – aus Silber gemacht. Am Anfang glänzend, doch dann werden sie fleckig, weil die Zeit vergeht, weil sie schlecht behandelt werden. Luca … Luca ist Gold. Nichts auf der Welt kann ihm seinen Glanz nehmen.«

»Du verstehst ihn«, sagte Arian seufzend. »Das ist gut.«

War es das? War es wirklich gut für mich, genau zu wissen, wie breit der Graben war, der Luca und mich trennte, wie wenig wir zusammenpassten? Konnte irgendeine Liebe eine so große Ungleichheit überstehen, selbst die Liebe eines Menschen wie Luca? Denn ich war nicht normal. Ich war nicht aus Silber. Ich war nie strahlend und glänzend und sauber gewesen.

Ich war kein edles Metall.

Was, wenn Luca sich bei dem Versuch aufrieb, mich in Gold zu verwandeln?

Arian rückte näher zu mir, als wolle er mich beruhigen. »Frost … mach dir nicht ständig so viele Gedanken. Du reibst dich auf.«

Ich lachte noch einmal, dieses Mal gelang es mir besser. Dankbar für die Ablenkung drehte ich mich zu ihm. »Du bist der Letzte auf der Welt, der mir diesen Ratschlag geben sollte.«

Er war näher, als mir bewusst gewesen war. Ich konnte die winzigen bräunlich-grauen Sprenkel in seinen Augen sehen und den dunkelgrünen Ring um die Iris und zum ersten Mal fiel mir auf, dass sie schön waren. Arian war schön. Auf seine Art vielleicht genauso schön wie Luca.

Im nächsten Moment umschlossen seine kräftigen rauen Finger mein Gesicht. Er brachte unsere Lippen zusammen und nahm Besitz von meinem Mund. Schock – und etwas anderes, etwas Schuldbewusstes und Erregtes, das mich zusammenzucken ließ – durchfuhr mich. Als ich blind eine Hand hob, fand sie sein Herz. Ich konnte dessen schnellen, unregelmäßigen Rhythmus spüren. Arian zitterte.

Ich stieß ihn weg. Er sträubte sich, seine Finger umfassten mein Gesicht fester. Die Angst war sofort größer als der Schock. Ich schlug mit beiden Händen gegen seine Brust und war entschlossen, mich mit aller Kraft zur Wehr zu setzen.

Er ließ mich los.

Ich starrte ihn an. Er atmete schwer, doch sein Gesichtsausdruck ließ sich nicht deuten. Ich konnte nicht sagen, ob er wütend, verlegen oder enttäuscht war. Ich konnte nicht sagen, ob *ich* wütend, verlegen oder enttäuscht war.

Enttäuscht?

Bevor einer von uns etwas sagen konnte, rief eine fremde Stimme: »Sieh an, sieh an – mir scheint, wir stören!«

Vierundzwanzig

Ich riss mich von Arian los und sprang auf. Dads Axt schien aus eigenem Antrieb in meine Hand zu springen. Ich drehte mich zu dem Sprecher um.

Es war ein Mann. Ein Sedrier. Er stand auf dem Hügel über dem Bach, eine Hand lag lässig auf dem Griff seines Schwertes. Ich hielt ihn für ungefähr dreißig, er war groß und von schlanker, muskulöser Gestalt. Er kam mir irgendwie bekannt vor. Lag es an der Form seines Gesichts? Oder an der selbstbewussten, anmutigen Haltung? Die Ähnlichkeit löste den Wunsch in mir aus, ihm zu vertrauen wie einem Freund.

Bis ich ihm in die Augen blickte. Sie hatten ein auffallendes, klares gräuliches Blau, das durch die streng nach hinten geflochtenen hellen Haare noch betont wurde. Irgendetwas Finsteres – nein, mehr als einfach nur finster, etwas *Hämisches* – lauerte hinter diesen Augen. Ich hatte diesen Ausdruck schon einmal gesehen. In Ulems Augen. In denen von Werrick. Dieser Mann war kein Freund. Ein langer, kalter Schauer lief mir über den Rücken.

Während ich ihn ansah, kamen weitere sedrische Soldaten zwischen den Bäumen hervor und stellten sich neben den ersten. Vier, fünf, sechs … Ich zählte zwölf, mit dem

Sprecher dreizehn. Verstohlenes Rascheln in den Büschen sagte mir, dass dort noch mehr lauerten. Wir waren schon umzingelt. Umzingelt, während ich zugelassen hatte, dass Arian mich küsste. Warum hatte er das getan? Warum um Himmels willen hatte ich das auch nur für eine Sekunde zugelassen?

Vater, vergib mir, dass ich so dumm war.

Diese Männer mussten Aufständische sein. Sie hatten alle helle Haut und größtenteils helle Haare; allerdings waren sie sauberer, trugen bessere Rüstungen und waren besser bewaffnet als die, die ich bisher gesehen hatte. Zwei Armbrüste waren auf uns gerichtet. Oder vielmehr auf Arian, der noch immer reglos hinter mir auf dem Felsen saß.

Der Mann mit den bösartigen Augen lachte. Es war ein perlendes, ansteckendes Geräusch, das – wäre ich nicht starr vor Angst gewesen – auch in mir den Wunsch zu lachen ausgelöst hätte.

»Hast du endlich ein Liebchen gefunden, Arian?«, fragte er. »Ich hätte nie gedacht, dass ich diesen Tag noch erlebe. Nicht, nachdem du Luca jahrelang wie ein verlorenes Hündchen gefolgt bist. Warum stellst du mich ihr nicht vor? Oder noch besser, warum erzählst du mir nicht, wo der liebe Luca steckt?«

Sie kennen sich. Ich warf Arian einen kurzen Blick zu. Sein Gesicht war vollkommen ausdruckslos, die Augen so eisig wie bei unserer ersten Begegnung. Er erhob sich langsam und stellte sich neben mich, sein Atem ging stoßweise.

»Du bist nicht würdig, seinen Namen auszusprechen«, sagte er scharf.

»Würdiger als ein dreckiger Mischlingsbastard«, erwiderte der sedrische Mann, noch immer lächelnd. »Aber das tut nichts zur Sache. Ich jage meinem kleinen Bruder schon seit Monaten kreuz und quer durch die Berge hinterher und heute werde ich ihn finden. Dich zu erwischen, ist eine unerwartete Dreingabe, die ich auskosten werde. Das wird ihm doch bestimmt das Herz brechen?«

Auf meinem Körper breitete sich kalter Schweiß aus. Aus dem Augenwinkel sah ich, wie sich Arians Hände zu Fäusten ballten.

Kleiner Bruder.

Ion Constantin wandte seinen hellen Blick wieder mir zu. »Gegen dich habe ich jedoch nichts. Du kannst es dir leichter machen, wenn du mir erzählst, wo ihr hinwollt. Weißt du, ich finde es sowieso heraus, doch je weniger ich mich dabei ärgere, umso weniger wirst du leiden.«

Sein Ton machte klar, dass ich so oder so leiden würde. Nicht, weil er die Information wirklich wollte oder brauchte, sondern weil es ihm Vergnügen bereitete.

Ich sah hilflos zu den zwei Männern mit den Armbrüsten. Wir waren so hoffnungslos unterlegen. Arian war kaum in der Lage zu gehen, geschweige denn zu kämpfen. Er hatte nicht einmal ein Messer. Ich war das Einzige, was zwischen ihm und dem Tod stand.

Ich spürte, wie mein Atem schneller wurde; mein Herz begann zu pochen. Meine Wahrnehmung wurde durch die Angst beinahe schmerzhaft verschärft.

Wir werden sterben. Es gibt nichts, was ich tun kann.

Vater, was nun? Wie soll ich ihn retten?

Ion starrte mich noch immer an und wartete auf meine Antwort. Schließlich zuckte er mit den Schultern und wandte sich wieder an Arian. »Nicht die Hellste, was? Das würde natürlich erklären, warum sie mit dir rummacht. Falls sie Rua versteht, dann sag ihr, dass sie nun die Axt hinlegen soll, bevor ich sie ihr wegnehme.«

Ein Heulen gellte durch den Wald.

Ion sprach weiter, sagte Arian noch mehr Bosheiten. Ich nahm seine Stimme kaum wahr. Das Geheul des Wolfes wurde immer lauter und lauter. Es vibrierte durch meine Knochen. Doch ich war die Einzige, die es hören konnte.

Eisige Kälte kroch durch meine Venen. Als ich blinzelte, war die Lichtung in Blau- und Silbertöne getaucht.

Ich habe kein Blut gesehen. Dies dürfte eigentlich nicht passieren.

Ions Gesicht war nun eifrig und triumphierend, seine Stimme lauter. Seine Männer kamen näher und umzingelten uns.

Gegen die aufsteigende Kälte ankämpfend gelang es mir, Arians Aufmerksamkeit auf mich zu lenken.

»Lauf.« Das Wort brach auseinander und verzerrte sich und verwandelte sich in ein tiefes, grollendes Knurren.

Arian starrte mich einen Augenblick lang an, dann rollte er sich vom Felsen, mir aus dem Weg. Ich war erleichtert, dass er verstanden hatte, was ich von ihm wollte – und im gleichen Moment verlor ich die Kontrolle über meinen Körper.

Das Eis kam hoch und umhüllte den Teil von mir, der Frost war, den Teil, den Luca meine Seele nannte, es schloss

Hoffnungen und Gedanken und Herz tief in mir ein, wo sie nur zusehen konnten, ohne jemals an die Oberfläche zu kommen.

Der Wolf erwachte.

Geräusche erfüllten die Ohren des Wolfes, dessen Lippen sich zu einem Feixen verzogen, als er die Axt schwang und die näher kommenden Feinde musterte. Dieser Körper wusste nun genau, wie er die Axt wirkungsvoll einsetzen konnte. Dieser Körper war stärker und schneller als je zuvor.

Der Wolf würde auf seine Kosten kommen.

»Sei ein braves Mädchen und leg deine Waffe nieder«, rief der Mann von seinem Platz über dem Bach – irgendein Teil des Wolfes wusste, dass er der Hauptfeind war. »Dann tut es weniger weh.«

Der Wolf warf den Kopf zurück und ließ ein tiefes klagendes Heulen hören. Die Männer, die sich genähert hatten, zögerten und wechselten überraschte und zweifelnde Blicke.

Der Wolf sprang vom Felsen herunter und auf sie zu.

Der Sprung wurde zu einem weit ausholenden Halbkreistritt und warf den ersten Feind um. Ein einziger Axthieb beendete das Leben des Mannes. Blut spritzte über das Gesicht des Wolfes, er atmete den kräftigen, heißen Eisengeruch ein und knurrte. Ein anderer Mann stürzte sich auf ihn. Der Wolf duckte sich und schlug ihm mit der Schaftfeder der Axt in den Magen. Der Mann krümmte sich und würgte. Der Wolf packte seinen Kopf, dann holte er wieder mit der Axt aus, um einen Schwerthieb abzuwehren, der auf seinen Hals zielte.

Während das Schwert von der Axtklinge abprallte, wirbelte der Wolf herum, schnappte sich die Schwerthand des Angreifers und trat ihm gegen das Brustbein. Als er dem Mann den Arm auskugelte, war ein lautes Knacken zu hören. Der Mann schrie. Der Wolf umfasste sein Handgelenk und trat noch einmal zu, dieses Mal in die Seite, und lauschte, wie die Rippen brachen.

Der feindliche Anführer rief: »Armbrüste!«

Ein Metallpfeil zischte am Kopf des Wolfs vorbei. Er duckte sich wieder, den Körper seines Opfers benutzte er als Schild, so dass der zweite Pfeil den Brustkorb des Feindes traf. Der Wolf ließ den toten Mann los.

Der Wolf spürte eine Bewegung hinter sich. Er ließ sich auf ein Knie fallen, und als das Schwert an der Stelle, wo er gestanden hatte, durch die Luft sauste, riss er den Pfeil aus dem Oberkörper des Feindes und bohrte ihn in den Oberschenkel des Schwertkämpfers. Als der Mann schreiend zu Boden ging und mit den Händen sein Bein umklammerte, stand der Wolf schon wieder. Ein gut platzierter Tritt gegen den Hals machte dem Schrei ein Ende.

Ein weiterer Pfeil landete in einem Baum neben dem Wolf. Er knurrte, dann machte er kehrt und stürzte, die Axt schwingend, den Hügel hinauf, direkt auf den Armbrustschützen zu.

Dieser wich zurück. Verzweifelt legte er einen neuen Pfeil ein und spannte die Bogensehne – doch bevor er den Abzug ziehen konnte, hatte ihn der Wolf schon niedergestreckt. Er ließ die Axt im Oberkörper des Mannes stecken, griff nach der Armbrust und zielte auf den zweiten Schützen, der den Hügel hinab um sein Leben rannte, und durchbohrte seinen Schädel mit einem Pfeil.

Als der Mann zu Boden ging, heulte der Wolf wieder, es war ein Triumphschrei. Er ließ die Armbrust fallen, griff nach der Axt und wandte sich endlich dem Hauptfeind zu – dem Mann, der allein auf der Hügelkuppe stand. Der Mann zog sein Schwert und winkte den Wolf mit der Hand heran.

Der Wolf rannte auf seinen Herausforderer zu.

»Du bist beeindruckend«, sagte der Mann vorsichtig und wich zurück. »Völlig vergeudet an die Berggarde. Luca das Hasenherz weiß dich bestimmt nicht zu schätzen –«

Der Wolf schwang die Axt über den Kopf des Mannes. Die Klinge prallte mit einem dumpfen Klirren von dessen Schwert ab, der Wolf knurrte. Er verwandelte den Rückprall der Axt in eine Drehung, duckte sich unter dem nächsten Hieb des Mannes durch und zielte mit der Axtklinge auf dessen Seite.

Wieder wehrte der Feind im letzten Moment ab. Die Axt traf knirschend auf die Schwertklinge, Metallfunken sprühten.

Da rief eine neue Stimme: »Hier sind sie! *Angriff!*«

Der verborgene Teil meines Bewusstseins, der nur mir gehörte, meldete sich, erkannte Livias Stimme.

Der Wolf knurrte, als noch mehr Männer und Frauen auf die Lichtung strömten, diese in einer anderen Uniform. Sie griffen die übrig gebliebenen Feinde der ersten Gruppe an.

»Ich glaube, ich muss gehen«, sagte der Hauptfeind und trat hastig zurück. »Männer! Zu mir!«

Der Wolf spürte von hinten einen Schlag kommen und wirbelte herum.

Er holte zu einem gewaltigen Axthieb aus, der die Brust des neuen Angreifers spaltete, dann löste er sein Opfer mit einem kräftigen Tritt von der Klinge.

Als sich der Wolf wieder umdrehte, sah er den Hauptfeind in den Wald fliehen, hinter sich die wenigen Männer, die überlebt hatten. Der Wolf stieß ein wütendes Bellen aus und drehte sich zu den Neuankömmlingen – zu denjenigen, die seine erhoffte Beute vereitelt hatten.

Tief in mir gefangen, kämpfte ich mit aller Kraft. Durch die silbrig gefärbte Sicht des Wolfes konnte ich die Bergwächter zwischen den Bäumen herankommen sehen, ihre Gesichter waren freundlich und erleichtert. Sie schoben ihre Waffen wieder in die Scheide. Sie glaubten die Gefahr überwunden, den Feind verschwunden.

Nicht, Wolf! Nicht!

»Habt ihr zwei die alle erledigt, Frost?«, rief Livia, als sie auf den Wolf zurannte und die Leichen der Aufrührer zwischen den Bäumen liegen sah. »Warum haben wir uns überhaupt Sorgen um euch gemacht! Alles in Ordnung mit dir?«

»Livia, bleib weg von ihr!«

Ich hörte Arians Warnruf und schrie innerlich, ich schlug und trat gegen die kalten Fesseln, die mich zu einer Gefangenen in meinem eigenen Körper machten. *Nein, nein, nicht Livia. Nein!*

Der Wolf schwang die Axt und stürzte sich auf die grauhaarige Frau.

Livia konnte dem Hieb gerade noch ausweichen und

sprang zurück, der Schock stand ihr ins Gesicht geschrieben. »Frost, beruhige dich«, redete sie mir bedächtig zu. »Ich bin's.«

»Was hat sie denn?«, rief jemand atemlos. Durch die Augen des Wolfes sah ich andere auf uns zueilen, sie sahen besorgt aus.

»Zurück!«, brüllte Arian. Er kämpfte sich den Hügel hinauf, er musste sich an Bäumen festhalten, um auf den Füßen zu bleiben. »Sie spürt nur blinde Wut; sie erkennt euch nicht.«

Livia war ein Stück zurückgewichen und drehte sich zu Arian um. Als der Wolf merkte, dass der Feind abgelenkt war, stürzte er vor und holte zu einem hinterhältigen Hieb auf ihren Hals aus.

Livia drehte sich gerade noch rechtzeitig um, was ihr das Leben rettete. Die scharfe Axtklinge traf ihre Schulter und hinterließ einen langen, tiefen Schnitt. Sie schrie vor Schmerz, taumelte rückwärts und ging in die Knie. Die anderen Bergwächter kamen schreiend den Hang hochgerannt.

NEIN!

Plötzlich gehörte mein rechter Arm wieder mir. Meine geschwächten menschlichen Finger hielten den Schaft der Axt und ich umklammerte ihn mit aller Kraft, als der Wolf erneut nach Livia schlagen wollte. Die Axt zitterte, schnellte hoch und wieder nach unten, als ich gegen die Macht ankämpfte, die meinen Körper in der Gewalt hatte. Der Wolf fletschte die Zähne. Er schnappte und knurrte frustriert.

Nein. Nein. Nein.

Die Umgebung bekam langsam wieder leuchtende Farben. Ich starrte auf Livia, die reglos auf dem Boden lag.

Blut – ein helles Rot, das meine farbentwöhnten Augen schmerzen ließ – lief ihr über die Hand, die sie auf die Wunde presste. Sie war leichenblass, ihr Atem ging flach.

Meine Finger, durch die wieder menschliche Wärme strömte, waren feucht und rutschig. Die Axt entglitt mir fast. Die Lippen des Wolfes verzogen sich zu einem Knurren. Die übrigen Bergwächter hatten uns nun fast erreicht, sie zogen die Waffen, als sie sich um die Freundin versammelten, die den Verstand verloren und eine der Ihren angegriffen hatte.

»Frost kann nichts dafür. Lasst mich durch. Macht Platz. Lasst mich durch!«, brüllte Arian. Er war zu weit weg.

Die Axt fiel mir aus der Hand. Der Wolf übernahm wieder die Kontrolle, riss die Waffe an sich und holte aus. Livia schreckte zurück und schloss die Augen.

Da brach ein Streifen Gold und Blau durch die Bäume und verpasste dem Wolf einen Schlag, der ihn beinahe umwarf. Eine warme Hand umschloss die eisigen Finger, die die Axt hielten.

»Frost. Frost«, flüsterte Luca und vergrub sein Gesicht im Haar des Wolfs – meinem Haar. »Ich weiß, dass du da drin bist. Ich weiß, dass du mich hören kannst. Deine Seele kann er dir nicht nehmen.«

Das Eis, das mich umschlossen hielt, zitterte. Die Finger, die die Axt umklammerten, wurden schlaff. Sanft drückte Luca den Arm des Wolfs nach unten. »Komm zurück. Ich weiß, dass du da drin bist. Komm zurück zu mir.«

Der Wolf knurrte angewidert … und verschwand.

Die Axt fiel mir aus der Hand und landete im Gras. Ich schwankte. Luca fing mich auf und ließ mich vorsichtig auf den Waldboden gleiten. Seine Hände lagen auf meinen Schultern.

Ich zitterte, meine Muskeln zuckten und verkrampften sich. Doch dieser Schmerz war nichts – *nichts* – im Vergleich zu der Erinnerung an das, was der Wolf angerichtet hatte.

Ich starrte zu Luca hoch und spürte, wie mir die Tränen kamen und schließlich übers Gesicht rannen. »Livia …«, flüsterte ich, meine Stimme klang heiser und niedergeschlagen.

»Rani!« Luca zischte den Namen der Rua-Heilerin und drehte den Kopf. »Wie geht es ihr?«

»Sie verliert viel Blut«, sagte Rani, ihre leise Stimme versagte. »Schnell, ich brauche einen Gürtel! Ich muss den Arm abbinden! Lass deine Hand dort!«

»Schau«, sagte Luca. Er wischte mir sanft die Tränen vom Gesicht. »Rani kümmert sich um sie. Alles wird gut werden.«

Ich sah auf den Kreis grimmig blickender Bergwächter über mir. »Nein. Wird es nicht.«

Fünfundzwanzig

Ich starrte auf die schäbigen, geflickten Wände des Zelts, in dem ich die letzten drei Tage geschlafen hatte. Es war eng und es tropfte herein, wenn der Morgentau sich darauf sammelte. Doch Lucas großes Zelt – und mit ihm die eleganten Wandbehänge, Teppiche und Möbel – waren bei der überstürzten Flucht nach dem Angriff zurückgelassen worden.

Wenn es bloß alles gewesen wäre, was wir verloren hatten.

Meine Finger umklammerten den Gurt meines Bündels.

Häng es um. Häng es um, steh auf und geh fort. Tu es jetzt, bevor er zurückkommt.

Tu es jetzt, bevor du auch ihm Schaden zufügst.

Vor dem Zelt waren Schritte zu hören. Bewusst schwere Schritte von dem Mann, der sonst keinerlei Geräusch verursachte. Es war Lucas Art, mir einen Rückzugsraum zu gewähren, nachdem es keinen schützenden Wandschirm mehr gab. Hastig schob ich das Bündel unter einen Schemel und setzte mich darauf.

Die Zeltplane wurde hochgeschlagen und Luca steckte den Kopf herein. Sein müdes Gesicht leuchtete auf, als er sah, dass ich angekleidet war und nicht mehr auf dem Bett lag. Die Zärtlichkeit auf seinem Gesicht traf mich wie ein

Schlag in den Magen. Ich beugte mich vor und starrte auf meine Hände.

»Du siehst besser aus. Wie fühlst du dich?«

Ich biss die Zähne zusammen. »Mir geht's gut. Mir geht's immer gut. Wie sieht es mit Livia aus?«

Es entstand eine kurze Pause.

»Ihr ist ein bisschen langweilig. Rani muss sich quasi auf sie setzen, damit sie sich ausruht. Sie will herumlaufen und etwas tun. Ich denke, morgen flieht sie aus dem Krankenzelt.«

»Wie geht es ihrem Arm?«

Noch eine Pause.

»Er heilt.«

»Wird sie ihn wieder bewegen können?«

Luca stieß einen langen Seufzer aus. Aus dem Augenwinkel sah ich, wie er sich bückte und ins Zelt trat. Die Tatsache, dass der Hauptmann im Eingang des Zeltes, das eigentlich sein Quartier sein sollte, stehen geblieben war, ließ mich noch einmal die Zähne zusammenbeißen. Er kam auf mich zu und ließ sich auf den anderen Klapphocker fallen, bevor er sprach.

»Rani weiß es noch nicht. Livia kann die Finger bewegen, das ist schon mal ein gutes Zeichen. Sie ist schwach, aber das kann sich schnell bessern.«

»Oder auch nicht.«

Ich musste an die unglaubliche Freundlichkeit denken, die Livia mir entgegengebracht hatte, sogar damals, als ich eine Gefangene war. Wie sie ihre eigene schmerzliche Geschichte vor mir enthüllt hatte, damit ich mich wohler im

Lager fühlte. Ich dachte an ihre starken, geschickten Finger, wenn sie Kräuter sortiert oder Notizen gemacht hatte. Ich dachte daran, wie ihr Gesicht bei der Arbeit vor Entschlossenheit und Stolz gestrahlt hatte.

Das war nun alles vorbei, vielleicht für immer. Wegen des Wolfs. *Meinetwegen.*

»Es war nicht deine Schuld«, unterbrach Luca das Schweigen. »Du musst aufhören, dich selbst zu bestrafen.«

»Vielleicht muss Livia für den Rest ihres Lebens unter dem leiden, was ich getan habe. Im Vergleich dazu sind ein paar Schuldgefühle eine leichte Strafe.«

»Sie gibt dir keine Schuld. Ich gebe dir auch keine Schuld. Niemand gibt dir Schuld, nur du.« In Lucas Stimme schwang nun ein Anflug von Ungeduld mit. Er hatte mir diese Worte schon so oft wiederholt. Ich widerstand dem Bedürfnis, ihn anzuschauen, und hielt den Kopf gesenkt. Jeder Blick auf Luca war nun schmerzlich.

»Ich habe allen die blinde Wut erklärt, die von Zeit zu Zeit über dich kommt. Ich habe ihnen gesagt, dass es meine Entscheidung war, dich trotzdem kämpfen zu lassen. Ich habe ihnen gesagt, dass du nichts dagegen tun kannst. Ich trage die Verantwortung dafür.«

»Du meinst, du hast sie angelogen. Du hast ihnen nichts von dem Fluch erzählt. Von dem Wolf und den Menschen, die ich früher schon verletzt habe.«

»Wozu sollte das gut sein? Sie glauben nicht daran, dass ein Mensch verflucht sein kann. Ebenso wenig wie ich.«

»Sie haben ein Recht zu erfahren, wie gefährlich ich bin.«

»Das haben sie doch schon mit eigenen Augen gesehen.

Du willst sie nicht warnen, du willst sie gegen dich aufbringen, um einen Grund zu haben davonzulaufen.«

Mein Kopf schnellte hoch.

Luca sah mich durchdringend an und ich fühlte, wie Schamesröte mein Gesicht wärmte – das einzig Warme in meinem kalten Körper.

»Weißt du, ich bin nicht blind«, sagte er, seiner Stimme war anzuhören, wie verletzt er war. »Ich sehe das Bündel, auf dem du sitzt.«

Mir klappte die Kinnlade herunter. Ich versuchte mich wegzudrehen, doch Luca kniete sich vor mich, legte seine starken Arme um mich und umhüllte mich mit Wärme. Sein Duft nach Sommer und Geißblatt ließ mich aufseufzen. »Ich lass dich nicht gehen«, flüsterte er, die Lippen auf meine Stirn gedrückt.

»Das ist nicht fair«, wehrte ich mich matt. Ich wurde schon weich, mein ganzer Körper zitterte vor Verlangen, mich an Luca zu lehnen. Ihn alles tragen zu lassen, was auf mir lastete.

Der Wolf ist meine *Last.*

Ich richtete mich abrupt auf, zwang mich, mich aus Lucas Armen zu lösen und aufzustehen. Ich drehte mich um und ging vor und zurück, vor und zurück, wie ein Tier im Käfig.

Luca erhob sich.

Ich wehrte ihn mit einer Hand ab. »Du kannst das nicht wieder gutmachen. Du kannst mich nicht gutmachen. Das kann niemand. Der Wolf wird immer stärker. Er braucht mein Blut nicht mehr. Ich kann jeden Moment die Kontrolle verlieren und jemanden angreifen. Auch dich. Ich kann dieses Risiko nicht eingehen. Sei der Hauptmann, als den ich dich kenne, und gib zu, dass du es auch nicht kannst.«

»Du brauchst mir keinen Vortrag über meine Pflichten zu halten«, sagte Luca leise und gequält. »Kannst du dir vorstellen, was ich durchgemacht habe, während du dich in diesem Zelt verkrochen und mit niemandem geredet hast? Wir haben zweiundzwanzig Leute bei dem Angriff verloren. Zweiundzwanzig von uns sind tot. Und im Krankenzelt sind immer noch ein paar, die vielleicht nicht durchkommen. Hind hat beinahe ein Auge verloren. Ich bin für *all* das verantwortlich, und irgendwie muss ich mir überlegen, was wir als Nächstes tun, und entscheiden, ob wir jetzt noch eine Chance gegen die Aufrührer haben. Ich brauche dich, Frost. Ich brauche dich bei mir, um das durchzustehen. Ich brauche keine Drohung von dir, dass du gehst.«

Zum ersten Mal hatte ich das Gefühl, dass ich Luca hassen könnte. Warum konnte er nie aufgeben? Ich hatte große Lust, auf ihn loszugehen, wütend gegen seinen dummen, heldenhaften Optimismus anzuschreien und gegen seine Weigerung anzuerkennen, dass seine großartigen Pläne zur Bezwingung des Wolfs fehlgeschlagen waren. Nun verstand ich, warum Arian einen Wutanfall bekommen hatte, damals, in meiner zweiten Nacht im Lager, als er mich in Lucas Zelt angetroffen hatte. Es war überhaupt nicht um mich gegangen. Sondern um die Tatsache, dass Luca keinen Gedanken an seine eigene Sicherheit verschwendete und dass ihn das eines Tages umbringen würde.

Aber ich durfte nicht nachgeben. Ich musste diese Gefühle unterdrücken, sie in den harten schwarzen Knoten aus Verzweiflung pressen, der unter meinen Rippen lauerte. Ich konnte mir jetzt nicht erlauben, die Kontrolle zu verlieren, nicht einmal für einen Augenblick.

»Ich kann dir nicht helfen«, sagte ich, so leise und ruhig, wie ich konnte. »Ich kann niemandem helfen. Nicht einmal mir selbst.«

»Warum?«, wollte Luca wissen. »Ich verstehe, wenn du das Gefühl hast, nicht mehr kämpfen zu können, aber das bedeutet nicht, dass du uns verlassen musst. Du bist noch immer eine von uns, oder? Du hast selbst gesagt, dass es nicht ewig so sein wird, dass es uns eines Tages gelingen wird, Ion gefangen zu nehmen, und wir dann noch den Rest unseres Lebens vor uns haben. Glaubst du nicht mehr daran?«

Mein Hals und meine Schultern, jeder Knochen meines Kopfes schmerzten vor Anspannung – von der Anstrengung, mich nicht von Lucas Worten einlullen zu lassen. »Du bedeutest mir viel, Luca. Mehr als irgendjemand in meinem Leben. Ich würde alles für dich tun. Ich würde für dich sterben.«

Überraschung, Glück und Verwirrung huschten über Lucas Gesicht – wie Wolken vor der Sonne. Er streckte die Hand nach mir aus.

Ich wich zurück. »Und deshalb muss ich gehen. Ich habe mich hier mit dir verändert. Meine Gefühle sind wie Wasser, das gegen einen Damm drückt. In dem Moment, in dem ich ihnen nachgebe, mache ich den Weg frei für den

Wolf. Ich kann nicht bei dir bleiben. Nicht, ohne dich und alle anderen hier in Gefahr zu bringen.«

Das Glück erlosch auf Lucas Gesicht, zurück blieb Müdigkeit und Anspannung. »Wo wirst du hingehen, Frost? Wo kannst du schon hinlaufen, um vor dir selbst sicher sein? Wenn du dich dem jetzt nicht stellst, wirst du bis ans Ende deines Lebens auf der Flucht sein. Zu verängstigt, um zu kämpfen. Zu verängstigt, um zu lieben. Du wirst deine eigene Gefangene sein. Und du wirst niemals frei sein.«

Die Worte trafen mich mit dem schrecklichen Gewicht einer Prophezeiung. Ich starrte ihn verzweifelt an.

Eine vertraute Stimme durchbrach die angespannte Stille, sie sang am Lagerfeuer die ersten Zeilen eines der alten Lieder der Urmutter.

Arian.

»Sie haben mich offenbar aufgegeben.« Luca seufzte und rieb sich müde die Stirn. »Ich wollte dich holen. Wir versammeln uns am Lagerfeuer, um die Toten zu ehren. Kommst du mit? Bitte?«

Andere Stimmen und Instrumente schlossen sich nun Arians Gesang an. Die Musik zog mich an wie beim ersten Mal, als ich sie hörte. Doch sie war nicht für mich. War es nie gewesen. Ich schüttelte den Kopf. »Sie wollen mich dort nicht dabeihaben.«

»Ich will dich dabeihaben.« Luca hielt mir die Hand entgegen, die Sorgenfalten auf seinem Gesicht ließen ihn Jahre älter aussehen.

Meine Finger zuckten, meine Hand sehnte sich danach, ihn zu berühren. Ich hob sie – und umfasste den Wolfszahn.

Die scharfe Spitze bohrte sich tief in meine Handfläche. Ich genoss den Schmerz.

Wir starrten beide noch immer auf seine ausgestreckte Hand. Langsam schlossen sich seine Finger zu einer Faust und er ließ den Arm sinken.

»Man bekommt nicht immer, was man will«, sagte ich.

»Nein. Aber man kann das festhalten, was man hat«, sagte er sanft. »Versuch nicht fortzulaufen, während ich weg bin, sonst laufe ich dir hinterher. Wir sind noch nicht fertig.«

Ich nickte kurz.

»Sag es.«

Ich biss die Zähne zusammen, er trieb mich in die Enge. »Versprochen.«

»Das genügt mir.« Er lächelte mich angespannt und traurig an – es war nur ein Abklatsch seines normalen goldenen Strahlens. Dann verließ er das Zelt.

Ich atmete tief aus. Verflixt. Nun saß ich hier mindestens noch eine Nacht in der Falle. In der Falle, in der mich niemand haben wollte, nicht mal ich selbst. Nur Luca.

Arians Stimme hallte durch die dünnen Zeltwände, verschmolz mit der klagenden Holzflöte, dem langsamen Rhythmus der Trommel. Ich meinte sogar das Knistern und Flüstern der Flammen zu hören, auch wenn das eigentlich nicht sein konnte. Die Musik zog mich an, lockte mich. Doch ich wusste, was ich sehen würde, wenn ich nachgab. Die Augen von Freunden, die voller Hass und Misstrauen waren. Geliebte Gesichter, die sich in Masken des Abscheus verwandelt hatten. Meine Kameraden, die vor mir zurückschreckten.

Ich würde keine Familie sehen, sondern nur die Tatsache, dass ich eine Ausgestoßene war.

Ich ging auf und ab und versuchte den Ruf der Flammen und singenden Stimmen zu überhören. Ein Dutzend Mal wanderte mein Blick zu dem halb versteckten Bündel und ich drehte schnell den Kopf weg. Ich durfte mein Versprechen nicht brechen. Aber ich hätte es gern getan. Oh, wie gern ich es getan hätte.

»Leb wohl, mein Lieb, es ist so weit,
so gern ich bleiben möcht …«

Ich saß reglos da, die schmerzlich vertraute Melodie des Liedes im Ohr.

Mein Vorsatz löste sich in nichts auf.

Fast unbewusst schlug ich die Zeltplane zurück und trat in die immer dunkler werdende Abenddämmerung. Der Schein des Feuers der Urmutter flackerte zwischen den Zelten, ich hörte die singenden Stimmen, die mich durch das verlassene Lager zur Feuerstelle zogen.

»Es ist so weit, mein einzig Lieb,
weit fort ruft mich die Pflicht …«

Kurz bevor ich das Feuer erreichte, meldete sich ein verspätetes Gefühl der Vorsicht. Ich blieb neben einem der großen Zelte stehen und spähte durch den Spalt zu den Bergwächtern, die sich um die weiße Feuerstelle versammelt hatten. Niemand saß auf den Stämmen, obwohl an diesem Abend alle hier waren, die sich von ihrem Lager erheben konnten. Meine Augen suchten nach Luca und fanden ihn schließlich neben Arian, ihre Schultern berührten sich fast. Trotz der Unterschiede in ihrem Äußeren sahen sie in diesem Moment fast gleich aus – gerade aufgerichtet, die Gesichter ernst beim Singen, die Augen voller Feuer.

Hind stand auf der anderen Seite neben Luca. Selbst im goldenen Flackern des Feuers sah sie bleich und krank aus. Um ihren Kopf war ein dicker Verband gewickelt, der ein Auge bedeckte. Sie lehnte sich in Lucas Umarmung, als müsse sie gestützt werden.

Als ich den Blick von Lucas Hand abwandte, die sanft Hinds Taille umfasst hielt, merkte ich, dass Rani mir fast gegenüberstand. Wenn sie aufsah, würde sie mich entdecken. Ich wich vorsichtig in den Zeltschatten zurück und war dankbar für die Dunkelheit, die mich verbarg. Die Rua-Heilerin sah fast genauso abgekämpft und müde aus wie Hind; sie starrte in die Flammen, als suche sie darin nach einer Antwort. Neben ihr war ein schmerzlich leerer Platz. Dort hätte Livia stehen sollen.

Der Wolfszahn fühlte sich in meiner Hand wie ein Eiszapfen an.

Ich unternahm keinen Versuch zu singen. Es war kein Platz für meine Stimme in dieser Musik, in diesem Lied von Macht und Trauer, diesem Gebet an eine Göttin, die ich noch immer nicht verstand. Ich starrte auf den dunkelblauen Mittelpunkt des Feuers, wo sich die Farben kräuselten und tanzten, Wasser ähnlicher als Feuer.

Das Flackern wurde ruhiger, die spitzen Flammenzungen

länger, Tiefblau färbte sich zu Weiß, zu Silber, bis die Flammen einer Krone aus Eiszapfen ähnelten, die eisig-heiß in der Feuerstelle brannte. Ein warnender Schauder lief mir über den Rücken. Instinktiv wandte ich den Blick von den Flammen.

Lief vor meiner Angst davon, wie ich es immer getan hatte.

Wo wirst du hingehen, Frost? Wo kannst du schon hinlaufen, um vor dir selbst sicher zu sein?

Zum ersten Mal hatte ich ein Leben, das ich nicht zurücklassen wollte. Ich hatte Freunde. Ich hatte Liebe. Ich hatte … mich. Alles, was ich mir je gewünscht hatte. Dieses Mal wollte ich nicht davonlaufen. Ich wollte nicht wegsehen. Ich umklammerte verzweifelt den Wolfszahn. Ich fühlte, wie er mit einem scharfen Schmerz meine Haut durchbohrte. Blut rann über meine Hand.

Vater. Bitte. Hilf mir.

Der einsame Schrei des Wolfs hallte durch die Nacht, ein Schrei, den nur ich hören konnte. Jede Faser meines Körpers drängte mich zu fliehen.

Du wirst bis ans Ende deines Lebens auf der Flucht sein. Zu verängstigt, um zu kämpfen. Zu verängstigt, um zu lieben.

Das Heulen des Wolfs war nun lauter. Näher.

Vater, warum antwortest du mir nicht? Warum höre ich dich immer nur in meinen Albträumen?

Vater?

Hatte Luca Recht? Hatte ich die Wahl? Hatte ich eine Seele? Hatte ich ein Recht, zu seiner Göttin zu beten und auf eine Antwort zu hoffen? Mein Bedürfnis danach war nie größer gewesen als in diesem Augenblick. Ich konnte so nicht weiterleben. Wenn ich Luca verlassen musste, gab ich jede Hoffnung auf Glück oder ein normales Leben auf. Ich gab den Glauben auf und Liebe und Hoffnung. Dann konnte ich ebenso gut sterben.

Vor meinem Mund bildete sich eine Atemwolke und ich spürte, wie das Blut auf meiner Handfläche anzufrieren begann. Aus meinem Haar rieselten Eiskristalle, während von dem Feuer blaue Funken zu den aufgehenden Sternen aufstiegen. Zur Urmutter.

Du wirst niemals frei sein.

Mit einer einzigen Handbewegung riss ich mir den Wolfszahn vom Hals und schleuderte ihn von mir. Er flog Richtung Feuer und nahm den dunklen, brodelnden Knoten meiner Verzweiflung mit sich, trug all die Angst und Wut davon, die ich nicht herauszulassen wagte. Blutstropfen glitzerten im heißen Schein und dann landete der Wolfszahn mit einem leisen Zischen im Feuer.

Nimm meine Botschaft. Höre mein Gebet.

Als sich die Bergwächter umwandten, um zu sehen, woher das Geschoss gekommen war, und mich dort stehen sahen, stockte der Gesang. Ein wütendes Murmeln lief durch die Menge. Lucas Gesicht hellte sich auf, als er mich sah. Arian runzelte besorgt die Stirn. Ich beachtete nichts davon.

Bitte, Urmutter. Heilige Urmutter. Ich werfe mich Dir zu Füßen. Ich lege mein Leben in Deine Hände. Ich flehe Dich an. Bitte. Hilf mir.

Eine Stimme von überwältigender Kraft – prasselnd und speiend und gefährlich und trotzdem freundlich – sprach in meinen Gedanken. Ich schrie auf und presste unwillkürlich die Hände auf die Ohren.

Meine Tochter. Du brauchtest nur zu fragen.

Vor mir explodierte das Feuer und saugte mit einem großen, hohlen *Tschsch* Luft an.

Die Bergwächter, die am nächsten waren, wichen mit überraschten und erschreckten Ausrufen zurück, als die Flammen wie die Ranken einer überirdischen Pflanze um sich schlugen. Feuer klammerte sich an die Luft und stieg auf, entfaltete sich, wand sich, wurde größer. Seltsame Farben – Farben, die ich noch nie zuvor gesehen hatte und für die es keinen Namen gab – pulsierten darin und ließen meine Augen tränen. In Windeseile verwandelte sich die Feuerstelle in eine glühende Säule, die knisternd den Sternen entgegenzüngelte.

Das Heulen des Wolfs war nun ohrenbetäubend und bohrte schmerzhafte Pfeile durch meinen Schädel. Eine dicke knackende Eisschicht bedeckte meine Haut. Mein Instinkt riet mir, mich umzudrehen und davonzulaufen. Wegzulaufen, bevor der Wolf die Kontrolle übernahm. Wegzulaufen, bevor alle sahen, was ich war. Wegzulaufen, bevor ich wieder jemanden verletzte.

Ich zwang mich, einen Schritt vorzugehen. Die Bergwächter, die noch am Feuer standen, traten zur Seite, auf ihren Gesichtern lag Ehrfurcht und Angst. Ich ging weiter vorwärts, bis meine Füße auf den glatten weißen Steinen zur Ruhe kamen, die die Feuerstelle einfassten.

»Frost, nein!«

Lucas Stimme übertönte das Knurren des Wolfs und das

Prasseln des Feuers. Steif gelang es mir, mich umzudrehen, die Bewegung ließ Eiskristalle von mir herunterrieseln. Luca streckte die Hand nach mir aus, die Augen voller Qual. Arian und ein anderer Bergwächter hielten ihn an seinem Harnisch zurück, als wollten sie ihn daran hindern, mir nachzustürzen.

»Das darfst du nicht tun!«, schrie er. »Es ist Wahnsinn – nichts weiter als eine Legende. Du kannst sterben. Du kannst verbrennen. Vielleicht kommst du nie zurück!«

Ich hätte ihm gern gesagt *Es tut mir leid*, doch meine Lippen bewegten sich nicht. Ich versuchte also, es mit den Augen zu sagen. *Ich kann nicht mehr davonlaufen. Ich kann nicht vor dir davonlaufen. Es ist die einzige Möglichkeit, die mir bleibt.*

Dies – oder nichts.

Den Blick fest auf seine Augen gerichtet, ließ ich mich rückwärts ins Feuer fallen.

Sechsundzwanzig

Halb verbrannte Scheite knackten und zerbrachen, als ich auf sie fiel, rings um mich wirbelten schwarze Asche und glühende Funken auf, die lebendigen Geschöpfen ähnelten. Ich spürte keine Hitze. Nur eine angenehme Wärme an den Wangen, dem Bauch, den Händen. Langsam schmolz die dicke Eisschicht auf meiner Haut und begann zu verdampfen.

Dann schloss sich die Feuersäule um mich.

Weißglut umhüllte mich. Ich schrie und wand mich vor Schmerz. Meine Haut wurde schwarz und platzte und verdampfte schließlich. Ich verwandelte mich in einen schreienden Flammenstreifen mitten im Feuer. Einen kurzen Moment lang konnte ich Luca ebenfalls schreien hören, irgendwo außerhalb des Feuers, doch die Hitze nahm mir die Sicht. Ich konnte ihn nicht erkennen. Ich konnte überhaupt nichts erkennen.

Psst, Wolfskind ...

Alles wurde weiß.

Ich brauchte einen Moment, bevor mir klar wurde, dass ich noch lebte. Meine Lunge arbeitete wie ein Blasebalg. Mein Schreien hallte in meinem Kopf wider. Ich konnte meinen Herzschlag fühlen. Wenn mein Herz noch schlug, war ich nicht verbrannt.

Versuchsweise bewegte ich eine Hand und erwartete, dass Schmerz mich durchzucken würde. Doch mein Arm bewegte sich ohne Probleme. Ich öffnete die Augen. Die Haut war braun und unversehrt. Ich blinzelte. Und blinzelte noch einmal. Ich hatte mir die Weiße nicht eingebildet. Ich lag in einer Senke, umgeben von Schneewehen.

Ist dies ein Traum?

Ich drehte mich vorsichtig, setzte mich auf und tastete meinen Körper ab. Ich hatte nirgendwo Brandmale. Nicht einmal Ascheflecken auf den Kleidern. Und als ich mit der Hand auf den Schnee drückte, brach die Oberfläche nicht unter der Wärme meiner Haut und gab auch nicht nach. Der Schnee war nicht einmal kalt.

Ich stand langsam auf und blickte mich um. Ich war in einem Wald, der den Wäldern zu Hause ähnelte. Einem Winterwald mit schwarzen, stacheligen Zweigen und grellem azurblauem Himmel.

Ich kletterte die Schneewehe hinunter – das Eis unter meinen Füßen so hart und stabil wie Steinstufen – und sah ganz in der Nähe ein kleines Holzhaus. Von dem niedrigen Dach hingen Eiszapfen, Weg und Türschwelle waren jedoch frei geschaufelt. Irgendwo im Wald versteckt zwitscherte lieblich ein Wintervogel. Als ich mich dem Haus näherte, öffnete sich die Tür. Ich blieb wie angewurzelt stehen.

Ein Paar trat heraus und blieb auf der gefegten steinernen Türschwelle stehen. Obwohl ich nah genug war, um die Sommersprossen auf der Nase der Frau zu zählen, schienen sie mich nicht zu bemerken.

Die Frau hatte glatte dunkle Haare, die in einem dicken Zopf um ihren Kopf festgesteckt waren. Ihre nussbraunen Augen strahlten vor Leben und Glück, als sie den Mann ansah. Ihr Bauch, der sich unter ihrem einfachen blauen Kleid hervorwölbte, deutete an, dass sie hochschwanger war.

Der Mann war sehr viel größer als sie und hatte breite Schultern und hellbraune Haare, die ihm in wilden Locken um den Kopf standen. Seine Augen waren grau. Er schien ein paar Jahre älter zu sein als die Frau, vielleicht Mitte dreißig. Er drehte sich zu ihr und legte seine große Hand um ihren Nacken. Seine Finger berührten sanft die zarte Haut.

»Mach dir keine Sorgen«, sagte er, seine Stimme war ein tiefes Knurren.

Ich erstarrte, als ich die Stimme erkannte.

»Ich wünschte, du könntest zu Hause bleiben. Ich will nicht, dass mein Mann einen Dämonenwolf sucht«, sagte die Frau. Doch sie meinte es neckend, nicht besorgt. »Wir haben genug angespart, Garin. Bleib bei mir im Warmen.«

»Du Verführerin«, sagte er lachend, als er ihr einen Kuss auf die Wange drückte. »Ich habe versprochen, diese Aufgabe zu übernehmen, und darum muss ich sie auch erledigen. Und, kann ich weggehen, ohne dass ich fürchten muss, dass du das Dach ausbesserst oder die Böden schrubbst, wenn ich nach Hause komme? Sag mir die Wahrheit.«

Die Frau seufzte. »Na gut. Wenn du darauf bestehst, ruhe ich mich eben aus.« Sie drehte sich weg und holte einen langen, schweren Mantel aus einem schwarz eingefassten silbrigen Fell, das ich sofort als Wolfspelz erkannte. Sie hielt ihn dem Mann entgegen, der ihn über sein dickes, wattiertes

Wams zog. Er hob ein schweres Lederbündel hoch, an dem gebogene Metallteile mit gemeinen Zacken hingen. Wolfsfallen. Eine Doppelaxt, deren Schaft mit eisernen Federn verstärkt war, war darauf festgebunden.

»Bereite kein Abendessen für mich«, sagte er. »Falls ich ein oder zwei Tage brauche, dann muss es eben so sein. Aber ich werde zu Hause sein, um dich am Kirchtag in die Stadt auszuführen, keine Angst.«

Die Frau lächelte und nahm seine freie Hand, nun verdunkelte allerdings ein Anflug von Angst ihren Blick. »Wirst du auf dich aufpassen? Die Geschichten, die sie in der Stadt erzählen …«

Er lachte und legte ihrer beider Hände auf ihren schwangeren Bauch. »Aberglaube und Angst, Liebste. Ein Wolf ist ein Wolf. Ein schlaues und gefährliches Tier, vor dem man sich in Acht nehmen sollte, das man mit Bedacht jagen muss, aber das man nicht zu fürchten braucht. Es gibt keinen Wolf, der Garin Aeskaar einschüchtern kann.«

Er küsste sie noch einmal und stieg die Stufe hinunter. Er wartete, bis sie die Tür geschlossen hatte und das Knarren des Schlüssels im Schloss zu hören war, dann wandte er sich dem kahlen, dürren Schutz der Bäume zu. Als er davonging, verschwand sein sorgloses Lächeln und sein Gesicht wurde hart und entschlossen.

»Kein Wolf«, brummte er vor sich hin. »Kein Wolf von dieser Welt.«

Er ging direkt an mir vorbei, das weiche Fell seines Mantels streifte meine Hand. Dann verschwand er im Wald. Ich stand wie angewurzelt da und starrte ihm hinterher.

Garin Aeskaar war mein Vater. Die Frau war meine Mutter. Bevor ich geboren wurde. Das hier … war das letzte Mal, dass sie ihn lebend gesehen hatte.

Geh mit ihm. Die Stimme der Flammen sprach in meinem Kopf zu mir. **Du musst sehen, was als Nächstes passiert.**

Vor Aufregung zitternd gehorchte ich und folgte dem Mann – meinem Vater – in den Wald.

Von einem Moment auf den anderen wurde es Nacht. Als ich aus dem Wald heraustrat, fand ich mich auf einer Lichtung wieder und sah auf einen Unterstand aus kräftigen abgeschälten Ästen und Öltuch. Darin saß mein Vater, den Mantel aus Wolfspelz um die Schultern. Auf einem niedrigen Feuer köchelte etwas fröhlich in einem kleinen Topf vor sich hin. Der Duft von schmorendem Fleisch und Kräutern wehte mir um die Nase und ließ meinen Magen knurren.

Als ich näher kam, schlugen die blau, gelb und grün getönten Flammen unter dem Topf hoch. Mein Vater schien es nicht zu bemerken. Er begann zu singen, seine Stimme war sanft, als er in dem Topf rührte.

»Leb wohl, mein Lieb, es ist so weit,
so gern ich bleiben möcht;
es ist so weit, mein einzig Lieb,
weit fort ruft mich die Pflicht –«

Ein bösartiges, grollendes Knurren unterbrach das Lied. Garin Aeskaar erstarrte und ging langsam in die Hocke. Ich konnte sehen, wie seine Augen hin und her schnellten, als er die Dunkelheit absuchte. Wieder war das Knurren zu hören. Garin nahm einen Ast und hielt ihn so lange ins Feuer, bis er brannte, mit der anderen Hand umfasste er den Schaft seiner Axt.

Ein Paar eisig silberne Augen glitzerte im Dunklen.

Ein pechschwarzer Wolf, von der Schnauze bis zum Ende des Rumpfs über zwei Meter lang, trat auf die Lichtung. Er fletschte die Zähne. Der Dämonenwolf. Die Bestie, die mein Vater getötet hatte. Es war dasselbe Tier, das mich schon mein ganzes Leben in meinen Träumen verfolgte.

Mein Vater zog den brennenden Ast aus dem Feuer und stand langsam auf. Der Wolf wich zurück, als Garin den Ast schwenkte, doch er lief nicht davon. Als er vorsichtig näher kam und das kleine Feuer umkreiste, richtete sich sein Nackenfell auf.

»Wie du willst«, sagte Garin grimmig. »Bringen wir es hinter uns.«

Der Wolf knurrte, seine kräftigen Hinterläufe setzten zum Sprung an.

Ich kniff die Augen zusammen.

Du musst hinsehen.

Ich konnte die Stimme nicht ausschalten. Zitternd zwang ich mich, die Augen zu öffnen. Doch die Szenerie vor mir hatte sich verändert. Die Lichtung lag im schwachen blassen Licht des Morgengrauens. Garins Unterstand war zerstört, sein Feuer erloschen. Im Schnee waren Blutspuren, dunkel und halb gefroren. Zwei Körper lagen am Rande der Lichtung nebeneinander.

Ich schnappte nach Luft, als eine der Gestalten sich matt aufrichtete. »Edel …«, flüsterte er. Der Name meiner Mutter. »Saram …«

»Das ist mein Name!«, rief ich und versuchte einen Schritt vorzutreten. »Kann er mich sehen?«

Die Luft um mich verdichtete sich und hielt mich fest. *Er spricht zu seinem ungeborenen Kind*, sagte die Stimme der Flammen. *Er hat diesen Namen für dich ausgesucht, als du noch im Leib deiner Mutter warst. Deine ersten Bewegungen erinnerten ihn an das sanfte Züngeln einer Flamme.*

»Flamme?« Ich schüttelte verwirrt den Kopf. »Aber mein Name bedeutet nicht – er bedeutet Kummer.«

Das haben die jungen Männer in deinem Dorf behauptet, als sie dich verhöhnten. Sie dachten, es käme von dem Wort ›sarm‹, was Trauer und Verlust bedeutet. Doch dein Vater kam hoch aus dem fernen Norden und dort ist ›saram‹ das Wort für Feuer und Wärme. Dein Name war nie ›Kummer‹, mein Kind.

Meine Augen füllten sich mit Tränen, als ich meinen Vater anstarrte, der im Schnee starb – meinen Dad, der mich geliebt hatte, bevor ich zur Welt kam, und der mich nach dem Feuer benannt hatte. Kein Wunder, dass meine Mutter meinen Spitznamen gehasst hatte. Kein Wunder, dass sie sich geweigert hatte mich Frost zu nennen. Wenn sie es mir doch bloß gesagt hätte!

Sieh hin.

Über den zwei Körpern wand und drehte sich etwas. Ein klares silbriges Licht kämpfte gegen Schwärze, wie Sternenlicht, das eine dichte Wolke zu durchbrechen versucht. Das Silberlicht tanzte in verschiedenen Formen: Eisblumen und Schneeflocken. Das Dunkle war einfach nur undurchdringlich dunkel. Man hörte das Heulen eines Wolfs und hartes Klatschen, das wie Donner klang. Es war schön und schrecklich zugleich.

»Was ist das?«

Es sind dein Vater und das Geschöpf, das er getötet hat. Dieser Wolf war kein gewöhnliches Tier. Eure Priester des Anderen hätten ihn erkannt, er war ein Liebling ihres Gottes. Der Wolf lebte beinahe ein Jahrhundert, bis er auf einen Jäger traf, der stark genug war, ihn zu erlegen. Doch im Augenblick des Todes haben sich ihre beiden Geister vereint.

Das Silberlicht schien mit neuer Kraft zu strahlen, die eisigen Formen darin brannten weiß. Es umhüllte die Dunkelheit und zog sie in sich, umwickelte sie mit Lichtfäden, bis der Geist des Wolfs nur noch ein dunkler Knoten in seiner Mitte war.

Er hat deine Mutter in ihrer Angst und Verzweiflung schreien gehört. Er will sie wiedersehen, noch einmal in ihr Gesicht blicken. Er will sein Kind sehen.

Das silbrige Licht entlud sich in einer Explosion. Ich wurde hinausgeschleudert. Ich hörte Glas splittern und einen Schrei und in dem wirbelnden, tanzenden Schnee erkannte ich einen silbernen Umriss. Er sah aus wie ein Mann, der die Hand nach meiner Mutter ausstreckte, die zusammengekauert im Bett lag und ein lebloses Bündel an die Brust drückte.

In der Mitte des Silbermannes wirbelte und tobte die Dunkelheit.

Als die Silberhände des Mannes den Säugling berührten, wurde die Dunkelheit plötzlich größer. Der Mann-Umriss zuckte zusammen, dunkle Fäden wanden sich wie giftgefüllte Adern mit großer Schnelligkeit durch ihn hindurch. Ein tiefes, bösartiges Knurren ließ meine Mutter von neuem aufschreien. Die silbrige Hand, die den Kopf des Säuglings berührt hatte, zog sich hastig zurück, doch die Dunkelheit hatte sich schon über das Kind gelegt; die Bewegung des Silbergeistes riss den winzigen Körper nur aus den Armen der Mutter.

Garin Aeskaars Geist fing das Kind – mich – auf und nahm mich in den Arm. Silberne Schneeflocken und Schwärze kämpften rings um den Körper des Kindes. Garin beugte den Kopf, als wolle er das Gesicht des Säuglings küssen. Auf einer bläulichen Wange zeigte sich langsam ein weißes Zeichen, das aussah wie eine Eisblume, wie der Biss eines Wolfs. Das Kind strampelte und schrie, als sich auf der Narbe winzige Blutströpfchen zeigten, die langsam über seine Wange rannen.

»Saram …«, flüsterte Garin Aeskaars Stimme. Der noch immer in Dunkelheit gehüllte silbrige Geist legte den Säugling vorsichtig auf den Bettrand. Danach schien er zu erlöschen.

Ma hob ihr Kind – mich – aus dem Schnee, Tränen liefen ihr übers Gesicht.

»Was ist geschehen?«, fragte ich. »I-ich verstehe nicht …«

Langsam verschwamm und entglitt das Bild meiner Mutter, die über dem Kind schluchzte, es war, als würde ich es durch Tränen hindurch sehen. Durch das schemenhafte Bild schimmerte Gold und Blau und wurde zu Flammen, die im Kreis um mich herumtanzten, über mir, unter meinen Füßen. Ich stand in einer Kugel kalter Flammen.

Dein Vater hat dich gerettet. Er holte deinen Geist zurück und verschloss ihn in deinem Körper. Doch als er das tat, sperrte er auch sich selbst und den Wolf in dir ein.

»Dann hat meine Mutter nie einen Handel mit dem Gott des Anderen abgeschlossen. Sie hat meine Seele nicht hergegeben. Der Geist des Dämonenwolfs ist in mir«, flüsterte ich. »Daher kommt die Wut. Luca hatte Recht; er ist ein Teil von mir.«

»Nicht nur der Wolf. Ich bin auch in dir, Saram.«

Als ich herumwirbelte, sah ich silbernes Licht in der Gestalt eines Mannes durch die blaugoldenen Flammen gehen. Im Inneren der Lichtgestalt kämpfte und bewegte sich ein schwarzer Schatten – der Wolf. Der dunkle Fleck im Licht war größer, als er noch in der Vision gewesen war, und die dunklen Adern waren eher Stricke als Fäden.

Doch ich sah nicht lange auf die Dunkelheit. Meine Hände streckten sich ohne mein Zutun aus.

»Vater?«

Der silbrige Umriss verdichtete sich langsam. Farbe und Struktur – Haut und Haare, Leder und Fell – wurden immer dunkler, wogten über das Licht und kleideten die durchsichtige Gestalt, bis sie genau dem Mann ähnelte, den ich gerade hatte sterben sehen.

Mein Vater stand vor mir.

Er öffnete die Arme und ich schmiegte mich hinein, legte meinen Kopf an seine breite Brust. Eine große Hand umfasste meinen Nacken. Er roch nach Schnee und Sonnenschein und nassem Wolfspelz und nach … *Vater.*

Ich vergrub mein Gesicht im weichen Fell seines Mantels und weinte.

»Ich bin immer bei dir gewesen«, sagte er, seine Stimme hallte in meinem Ohr. »Habe immer über dich gewacht. Bis die Feuergöttin zu mir sprach. Ich war zu sehr eins mit dem Wolf, um dich vor ihm zu schützen. Ich konnte nicht unterscheiden, wo er begann und ich aufhörte. Wenn ich durch deine Augen Blut sah – das Blut meines kleinen Mädchens –, hatte ich weder über mich noch ihn Kontrolle. Ich musste kämpfen, musste dich schützen. Und jedes Mal, wenn ich die Kontrolle verlor, wurde er stärker und nährte sich von meiner Furcht und meiner Wut. Es tut mir leid. Du musstest so viel ertragen wegen meiner Schwäche.«

Ich klammerte mich an seinen Mantel, als wolle ich ihn niemals loslassen. »Nein«, sagte ich, die Tränen ließen meine Stimme gepresst und verzerrt klingen. »Deine Stärke hat mir das Leben geschenkt. Danke, Vater. Danke, dass du bei mir geblieben bist. Danke für mein Leben.«

»Hör zu«, sagte Garin und schob mich ein wenig weg. »Die Göttin hat dir etwas zu sagen.«

Siebenundzwanzig

Du musst eine Entscheidung treffen, sagte die Flammenstimme – die Stimme der Urmutter. *Dein Vater hat dir das Leben geschenkt, doch der Preis dafür war der Fluch, der auf dir lastete. Viele Jahre lang hat nur die Stärke des Wolfs dem Geist deines Vaters erlaubt, bei dir zu bleiben. Ich kann den Wolf freilassen und zu seinem Herrn zurückschicken – doch wenn ich das tue, wird auch der Geist deines Vaters freigesetzt. Und ohne ihn wird dein Körper sterben.*

»Nein«, knurrte mein Vater.

Die andere Möglichkeit ist, weiterzumachen wie zuvor. In diesem Fall obliegt es deinem Vater, die Bestie unter Kontrolle zu halten, so wie seit jeher.

Ich starrte in Dads graue Augen, die meinen so täuschend ähnlich waren. »Was ist das für eine Wahl? Wenn ich dich bitte, den Fluch zu lösen, werde ich sterben und lasse meine Freunde im Stich und alle, die ich liebe. Doch wenn ich dich bitte, mich leben zu lassen, verurteile ich die Seele meines Vaters zu leiden und bleibe weiterhin ein Ungeheuer.«

Dads Gesicht zuckte. »Still! Du bist kein Ungeheuer. Die Wut kommt nicht aus dir, sondern aus mir. Die Bestie nährt sich von meiner Wut und Angst. Vielleicht kann die Feuergöttin mir helfen, stärker zu werden und mich besser zu beherrschen.«

»Dad, auf diese Weise gefangen zu sein … dieses Halbleben, das kann doch nicht dein Wunsch sein. In der nächsten Welt wartet meine Mutter auf dich. Es ist nicht richtig.«

Er zögerte nur eine Sekunde, bevor er antwortete. »Du bist meine Tochter. Es ist keine Qual für mich, bei dir zu sein.«

»Du bist ein ebenso schlechter Lügner wie ich«, brummte ich.

Wie konnte ich über das Schicksal der Seele eines anderen Menschen entscheiden – über die Seele meines Vaters? Wie konnte ich zwischen Leben und Tod wählen? Mit einem solchen Dilemma sollte kein Sterblicher jemals konfrontiert sein.

Ich wollte nicht sterben. Noch nie, nicht einmal in meinen dunkelsten Stunden, hatte ich mich nach dem Tod gesehnt. Ich wollte bloß frei leben, wie alle anderen sein.

In Gedanken sah ich Lucas Gesicht. Die wunderschöne Hoffnung und Stärke in seinen Augen. Den Schmerz, als er die Hand nach mir ausgestreckt hatte, bevor ich ins Feuer stürzte. Wenn ich daran dachte, ihn so zurückzulassen, ihn mit meinem Tod zu verletzen, fühlte sich mein Herz wie ein Klumpen Eis an.

Ich wandte mich der Urmutter zu. »Was wäre, wenn Du meinen Vater freiließest, den Wolf jedoch in mir lassen würdest? Könnte ich dann leben?«

Der Geist des Wolfs ist mächtig und zäh. Er würde

genügen, um dich am Leben zu halten. Doch du müsstest genauso stark sein. Stark genug, um allein gegen ihn anzukämpfen.

Garin sagte eifrig: »Ich könnte es ihr beibringen. Wenn Du uns Zeit gibst, kann ich ihr beibringen, gegen den Wolf zu kämpfen.«

In der Heiligen Flamme ist keine Zeit und unendlich viel Zeit. Du kannst dein Kind unterweisen, Garin Aeskaar. Aber Saram, denk daran: Wenn du den Geist des Wolfs herausforderst und verlierst, wird der Wolf deinen Willen unterdrücken und von deinem Körper Besitz ergreifen. Du weißt, was dann passiert. Bist du sicher, dass du dieses Risiko eingehen möchtest?

Ich zögerte. Danach gäbe es kein Zurück mehr. Gab es irgendeinen anderen Weg, einen weniger gefährlichen Weg?

Doch wohin hatte es mich gebracht, dass ich immer vor der Angst davongelaufen war? Wohin hatten mich all meine Selbstzweifel geführt? Es war mir nie gelungen, weit oder schnell genug davonzulaufen, um dem Wolf zu entkommen. Ich hatte eine Chance, mich selbst zu befreien. Ich musste an meine Stärke glauben, so wie Luca es tat.

Ich holte tief Luft. »Ja.«

Dann geh, mein Kind, und kämpfe mit meinem Segen.

Der blaugoldene Feuerring wurde immer flacher und mit ihm verschwand das tröstliche Gewicht des starken Armes, den mein Vaters um mich gelegt hatte. Ich schrie auf und versuchte mich an ihm festzuklammern, doch er war schon wie Nebel durch meine Finger geglitten.

Ich stand mitten auf einer großen, überfrorenen Ebene. Die sternenbesetzte Halbkugel des Himmels wölbte sich über mir. Der Wind, der über die Ebene pfiff, wirbelte einen feinen Schneeschleier auf. Wolfsgesang hallte durch die Nacht.

Es war mein Albtraum.

Grauen überwältigte mich. Mein Kopf war plötzlich leer. Ich tat das Einzige, was mir einfiel.

Ich rannte.

Hinter mir hallte das Geheul, sang von der Jagd, sang von Blut auf dem Schnee, sang von der Angst ihrer Beute im Wind. Ich war ihre Beute. Und sie kamen näher.

Die Ebene verschwamm vor meinen Augen. Das einzig Reglose waren die Sterne. Mein Herz schmerzte und pochte gegen die Rippen, als wolle es ebenfalls fliehen. Meine Gliedmaßen waren schon schwer und taub. Wie weit konnte ich noch rennen?

Sie holten mich ein. Ich konnte nicht schnell genug davonlaufen. Sie holten mich immer ein.

Sie holten mich immer ein …

Ich blieb wankend stehen und atmete so tief ein, dass ich fast erstickte. Meine Beine zitterten, bereit zu fliehen – so wie ich es immer getan hatte. Doch ich konnte dem Wolf nicht entkommen.

Ich musste bleiben und kämpfen.

Ich wandte mich zu den dunklen Gestalten um, die über die Ebene auf mich zukamen. »Diese Mal gebe ich nicht auf«, sagte ich. »Ich werde nicht mehr vor euch davonlaufen.«

Ich spürte ein vertrautes Gewicht in meiner Hand. Als ich nach unten blickte, sah ich, wie die Axt meines Vaters Gestalt annahm.

»Dad«, rief ich und beobachtete, wie die weit entfernten Wölfe immer näher kamen; ihre langen schwarzen Körper rannten durch den Schnee. »Du hast gesagt, dass du mir beibringen wirst, gegen die Wölfe zu kämpfen.«

»Das werde ich auch tun«, sagte mein Vater und stand plötzlich neben mir. In seinem Lächeln lag Stolz, als er zu mir herunterblickte. »Gib mir jetzt meine Axt, Saram.«

Etwas widerwillig hob ich die Waffe und reichte sie ihm. Dad nahm sie mit einem Seufzen, umfasste mit beiden Händen den Schaft und schwang die Axt zischend durch die Luft. »Es ist zu lange her, dass ich sie in der Hand hatte. Bleib hinter mir, Kind, und beobachte, was ich tue.«

»Aber –«, setzte ich an. Bestimmt sollte doch ich kämpfen?

Da bedeutete er mir mit einer Geste zu schweigen. »Schau!«

Die Wölfe ließen ein lautes Heulen hören, die Stimmen verschmolzen zu einer. Ihre dunklen Umrisse schienen zu zerlaufen, zusammenzufließen und wie Blut über den Schnee zu rinnen. Dann war es kein Wolfsrudel mehr, sondern nur noch ein riesenhafter Wolf, dessen Schultern so breit waren wie meine.

Mein Wolf.

Seine gewaltigen Klauen wirbelten Schnee auf, als er auf uns zurannte. Er umkreiste uns und ich musste mich ständig drehen, um ihn im Blick zu behalten. Mein Vater stellte sich mit kampfbereiter Axt vor mich. Der Wolf heulte wieder und wie zuvor in meinen Träumen erkannte ich Worte in seinem Ruf. Worte, die mit Garin Aeskaars Stimme gesprochen wurden. Nun ergab es Sinn – wie sonst sollte ein Wolf sprechen als mit der Stimme des menschlichen Geistes, der mit dem seinen verschlungen war?

Du hast mich herbeigerufen, Tochter. Bist du endlich bereit, meine Stärke anzuerkennen?

»Sie ist nicht deine Tochter!«, rief Garin. »Das hier ist mein Mädchen!«

Tiefes, höhnisches Gelächter hallte mir im Ohr.

Es ist meine Stärke, die sie am Leben hält, mein Geist, der sie atmen lässt. Du bist bloß ein Sterblicher. Sie hat es mir zu verdanken, dass sie so viel mehr ist als das. Sie ist ebenso meine Tochter wie deine.

Mein Vater öffnete den Mund, doch bevor er sprechen konnte, rief ich: »Du willst mein Vater sein? Warum hast du mir dann so viel Leid zugemutet? Warum hast du mein Leben zerstört und mich gezwungen, von allem wegzulaufen, das mir etwas bedeutet hat?«

Es ist deine eigene Schwäche, die dir Kummer bereitet hat. Das Einzige, was zählt, ist die Jagd. Das Töten, der Geschmack von Blut. Vertreib die Schwäche aus deinem Geist und du wirst die größte Jägerin, die größte Kriegerin, die es je gab. Ich werde dich dazu machen.

»Schweig, Bestie!«, brüllte Dad, sein Gesicht zorngerötet.

»Nein, Dad!«

Es war schon zu spät. Die Wut hatte meinen Vater bereits überwältigt. Er stürzte sich auf den Wolf und ließ die Axt niedersausen. Das Geschöpf schien seine Wirbelsäule fast zu verbiegen, um dem Hieb zu entgehen. Dads Axt versank im Schnee. Der Wolf sprang ihm an die Kehle.

Ich stürzte mich mit einem gellenden Kampfruf auf die Bestie, rammte ihr den Unterarm gegen den Kiefer, den anderen Arm warf ich um die mächtigen Schultern, um den Kopf zurückzuhalten.

Der massige Körper sträubte und wand sich und versuchte sich aus meiner Umklammerung zu befreien. Die kräftigen Hinterläufe traten nach mir und hinterließen brennende Striemen auf meinem Bauch und meinen Rippen. Seine Klauen waren wie Eisen. Wir wälzten uns im Schnee, der heiße Atem des Wolfs schlug mir ins Gesicht. Die großen, sichelförmigen Zähne schnappten knapp vor meiner Nase zusammen.

Ich schaffte es, mich nach oben zu kämpfen, ein Knie in den Magen des Tiers zu stoßen, das andere in den Schnee daneben. Hinter mir konnte ich meinen Vater rufen hören, er kam jedoch nicht näher.

Ich werde dich verschlingen, knurrte der Wolf. *Ich werde dich mit diesen Fangzähnen in Stücke reißen. Ich werde mich an deinem Menschenherzen gütlich tun, du schwächliches Ding!*

Meine Finger bohrten sich wie Klauen in das dichte Fell. Wenn ich auch nur eine Sekunde losließe, hätte ich verloren. Ich starrte auf die glühenden Augen des Wolfs und konzentrierte meinen ganzen Willen darauf, seinem Blick standzuhalten.

»Unterwirf dich.« Meine Stimme war ein leises, böses Knurren. »Unterwirf dich mir.«

Ich bin der Wolf.

»Unterwirf dich!«

Die Bestie begann zu heulen. Der unheimliche Ton hallte durch meinen Körper, durch die Ebene. Entfernte Berge bebten. Die Erde unter uns rumpelte. Aus dem Augenwinkel sah ich die Sterne grell aufflammen, dann fielen sie mit einem weißen Feuerschweif als Sternschnuppen vom Himmel.

Der Wolf kämpfte noch verzweifelter, er trat so lange gegen meine Rippen, dass sie schon gebrochen sein mussten. Ich bohrte meine Finger tiefer in sein Fell und ließ nicht los. Ich blinzelte nicht.

»Das ist meine Seele! Meine! Du wirst mir keine Befehle erteilen. Keiner gibt mir Befehle. *Unterwirf dich!*«

Die sternenhellen Augen sahen weg, nur für eine Sekunde.

Der Wolf unter mir rührte sich nicht mehr. Dann hob sich seine riesige schaumbedeckte Schnauze, bis die feuchte Spitze fast meine Nase berührte.

Du bist trotzdem meine Tochter.

Der Wolf löste sich in meiner Umklammerung auf, eine dunkle Wolke hüllte mich ein, eisig und sanft legte sie sich um mich, wie Rauch oder schwarze Daunen oder der weichste, feinste aller Pelzmäntel. Die Erde zitterte und bebte, warf sich ein letztes Mal auf und beruhigte sich dann.

Dad ließ sich neben mir auf die Knie fallen und nahm mich in den Arm.

»Sie hat mich zurückgehalten«, flüsterte er mit heiserer, stockender Stimme. Ich konnte spüren, wie er zitterte. »Die Feuergöttin hat verhindert, dass ich dir zu Hilfe komme.«

»Ich musste ihn selbst besiegen, Dad«, keuchte ich. »Verstehst du das nicht? Ich musste wissen, dass ich es aus eigener Kraft schaffen kann, ansonsten wäre ich die Angst nie losgeworden. Kraft und Skrupellosigkeit sind das Einzige, was der Wolf respektiert. Solange er weiß, dass ich stärker bin als er, werde ich seine Herrin sein. Sobald ich der Angst nachgebe, wird er mich niederwerfen und mit seinen Klauen zerfleischen.«

»Mein tapferes Mädchen. Mein tapferes kleines Mädchen.« Garin wiegte mich, dann lehnte er sich zurück und sah zu mir herunter. »Da gibt es noch etwas, das ich dir sagen muss, Saram. Es geht um deine Mutter. Ich weiß, sie war nicht liebevoll zu dir – und ich kann nicht von dir verlangen, dass du ihr das verzeihst. Aber sie kannte den wahren Grund nicht, warum dein Leben geschont wurde. Edel dachte, sie habe deine Seele weggegeben, und das konnte sie nie vergessen, geschweige denn sich von der Angst lösen, sie habe einen Fluch auf dich geladen. Schuldgefühle quälten sie. Sie glaubte, dass alles, was dir widerfuhr, ihre Schuld war. Es machte sie hart und kalt. Es brachte sie dazu, dich zu verletzen, als du schon verletzter warst, als ein Kind je sein sollte. Aber sie hat dich geliebt, Saram. Das hat sie wirklich. Sie hätte ihre eigene Seele gegeben, wenn es deine gerettet hätte. Denk daran. Und denk daran, dass auch ich dich liebe.«

Er umarmte mich noch einmal. Ich lehnte mich gegen seine Schulter. Jeder Teil meines Körpers schmerzte vor Erschöpfung, blauen Flecken und Schrammen. Doch ich war im Reinen mit mir. Hinter den Bergen ging allmählich die Sonne auf und warf ihre roten und goldenen Strahlen an den Himmel. Die Sternschnuppen verblassten eine nach der anderen.

Die Arme um mich begannen silberhell zu leuchten und sandten Strahlen aus, die denen der Sonne ähnelten. Als sich Dads menschliche Gestalt aufzulösen begann und in einem Umriss reinen Lichts verschwand, wurde ich von einem seltsam schwebenden Gefühl umhüllt.

»Ich werde immer über dich wachen«, flüsterte er. »Meine kleine Flamme. Immer …«

Ich spürte eine sanfte geisterhafte Berührung auf der Frostblüte auf meiner Wange. Dann flog das Silberlicht, das die Seele meines Vaters war, zum Himmel, wurde dünner und blasser, bis es schließlich im Gold der Morgendämmerung verschwand.

Tränen rannen mir langsam über die Wangen.

»Danke«, flüsterte ich. »Danke, dass ich ihn kennenlernen durfte.«

Die Landschaft rings um mich begann sich ebenso aufzulösen wie mein Vater: Schnee und Himmel wurden zu sanft züngelnden Flammen in Blau und Gold und Purpur.

Nach einiger Zeit – es mochte eine sehr lange Zeit gewesen sein – wurde mir bewusst, dass ich zusammengekrümmt in der Feuergrube des Lagers ruhte, raue Asche und Kohle unter meiner Wange, während rings um mich die ruhigen Pfauenflammen brannten. Als ich den Blick auf sie richtete, erloschen sie und ließen nur Asche zurück.

»Frost?«

Ich brauchte einen Moment, bis ich meinen Namen erkannte, dann noch einen, um die Stimme zuzuordnen.

»Arian …?«

Ich hustete, dann hustete ich noch heftiger, als hätte ich Asche im Hals. Ich versuchte mich aufzusetzen, doch meine Arme fühlten sich wie schlaffe Seile an.

Ich musterte sie in einem Anfall von Panik und lehnte mich erleichtert zurück, als ich feststellte, dass sie nicht verbrannt waren. Ich fühlte mich nicht sehr anders. Außer der Tatsache, dass ich eine Woche lang schlafen wollte, spürte ich nur eine Veränderung.

Das nagende, schuldbewusste Ziehen der Angst, das seit meinem achten Lebensjahr mein ständiger Begleiter gewesen war, hatte sich aufgelöst. Ich hatte keine Angst mehr. Wovor sollte ich denn Angst haben?

Ich war frei.

Arians Stimme klang nun näher. Als ich mühsam den Kopf hob – ich hatte das Gefühl, eine Bleikrone zu tragen –, sah ich ihn an der Einfassung der Feuerstelle knien, die Hände wie zum Gebet verschränkt. Er sah schrecklich aus. Sein Kinn war unrasiert, sein Haar stand ihm unordentlich um den Kopf, seine Kleider waren zerknittert und schmutzig. Er sah aus, als habe er tagelang weder geschlafen noch sich gewaschen.

»Mir geht's gut«, krächzte ich. »Ich bin immer noch Frost. Ich bin immer noch ich.«

Er starrte mich weiter an, als erwarte er, dass ich jeden Augenblick wie ein Hund zu bellen anfangen würde.

»Arian, hilfst du mir jetzt hier raus oder nicht? Es ist unbequem! Reich mir wenigstens die Hand!«

Er schloss die Augen, auf seinem Gesicht zeigte sich unendliche Erleichterung. »Du hast dich da selbst reingeworfen«, sagte er, die Augen noch immer geschlossen. »Eigentlich sollte ich dich auch selbst wieder rauskriechen lassen.«

»Dann lass ich mir eben von Luca raushelfen«, gab ich zurück.

Sein Gesicht verkrampfte sich. Meine Nackenhaare stellten sich auf. Ich sah mich um. »Wo ist er? Wo ist Luca?«

Arian öffnete die Augen. Sein Gesichtsausdruck verursachte mir Übelkeit.

»Ich weiß es nicht«, sagte er.

Achtundzwanzig

Arian erzählte mir, dass die Nachricht, nur eine Stunde nachdem ich mich ins Feuer gestürzt hatte und unsichtbar geworden war, überbracht worden sei. Während Luca im Dunkeln an der Feuergrube gesessen hatte – verstört und voller Angst, weil er nicht wusste, ob ich in den lodernden Flammen überhaupt noch am Leben war –, war ein kleiner Rua-Junge ins Lager gekommen und hatte um Hilfe gefleht. Seine Schwester und seine Mutter seien von drei sedrischen Männern verschleppt worden, als sie die kleine Viehherde der Familie für die Nacht von der Weide nach Hause trieben.

Trotz seines eigenen Kummers konnte Luca einen solchen Hilferuf nicht ignorieren. In Minutenschnelle saß er bewaffnet auf dem Pferd, wählte eine Gruppe von fünf Bergwächtern, die ihn begleiten sollten, und ritt davon, ohne auf Arians Bitten zu hören, vorsichtig zu sein. Er hatte darauf bestanden, dass Arian zurückblieb und das Feuer bewachte. Mich bewachte.

Am nächsten Morgen waren drei der fünf Bergwächter, die Luca mitgenommen hatte, zurückgekehrt. Einer war kurz darauf gestorben. Die beiden Überlebenden bestätigten Arian, dass sein schlimmster Albtraum wahr geworden war.

Luca war in eine Falle geraten.

Die Spuren der beiden Frauen und ihrer Entführer hatten die Bergwächter nicht zu einem dreiköpfigen Trupp von Aufständischen geführt, sondern zu über zwanzig, die sich in einem engen Tal versteckt hielten. Luca hatte seinen Männern befohlen zu fliehen. Sie hatten gehorcht. Zwei wurden im Tal von den Schwertern des Feindes getroffen, einen anderen hatte ein Pfeil in den Rücken durchbohrt. Was aus Luca geworden war, hatten sie nicht gesehen.

Arian hatte – gebunden durch Lucas Befehl – die drei darauffolgenden Tage am Feuer gesessen und darauf gewartet, dass entweder Luca zurückkäme oder ich wieder auftauchte. Die anderen Bergwächter hatten unter Hinds Kommando die Berge durchkämmt, um nach Luca oder den Männern, die ihn in den Hinterhalt gelockt hatten, zu suchen. Sie hatten nichts gefunden.

Der Hauptmann der Berggarde blieb verschwunden.

»Ist er tot?«, fragte ich Arian geradeheraus, als ich in Lucas Zelt saß.

Arian starrte mich an, als würde er erneut meinen Verstand anzweifeln. »Ich weiß es nicht.«

»Doch, du weißt es. Du hast mal gesagt, dass du immer weißt, ob er in Bedrängnis ist, ob er dich braucht. Braucht er dich noch?«

Er stieß einen langen Seufzer aus. »Ich glaube ja.«

»Dann lebt er noch«, sagte ich voller Überzeugung und sah ihn an. »Wir werden etwas essen. Wir werden unsere Sachen packen. Dann machen wir uns auf die Suche nach ihm – verstehst du? Wir werden ihn finden.«

Ich beobachtete, wie sich die schrecklichen Sorgenfalten auf seinem Gesicht ein wenig glätteten, als er langsam nickte. »Was ist in diesem Feuer mit dir passiert? Du bist anders.«

»Nein. Ich bin der Mensch, der ich schon immer sein sollte.«

»Die Sonne geht jeden Moment unter«, sagte Arian ruhig.

»Es ist noch hell genug«, antwortete ich und richtete mich aus der gebückten Haltung auf, die ich eingenommen hatte, um eine Furche in der trockenen Erde zu betrachten. Ich rieb mit dem Handballen über meine brennenden Augen.

Weit entfernt sah ich die dunklen Gestalten einer anderen Bergwächtergruppe den Berg heruntersteigen, wahrscheinlich kehrten sie für die Nacht ins Lager zurück. Ich ließ den Blick über die Gipfel wandern, als könnten sie mir einen Hinweis liefern.

In meinem Innersten, wo immer Angst und Selbstzweifel gelauert hatten, war … etwas Neues. Ich hatte noch keinen Namen dafür. Ich wusste weder, was genau es war, noch wie weitreichend. Vielleicht war es der Mut, den Luca schon immer in mir gesehen hatte, auch wenn ich mich im Moment nicht besonders mutig fühlte. Ich wusste einfach, dass es meine Aufgabe war, ihn zu finden und nach Hause zu bringen.

»Hier haben sie schon gesucht«, sagte Arian, er klang frustriert. »Sie haben bestimmt nichts übersehen.«

»Vielleicht nicht. Aber schau mal – das Gelände hier ist unübersichtlich, es gibt zu viele Stellen mit Gestrüpp und

Bäumen, als dass sie alle abgesucht haben können. Und diese Felsbrocken stammen von einem Erdrutsch, der noch gar nicht so lange her ist. Ich wette, dass man kaum über all diese Felsen kommt, ohne sich den Knöchel zu verdrehen oder zu stürzen.«

»Ich weiß nicht, worauf du hinauswillst –«

»Wenn du Luca wärst, wenn du diese Berge wie deine Westentasche kennen würdest, wenn du möglicherweise … verletzt wärst oder auf der Flucht vor dem Feind, dann kämst du hierher. Es ist ein perfektes Versteck. Komm weiter.«

Ich drückte mich an ihm vorbei in eine Gruppe dichter Büsche. Blätter schlugen mir ins Gesicht, Zweige zerkratzten meine Haut. Als ich stolperte, bewahrte mich Arian vor einem Sturz, indem er mich an dem Bündel auf meinen Schultern festhielt.

»Luca!«, schrie Arian. »Wenn du hier bist, antworte!«

Nichts.

»Frost –«

»Nur noch ein bisschen«, sagte ich. »Ich bin sicher, dass wir etwas finden.«

Arian brummte unzufrieden vor sich hin, legte sich aber nicht mit mir an. Er schien sich nicht zu trauen. Wenn er sich selbst die Hoffnung absprach, was bliebe ihm dann noch?

Einen Augenblick später stürzte ich fast, als der dichte Schutz der Blätter sich öffnete. Dieses Mal fing mich Arian nicht rechtzeitig auf und ich knallte auf die Knie. Ich nahm es kaum wahr. Vor uns türmten sich einige große, kahle

Felsbrocken, etwas weiter daneben ging es steil nach unten. Ich konnte das nachtblaue Glitzern des Flusses in der Tiefe erkennen. Über uns war eine weitere dichte Baumgruppe. Ein perfekter Unterschlupf – genau das, wonach Luca auf dem Rückweg ins Lager gesucht hätte.

Ich versuchte Abdrücke in der staubigen Erde auszumachen, doch mittlerweile ließ sich kaum noch etwas erkennen. Das rotgoldene Licht der untergehenden Sonne schien noch oben auf die Felsen, doch am Boden war es schon dämmrig.

»Hoch«, sagte ich. »Wir müssen nach oben.«

Dieses Mal machte Arian keinen Versuch, mit mir zu diskutieren. Als wir keuchend den dünnen Erdstreifen neben dem Steinschlag hochkletterten, traten wir Kiesel und Erde los.

»Wonach halten wir Ausschau?«, fragte Arian, als er stehen blieb, um sich Schweiß und Staub vom Gesicht zu wischen.

Ich sah zu ihm hoch – und erstarrte. Meine Finger zitterten, als ich darauf zeigte. »Danach.«

Dort, auf einem der Felsen neben Arians Schulter, war ein angetrockneter Blutfleck. Es war der Abdruck einer Hand. Einer großen, langfingrigen Hand.

Arian flüsterte lautlos vor sich hin – eine Verwünschung vielleicht. Oder ein Gebet.

Mein Blick wanderte über die Felsen, bis ich ein paar Schritte rechts von Arian eine Spalte entdeckte. Ich deutete noch einmal. Arian ging in die Knie und versuchte hineinzukriechen, aber er war zu breit. »Ich brauche Licht. Ich kann hier drin nichts sehen. Luca! Luca, kannst du antworten?«

»Mach Platz.« Ich schubste Arian energisch zur Seite, riss mir das Bündel von den Schultern und quetschte mich in den Spalt. Meine Schultern schürften schmerzhaft gegen den rauen Fels.

»Luca?« Meine Stimme war ein Krächzen. In dem engen Spalt war kein Echo zu hören.

Ich tastete mich durch die feuchte Erde und streckte blind die Hände aus. Meine Fingerspitzen berührten Stoff, dann die unverkennbare Form eines muskulösen Handgelenks.

»Luca.«

»Siehst du was?« Die Felsen konnten die Dringlichkeit in Arians Stimme nicht dämpfen.

»Er ist es. Hilf mir.«

Lucas Haut fühlte sich eiskalt an und das Einzige, was ich in der Enge hören konnte, war mein eigenes, flaches Atmen. Ich packte seinen Arm und bewegte mich, so gut ich konnte, langsam rückwärts. Arian fasste mich an den Beinen und zog. Die Spannung in meinen Gliedern ließ mich ächzen.

Dann war da ein Geräusch wie ein Reißen. In der dunklen Spalte löste sich etwas und ich rutschte in einer Staubwolke nach draußen ins letzte Tageslicht – zusammen mit meiner Last.

Arian ließ mich los und drehte sich mit einem schmerzlichen Aufstöhnen weg. Er musste sich mit einer Hand am Felsen abstützen, um nicht umzukippen.

Es *war* Luca. Die feinen Züge seines Gesicht waren unverkennbar, auch wenn sie geschwollen, voller Prellungen und blutverkrustet waren, auch wenn seine herrlichen goldenen Haare so grässlich kurz abrasiert waren, dass die Kopfhaut zwischen dem unregelmäßigen Flaum hindurchschimmerte.

Seine Uniform hing in Fetzen herunter. Auf seinen Armen und dem Oberkörper waren blaue Flecken, um seinen Hals Würgemale. Blasige Brandwunden bildeten klare Kreuzformen auf beiden Wangen. Das Zeichen des Verräters.

Er lag reglos da, schlaff und leblos.

Irgendetwas – ein Schluchzen, ein Schrei, ich wusste nicht was – blieb mir in der Kehle stecken und nahm mir die Luft. Ich konnte nicht atmen. Ich konnte mich nicht rühren. Die Welt war aus den Angeln gehoben und kreiste wild um mich herum, während die Sonne am Horizont versank und uns in Dunkelheit hüllte.

Nein.

Nein.

Nein.

Luca stöhnte schwach.

Mit einem schwindelerregenden, schmerzhaften Stoß flutete Luft durch meine Brust. Die Welt kam ins Gleichgewicht. Dunkelheit verwandelte sich in Dämmerung. »Er lebt, Arian, er lebt!«

Arian fuhr herum und starrte uns an, ungläubig und voller Hoffnung. Dann nahm er Luca und hob ihn mit einem Ruck hoch, als wöge er nichts. Ich sprang auf und schnappte mein weggeworfenes Bündel.

Wir rannten.

Der Rückweg zum Lager dauerte eine unerträgliche Ewigkeit; Augenblicke wurden zu Stunden. Mein Keuchen war ohrenbetäubend. Ich schlitterte und rutschte vor Arian den Abhang hinunter, bog Zweige zur Seite, trampelte Wurzeln nieder – dieses Mal nicht für ihn, sondern für Luca. Jedes Mal, wenn ich zurückblickte, sah ich Lucas Kopf willenlos gegen Arians Schulter kippen, die Dämmerung verhüllte gnädig sein Gesicht. Arian hielt die ganze Zeit den Kopf gebeugt. Vermutlich achtete er überhaupt nicht darauf, wo er hintrat.

Endlich sah ich durch die Bäume das orangefarbene Flackern der Fackeln. Ich rannte voraus auf die Lichtung und durch das Lager zu dem kleinen Zelt, das neben dem improvisierten Krankenzelt stand. Ich schlug die Plane zurück.

Im Licht der Fackeln sah ich Rani zwischen Kissen und Decken, neben ihr lag Livia. Beide Heilerinnen schreckten auf und waren sofort hellwach. Livias Haar stand ihr wie silbrige Strohbüschel um den Kopf.

»Was? Wer – *Frost*?« Ranis Augen wurden schmal.

»Wir haben Luca gefunden. Er ist verletzt. Er braucht Hilfe.«

Rani schlug die Decken zurück und zog Hosen an, bevor ich zu Ende gesprochen hatte. »Zünde die Lampen an. Rasch!«

Livia machte sich an die Arbeit, doch sie kämpfte mit ihrem immer noch bandagierten Arm. Ich eilte ihr zu Hilfe und kurz darauf brannte goldenes Licht im Zelt.

»Ist er es wirklich?«, fragte Livia.

Ich sah auf und begegnete ihrem Blick. Was immer sie in meinem sah, ließ ihr gebräuntes Gesicht erbleichen.

Bevor wir ein weiteres Wort wechseln konnten, kam Arian herein. Vorsichtig legte er Luca auf die freie Lagerstatt im Zelt der Heilerin. Sowohl Rani als Livia schnappten nach Luft, als sie sein Gesicht sahen.

Livia riss die Tasche mit ihren Utensilien auf.

»Geht jetzt raus«, sagte sie, ohne den Blick von Luca zu wenden. »Geht raus und wartet. Wir brauchen Platz.«

Arian stand reglos da und starrte auf Lucas blutverschmierten Körper. Livia nickte mir zu. Ich nahm Arian an der Hand und zog ihn nach draußen. Das Lager war verlassen und still.

In dem Augenblick, als ich Arians Hand losließ, brach er zusammen – er fiel zu Boden, als könnten seine Beine ihn nicht länger tragen. Langsam ließ ich mich neben ihn fallen, ich zog die Knie an den Körper und umschlang sie mit den Armen.

»Er wird es schaffen«, sagte ich, nicht sicher, ob ich mit mir selbst oder mit Arian sprach. »Wir haben ihn zurückgebracht. Er wird wieder gesund.«

Arian gab keine Antwort. Ich bezweifelte, ob er mich überhaupt gehört hatte.

Es war, als wäre die ganze Nacht vergangen, bevor Rani endlich den Kopf aus dem Zelt streckte. Arian rappelte sich unbeholfen auf. Ich blieb auf der Erde sitzen.

»Es ist schlimm«, sagte Rani, ohne unsere Fragen abzuwarten. »Seine Wunden … sie sind entsetzlich, aber an sich nicht gefährlich. Scheinbar wollten sie, dass er überlebt. Aber die Verbrennungen auf seinem Gesicht … die Brandmale …« Sie hielt inne, ihre Hände umklammerten einen blutgetränkten Verband. »Sie haben sich entzündet.«

»Was heißt das?«, hakte Arian schroff nach.

»Ich weiß nicht, ob – vielleicht übersteht er die Nacht nicht.«

Ich schlang die Arme um mich und wiegte mich hin und her. »Er wird überleben. Ganz sicher. Er verlässt uns nicht einfach so.«

Arian drehte sich wortlos um und trottete ins Lager zurück.

»Geh ihm nach«, sagte Rani. »Für Luca kannst du im Moment sowieso nichts tun.«

Sie tat, als ginge sie ins Zelt zurück, blieb dann aber stehen. Zum ersten Mal, seit ich Livia angegriffen hatte, sah sie mir in die Augen. »Danke, dass du ihn zurückgebracht hast. Dass du nicht aufgegeben hast. Hättest du ihn nicht gefunden, wäre er morgen wahrscheinlich tot gewesen. Nun hat er zumindest eine Chance.«

Ich saß lange auf der Erde, nachdem Rani zurück ins Zelt gegangen war, und versuchte den Schmerz zu leugnen. Versuchte die Gefühle in den dunklen Knoten unter meinen Rippen zurückzudrängen, wie ich es mein ganzes Leben getan hatte. Aber es gelang mir nicht. Ich hatte mich verändert. Es gab in mir keinen leeren, kalten Ort mehr, wo ich Hoffnung und Angst verstauen konnte. Keine Möglichkeit, mich von diesen Gefühlen abzugrenzen oder vor ihnen wegzulaufen, um es einfacher zu machen. Ich musste sie hinnehmen und ich musste es tun, ohne zusammenzubrechen. Ich musste, weil Luca mich brauchte. Er brauchte mich als den Menschen, den er immer in mir gesehen hatte. Tapfer und stark. Stark genug, um dies durchzustehen und auch ihn durchzubringen.

Langsam, ganz langsam gewann ich die Kontrolle zurück.

Ich konnte wieder atmen, konnte mich aus der verkrampften Haltung lösen, in der ich mich in meinem Elend zusammengekauert hatte. Nachdem ich mich unbeholfen erhoben hatte, stand ich einfach eine Weile benommen da. Dann machte ich mich auf die Suche nach Arian, mein Bündel ließ ich auf der Erde liegen. Rani hatte Recht. Luca würde nicht wollen, dass sein Bruder allein war.

Ich fand Arian in Lucas Zelt. Als ich die Zeltplane zurückschlug, sah ich ihn auf meinem Lager sitzen, wo er das Gesicht ins Bettzeug presste. Als er aufblickte, versilberte das Mondlicht die Feuchtigkeit, die ihm über die Wangen lief. Ich ließ die Plane zufallen, so dass die Dunkelheit uns einhüllte.

»Er ist alles, was ich habe«, flüsterte er, seine Stimme war so dünn und verängstigt wie die eines Kindes. »Er ist alles, was ich jemals hatte.«

Ich tastete mich durch die Dunkelheit, kniete mich neben Arian auf das Bettzeug und nahm ihn fest in den Arm.

»Nicht mehr«, sagte ich und starrte trockenen Auges in die Nacht. »Es wird alles gut, Arian. Du hast jetzt mich.«

Neunundzwanzig

Als ich aufwachte, war Arian verschwunden.

Ich setzte mich in dem zerknüllten Bettzeug auf, in dem wir uns in der Nacht trostsuchend aneinandergeklammert hatten, verlassene Waisenkinder, die wir nun waren, und bedeckte das Gesicht mit beiden Händen. Ich hätte so gern geschrien und geschluchzt und geklagt. Doch genau wie in der Nacht zuvor schienen meine Tränen unauffindbar. Meine Augen waren so trocken und rau, als wären sie voller Sand. Es gab nichts, was den Kummer, der mich niederdrückte, hätte lindern können.

Doch dann wurde mir bewusst: Rani hatte mich nachts nicht geholt.

Luca lebte.

Goldener Jubel durchflutete mich. Ich sprang aus dem Bett – ich war in Kleidern eingeschlafen – und rannte nach draußen.

Als ich aus dem Zelt trat, wusste ich sofort, dass Livia oder Rani die Bergwächter über Luca informiert hatten. Über dem Lager hing eine grimmige Wachsamkeit. Die Sonne war längst aufgegangen, doch niemand machte Anstalten, die üblichen Übungen und Pflichten aufzunehmen. Die Bergwächter saßen in Gruppen vor ihren Zelten, redeten leise, immer wieder drehten sich ihre Köpfe zum Zelt der Heilerin. Als ich vorüberging, wurde ich mit Kopfnicken und Verbeugungen und ernsten, dankbaren Blicken bedacht. Ich nickte nervös zurück und eilte zu Livias Zelt.

Drinnen lag Luca, die verbundenen Hände auf einer Decke gefaltet; weiße Stoffschichten verbargen die Brandmale auf seinen Wangen. Statt der zerfetzten Uniform, in der wir ihn gefunden hatten, trug er ein sauberes weißes Hemd, die Heilerinnen hatten den Schmutz aus seinem abgeschorenen Haar gekämmt, so dass es wie ein Lichtkranz auf dem Kissen leuchtete. Sein Atem – ein trockenes, kaum hörbares Krächzen – war das lauteste Geräusch im Zelt. Seine verschwollenen Augen waren fest geschlossen.

Auch Rani schlief, eine unförmige Masse unter den Decken in Livias Bett. Arian saß im Schneidersitz auf dem Boden neben Luca, damit Livia, die auf einem niedrigen Schemel Kräuter zu einer Salbe zerdrückte, genügend Platz hatte. Beide blickten auf, als ich eintrat. Livia lächelte mich erschöpft an. Arian wich meinem Blick aus, er rutschte ein wenig zur Seite und beugte sich über Luca, als wolle er die Decke zurechtzupfen. Die Szene war friedlich und normal, und auch wenn mir das Herz beim Anblick von Lucas Verbänden schmerzte, war meine Freude, dass er es entgegen aller Wahrscheinlichkeit geschafft hatte, groß genug, um diesen Schmerz zu lindern. Luca würde gesund werden.

Dann schrie er auf.

Der heisere, gequälte Schrei war so schrecklich, dass ich die Worte zuerst überhaupt nicht wahrnahm. Doch sobald ich sie verstand, wünschte ich mir das Gegenteil.

»Ion, nein! Bitte, Ion! *Ion!*«

Luca starrte Arian an, seine verbundenen Hände zerrten an den Laken. Arian sprang auf und wäre in seiner Hast wegzukommen fast gestürzt, Rani setzte sich unvermittelt auf ihrem Lager auf. Livia hatte Stößel und Mörser fallen lassen und machte keine Anstalten, sie wieder aufzunehmen. Alle starrten Luca entsetzt und reglos an.

Ich tat das Einzige, was mir einfiel.

Ich setzte mich auf Arians Platz.

»Psst«, murmelte ich und umfasste Lucas verbundene Hände. Ich küsste seine Fingerspitzen – das Einzige, was nicht eingewickelt war – und strich sanft über seine weichen Haarstoppeln. »Luca, du bist in Sicherheit. Du bist zu Hause. Du bist zu Hause bei mir.«

Luca hörte auf, sich zu wehren. Er drehte sich in die Richtung meiner Stimme, seine verquollenen Augen schlossen sich wieder. Tränen durchnässten die Verbände auf seinem Gesicht. Ich streichelte weiter sein Haar und redete Unsinn, bis die Anspannung nachließ und sein Körper wieder reglos dalag.

Das Leben im Lager der Berggarde folgte einem seltsamen, sich wiederholenden Muster. Die Soldaten exerzierten und übten, polierten ihre Waffen und Rüstungen und gingen auf Erkundungstouren, die Luca vor seiner letzten Rettungsaktion angeordnet hatte. Niemand machte den Vorschlag, das Lager abzubrechen oder nach weiteren Befehlen des Königs zu schicken. Alle warteten. Warteten darauf, dass Luca aufwachen würde.

Es vergingen drei Tage, in denen Lucas Fieber stieg und sank und wieder stieg und sank. Rani und Livia brachten ihn mit viel Mühe dazu, dass er aß und trank und seine Medizin einnahm, und es schien ihm gutzutun. Die Wunden auf seinen Wangen hörten auf zu nässen und schlossen sich, und schließlich ließ das Fieber nach.

Eine kurze Weile frohlockte Livia. Doch Luca war noch immer nicht bei Bewusstsein. Wenn er die Augen öffnete, dann vor Angst, er schrie den Namen seines Bruders. In solchen Momenten war ich die Einzige, die ihn beruhigen konnte. Ich wollte glauben, dass es daran lag, dass Luca mich erkannte, andererseits wusste ich nicht, wie das möglich sein sollte, wenn er nicht einmal wahrnahm, wo er war.

Nach jenem ersten Tag betrat Arian das Zelt nur noch zögernd. Er schaute ein paarmal vorbei und blieb – halb drinnen, halb draußen – im Eingang stehen, um Luca mit einem Blick zu mustern, den ich nicht deuten konnte. Am achten Tag, als Lucas Fieber überstanden war, kam er wieder, während Rani ein kurzes Nickerchen machte. Livia holte Frühstück – nachdem sie mir ziemlich bissig klargemacht hatte, dass sie problemlos in der Lage war, ein simples Essenstablett zu tragen. Es war sicher nicht nur meine Einbildung, dass Livias verletzter Arm allmählich kräftiger wurde. Aber vielleicht tröstete ich mich ja auch nur mit dem Gedanken, dass es so war.

»Du solltest dich auch mal zu ihm setzen«, flüsterte ich Arian zu, um Ranis wohlverdiente Ruhe nicht zu stören.

Arian starrte Luca an, als hätte er ihn noch nie zuvor gesehen. »Sein Gesicht …?«

Ich nickte. »Die Entzündung ist abgeklungen. Nun kann nur noch die Zeit helfen.«

Rani hatte Lucas Verbände am Vortag abgenommen. Die Wunden auf seinen Händen und seinem Körper waren zugeheilt und rosa, die Blutergüsse nur noch gelbliche Flecken und kaum zu erkennen. Die Schwellungen in seinem Gesicht waren fast vollständig abgeklungen. Nur die Brandmale waren noch rot und verkrustet. Es gab keinen Grund, warum Luca nicht wieder zu sich kommen, die Augen öffnen und aufstehen sollte.

Außer er wollte es nicht.

»Rani sagt, dass Luca vielleicht unsere Stimmen hört«, beharrte ich. »Dich in seiner Nähe zu wissen wäre sicher tröstlich für ihn.«

»Ich würde ihn bloß wieder erschrecken. Er will dich.« Arian zuckte mit den Schultern. »Kann ihm keinen Vorwurf daraus machen.«

Er ging, bevor ich ihn fragen konnte, was er damit meinte.

An diesem Abend überredete ich Livia und Rani, nach dem Abendessen einen Spaziergang zu machen. Ich redete ihnen – und mir selbst – ein, das wäre nötig, weil sie beide von Lucas Pflege erschöpft seien und Abstand vom Krankenzelt brauchten. Erst als sie gegangen waren, gestand ich mir ein, warum ich sie unbedingt weghaben wollte.

Als ich zum ersten Mal, seit wir ihn gefunden hatten, mit Luca allein war, nahm ich seine Hand, drückte einen Kuss auf die Handfläche und dann auf jede Fingerspitze. Seine große, schlanke Hand fühlte sich merkwürdig knochig und zerbrechlich in meiner an. Wie Ma damals schien er innerlich zu schrumpfen. Ich konnte es nicht ertragen.

»Du fehlst mir so sehr, Luca. Ich wusste nicht, dass ich jemanden so vermissen kann. Mein ganzes Leben war ich allein. Erst, als du mich überredet hast hierzubleiben, als du mir einen Platz in deiner Berggarde und deine Freundschaft gegeben hast, habe ich erfahren, was es bedeutet … etwas anderes zu sein. Etwas zu sein, das nicht verängstigt und einsam und ständig auf der Flucht ist. Ich will nicht mehr so sein. Es ist wichtig für mich, dass du aufwachst. Bitte, wach auf. Bitte, Luca. Wach für mich auf. Weil … weil …« – ich nahm seine Hand zwischen meine – »ich dich liebe.«

Er gab keine Antwort. Nichts. Sein Gesicht war so starr und leblos wie eine wächserne Totenmaske.

Jetzt endlich kamen die Tränen. Sie rannen mir übers Gesicht, heiß auf meiner kalten Haut. Von einem hilflosem Schluchzen geschüttelt, das meine Rippen schmerzen ließ, beugte ich mich über Luca. Ich fühlte einen kalten Luftzug im Nacken, doch erst, als sich eine Hand leicht auf meine Schulter legte, merkte ich, dass jemand das Zelt betreten hatte. Livia oder Rani erwartend hob ich den Blick. Als ich Arian vor mir stehen sah, verschluckte ich mich fast an meinen Tränen.

»Ich kann nicht – ich kann nicht –« Ich schüttelte heftig den Kopf, meine Finger umklammerten Lucas, bis ich meine Knöchel gegen seine reiben spürte. Etwas hatte sich in mir gelöst. Ich konnte nicht mehr aufhören zu weinen.

Arian quetschte sich mit einiger Schwierigkeit neben mich. Er schob Livias Schemel beiseite, legte mir den Arm um die Schultern und drückte mein Gesicht in die Kuhle an seinem Hals. Er sprach keine der tröstlichen Lügen aus, mit denen mich Livia und Rani überschütteten. Anfangs sah er mich nicht einmal an, auch wenn mich sein Arm fest an sich drückte. Dafür war ich ihm dankbar. Ich schmiegte mich an ihn, akzeptierte seinen Trost, während ich versuchte mich wieder zu fangen.

Einen Moment später beugte er sich zu mir herunter und küsste mich.

Zunächst war dieses Aufeinandertreffen von Mündern seltsam unbeholfen. Wie die tastende Zuneigung eines Kindes, das versuchte nachzuahmen, was es bei den Erwachsenen gesehen hatte. Doch langsam sickerte seine Wärme in mich. Der Trost seines kräftigen Körpers erlaubte mir zum ersten Mal seit Wochen, mich zu entspannen, und ich konnte loslassen, statt mich mühsam aufrecht, gerade und tapfer zu halten. Wir saßen eng aneinandergedrückt, konnten uns kaum rühren, doch eine seiner Hände fuhr sanft die Form meines Gesichts nach und ich konnte seine zitternden Finger und seinen stoßweisen Atem spüren. Unbewusst öffneten sich meine Lippen. Ich überließ mich seufzend dem Kuss, verzehrte mich, sehnte mich danach … einfach zu vergessen. Kummer, Sorge, Schmerz zu vergessen. Mich selbst zu vergessen.

Luca zu vergessen.

Luca. Dessen Hand noch immer in meiner lag. Luca mit seinem sorglosen, strahlenden Lächeln und seinen blaugoldenen Augen. Luca mit den schrecklichen Narben und dem kahl geschorenen Kopf.

Luca, den ich liebte.

Ich erstarrte. Sofort ließ ich Lucas Hand los und stieß Arian mit beiden Händen sanft, aber nachdrücklich weg. Wir starrten einander schweigend an. Arians Gesicht – ausnahmsweise frei von eisiger Ausdruckslosigkeit – war ein Musterbeispiel widerstreitender Empfindungen, Schuldgefühle ließen ihn die Stirn runzeln und machten seinen Mund hart.

»Arian … ich …«

Lucas flacher, gleichmäßiger Atem ging plötzlich stoßweise, der Rhythmus wurde schneller, als würde er sich anstrengen. Als ich den Kopf drehte, flatterten seine Augenlider. Dann öffneten sie sich.

Mir war sofort klar, dass es dieses Mal keines dieser falschen Erwachen war. Dieses Mal war Luca tatsächlich wach. Dieses Mal *sah* er mich. Für einen langen, intensiven Moment blickten wir einander an und ich sah alles, was ich mir je gewünscht hatte, in diesen Nachthimmelaugen.

Dann huschte ein finsterer Ausdruck über sein Gesicht. Sein Blick wurde härter, als er zu Arian wanderte und dann zurück zu mir. Mit einem flauen Gefühl im Magen wurde mir klar, wie es für ihn aussehen musste. Arians Hände hielten meine Schultern umfasst und meine lagen auf seiner Brust. Unsere Lippen waren feucht und ein wenig geschwollen. Am verräterischsten war Arians schuldbewusste Miene.

Luca hob die Hand, seine Finger zitterten, als er den dicken, aufgeworfenen Schorf auf seinen Wangen berührte.

Dann schloss er die Augen wieder und murmelte mit trockener, heiserer Stimme: »Ion hat mir erzählt … dass er

Arian mit einem Mädchen gesehen hat. Mit dir. Er hat mich damit aufgezogen, als er merkte, dass es mir etwas ausmachte. Ich glaubte ihm nicht. Ich glaubte ihm nicht.« Seine Augen öffneten sich von neuem und ich zuckte zurück, als ich sah, wie verletzt er war. »Aber er hat die Wahrheit gesagt.«

»Luca, es ist nicht –«

»Verschwindet!«, brüllte er, seine Stimme versagte. Er rollte sich herum, um so weit wie möglich von mir wegzukommen, und vergrub den Kopf zwischen den Armen. »Geht mir aus den Augen!«

Ich erhob mich, rührte mich jedoch nicht von der Stelle. Sollte ich Hilfe holen oder Luca zu beruhigen versuchen? Arian wartete neben mir. Bevor ich eine Entscheidung treffen konnte, hörte ich Schritte vor dem Zelt und Rani warf die Zeltplane zurück und kam herein. »Was ist passiert?«

»Ich – Er ist aufgewacht und für einen Moment schien es ihm gut zu gehen, doch dann –«

»Er fantasiert noch immer«, sagte Arian, als Livia hereinkam. »Es ist die einzige Erklärung. Er kann nicht wirklich glauben –«

»Schaff sie raus.« Lucas Stimme übertönte unsere. »Ich will die zwei nicht hier drin haben. Ich will Frost nirgendwo in meiner Nähe. *Schaff sie beide raus!*«

Rani kniete sich neben das Bett und warf mir einen Blick zu, der eine Mischung aus Panik und Flehen war.

»Schon gut«, sagte ich und taumelte zurück. »Ich gehe.«

Arian folgte mir aus dem Zelt, er streckte die Hand aus, um mich zu stützen. Ich zuckte zurück.

»Es tut mir leid«, sagte er. Seine Stimme war leise, sie zitterte fast. »Es tut mir leid. Das – das entspricht Luca überhaupt nicht. Ich werde ihm alles erklären. Er wird es verstehen.«

Ich schüttelte den Kopf, in meinen Ohren brannte noch immer der Hass in Lucas Stimme. *Ich will die zwei nicht hier drin haben. Ich will Frost nirgendwo in meiner Nähe. Schaff sie beide raus.*

Livia schlug die Zeltplane zurück. Ich spähte ins Zelt. Luca saß nun aufrecht im Bett. Er starrte mich an. Ich trat einen Schritt vor.

Er drehte den Kopf weg.

Livia ließ die Plane hinter sich zufallen. Sie war bleich und sah mitgenommen aus.

»Es tut mir leid«, sagte sie ruhig. »Dieses Mal ist er wirklich wach. Er … will dich einfach nicht sehen, Frost.«

»Lass mich mit ihm reden«, sagte Arian.

Livia schüttelte den Kopf. »Er will auch dich nicht sehen. Er sagte – Arian, er sagte, dass du nicht länger das Kommando hast. Er möchte, dass wir Hind zu ihm bringen.«

Arians Kopf zuckte zurück, als hätte man ihn geschlagen. Seine Augen schlossen sich, der Kiefer spannte sich an. Es entstand ein schreckliches Schweigen.

»Er ist gerade erst aufgewacht«, sagte Livia. »Vielleicht ist er verwirrt. Es muss nicht bedeuten …«

»Doch, das tut es«, sagte ich matt. Ich drehte mich um und ging davon.

Dreißig

In der Ferne erklang die Morgenglocke. Rings um mich im Gemeinschaftszelt rührten sich die Frauen, schlugen die Decken zurück und streckten sich. Links neben mir gähnte Hind so breit, dass ihr Kiefer knackte. Nach kurzem Zögern beugte sie sich zu mir und berührte meine Schulter.

»Frost? Bist du wach?«

»Meine Augen sind offen«, sagte ich tonlos und richtete mich auf.

Aus Hinds kunstvollen Zöpfen hatten sich lockige Haarsträhnen gelöst, hingen ihr in wilden Ponyfransen ins Gesicht. Zusammen mit der schwarzen Augenbinde verlieh ihr das etwas Verwegenes, was in seltsamen Widerspruch zu der ruhigeren, ernsthafteren Frau stand, die sie seit dem Überfall war. Ich konnte mir nur schwer vorstellen, dass ich vor nicht allzu langer Zeit schrecklich eifersüchtig auf Hind gewesen war. Nach Lucas Zurückweisung hatte ich schließlich begriffen, wie lächerlich das gewesen war. Er hätte mich niemals mit Hind betrogen, die sowieso nichts von Männern wollte. Er hätte mich nie mit irgendjemandem betrogen.

Und dann betrog ich ihn.

Hind nahm die Augenklappe ab, die sie nachts trug, um ihr immer noch heilendes Auge nicht zu reiben. Eine leuchtend rote Narbe lief jetzt mitten über das Augenlid. Sie blinzelte heftig, um sich an das Licht zu gewöhnen. Dann musterte sie mich mit ihrem anderen Auge unangenehm durchdringend.

»Es wird besser werden«, sagte sie. »Es ist ja erst eine Woche her.«

»Ich weiß.« Ich schlug die Decken zurück und stand auf. »Ich weiß.«

Wir gingen in einer verschlafenen, schwatzenden Gruppe zum Fluss hinunter. Jede von uns wusch sich schnell in dem nachtkalten Wasser, bevor wir durch das Lager und zum Verpflegungszelt zurückliefen, wo uns warme Küchengerüche munter machten. Ich ließ mich von den anderen mitziehen, Stimmen, Gelächter und Gesichter vermischten sich. Als wir am Verpflegungszelt ankamen – nun zwei kleinere Zelte, die hintereinander standen und deren Rückseiten miteinander verbunden waren, um Platz für alle zu schaffen –, klopfte mir Hind aufmunternd auf die Schulter, bevor sie weiterging. Ich blickte ihr nicht hinterher, ich wollte nicht wissen, wohin sie sich wandte.

Ich setzte mich an einen leeren Tisch in der hintersten Ecke, stützte die Ellbogen auf das raue Holz und legte den Kopf in die Hände. Nach ein paar Minuten setzten sich Livia und Rani zu mir. Wortlos schob Rani drei Teller von ihrem Tablett in meine Richtung und stellte eine Tasse Anistee neben meinen Ellbogen. Während beide Frauen zu essen begannen, versuchte ich ein Muster in den Astlöchern des Holzes zu erkennen.

»Trink wenigstens deinen Tee«, sagte Livia.

Ich sah auf und wollte antworten – doch die Worte erstarben mir auf der Zunge, als ich Luca auf der anderen Seite des Zeltes sah. Hind saß links von ihm. Sie aß mechanisch und starrte auf die Zeltwand, als wäre sie lieber woanders. Der Grund war nicht zu übersehen. Arian saß ebenfalls bei ihnen. Er redete ernst auf Luca ein, die Art, wie er die Hände ausstreckte, hatte etwas Flehendes. Es war nicht zu erkennen, ob Luca zuhörte oder nicht. Er hielt den Blick gesenkt, der größte Teil seines Gesichts war von frischen weißen Stoffschichten verdeckt.

Diese Verbände stammten nicht von Livia und Rani. Sie waren auf Lucas Gesicht gewesen, als er am Tag, nachdem er Arian und mich zusammen gesehen hatte, aus seinem Zelt gekommen war. Seitdem hatte er sie nicht ein einziges Mal abgenommen. Nicht, wenn er aß. Nicht, wenn er mit verschiedenen Mitgliedern der Berggarde trainierte, einen nach dem anderen brutal angriff und schlug, bis seine Muskeln sichtbar zitterten und der kahl geschorene Schädel schweißnass war. Nicht, als er Dinesh ins Gesicht schlug und ihm die Nase brach, so dass Blut in alle Richtungen spritzte und den weißen Stoff auf Lucas Wunden tränkte. Nicht einmal – so wurde erzählt – wenn er im Fluss badete. Die Verbände waren jeden Morgen wieder frisch und sauber, doch niemand hatte bisher gesehen, dass Luca sie vor anderen auch nur anfasste.

Ich hatte so gebannt auf die Verbände gestarrt, dass ich zunächst nicht merkte, dass Luca vom Tisch aufsah.

Er blickte in meine Richtung.

Ich atmete tief aus und erhob mich mit zitternden Knien.

Ich konnte den Ausdruck in Lucas Augen nicht erkennen, doch es war das erste Mal seit einer Woche, dass er mich ansah und sicher, bitte, *bitte* …

Luca schlug mit der Faust auf den Tisch und warf dabei eine Flasche um, die neben seiner Schüssel stand. Eine klare Flüssigkeit lief über den Tisch und tropfte über den Rand, während sein Finger die Luft durchbohrte, um vorwurfsvoll und zornig auf Arians Gesicht zu deuten.

Arian stand abrupt auf und verließ das Zelt. Ich blieb unbeholfen stehen, bis Rani mir einen Teller mit gedämpften braunen Reiskuchen zuschob und mir die Teetasse in die Hand drückte. »Setz dich. Iss. Trink.«

Ich ließ mich fallen und schlürfte gehorsam den Tee. »Livia?«

»Hmm?« Die Heilerin musterte mich forschend mit vollem Mund.

»Warum hasst du mich nicht?«

Livia schluckte hastig ihr Essen herunter, hustete und nahm einen Schluck von ihrem Tee, bevor sie antwortete. »Du redest jetzt von meinem Arm, oder?«

Ich nickte kläglich.

»Es war meine eigene Schuld, Frost. Arian versuchte mich zu warnen. Er hat mir zugeschrien, dass ich mich von dir fernhalten solle, und ich habe nicht auf ihn gehört. Das war meine eigene Dummheit – ich mochte ihn nicht und ich wollte nicht auf ihn hören, obwohl ich sehen konnte, dass etwas mit dir nicht stimmte. Ich war selbst verantwortlich, und wenn ich dir die Schuld gäbe, wäre das nur ein Zeichen von noch größerer Dummheit.«

Ich zögerte, dann sah ich Rani an. »Aber du dachtest, es wäre meine Schuld. Das hab ich dir angesehen.«

Rani schnitt eine Grimasse, ihre großen dunklen Augen sahen beschämt aus. »Nur für kurze Zeit. Ich wollte vermutlich … jemanden haben, dem ich die Schuld zuweisen konnte. Für alles, was schiefgelaufen war. Doch selbst in meinen wütendsten Momenten wusste ich, dass es ungerecht war. Es tut mir leid.«

»Ist schon gut«, sagte ich verlegen. Ich hatte keine Entschuldigung gewollt. Ich hatte es bloß verstehen wollen.

»Außerdem, wenn ich nicht verletzt worden wäre, hätte Rani vielleicht nie den Mut aufgebracht, mir zu sagen, dass sie … na ja, dass sie mich mag«, sagte Livia mit einem verschmitzten Seitenblick auf die andere Heilerin. »Auf eine Art müssen wir dir also beide dankbar sein.«

Rani wurde knallrot und schlug die Hand vors Gesicht. Irgendwie brachte ich ein schwaches Lächeln zu Stande. Rani machte gerade den Mund auf, um Livia eine verbale Abreibung zu verpassen, da wurde uns die erwartungsvolle Stille bewusst, die sich über das Verpflegungszelt legte.

Luca wartete, die Arme vor der Brust verschränkt, demonstrativ darauf, dass Ruhe einkehrte. Die abweisende, abwehrende Haltung schmerzte mich sehr. Luca hatte die Welt immer mit offenen Armen begrüßt, furchtlos und lachend, hatte Vorsicht und Angst in den Wind geschlagen. Nun sah er aus, als fürchte er, seine eigenen Soldaten könnten sich gegen ihn erheben.

Welchen Anteil an dieser Veränderung hatten die Quälereien seines Bruders und welchen der Schmerz, als er mich in Arians Armen sah? Machte das überhaupt irgendeinen Unterschied?

Luca musste es so vorkommen, als hätte ihn jeder verraten, der ihm je etwas bedeutet hatte.

Er nickte kurz. »Ich habe heute Morgen ein paar wichtige Dinge zu verkünden, also hört gut zu. Ich werde mich nicht wiederholen. Erstens, Arian ist nicht länger mein Leutnant.«

Das wusste ich schon, doch es schien noch nicht allgemein bekannt zu sein. Ein schockiertes Raunen lief durch das Zelt. Lucas zusammengekniffene Augen stoppten die Reaktion, bevor sie lauter werden konnte.

»Von nun an erhaltet ihr eure Befehle von Hind und mir. Noch wichtiger, von nun an werden wir unsere Taktik ändern. Wir wurden hierhergeschickt, um eine Aufgabe zu erledigen – und wir haben *versagt.* Wir haben uns zurückgehalten, in den Bergen versteckt, Pläne und Ränke geschmiedet, den Leuten in der Gegend Vorträge gehalten. Nichts davon hat uns unserem Ziel irgendwie näher gebracht. Währenddessen haben die Aufrührer ihre Festung ausgebaut, das Land geplündert und über uns gelacht. Wir wurden hierhergeschickt, um diese Verbrecherbande auszuheben. Ich bin es leid zu warten. Wir packen noch heute zusammen und marschieren morgen früh los, um die Tempelfestung zurückzuerobern. Wir werden frontal angreifen und wir werden erst aufhören, wenn wir sie vernichtet haben. Es ist die einzige Möglichkeit zu gewinnen.«

Als er sich im Zelt umsah, blitzte etwas in seinen Augen auf, das an eine Messerklinge erinnerte. Als würde er nur darauf warten, dass jemand Einspruch erhob.

Ich wagte kaum mich zu rühren. Die Stille schien in meinem Trommelfell zu vibrieren.

Frontal angreifen? Luca selbst hatte uns immer wieder gesagt, dass die Berggarde bei einem Frontalangriff auf keinen Fall Erfolg haben konnte. Die Aufrührer waren in der besseren Position, sie saßen in den Ruinen eines gewaltigen, labyrinthartigen Steinkomplexes voller geheimer Tunnel und Gänge, ganz abgesehen davon, dass wir ihre Truppenstärke und Bewaffnung nicht kannten.

Es war Selbstmord.

Als ich Livia und Rani einen Blick zuwarf, sahen beide blass und grau aus. Sie waren derselben Meinung. Warum sagten sie nichts? Warum machte Hind den Mund nicht auf? Wo war Arian – warum war er nicht da, um gegen diesen Plan zu protestieren? Warum *sagte* keiner etwas?

Warum sagst du nichts?

Ich sah auf meine Hände, die ordentlich vor mir auf dem Tisch lagen. Ich schluckte. Der Tee hatte einen metallischen Geschmack hinterlassen, wie Blut.

Als klar war, dass niemand Einspruch erheben würde, nickte Luca noch einmal. Bildete ich es mir nur ein, oder sackten seine Schultern in diesem Moment ein wenig nach unten? Vielleicht war es Erleichterung oder … Enttäuschung? Als er weitersprach, schwang keine dieser Gefühlsregungen in seiner Stimme.

Luca erklärte in der surrenden Stille seinen Angriffsplan, ernannte drei Gruppenführer, um die Bergwächter während der Schlacht zu formieren, und erteilte genaue Befehle, welche Ausrüstung gebraucht wurde und was zurückgelassen würde. Wir würden nur das Nötigste mitnehmen, keine Zelte. Es würde ein Gewaltmarsch werden, im Morgengrauen würden wir die Festung angreifen. Es wurde kein Signal für den Rückzug vereinbart.

Denn es würde keinen Rückzug geben.

Als er fertig war, starrte Luca uns an, als warte er auf etwas. Was immer es sein mochte, es kam nicht. Er nickte Hind zu und stapfte hinaus. Sie folgte ihm wie in Trance.

Wir saßen schweigend und wie erstarrt da. Dann sprang ich auf, wobei ich meinen Schemel umwarf, und rannte Luca hinterher.

Als ich den Eingang des Verpflegungszeltes erreichte, sah ich Luca und Hind um die Ecke des Zeltes biegen, in dem die Vorräte lagerten. Ich machte einen Schritt in ihre Richtung, dann blieb ich stehen, unfähig weiterzugehen.

Was sollte ich sagen oder tun? Luca würde nicht auf mich hören. Seit er die Augen geöffnet und gesehen hatte, dass der Spott seines Bruders einen Funken Wahrheit enthielt, hatte er mich auf Abstand gehalten. Ich war der absolut letzte Mensch auf der Welt, der ihn von seinem wahnsinnigen Plan abbringen konnte. Der letzte Mensch, der es versuchen sollte.

»Dann gibt es wohl kein Zurück«, sagte Arian. »Er hat es wirklich getan.«

Er lehnte, die Arme vor der Brust verschränkt, an einem Baum, dessen Zweige über dem Verpflegungszelt hingen. Angesichts der Ähnlichkeit zu Lucas Pose musste ich an mich halten. So wie Luca mir aus dem Weg gegangen war, hatte ich Arian gemieden. Hatte versucht diesen Kuss zu vergessen und Arians Gesichtsausdruck und wie ich mich hatte hinreißen lassen, als ich hätte widerstehen sollen. Als ich ihm nun gegenüberstand und die Ohnmacht und das Bedauern in seinem einst kalten Blick sah, brachte ich es nicht über mich, ihm weiter auszuweichen.

»Es gibt nichts, was wir tun können, oder?«, flüsterte ich.

»Ich komme nicht an ihn heran. Ich glaube, das schafft niemand mehr.« Arian senkte für einen Augenblick den Kopf, dann richtete er sich auf. »Ich muss mit dir reden.«

Er ging auf die Bäume zu. Ich starrte ihm hinterher, dann folgte ich ihm mit einem Seufzen durch das Unterholz.

»Warum können wir nicht im Lager reden?«, rief ich.

Er gab keine Antwort.

Als wir zu einer kleinen Lichtung mit weichem Frühlingsgras kamen, blieb er stehen, reglos, gebeugt, mit dem Rücken zu mir. Das Sonnenlicht tanzte in kräuselnden Wellen aus Blaugrün und Gold über seine dunkle Gestalt.

»Du weißt, dass wir keine Chance haben zu gewinnen. Wirst du trotzdem bleiben?«, fragte er.

Ich fuhr nervös mit der Hand über meinen aufgesteckten Zopf. »Du kennst die Antwort doch schon.«

»Auch wenn wegzugehen das einzig Vernünftige ist?«

»Du gehst doch auch nicht.«

Er schwieg. Ich seufzte und trat ungeduldig von einem Fuß auf den anderen. Wenn er nur endlich sagen würde, was er von mir wollte. Ich öffnete den Mund, um ihn anzufahren – und schloss ihn wieder, mein Sinn für Gerechtigkeit meldete sich.

Es war ungerecht, die Schuld für alles, was passiert war,

auf Arian abzuladen. Ich hätte ihn dort im Zelt stoppen können, aber ich hatte es nicht getan. Mit dieser Last musste ich selbst klarkommen. Genau wie Rani hatte ich einen Sündenbock gebraucht und Arian gewählt. Nachdem ich seine Schutzmauer durchbrochen hatte, mich als seine Freundin bezeichnet und ihm gesagt hatte, dass er sich auf mich ebenso verlassen konnte wie auf Luca, hatte ich ihn im Stich gelassen, um mich in meinem Elend zu suhlen. Mein Vater hätte sich für mich geschämt.

Ich trat etwas näher und redete mit sanfterer Stimme. »Es tut mir leid. Alles in Ordnung mit dir?«

Er schwieg. Ich überlegte, ob er mich gehört hatte, da fragte er plötzlich: »Was ist im Feuer mit dir passiert? Ich wusste von dem Moment an, als du herauskamst, dass sich etwas verändert hat, aber du hast nie darüber gesprochen. Hast du die Urmutter gesehen?«

Ich zögerte verdutzt und schüttelte den Kopf. »Ich kann nicht wirklich … Es ist nichts, worüber ich *sprechen* kann. Es würde sich nach Fieberträumen oder Unsinn anhören. Sie hat sich nicht gezeigt. Sondern mir gezeigt, wer *ich* bin. Ich weiß nicht, wie viel davon tatsächlich real war. Ich weiß nur, dass es kein Traum war, denn hätte ich geträumt, wäre ich verbrannt.«

»Dann bist du jetzt geheilt. Du hast bekommen, was du von Luca wolltest. Du solltest gehen.«

Ich sah ihn böse an. »Ich werde ihn nicht verlassen.«

Er wirbelte herum, Verzweiflung lag auf seinem Gesicht. »Warum nicht?«

In meinem Kopf kam alles zusammen. Ärger flammte wie

Weißglut in mir auf und meine Faust traf Arian mit voller Wucht am Kiefer. Sein Kopf flog nach hinten. Der Schock vibrierte durch die Knochen meiner Hand, als er sich taumelnd an einem Ast festhielt.

»Alles – alles zwischen uns – dass du vorgegeben hast, mein Freund zu sein, dass du mich nach dem Überfall geküsst hast und dann noch einmal in Livias Zelt … Du hast bloß versucht mich loszuwerden! Heilige Urmutter! Willst du Luca um jeden Preis für dich ganz allein haben?«

Er ließ den Ast los und kam auf mich zu, den zerschrammten Kiefer vorgeschoben. »Nein! Hier geht es nicht um Luca! Es geht um dich! Ich möchte, dass du dich in Sicherheit bringst, bevor er dich in den Tod schickt.«

»Dir ist doch völlig egal, was mit mir passiert«, knurrte ich.

Wut und Enttäuschung wichen aus seinem Gesicht und er schien in sich zusammenzusacken. »Du bist mir nicht egal. Überhaupt nicht.«

Ich schluckte. »Was sagst du da?«

»Ich wollte ihn für mich allein haben, da hast du Recht«, murmelte er. »Als du hierherkamst, war ich so eifersüchtig, dass ich kaum einen klaren Gedanken fassen konnte. Ich konnte sehen, dass Luca etwas für dich empfand, und ich hasste dich dafür. Aber nachdem ich dich kennengelernt hatte, wie hätte ich weiter so fühlen können? Je mehr Zeit ich mit dir verbrachte, umso besser konnte ich … Es hat etwas damit zu tun, wie alles aufleuchtet, wenn du lächelst. Mit der Freundlichkeit in deinen Augen. Damit, dass du nicht tatenlos zusehen kannst, wie andere leiden, und dich ihretwegen in aussichtslose Kämpfe stürzt oder von Klippen in Flüsse springst. Und als mir klar wurde, dass du mich mochtest, wirklich *mochtest* – was außer Luca noch nie jemand getan hat –, konnte ich mich … nicht mehr selbst belügen.«

Er starrte mich verzweifelt an. Ich starrte sprachlos zurück.

Arian – Arian! – empfand etwas für mich? *Mich?* Liebte mich vielleicht sogar? Heilige Urmutter, dann hatte er eine seltsame Art, das zu zeigen!

Oder … oder vielleicht doch nicht so seltsam? Ich dachte an all die Stunden, die er mit mir verbracht hatte, als er mir geduldig beigebracht hatte, meine Ängste zu überwinden und zurückzuschlagen. Wie er mit mir am Feuer der Urmutter gesungen hatte. Wie ich mehr und mehr diesen seltsamen Ausdruck in seinen Augen wahrgenommen hatte, den ich für ein verstecktes Lächeln gehalten hatte. Ich erinnerte mich daran, wie er mich verlegen beruhigt und geküsst hatte, bevor Ion aufgetaucht war, und wie er, nachdem ich in das Feuer der Urmutter getreten war, statt mit Luca zu gehen, Tag und Nacht neben der Feuerstelle ausgeharrt und darauf gewartet hatte, dass ich herauskam.

Ich war eine Närrin.

Für einen Mann seines Charakters hatte mir Arian auf jede erdenkliche Art gezeigt, was er für mich empfand. Er hatte es quasi von den Dächern gerufen – hätte sich bloß jemand die Mühe gemacht hinzuhören. Hätte ich bloß hingehört …

Ich war hin- und hergerissen zwischen Dankbarkeit und

Trauer. Er musste so viel gelitten haben, und das alles schweigend. Es gab einen Teil in mir, der auf die Qual reagierte, die in dieser Liebe lag, einen Teil in mir, der diese seltsame Mischung aus Elend und Trost wollte, die Arian mir bot. Weil er und ich einander ähnlich waren. In vielerlei Hinsicht ähnlicher als Luca und ich. Wir waren beide verlorene Seelen. Luca hatte uns eingefangen, zusammengebracht, uns das Gefühl gegeben, Teil von etwas zu sein … und uns dann wieder freigegeben. Es war natürlich, dass wir versuchten uns aneinander festzuhalten.

Aber genau das war das Problem, oder?

Vor nicht allzu langer Zeit, bevor ich eine Bergwächterin geworden war, bevor ich Lucas Liebe kennengelernt hatte, bevor ich den Mut aufgebracht hatte, in die Heilige Flamme zu treten, wäre ich so dankbar für solche Gefühle mir gegenüber gewesen, dass ich mich demjenigen wahrscheinlich rückhaltlos hingegeben hätte. Genau wie Arian, kalt und misstrauisch und verletzt, wie er war, sich nur deshalb in mich verliebt hatte, weil ich ihn nicht hasste. Einfach, weil ich *da* war. Isolation und Einsamkeit machten einen Menschen so empfänglich für die allerkleinsten Freundlichkeiten. War das nicht der Grund gewesen, warum ich mich ursprünglich in Luca verliebt hatte?

Doch Dankbarkeit, die Luca immer verachtet hatte, war nicht dasselbe wie Liebe. Sich an einen Menschen zu klammern, weil man so weniger einsam war, hatte nichts mit Liebe zu tun. Und was ich für Arian empfand, war keine Liebe, zumindest keine romantische Liebe. Es war Zuneigung und Verständnis und Freundschaft.

Luca war der Mensch, den ich liebte.

Für ihn war ich in die Heilige Flamme getreten. Nicht, weil er mich für unwürdig hielt – sondern das Gegenteil. Sein Glaube an mich hatte mich zu dem Menschen gemacht, den er immer in mir gesehen hatte. Ich war stark. Ich war tapfer. Ich war anständig. Und ich war gut genug für ihn. Selbst wenn Luca mich nicht mehr wollte, selbst wenn er mir niemals verzieh, war ich jetzt stark genug, um mir selbst gegenüber ehrlich zu sein. Ich war stark genug, ihn gegen alle Widrigkeiten weiter zu lieben.

Ich holte tief Luft, um mich zu beruhigen, und streckte die Hand nach Arian aus. Ich wollte ihn trösten – doch bevor ich etwas sagen konnte, veränderte sich sein Gesichtsausdruck. Er kam auf mich zu. »Frost, du hast dich an der Hand verletzt.«

Der Schlag in Arians Gesicht hatte die Haut auf zwei Knöcheln platzen lassen, Blutstropfen quollen hervor. Ich zuckte zurück und wehrte Arian mit meiner unverletzten Hand ab.

»Komm nicht näher«, warnte ich ihn.

Er erstarrte.

Ich zitterte, meine Muskeln zuckten unwillkürlich vor Angst. Dies war der Moment, in dem ich auf die Probe gestellt wurde. *Wolf? Bist du da?*

Frostige, kalte Luft umwehte mich, dann das Gefühl von Schwere, ein Druck. Ich wappnete mich. Einen Moment lang spürte ich, wie das große, haarige Geschöpf seine Schulter an mich drückte, roch sein feuchtes Fell, hörte den tiefen, gleichmäßigen Rhythmus seines Atems. Etwas Eisiges und Raues streifte über meine Narbe und ich biss mir auf die Lippe, um einen überraschten Aufschrei zu unterdrücken.

Dann verflüchtigte sich die Erscheinung und ließ nichts weiter als eine leichte Kühle und eine brennende Wange zurück.

Danke, Vater. Danke, Heilige Urmutter.

Danke, Wolf.

»Alles ist gut«, hauchte ich triumphierend. »Es ist bloß ein Kratzer.«

Nachdem mein Befehl, Abstand zu halten, aufgehoben war, kam Arian näher und nahm meine blutende Hand. Seine rauen, schwieligen Finger berührten meine so sanft, als wäre ich aus Glas. So sanft, als hätte er noch immer tief in seinem Inneren Angst, dass er mich versehentlich verletzen könnte. Ich wusste nur zu gut, wie er sich fühlte; es war die gleiche Furcht, die mich mein ganzes Leben gequält hatte. Ich betete zur Urmutter, dass Arian eines Tages frei davon sein würde.

»Ich bin froh«, sagte er schließlich. »Ich bin froh, dass … du keine Angst mehr zu haben brauchst.«

Sein Blick hob sich langsam von meiner Hand zu meinem Gesicht. In seinem schimmerte Hoffnung – die Art Hoffnung, die sich am Rande der Verzweiflung bewegt. Ich drehte meine Hand in seiner und hielt seine Finger fest.

»Ich kann nicht«, sagte ich sanft, aber entschieden. »Ich kann ihn nicht aufgeben.«

Arian holte mit einem Zischlaut Luft und ich sah mit Entsetzen das plötzliche Schimmern in seinen Augen. Seine

Finger zuckten, als wolle er mich loslassen, ich legte schnell meine andere Hand auf seine, um ihn festzuhalten.

»Nicht. Nicht, Arian.« Eine warme Träne rollte mir übers Gesicht. »Es tut mir leid. Vielleicht, wenn ich Luca nie getroffen hätte –«

»Dann hättest du mich auch nie getroffen. Oder falls doch, hätten wir uns gegenseitig massakriert«, sagte er mit einem gepressten Lachen. »Alles führt immer zu ihm zurück. Irgendwie … hält er einfach alles zusammen. Das hat er immer getan.«

»Nicht mehr«, flüsterte ich. »Er hält sich im Moment nicht einmal selbst zusammen. Es ist etwas zerbrochen in ihm. Du liebst ihn genauso sehr wie ich, also sag mir – können wir ihn davon abhalten, die Berggarde umzubringen? Können wir ihn davon abhalten, sich selbst umzubringen? Ist der Versuch, ihn abzuhalten, es wert, alles zu riskieren, selbst unser Leben?«

Ich starrte ihn eindringlich an und blickte in ihn hinein, wie Luca so oft in mich hineingeblickt hatte. Ich ließ ihn all meine Gefühle sehen und beobachtete, wie sich sein Kopf hob, als Stärke und Stolz in seine Augen zurückkehrten. Ich beobachtete, wie er seinen Glauben zurückgewann.

»Ja.« In dem Wort schwang ein Anflug seiner ehemaligen Arroganz.

Ich lächelte durch Tränen. »Sind wir also Freunde?«

Arian hob meine Hände an seinen Mund und drückte vorsichtig einen flüchtigen Kuss auf meine blutenden Knöchel. »Freunde für immer.«

In dieser Nacht konnte ich die feuchte Enge des Frauenzeltes nicht ertragen. Ich breitete mein Bettzeug im warmen Gras aus, im Schutz eines alten Baumes am Rande des Lagers, wo ich die leisen Geräusche des Flusses in der Schlucht hören konnte.

Nachdem ich meine Decken ausgerollt hatte, legte ich mich auf die Seite, die Hand unter meinem Kopf, dabei achtete ich auf die heilende Wunde auf meinen Knöcheln. Am nächsten Tag würde sich wieder alles verändern. Doch mittlerweile jagten mir Veränderungen keine Angst mehr ein. Ich hatte einen Verbündeten – einen Freund –, der an meiner Seite kämpfen würde. Und gleichgültig, was passierte, ich würde nie wieder davonlaufen.

Es war erstaunlich einfach, sich unter den sanft flüsternden Blättern und den funkelnden, schweigenden Sternen zu entspannen. Ich ließ mich von der Nacht in den Schlaf singen.

Es mochte Minuten oder Stunden später sein, als ich eine Berührung an meiner Wange spürte. Etwas strich zart über meine Narbe und ich hielt die Luft an. Ich öffnete die Augen in der Dunkelheit.

Ich sah eine verschwommene Bewegung, etwas Helles huschte so schnell davon, dass es längst verschwunden war, als mein Blick sich geklärt hatte. Ich starrte in die Dunkelheit und atmete den schwachen Duft von Geißblatt ein.

Einunddreißig

Endlich erhob sich die Dämmerung über dem Berg und bleichte die niedrigen, schweren Wolken von Schwarz zu Purpur. Ich musste blinzeln, als ich über den Felsbrocken spähte, hinter dem ich mit Arian Schutz gesucht hatte. »Schneelicht« hätte Ma das hier genannt. Ein Zeichen für alle mit gesundem Menschenverstand, ins Haus zu gehen, weil ein Sturm aufzog.

Der Steinschlag, den wir als Versteck ausgewählt hatten, war ungefähr dreihundert Meter von den großen Holztoren entfernt, die die Außenmauer der Tempelfestung sicherten. Kundschafter der Berggarde hatten berichtet, dass das Fallgitter hinter den Toren Tag und Nacht von zwei aufständischen Kriegern bewacht wurde, die es herunterrasseln lassen würden, sobald jemand versuchte den Eingang zu stürmen. Es war ein geniales System. Mit einem Schwachpunkt.

»Regt sich da unten etwas?«, fragte Arian leise.

Ich schüttelte den Kopf, als ich mich auf die Fersen hockte und mir abwesend die Finger rieb. Das dünne Leder meiner Stulpen war kein großer Schutz gegen die bittere Kälte so hoch oben in den Bergen.

»Bist du nicht aus Uskaand? Das bisschen Kälte sollte dir

doch nichts ausmachen«, sagte Arian ungerührt. Er griff nach meinen Händen.

Ich zog sie nervös zurück. »Arian –«

»Idiotin.« Mit einer entschiedenen Geste packte er meine Handgelenke und schob meine Hände in meine Kniekehlen. »Lass sie dort. Da werden sie warm.«

Es entstand ein verlegenes Schweigen.

»Äh. Danke.«

Arian nickte kurz, ohne mich anzusehen. Schuldgefühle und Dankbarkeit ließen mein Herz zusammenkrampfen. Wir kauerten weniger als eine Armlänge entfernt nebeneinander, und trotzdem schien die Einsamkeit einen dunklen Schleier über ihn zu legen und von mir zu abzukapseln. Ich hätte ihn gern in seinem Schmerz getröstet, doch ich war ja der Grund dafür. Ich hätte es nur noch schlimmer gemacht.

Nach einer Minute sagte ich: »In Uskaand sind wir schlau genug, uns im Winter einzupacken. Kein Mensch verlässt das Haus ohne pelzgefütterten Mantel, Stiefel und Fausthandschuhe. Eine Rüstung ist nicht dasselbe.« Ich sah auf seine Hände. »Du trägst nicht mal Handschuhe. Warum fallen deine Finger nicht ab?«

Er zuckte die Achseln. »Das Dorf, in dem ich aufgewachsen bin, lag fast genauso hoch und ich besaß nie Pelzfäustlinge. Ich bin daran gewöhnt.«

»Großmaul.«

Sein Grübchen blitzte auf. »Mannweib.«

Ermutigt von seiner guten Laune hatte ich gerade den Mund geöffnet, um noch eine Beleidigung loszulassen, da hörten wir hinter uns ein schlurfendes Geräusch. Wie durch einen Zauber erschien meine Axt in meiner Hand. Arian zog ein langes Messer aus der Scheide um seinen Schenkel.

Wir ließen uns beide erleichtert zurücksacken, als eine Bergwächterin mit ernster Miene über die Felsbrocken in unser Versteck kletterte. »Zwei Minuten«, sagte sie leise. »Macht euch bereit.«

»Sind alle an ihrem Platz?«, bellte Arian.

»Ja, Leut– Ja, Arian.« Arian mochte zwar kein Leutnant mehr sein, doch niemand hatte sich bisher so richtig daran gewöhnt. Nicht einmal Arian selbst.

»Danke«, sagte ich.

Sie nickte und verschwand wieder. »Die Urmutter segne euch.«

Die Spannung, die wir mit unseren Gekabbel hatten auflösen wollen, füllte die Leere, die die Wächterin hinterließ.

»Die Außenmauer stürmen, in den Hof rennen«, murmelte ich und schob meine Axt wieder in ihre Hülle. »Bei den anderen bleiben. Gelände sichern.«

Arian packte meine Hände und schob sie unter meine Beine. »Denk einfach dran, deine wichtigste Aufgabe ist, für deine Sicherheit zu sorgen. Du kannst weder Luca noch sonst jemand helfen, wenn du …« Er brach ab und schluckte. »Wenn du tot bist. Fang heute keine Kämpfe an, die du nicht gewinnen kannst. Verstanden?«

»Dasselbe gilt für dich«, gab ich zurück und ignorierte das nervöse Rumoren in meinem Magen. »Wenn ich dich bei irgendwelchen Versuchen erwische, dich tapfer zu opfern, schlag ich dir den Schädel ein.«

Arian ließ ein kurzes, schnaubendes Lachen hören. »Verstanden.«

Als über uns Licht aufflammte, gingen wir beide auf die Knie und beobachteten, wie der Feuerpunkt am dunklen Himmel einen Bogen beschrieb und die Außenmauer der Tempelfestung erleuchtete. Im Sturzflug des Lichts konnte ich jedes Detail der Mauer erkennen, die Formen der Steinquader, die kunstvollen Muster der dünnen Bergschlingpflanzen auf dem Mauerwerk, die kleine Holzpantine, die herrenlos neben der Einfahrt herumlag.

Mit einem Klirren von splitterndem Glas krachte das Licht in die Palisade und hinterließ einen schwarzen Fleck auf dem Holz, das augenblicklich Feuer fing. Ein zweites Licht flog, dann ein drittes, alle trafen den Abschnitt der Holzpalisaden. Es waren mit Pech gefüllte Glasflaschen, in deren Hals brennende Lappen steckten.

Das Feuer breitete sich schnell aus, rote Flammen züngelten die trockenen Balken hoch. Eine Wolke giftigen schwarzen Rauchs stieg auf.

Arian gab einen zufriedenen Grunzlaut von sich. »Sie haben die Balken mit etwas Wasserabstoßendem behandelt. So breitet sich das Feuer noch leichter aus.«

Ich hörte einen entfernten Warnschrei und einen Moment später schwang das große Holztor auf, dahinter wurde das Fallgitter sichtbar, das sich langsam hob.

»Unser Plan geht auf«, flüsterte ich.

Sechs Männer in den geschwärzten Rüstungen der Gourdin, der sedrischen Elitekrieger, duckten sich unter dem Fallgitter hindurch und rannten aus der Festung. Ihre

Schwerter steckten in der Scheide. Sie trugen Eimer und Tücher. Die ersten begannen, auf die Flammen einzuschlagen, während die anderen eine Kette bildeten und Wassereimer weiterreichten, um das Feuer zu löschen.

»Sie sind tüchtig«, sagte ich. Die schweigende, gut organisierte Gruppe hatte keine Ähnlichkeit mit den chaotischen, dreckigen Räubern, gegen die ich zuvor gekämpft hatte.

»Dummerweise lässt sich ein Pechfeuer nicht mit Wasser löschen«, sagte Arian. »Komm schon, Luca. *Komm* schon.«

Einer der Gourdin schien zu stolpern und fiel der Länge nach auf den Boden. Der Mann neben ihm drehte sich zu ihm um. Dieses Mal sah ich den Pfeil aus seinem Nacken ragen, bevor auch er umfiel. Die leichte Rüstung der Gourdin hatte gegen die durchschlagkräftigen Armbrustpfeile, die Luca extra hatte schmieden lassen, keine Chance. Die aufständischen Soldaten starben einen schnellen Tod, und falls einer von ihnen aufschrie, hörte ich es zumindest nicht.

Während wir alles beobachteten, sprang ein Dutzend Bergwächter von den Felsen in der Nähe der Außenmauer, wo sie sich in der Nacht zuvor sorgfältig versteckt hatten. Sie teilten sich in zwei Gruppen. Eine Gruppe hatte einen massiven Holzbalken von der Größe eines Mannes auf den Schultern. Die andere Gruppe stürmte den Eingang und rannte mit gezogenen Waffen durch die Tore und unter dem Fallgitter hindurch. Man hörte einen Schrei, der abrupt erstarb, als unsere Vorhut die beiden aufständischen Torwächter überwältigte. Die zweite Gruppe erreichte das Fallgitter, das sich schon nach unten bewegte, und stemmte es mit dem Balken wieder nach oben und klemmte es fest. Die Männer drehten sich um und schwenkten die Schwerter.

Angriff.

Ich kletterte über den Felsen und rannte los, im Laufen riss ich meine Axt aus ihrer Hülle. Arian landete mit gezogenem Schwert neben mir. Überall am Hang tauchten Bergwächter auf den Felsen auf und bewegten sich in einer schweigenden, todbringenden Formation den Berg zum Stützpunkt der Aufrührer hinauf. Außer dem Stampfen von Stiefeln auf dem unebenen Schieferuntergrund war kein Laut zu hören. An diesem Tag verzichteten wir auf Kriegsgeschrei, das unsere Feinde warnen würde.

Wir erreichten die Bergkuppe wie eine Welle und fluteten durch die Tore. Ich lief als eine der Ersten unter dem Fallgitter hindurch, Arian war einen Schritt hinter mir. Hinter der Palisade befand sich die innere Mauer der Tempelfestung. Luca hatte uns schon davor gewarnt, dass sie zwar voller Lücken und Löcher war, aber trotzdem in viel besserem Zustand als die Außenmauer.

Das war der wahrhaft gefährliche Moment seines Plans. Wenn es den Aufrührern gelang, rechtzeitig zu reagieren und uns in dem schmalen Halbmond zwischen den Mauern festzuhalten, würden wir abgeschlachtet werden, ohne jemals zum zentralen Innenhof der Festung durchzubrechen. Die Berggarde bewegte sich, so schnell sie konnte, größtenteils noch immer lautlos durch die Lücken. Bis auf die Gefallenen am Tor sah ich keine Gourdin. Aber auch kein Anzeichen von Luca. Ich zögerte und hielt unter den Soldaten Ausschau nach dem Hauptmann. Steinstaub und Pechqualm kratzten mir im Hals und ließen meine Augen brennen.

»Er ist sicher schon in der Festung«, sagte Arian und zog mich an der freien Hand über ein heruntergestürztes Mauerstück. »Komm.«

Ich machte meine Hand los. »Du musst nicht auf mich aufpassen. Ich komme allein zurecht.« Ich rutschte die Steinquader hinunter, sprang durch einen Spalt in der inneren Mauer und landete einen Schritt vor ihm im Innenhof.

Die große, runde Fläche war beunruhigend still. Uns empfing nichts außer Seilen und Balken, Fässern und Kisten mit Vorräten, die ordentlich an die Wand des ehemaligen Tempels aufeinandergestapelt waren. Das Gebäude selbst war aus massivem Stein und hatte Dutzende Fensterschlitze und einen schlanken Steinturm mit mehreren Wehrplattformen. An der Stirnwand des Bauwerks gab es, genau wie bei den Außenmauern, Zeichen, dass sie schon einmal untergraben und niedergerissen worden war. Man hatte die Löcher mit Lehmziegeln geflickt, um das Gebäude wieder sicher zu machen.

Am Ostrand des Hofes stand ein einstöckiger Holzschuppen mit einem Spitzdach, er war ungefähr doppelt so groß wie das Verpflegungszelt der Bergwächter. Die Schlafbaracke der Gourdin.

»Trupp eins und zwei, umzingelt die Baracke!«, hörte ich Luca rufen, es klang nicht viel lauter als seine normale Sprechstimme. Er war am Ende des Hofs, sein verbundenes Gesicht leuchtete weiß, in der Hand hielt er ein blutiges Schwert. »Sichert die Eingänge!«

Arian und ich wechselten Blicke. Wir waren keiner Gruppe zugeteilt. Mit einem Achselzucken stopfte ich meine Axt in ihre Hülle, kippte ein schweres Fass um und rollte es auf den nächstgelegenen Eingang zu. Wenn wir die Ausgänge blockieren konnten, säßen die besten Krieger der Aufrührer im Inneren fest. Die Mitglieder des ersten und zweiten Trupps schienen denselben Gedanken zu haben. Sie rannten zu den Vorräten, die an den Wänden aufgestapelt waren, und schleppten schwere Säcke und Holzbalken vor die Türen.

»Idioten!«, zischte Arian. »Wir haben keine Zeit für so etwas. Ihr sollt die Türen *sichern*, nicht verbarrikadieren!« Er rannte mit gezogenem Schwert an uns vorbei und streckte die Hand nach dem Türgriff aus. Bevor er ihn herunterdrücken konnte, flog die Tür auf.

Ein Gourdin kam herausgestürzt. Sein Schwert blitzte auf. Eine junge Bergwächterin, die ihr Schwert weggesteckt hatte, um eine Holzkiste zu schleppen, stürzte mit einem Schrei zu Boden und umklammerte ihren Hals.

»Aufgepasst! Achtung!«, brüllte der Gourdin. »Männer, zu mir!«

Der Mann ging unter Arians Schwert zu Boden, doch zwei andere Türen waren bereits aufgestoßen worden. Noch mehr aufständische Kämpfer drängten auf den Innenhof. Einige waren in voller Montur, andere trugen nur Hemden und Hosen, doch alle waren schwer bewaffnet. Ich fluchte, als mir klar wurde, dass wir unsere Chance auf einen nahezu unblutigen Sieg verspielt hatten. Ein Blick die Festung hoch zeigte mir, dass in den kleinen Fenstern Licht zu flackern begann, die Schreie des Gourdin weckten die Bewohner. Die Zeit des lautlosen Anschleichens war vorbei.

Die Bergwächter stürmten mit Kampfgeschrei auf die Aufrührer zu. Ich zog meine Axt heraus und stürzte mich in die Schlacht. Die Übungsstunden zahlten sich aus, ohne zu überlegen hob und senkte sich meine Waffe, mein Körper wirbelte herum und trat zu. Arian kämpfte hinter mir, in einer Hand das Schwert, in der anderen eine mit Blei beschwerte Holzkeule. Wir schlugen eine Schneise durch die aufständischen Krieger. Ich sah die wild entschlossene Hoffnung auf den Gesichtern der Bergwächter um mich. *Wir gewinnen. Wir können gewinnen. Wir können sie schlagen.*

»Frost …« Ich drehte mich um, als ich die vertraute Stimme hinter mir hörte.

Es war Hind. Ihr Gesicht war aschfarben, die Vorderseite ihrer Tunika blutgetränkt. Ein Arm hing schlaff herunter. Sie sackte in sich zusammen und ich konnte sie gerade noch an den Schultern halten, bevor sie auf dem Boden aufschlug. »Arian! Hilfe!«

Arian erledigte den Gourdin vor sich mit einem harten Schlag gegen den Kopf und drehte sich um. Seine Augen blickten entsetzt auf Hind, die sich an mir festklammerte. Er steckte sein Schwert in die Scheide und die Keule in den Gürtel und packte Hind um die Taille. Gemeinsam zogen wir sie aus dem Kampfgetümmel und legten sie an der Mauer vorsichtig auf die Erde. Ein toter Gourdin war dort zusammengebrochen, auf seinem Gesicht lag noch immer Entsetzen. Ich wandte den Blick ab.

»Luca –«, sagte Hind. »Er ist hineingegangen. Ich habe versucht ihn aufzuhalten …«

»Luca hat dir das angetan?«, flüsterte ich ungläubig.

»Nur der Arm«, sagte Hind zwischen zusammengebissenen Zähnen hindurch. »Hat mich gegen die Schulter geboxt. Der Arm wurde taub. Konnte mein Schwert nicht mehr halten. Ein Gourdin hat mich erwischt.«

Ich stieß einen Fluch aus.

»Er ist in den Tempel hineingegangen?«, fragte Arian eindringlich. »Allein?«

»Er will *ihn* kriegen«, sagte Hind. Sie klammerte sich mit ihrer unverletzten Hand an Arians Arm und starrte uns an. »Er ist völlig von Sinnen. Ion wird ihn töten.«

»Du brauchst eine Heilerin –«, setzte ich an.

Hind schüttelte den Kopf. »Rani wird mich schon finden. Dafür ist jetzt keine Zeit. Ihr müsst ihm nach.«

Arian zögerte und sah sich das Kampfgeschehen an. Dann nickte er mir kurz zu. »Komm.«

Hind schloss die Augen, als wir aufstanden und losrannten. Hoffentlich hatte sie Recht und jemand fand sie, bevor es zu spät war.

Wir liefen um die Schlacht in der Hofmitte herum und steuerten auf die Holztür an der Vorderseite des Tempels zu. Ein Gourdin versperrte uns den Weg. Seine Schultern waren fast so breit wie der Türrahmen, in jeder fleischigen Hand hielt er eine kleine Streitaxt. Neben ihm lagen drei Körper in Bergwächteruniform. Ich vermied den Blick auf ihre Gesichter, keiner von ihnen hatte jedoch Lucas kurzes, goldenes Haar.

»Keinen Schritt weiter«, sagte der aufständische Krieger mit einer Stimme, die wie Donner grollte. »Ihr werdet keinen Schritt in unser Heim setzen.«

Arian zog mit einem metallischen Schaben sein Schwert. »Das ist nicht dein Heim, Sedrier. Das ist gestohlenes Eigentum. Jetzt mach Platz – oder du bist tot.«

Zweiunddreißig

Ich ging in die Knie und zielte auf die Beine des Gourdin. Mit einer für einen so massigen Mann erstaunlich flinken Bewegung ließ er die rechte Axt niedersausen und fing meine Axtklinge mit der Schneide ab. Auf dieselbe Art wehrte er mit der anderen Axt Arians Schwert ab. Der Gourdin war ein Meister mit den Äxten. Ich taumelte einen Schritt vor und umklammerte mit aller Kraft meine Waffe.

Arian ließ sein Schwert fallen und sprang zur Seite. Der plötzlich fehlende Widerstand ließ den Aufrührer das Gleichgewicht verlieren. Ich zog an meiner Axt, die größer war als seine. Metall klirrte, dann flog die Waffe dem Gourdin im hohen Bogen aus der Hand. Ich verzog das Gesicht zu einem triumphierenden Lächeln. Eine Axt war erledigt, eine galt es noch auszuschalten.

Als Arian unter seinen Brustpanzer griff und die bleibeschwerte Keule herauszog, packte der Gourdin die ihm verbliebene Axt mit beiden Händen und zielte mit einem Seitenhieb auf meinen Magen. Ich schwang meine Waffe gerade rechtzeitig nach unten, um die Klinge mit der eisernen Schaftfeder abzuwehren.

Arian ging dazwischen und rammte dem Aufrührer die Spitze seiner Keule in den Magen. Als er erbleichte und rückwärtstaumelte, schlug Arian ihm die Keule gegen die Knie.

Der Gourdin stieß einen Schrei aus, als ihm die Beine wegknickten. Er schlug auf den Boden. Im gleichen Augenblick schmetterte ich den eisernen Kopf meiner Axt gegen seine Schläfe. Als das Metall den Schädel des Aufrührers traf, war ein Knacken zu hören, er sackte zu Boden und blieb auf der Türschwelle liegen.

Arian richtete sich auf und ergriff sein Schwert. Gemeinsam sprangen wir über die Beine des Riesen und kamen in einen großen, widerhallenden Raum voller Schatten.

Viele Seitenwände gaben dem Raum, der mit grob gezimmerten Holzmöbeln vollgestellt war, eine seltsame Form. Er ähnelte irgendwie dem Verpflegungszelt der Bergwächter. Ich hatte mit weiteren feindlichen Soldaten gerechnet, doch da war niemand.

»Sie haben nur einen Mann postiert, um den Eingang zu bewachen? Das ist verrückt.«

»Sie haben nicht damit gerechnet, dass Angreifer so weit kommen würden«, sagte Arian und ließ den Blick durch den Raum schweifen. »Ihr Wahn, sich für unbesiegbar zu halten, war schon einmal der Grund für die Niederlage der Sedrier. Komm, wir müssen weiter.«

Mit dem Rücken zur Wand suchten wir vorsichtig den Saal ab, bis wir eine Türöffnung fanden. Sie hatte kein Türblatt – eine Stange ließ vermuten, dass dort einmal ein Vorhang gehangen hatte. Noch immer an die Wand gepresst trat Arian durch die Öffnung. Ich drückte mich an die andere Seite. Der Gang war breit und hatte eine hohe Decke, die in der Dunkelheit verschwand. Das einzige Licht kam von schmalen Fensterschlitzen weit oben. Noch immer war kein Laut zu hören, weder Stimmen noch Schritte. Es war unheimlich.

Arian fuhr mit der Hand über die Wand. Dann duckte er sich und tastete offenbar den Boden ab.

»Was tust du da?«

»Hier sind Halterungen für Licht, aber sie sind leer. Und auf dem Boden liegt Staub. Ich glaube, dieser Teil wird nicht mehr bewohnt«, sagte er.

»Das ergibt doch keinen Sinn. Der Gang geht direkt vom Hauptraum ab«, sagte ich und spürte, wie sich mir die Nackenhaare hochstellten. »Kann ich deine Keule haben? Für eine Axt ist es hier zu eng.«

»Nimm lieber das Messer«, sagte er und hielt mir den Griff hin. »Du bist scharfe Waffen gewöhnt.«

Wir gingen mit gezückten Waffen weiter. Ich erwartete jeden Augenblick Licht zu sehen, stattdessen wurde es immer finsterer. Es war, als würden wir in eine Höhle vordringen.

»Diese Festung ist riesig«, flüsterte ich, als wir zu einem runden Raum mit vier weiteren türlosen Öffnungen kamen. Selbst gedämpft hallte meine Stimme von den Wänden wider.

»Wir müssen das Risiko eingehen, ein Licht anzuzünden«, sagte Arian. »Ich hab in dem Beutel an meinem Gürtel eine Kerze. Halt mal.«

Er drückte mir die Keule in die freie Hand und nach einigen leisen Flüchen und Kratzgeräuschen flackerte ein

Licht auf. Er nahm die Keule wieder an sich und ließ etwas geschmolzenes Wachs auf die Spitze tropfen, bevor er die Kerze daraufdrückte. Nun war die Keule sowohl Kerzenständer als auch Waffe. Er hielt das Licht hoch, doch die kleine Flamme gab nicht viel Helligkeit ab – es reichte gerade aus, dass wir nicht über unsere eigenen Füße stolperten.

»Vielleicht sollten wir zurückgehen und es mit einer anderen Tür im Hauptraum versuchen?«, schlug ich vor.

Aus einem der Gänge drang ein unterdrückter Schrei und wir stürzten beide los.

Fast augenblicklich stieg mir ein beißender Geruch in die Nase. Urin. Heißes Fett. Blut.

Ein Flackern von Arians Kerze zeigte uns die Leiche eines Mannes. Ein Gourdin lag quer auf dem Gang. Er hatte eine hohe Lampe getragen, als er gestürzt war. Sie lag neben ihm, sein Blut hatte die Flamme gelöscht.

»Lucas Werk?«, murmelte Arian, als wir zum Ende des Gangs liefen.

Es war einst ein großer runder Raum gewesen. Nun unterteilten ihn grob behauene Holzlatten in Verschläge, in denen Menschen kauerten; man erkannte sie im bleichen Licht der hohen Fensterschlitze und Arians Kerze. Der Gestank ungewaschener Körper und der Anblick dürrer Arme und Beine, die aus zerlumpten Kleidern herausstanden, ließen darauf schließen, dass diese Gefangenen schon eine Weile hier eingesperrt waren. Sie waren allesamt Rua.

»Sklaven.« Das Wort hinterließ einen widerlichen Geschmack in meinem Mund.

Arian ging auf den ersten Verschlag zu. Eine Frau, deren

Gesicht so dreckverschmiert war, dass sie sowohl achtzehn als achtzig hätte sein können, saß dort zusammengekauert mit einem kleinen Kind. Als das Kind leise wimmerte, bedeutete ihm die Frau still zu sein, der schwache Lichtschimmer in ihren Augen zeigte an, dass sie Arian aufmerksam beobachtete.

Er zog das Schwert aus der Scheide.

Die Frau zuckte zurück und legte die Arme um das Kind.

Arian zertrümmerte den Holzriegel an dem Verschlag und zog die Tür auf.

»Es ist alles gut«, flüsterte er, seine Stimme war sanfter, als ich sie je gehört hatte. »Wir sind die Königliche Berggarde. Der König und die Reia haben uns geschickt. Ihr seid jetzt in Sicherheit. Ihr könnt rauskommen.«

Die Frau starrte ihn an, abgesehen von dem panischen Keuchen, dass ihren Oberkörper beben ließ, rührte sie sich nicht. Das Kind wimmerte erneut.

»Gerade ist ein Mann vorbeigelaufen«, flüsterte die Frau, ihre Stimme klang heiser und trocken. »Er trug die gleiche Uniform wie ihr. Er hat den Wächter getötet, doch er hielt nicht an, um uns herauszulassen …« Ihre Augen wanderten wieder zu Arian und mir, sie schien ruhiger zu werden. »Er war allerdings Sedrier. Vermutlich waren wir ihm egal.«

Verflucht, Luca. Es kostete mich einige Anstrengung, die Worte zurückzuhalten. Überall im Raum begannen sich Rua-Gefangene zu rühren und vor Angst oder mit plötzlicher Hoffnung zu murmeln.

»Wir werden euch alle herauslassen«, sagte Arian mit Nachdruck.

So schnell wir konnten, zerschlugen wir die Riegel der Holzverschläge. »Ihr seid jetzt frei«, flüsterte ich jedem Gefangenen zu. »Ihr seid frei.«

»Kennt sich einer von euch in der Festung aus?«, fragte Arian, als alle aus ihren Verschlägen waren. »Im Hof wird gekämpft. Ich will euch nicht dort rausschicken.«

»Ich kann kämpfen«, sagte ein gebeugter alter Mann und warf Arian einen wilden Blick zu. »Ich hätte Lust, ein paar Sedrier niederzumetzeln.«

»Wir haben keine Waffen, die wir euch geben könnten«, beeilte ich mich zu sagen. »Außerdem sind einige Sedrier auf unserer Seite. Wir können nicht zulassen, dass ihr sie tötet.«

Der alte Mann schnaubte. Einige andere lachten müde in sich hinein. Die meisten starrten einfach ins Leere, stumm vor Schock und nicht sicher, ob sie ihrer plötzlichen Befreiung trauen sollten.

»Wir sind der Abschaum«, sagte die erste Frau. Trotz ihrer Magerkeit hatte sie es geschafft, den kleinen Jungen auf ihre Hüfte zu heben. »Diejenigen, die zu krank oder zu jung oder zu hässlich oder zu alt sind, um verkauft zu werden. Sie lassen uns die Arbeiten machen, für die sie sich zu gut sind. Wir kennen uns hier aus. Wir können uns verstecken, bis der Kampf vorbei ist, egal wie er ausgeht.«

»Bleibt in Deckung. Wir schicken jemanden, falls – wenn – wir gewinnen«, sagte ich.

Die Frau nickte und lief auf den Gang zu, die anderen trotteten ihr langsam hinterher. In der Türöffnung drehte sie sich um. »Dieser sedrische Junge. Er lief diese Treppe so schnell hoch wie eine Ratte Richtung Sickergrube. Falls es euch interessiert.«

»Ja, das interessiert uns. Danke.«

»Verpass ihm ein paar Schläge von mir«, sagte die Frau und wandte sich ab.

Arian öffnete den Mund, aber ich legte ihm die Hand auf die Schulter und schüttelte den Kopf. Wie konnte er Lucas Verhalten diesen Menschen gegenüber verteidigen?

Arian stieg mit seinem flackernden Licht als Erster die Treppe hinauf. Ich folgte ihm auf den Fersen, das Messer sorgsam nach unten haltend, um ihn nicht zu verletzen, falls er plötzlich stehen blieb. Die stinkende Luft der Sklavenverschläge haftete an meiner Haut.

Als wir das Ende der Treppe erreichten, standen wir in einem verlassenen Gang, der genauso aussah wie der, der in den Raum mit den Sklaven geführt hatte. Direkt vor uns befand sich eine weitere Treppe.

»Das gefällt mir nicht.« Arian starrte auf den Gang. »Wir können stundenlang durch dieses Gebäude irren und trotzdem nichts finden. Es ist riesig. Wo will Luca hin? Er kann doch ebenso wenig wie wir wissen, wo Ion steckt.«

»Nein«, sagte ich kopfschüttelnd. »Er muss irgendeine Vorstellung haben, sonst hätte er sich Hind gegenüber nicht so verhalten. Wo würde er nach Ion suchen? Das ist die Frage. Wo hält sich Ion in einem Gebäude wie diesem aller Wahrscheinlichkeit nach auf?«

Die Kerze auf der Keule war während der Befreiung der Gefangenen fast heruntergebrannt und das heiße Wachs auf der Waffe zu gelben Rinnsalen erstarrt. Während Arian dastand und überlegte, erlosch die Flamme endgültig und ließ uns im Dunkeln zurück. Als er die Keule senkte, spritzte das letzte Wachs auf die Steinfliesen.

»Luca hat mir einmal erzählt, dass Ion am liebsten auf Menschen heruntersah – und so tat, als wäre er ein Adler und alle anderen Mäuse.«

Ich nickte und erinnerte mich, wie Ion selbstgefällig auf Arian und mich herabgeblickt hatte, als er uns am Bach überraschte. Selbst als der Wolf anfing, seine Leute anzufallen, hatte er sich nicht die Mühe gemacht, von seinem Platz auf der Anhöhe herunterzuklettern und zu helfen. »Ich glaube, er kämpft nicht besonders gern. Zumindest nicht, wenn sein Gegner in der Lage ist, sich zu wehren. Ich könnte wetten, dass er sich irgendwo oben versteckt, wo er unbeteiligt zusehen kann. Hier gibt es einen Turm. Dort würde Luca als Erstes nach ihm suchen.«

»Dann müssen wir dorthin.«

Wir rannten die nächste Treppe hinauf – doch als Arian oben ankam, blieb er wie angewurzelt stehen. Ich hielt mich mit der freien Hand an der Wand fest und spähte über seine Schulter. Der Gang war anders als die bisherigen. Auf den Steinfliesen lag ein ausgeblichener Läufer, darauf stand ein Tisch mit einer angeschlagenen Waschschüssel. In einer Halterung über dem Tisch brannte eine Öllampe.

Hier lebte jemand.

Wir eilten auf die nächste Treppe zu. Unsere schweren Schritte hallten unerträglich laut. Ich drehte mich um, um für Rückendeckung zu sorgen.

»Mutter?«

Ein kleines Mädchen, dessen blonde Locken ihm wie ein Heiligenschein um den Kopf standen, tappte auf den Gang. Als sie uns sah, erstarrte sie und hielt ihr überlanges Nachthemd umklammert, während ihr Mund ein perfektes O der Überraschung formte.

»Lauf weg!«, rief ich.

Ich hörte das kleine Mädchen hinter uns wimmern, als wir die Treppe zum nächsten Stockwerk hinaufrannten, wo Öllampen den Gang erleuchteten. Ein Mann mittleren Alters mit welligem grauem Haar eilte hinter einem Vorhang hervor und schnallte ein Schwertgehänge um. Er starrte uns mit offenem Mund an. Dann bewegte sich seine Hand zu seiner Waffe.

Arian holte mit der Keule aus und verpasste dem Mann einen kräftigen Hieb gegen die Schläfe. Getrocknetes Wachs flog in alle Richtungen. Der Mann taumelte durch den Vorhang zurück. Ein Schrei – dieses Mal der einer Frau – war zu hören. Arian folgte dem Mann, doch ich rannte an ihm vorbei die nächste Treppe hoch. Zwei Stufen auf einmal nehmend, schlug ich an ihrem Ende fast mit dem Kopf gegen eine Holztür.

Ein eisiger Windzug ließ meine Augen tränen, als ich die Tür aufstemmte. Ich wartete auf Arian, dann ließ ich sie wieder zuschnappen.

»Gib mir deine Keule!« Ich riss sie ihm aus der Hand, rammte sie durch den Eisenring des Türgriffs und verbarrikadierte so den Durchgang. Nun konnte uns keiner hinterherkommen.

Ich wischte mir den kalten Schweiß von der Stirn und sah

mich um. Wir standen auf einer Brustwehr – einer ungemein dicken runden Mauer, die die Vorderseite des gesamten Bauwerks zu bilden schien. Hinter uns war ein abgeschrägtes Schieferdach, links von uns der Turm, nach dem wir gesucht hatten. An seinem Fuß, auf einer Höhe mit der Brustwehr, befand sich eine kleine Holztür.

Von hier oben hatten wir eine ausgezeichnete Sicht auf die zerstörten Mauern der ehemaligen Tempelfestung und die Feuerbrunst, die die Überreste der Palisade vernichtete und alles in eine Rauchwolke hüllte. Ungefähr sieben Meter unter uns war der große Innenhof, wo wir unsere Freunde im Kampf zurückgelassen hatten. Ich hörte Waffen klirren und Menschen schreien. Ich trat einen Schritt vor, um den Kampf zu beobachten, doch Arian hielt mich zurück.

»Nicht jetzt. Lass uns erledigen, weshalb wir hergekommen sind, und den Turm absuchen.«

Ich nickte und zog wieder meine Axt heraus. Ich gab Arian das geborgte Messer zurück, der es in die Scheide an seinem Bein schob und sein Schwert zog. Wir gingen auf die Tür des Turms zu.

»Ich gehe besser als Erste«, sagte ich. »Ich will nicht mit meiner Axt hinter dir sein.«

»Vergiss es«, sagte er grimmig. »Ich kenne dich. Wenn Ion dort oben ist, ist das glatter Selbstmord.«

Ich biss die Zähne zusammen. Er schien eine kleinere, brummigere Version des früheren Luca geworden zu sein. »Du brauchst mich nicht zu beschützen.«

»Tja, werde ich aber. Da kannst du meckern, wie du willst.«

»Du –«

Ich schloss abrupt den Mund, als wir beide die vertraute Stimme über unseren Köpfen hörten. Es ließ sich nicht deuten, ob es ein Triumph- oder Schmerzensschrei war, aber es war eindeutig Luca.

Arians Kopf schnellte zurück. »Er ist im Turm.«

Ein weiterer Schrei ertönte und dieses Mal waren Wörter auszumachen. Luca rief den Namen seines Bruders. Ich riss die Tür zum Turm auf.

Die kleine Kammer dahinter war dunkel, eine steinerne Wendeltreppe nahm den meisten Raum ein. Lucas Stimme hallte von irgendwo oben wider. Ich gab Arian keine Gelegenheit für Diskussionen und stürmte als Erste die Treppe hinauf. Er war direkt hinter mir. Unsere Schritte hallten durch den Turm, bis das ganze Bauwerk zu beben schien. Durch die schmalen Fensterschlitze, an denen ich vorbeirannte, hatte ich schwindelerregende Ausblicke auf den Hof unten, den Himmel, Dächer.

»… hören uns … kommen«, keuchte Arian.

»Zu spät«, sagte ich schnaufend und versuchte, nicht mit der Axtklinge gegen die Wand zu stoßen. Wenn sie unglücklich zurückprallte, würde sie mir sonst die Kehle aufschlitzen. Arian hatte das gleiche Problem. Das Geräusch seines Schwertes, das gegen Stein kratzte, ging mir durch Mark und Bein. Als ich nach oben blickte, entdeckte ich Holzplanken über uns.

Noch eine Windung und ich hatte das Ende der Wendeltreppe erreicht. Ich stolperte in einen überraschend großen Raum – eigentlich kein Raum, sondern eine hölzerne Plattform, deren Steineinfassung nur bis zur Taille reichte.

Oberhalb der Mauer waren die Seiten offen. Holzstangen hielten ein Kegeldach, von dem eine Bronzeglocke herunterhing. Ihr dickes Seil lag zusammengerollt in der Mitte der Plattform. Der Rest war ein heilloses Durcheinander. Ein Stuhl und ein Tisch waren umgeworfen, Papiere, Bücher und Stifte lagen auf dem Boden verstreut, Tinte bildete glänzende Pfützen auf sich wellenden Pergamentkarten.

Luca stand mit dem Rücken zu uns auf der anderen Seite des Turms. Er hielt ein Messer mit der Spitze gegen die Kehle seines Bruders, der an der niedrigen Steinwand lehnte und mit ausgestreckten Armen das Gleichgewicht zu halten versuchte. Wenn Ion sich auch nur ein klitzekleines Stück vorbeugte, würde sich das Messer in seine Kehle bohren. Lehnte er sich nur wenig zurück, würde er über die Mauer stürzen.

Als wir geräuschvoll auf die Plattform traten, huschte Ions Blick zu uns, Luca jedoch wandte den Kopf nicht.

»Deine Verstärkung ist eingetroffen«, sagte Ion heiser. Als er sprach, drückte sich das Messer noch ein wenig tiefer in seine Kehle. Ein heller Blutstropfen rann ihm den Hals hinunter. »Willst du sie nicht begrüßen?«

Luca gab keine Antwort, doch das Messer in seiner Hand schien zu zittern. Dann drehte es sich. Der Blutstropfen wurde zum Rinnsal.

Ich starrte auf seine reglose Gestalt. Einen Augenblick zuvor hatte Luca noch geschrien. Der Verwüstung nach zu urteilen hatte ein Kampf stattgefunden. Und trotzdem stand Luca nun, da er das Messer an Ions Kehle hielt, wie erstarrt da.

Arian drängte sich mit gezogenem Schwert an mir vorbei. »Luca …«, flüsterte er, seine Stimme klang zögernd, sanft, als spräche er mit einem verschreckten Tier. »Es ist gut. Du musst es nicht tun.«

Lucas Kopf fuhr herum, seine Augen wirkten gegen die Verbände fast schwarz. »Ich brauche deine Hilfe nicht.«

»Achtung!«, schrie ich.

Ions Hand schnellte hoch, packte Lucas Handgelenk und hebelte das Messer zur Seite. Die Spitze hinterließ einen oberflächlichen Schnitt an Ions Kiefer. Er zuckte kaum. Doch Luca ächzte vor Schmerz, als Ion ihm die Hand verdrehte, damit er das Messer fallen ließ. Luca holte genau in dem Moment zu einem Tritt aus, als Arian auf sie zueilte. Ion packte Luca am Stiefel und stieß ihn gegen Arian, der sein Schwert fallen lassen musste, um Luca nicht aufzuspießen. Sie gingen beide zu Boden.

Ion sprang blitzschnell über sie und stürzte auf mich zu, ganz offensichtlich wollte er zur Treppe. Ich holte mit der Axt aus. Ion blieb abrupt stehen, auf seinem Gesicht erschien ein wachsamer Ausdruck – gemischt mit etwas, von dem ich hätte schwören können, dass es Vergnügen war.

»Ach! Wenn das nicht das Wolfsmädchen ist! Na, so was, dich hier zu treffen!«

Bevor ich reagieren konnte, packte er mit beiden Händen das weiße Glockenseil, trat einen Schritt zurück und schwang sich über die niedrige Steinbrüstung aus dem Turm. Die Glocke erklang mit ohrenbetäubender Lautstärke. Ich holte aus und durchtrennte das straff gespannte Seil mit der Axt.

Von draußen war ein Schrei zu hören. Ich rannte zur Brüstung und sah nach unten. Ion war, noch immer das Seil umklammernd, auf der Brustwehr gelandet. Er richtete sich auf, winkte mir fröhlich zu und sprang auf das steil abfallende Dach. Er rutschte hinunter und verschwand außer Sichtweite.

»Du hast ihn laufenlassen.« Lucas Stimme kam als Knurren zwischen den zusammengebissenen Zähnen heraus. »Ich hatte das Messer an seiner Kehle und du hast ihn laufen lassen.«

Als ich mich umdrehte, sah ich, wie Luca Arians Hände wegschlug, als dieser ihm aufzuhelfen versuchte. Er kam allein auf die Füße, sein ganzer Körper bebte vor Wut.

»Du hattest vielleicht das Messer an seiner Kehle, aber du hast es nicht über dich gebracht«, sagte Arian müde. »War es nicht so? Heilige Urmutter, Luca, du konntest es nicht!«

Luca betrachtete ihn mit etwas wie Hass. »Du hast doch keine Ahnung, wovon du redest. Ich hätte ihm wie einem Karnickel das Fell abgezogen. Jetzt läuft er davon. Diese Festung ist ein Labyrinth – dank dir kann er sich für alle Ewigkeit verstecken.«

»Hör auf damit!«, rief ich. »Es ist nicht Arians Schuld.«

»Wenn du dich nicht eingemischt hättest –«

»Wäre genau dasselbe passiert«, sagte ich zornig und schob meine Axt in die Hülle. »Du hättest dort gestanden, bis er dir das Messer entrissen und dich aufgeschlitzt hätte. Das weißt du genau, Luca. Es steht dir ins Gesicht geschrieben.«

Luca sagte erstickt: »In diesem Gesicht kannst du überhaupt nichts sehen, du Idiotin.«

Er drängte sich an uns vorbei und rannte die Treppe hinunter.

Dreiunddreißig

Als wir den Fuß des Turms erreichten, war Luca schon fort, ebenso schnell verschwunden wie sein Bruder.

»Was jetzt?«, fragte ich.

Arian legte den Kopf schief, als lausche er auf ein Geräusch. Dann ging er zwei Schritte bis zur Brustwehr und blickte nach unten in den Hof. Er winkte mich heran.

Unter uns lieferten sich einige Bergwächter auf der Ostseite des Hofes noch immer Scharmützel, ihre Gegner schienen allerdings Haussklaven zu sein, sie waren nicht mit Schwertern oder Äxten bewaffnet, sondern mit Küchenmessern. Einer hielt gar einen Besen. Die Bergwächter drängten sie stetig zurück. Während ich zusah, stolperte einer der Diener in der ersten Reihe über eine Seilschlinge und riss zwei seiner Kameraden mit um. Die Bergwächter drängten sich in die Lücke und innerhalb kürzester Zeit legten die Diener ihre Waffen nieder und ergaben sich.

Fast alle Gourdin waren tot. Die wenigen, die überlebt hatten, saßen verschnürt wie Hühner am Markttag vor den Außenwänden ihrer Unterkunft. Die meisten Bergwächter waren damit beschäftigt, kleine Gruppen weinender sedrischer Frauen und Kinder aus dem Tempel zu führen, viele davon noch in Nachthemden.

Sechs sedrische Männer – älter und besser gekleidet als die anderen – standen vor der inneren Mauer stramm. Waren sie die Anführer der Aufständischen, die sedrischen Lords, die zu stolz gewesen waren, um ins Exil zu gehen, und die deshalb Ion hierher gefolgt waren? Auch jetzt versuchten sie Stolz zu demonstrieren, allerdings konnten die erhobenen Köpfe und spöttischen Gesichter nicht darüber hinwegtäuschen, dass sie an Händen und Füßen aneinandergebunden waren. Keiner von ihnen schien jedoch verletzt zu sein. Man hatte sie kampflos gefangen genommen.

»Es hat funktioniert«, hauchte ich. »Lucas Plan ist wirklich aufgegangen. Wenn er es bloß sehen könnte. Wenn er bloß sehen könnte, was seine Leute für ihn getan haben.«

»Ich bezweifle, dass ihm das noch etwas bedeutet«, murmelte Arian.

Ich öffnete den Mund, um zu widersprechen. Dann schloss ich ihn wieder. Schließlich sagte ich: »Wir können nicht weiter hinter ihm herrennen. Wir haben jetzt alles getan, was in unserer Macht stand. Wir sollten hinuntergehen und ihnen helfen.«

Als ich vorsichtig die Keule aus dem Eisenring an der Tür zog, stürzte sich kein aufgebrachter Sedrier auf uns. Im Erdgeschoss hatte sich das Gebäude bereits verändert. Statt der Stille hallten nun Stimmen und Schritte durch die Gänge, die auch nicht länger dunkel waren, sondern vom Licht der Lampen und Fackeln der Berggarde erhellt wurden, die das Gebäude nach versteckten Feinden durchkämmte.

Wir fanden Livia in einer Ecke des seltsam geschnittenen Raumes, der auf den Innenhof führte. Rani und sie breiteten ihre Utensilien auf einem der Tische aus. Jemand hatte Lichter in die Halterungen gesteckt. Mehrere Männer und Frauen, darunter zwei der von Arian und mir befreiten Rua-Gefangenen, lagen auf Decken auf dem Boden. Einige von ihnen schienen kleinere Verletzungen zu haben. Andere hatte es schlimmer erwischt. Unter ihnen war Hind, ihre Tunika war aufgeschnitten und darunter sah man den blutgetränkten Verband, der fast ihren ganzen Oberkörper bedeckte. Sie lag still da, ihre Augenlider flatterten unmerklich.

»Wie geht es ihr?«, fragte ich Livia.

Die ältere Frau machte ein besorgtes Gesicht. »Sie hat viel Blut verloren. Bevor sie ohnmächtig wurde, hat sie ständig nach Luca gefragt. Wo ist der Hauptmann?«

»Er hat es geschafft, Ion zu stellen, aber Ion konnte fliehen. Sie sind beide irgendwo hier in der Festung. Sei vorsichtig«, sagte ich.

Arian fragte: »Wie können wir dir helfen?«

Livia wirkte überrascht, dann schenkte sie Arian ein aufrichtiges, wenn auch erschöpftes Lächeln. »Da draußen sind jede Menge Verletzte, aber sie sind zu stur, um sich behandeln zu lassen. Einige werden bald umkippen. Könntest du ihnen zureden, hierherzukommen? Auf dich werden sie hören.«

Arian nickte. Wir liefen zur Tür. Was Livia nicht gesagt hatte – und was ich nur zu gut wusste –, war, dass draußen auch jede Menge Tote sein mussten. Freunde wie Feinde. Als ich hinausging und den Blick über den Innenhof wandern ließ, wappnete ich mich innerlich.

Die Luft war eisiger als zuvor, der Qualm lag wie eine Teerschicht auf der Zunge. Winzige Schneeflocken fielen auf die zitternden Gruppen der Frauen und Kinder der Abtrünnigen. Ich zählte ungefähr dreißig erwachsene Frauen, einige von ihnen Dienerinnen, einige Adlige, und ungefähr die gleiche Anzahl Kinder, ihr Alter reichte vom Säugling bis zu heranwachsenden Mädchen. Ich sah kaum Jungen. Waren sie unter den Gourdin, lebend oder tot?

»Wir können die Kinder nicht in diesen Kleidern hier draußen lassen. Es ist zu kalt«, sagte ich. »Eigentlich sollte Luca hier sein und sich darum kümmern. Können wir nicht die leere Gourdinbaracke gründlich nach Waffen durchsuchen und die Zivilisten dort unterbringen, wo sie es warm haben und aus dem Weg sind?«

Bevor Arian mir antworten konnte, gab es Unruhe und Gemurmel unter den Bergwächtern.

Der Anlass war Luca. Er stand auf einem Kistenstapel auf der Ostseite des Innenhofes. Er schien aus dem Nichts aufgetaucht zu sein. Dann sprang er vor unseren Augen von den Kisten herunter. Seine Bewegungen waren ruckartig, ungewohnt unbeholfen für Lucas Verhältnisse. Er zog sein Schwert und ging ohne einen Blick oder ein Wort des Grußes für seine Männer über den Hof. Sie machten eilig Platz.

Er erreichte die gefesselten Gourdin bei der Baracke, packte den Ersten an den Händen und marschierte in die Mitte des Hofes zurück; den Mann zwang er, auf Knien hinter ihm herzukriechen, wenn er nicht hinterhergezerrt werden wollte.

»Wo ist er?«, wollte Luca wissen. Seine tiefe, gebieterische

Stimme hallte in der Stille. Selbst die Frauen und Kinder der Aufrührer hatten zu weinen aufgehört. »Wo ist Ion Constantin?«

Der Gourdin blickte Luca wortlos an. Ich konnte nicht sagen, ob sein Gesichtsausdruck mürrisch oder einfach nur verwirrt war. Luca ließ die Hände des Soldaten los und verpasste dem Mann eine Ohrfeige, die ihn umwarf. »Sprich.«

Der Mann rief etwas auf Sedrisch. Die meisten Worte erkannte ich nicht – doch mit bestimmten Ausdrücken warf man in jedem Militärlager um sich und ich hatte genug davon gelernt, um »Verräter« und »Feigling« herauszuhören.

Ich trat einen Schritt vor. Arians Hand umklammerte meinen Oberarm und hielt mich fest –

Luca stieß dem aufsässigen Gourdin das Schwert in die Brust.

Der Mann brach ohne einen Ton zusammen. Ich brauchte nicht in seine aufgerissenen leeren Augen zu sehen, um zu wissen, dass er tot war. Während ich schockiert und reglos auf die Szene starrte, wandte Luca sich ab. Sein flackernder Blick richtete sich auf einen anderen Gourdin. Dieser war wesentlich jünger, ungefähr vierzehn oder fünfzehn. Sein Gesicht war noch weich und rund und er hatte einen glatten, honigfarbenen Zopf. Obwohl er lächerlich aussah in der geschwärzten Rüstung, die ihm eindeutig eine Nummer zu groß war, trug er eine trotzige Miene zur Schau.

Luca ging auf ihn zu.

»Das wird mit jedem passieren, der mir keine Antwort gibt. Verstehst du? Ihr seid Gefangene hier. Ihr habt keine

Rechte. Ihr habt niemanden, der euch verteidigen würde. Wenn du am Leben bleiben willst, antworte mir.«

Er packte den Zopf des Jungen und riss brutal daran. Als er mit dem Schwert ausholte, spritzten Blutstropfen über das Gesicht des Jungen. »Du siehst aus, als wärst du nach Ions Geschmack. Ich könnte wetten, dass er dir ein paar seiner kleinen Schlupfwinkel gezeigt hat. Oder vielleicht weiß ja auch einer deiner Freunde Bescheid? Heraus mit der Sprache!«

Eine ältere Frau unter den Zivilisten schrie auf; ihr starker Rua-Akzent war durch ihr Schluchzen noch schwerer zu verstehen. »Mein Sohn ist unschuldig. Wir wissen nicht, wo Ion ist. Bitte verschont uns!«

»Warum?« Luca schüttelte den Jungen und riss an dem langen Zopf, bis Tränen in die wütenden Augen des Jungen traten. »Warum sollte ich euch verschonen? Ihr habt zugesehen, wie eure Männer diese Festung Tag für Tag verlassen haben, um in den Bergen zu rauben und zu morden und Menschen zu verschleppen. Ihr habt jahrelang zufrieden von der Beute ihrer Verbrechen gelebt. Wie viele Jungen wie dein Sohn wurden durch die Hände deines Ehemanns gequält und getötet? Durch Ions Hände? Keiner von euch hier ist unschuldig.«

Die Frau streckte flehend die Hände vor. »Aber er ist ein Kind! Er hat nichts getan!«

Lucas Gesicht zuckte unter den Verbänden. »Irgendjemand von euch hier weiß, wo euer Anführer sein Versteck hat. Jemand weiß es und verschweigt es.« Luca verpasste dem Jungen einen groben Stoß, so dass er auf die gefesselten

Hände und Knie fiel. »Vielleicht habt ihr vor ihm mehr Angst als vor mir. Aber das lässt sich ändern. Wenn ich in den nächsten zehn Sekunden keine Antwort bekomme, werde ich dem Jungen die Finger abhacken. Danach schneide ich ihm die Augen und die Zunge heraus. Und wenn ich mit ihm fertig bin, nehm ich mir den Nächsten vor, und dann noch einen, so lange, bis ich den Richtigen erwische. Denjenigen, der mir eine Antwort geben kann.«

Luca hob wieder das Schwert.

Du musst mir glauben.

Das Echo von Lucas Worten – Worte, die er vor Monaten zu mir gesagt hatte – klang mir ihm Ohr. Die Bewegung seiner Klinge schien langsamer zu werden, während ich zusah, wie eine Feder schwebte sie langsam nach oben. Der Schnee rings um mich hing reglos in der Luft.

Wenn du dich der Wut überlässt, wirst du zu dem, was du verabscheust.

Ich konnte spüren, wie die Welt den Atem anhielt. Wartete. Darauf wartete, dass sich die Geschichte veränderte. Darauf wartete, dass ich meine Entscheidung traf.

Deine Seele kann er dir nicht nehmen.

Ich war der Angelpunkt, um den sich dieser Moment drehte. Nur ich hatte die Macht, ihn anzuhalten. Ich hatte dem Wolf, meinem Vater und der Heiligen Urmutter ein Versprechen gegeben. Ich hatte mir selbst ein Versprechen gegeben. Ich würde nie wieder davonlaufen. Ich würde für das, woran ich glaubte, kämpfen.

Ich glaubte an Luca.

Ich schüttelte Arians Hand ab und trat einen Schritt vor.

Der Schnee rieselte weiter. Die Zeit verging schneller. Die Welt atmete aus.

»Nein.«

Luca fuhr herum. Von seinem Schwert tropfte es dunkel auf die schneebedeckte Erde.

»Was?«

»Ich sagte Nein. Ich werde nicht zulassen, dass du das tust.«

Luca brüllte: »Arian, schaff sie mir aus den Augen.«

Ich drehte mich nicht um. Das war auch nicht nötig.

»Dieses Mal nicht, Luca.« Arians Stimme klang leise und rau vor Schmerz. »Dieses Mal kann ich nicht tun, was du verlangst.«

»Festnehmen, alle beide«, brüllte Luca. »Sofort!«

Ein paar Bergwächter der Verstärkung machten Anstalten, doch Hinds Ruf brachte sie zum Stehen. Die Verletzte klammerte sich an die offene Tür des Tempels, ein dunkler Fleck breitete sich auf ihrem Verband aus. Rani stand hinter ihr, um sie notfalls aufzufangen.

»Bleibt, wo ihr seid«, rief Hind. »Keiner mischt sich ein. Das geht nur sie an.«

Luca äffte hohl ein Lachen nach. »Verstehe. Ihr habt das gemeinsam ausgeheckt. Ihr habt euch alle gegen mich verschworen.«

»Niemand hat sich gegen dich verschworen«, sagte ich. »Du hast Selbstmord vorgeschlagen und wir haben eingewilligt. Du bist losgestürmt und hast deine Leute im Kampf allein gelassen und trotzdem haben wir deinen Plan ausgeführt. Wir haben, ohne zu fragen, alles getan, was du von uns verlangt hast. Aber nicht das hier. Wir sind keine Mörder, Luca. Wir müssen besser sein als sie. Das hast du uns beigebracht.«

»Ich habe mich geirrt«, fuhr mich Luca an. »Ich war *dumm.* Nett zu sein, Ehre zu predigen, wo hat mich das hingebracht? Sie halten sich nicht an die Gesetze. Sie tun, was ihnen beliebt, und dann lachen sie uns ins Gesicht. Auf diese Art gewinnen wir nie.«

»Du hast doch gewonnen! Du stehst hier, oder nicht? Wir haben den Auftrag erfüllt. Wir haben die Tempelfestung zurückerobert. Was willst du mehr?«

»Ich will Ion tot sehen!«, brüllte Luca. »Ich will, dass er leidet. Alles andere ist mir egal. Du wirst mich nicht aufhalten!« Er wirbelte herum und schwang das Schwert über dem Jungen, der zu seinen Füßen lag.

Ich riss die Axt aus ihrer Hülle und stürzte auf ihn zu.

Axtklinge und Schwert trafen mit einem vibrierenden metallischen Klirren aufeinander, als Luca auf mich zielte, und ich mit meiner ganzen Kraft dagegenhalten musste, um sein Schwert nach oben zu zwingen.

Aus dem Augenwinkel sah ich verschwommen, wie Arian sich den sedrischen Jungen über die kräftige Schulter warf und davonstürzte. Die Mutter des Jungen und der Rest der kleinen Frauengruppe rannte ihnen hinterher.

»Das bist nicht du«, presste ich zwischen zusammengebissenen Zähnen hervor. »Das bist nicht du, Luca!«

»Du weißt überhaupt nicht, wer ich bin«, keuchte Luca. »Der Mensch, den du kanntest, ist tot.«

»Nein!« Zwischen uns sprühten Funken, als ich mich frei

machte und außer Reichweite drehte. »Du bist nicht gestorben! Auch wenn wir das dachten. Aber wir haben nach dir gesucht und wir haben gebetet und wir haben über dich gewacht und du hast *überlebt*. Es war ein Wunder. Das wirfst du weg. Du wirfst alles weg.«

»Ich habe ja nichts mehr!«

Lucas verzweifelt funkelnde Augen sahen zu der Gruppe Zivilisten, die sich Schutz suchend hinter Arian an die Wand drückten.

Arian hatte sein Schwert nicht gezogen und ich wusste, dass er es auch nicht tun würde. *Nicht könnte,* nicht gegen Luca. Er würde sich zwischen Lucas Schwert und jedes Opfer stellen, das Luca wählte, aber er würde nicht gegen ihn kämpfen. Ich war nicht sicher, ob Luca seinen Bruder, seinen besten Freund durchbohren würde, aber ich konnte das Risiko nicht eingehen.

Ich stellte mich in Lucas Blickachse.

»Nein«, wiederholte ich.

»Vielleicht flieht Ion genau in diesem Moment.«

»Dann geh ihn suchen. Nimm meinetwegen diese Festung Stein für Stein auseinander, aber verschone die Zivilisten und Gefangenen.«

»So kann ich ihn nicht finden!« Luca holte schwer atmend Luft, als wäre er kurz davor zusammenzubrechen. Dann richtete er sich auf, straffte die Schultern und hob das Kinn. »Wie du willst. Du hast meine Befehle verweigert. Du hast mich betrogen. Wenn ich dich erledigen muss, werde ich das tun. Aber das hier ist kein Übungskampf, Saram Aeskaar. Wir werden kämpfen, bis einer von uns tot ist.«

»Frost …«

Ich hörte Arians entsetztes Flüstern, aber es war schon zu spät. Ich hatte meine Entscheidung getroffen. Ich musste kämpfen – und ich musste gewinnen.

Ich kämpfte um Lucas Seele.

Vierunddreißig

Ich starrte Luca ins Gesicht. Die Schneeflocken fielen sanft auf seine abgeschorenen Haare. Ein schwacher Schauder, der nichts mit dem Schnee zu tun hatte, lief mir über die Haut. Der Wolf erhob sich. *Verschwinde,* erklärte ich ihm entschieden. *Ich brauche dich nicht.*

Irgendwo musste noch etwas von dem alten Luca in ihm sein. Etwas von diesem goldenen Mann, der meinen Panzer aus Angst und Misstrauen aufgebrochen hatte. Von dem Mann, in den ich mich verliebt hatte. Er konnte nicht für immer verschwunden sein. Ich würde es nicht zulassen. Ich musste ihn bloß dazu bringen, mir zuzuhören. Mich zu sehen.

Ich schluckte. Dann flüsterte ich: »Fang an.«

Lucas Angriff kam so schnell, dass er für einen Moment aus meiner Sicht zu verschwinden schien. Ich bekam Panik. Es war reiner Instinkt, der mich die Axt heben ließ, um den hinterhältigen Seitenhieb abzuwehren. Doch Luca zog sein Schwert zurück und zielte erneut auf meine Schulter. Wieder konnte ich den Hieb gerade noch rechtzeitig abwehren.

Luca knurrte, ließ sein Schwert durch die Luft schnellen und setzte zu einem gesprungenen Fersentritt an. Ich wich aus. Lucas Stiefel verfehlte meinen Magen nur um Haaresbreite.

»Du kannst nicht gewinnen, wenn du nicht angreifst«, sagte Luca, als er wieder auf den Füßen landete. Seine Worte erinnerten mich schmerzhaft an die vielen Male, als wir zusammen trainiert hatten. Doch dieses Mal hielt keiner von uns eine stumpfe Übungswaffe in der Hand. Dieser Kampf endete erst, wenn einer von uns blutete.

»Ich will nicht angreifen«, sagte ich, während ich vorsichtig beobachtete, wie Luca mich umkreiste. Ich drehte mich, um ihn im Auge zu behalten. »Ich will dich nicht verletzen.«

»Dann bist du wirklich im Nachteil«, sagte Luca, »mir ist es nämlich gerade vollkommen egal, ob ich dich verletze.«

Er machte einen Satz, sein Schwert zielte auf meinen Bauch. Ich sprang zur Seite, um der Klinge auszuweichen, und kassierte prompt einen frontalen Fausthieb auf die Wange, der mich einen Schritt zurückwarf. Ich duckte mich hastig, um dem Schwerthieb zu entgehen, der mir das Gesicht aufgeschlitzt hätte, holte weit mit der Axt aus, die ich mit beiden Händen hielt, und trieb Luca zurück.

»Du hättest es besser Arian überlassen sollen, mich herauszufordern«, verhöhnte mich Luca und tänzelte leicht auf den Fußballen. »Er hätte zumindest eine Chance gehabt.«

Mein ganzes Gesicht pochte und es war nicht einmal ein besonders harter Schlag gewesen. Ich wusste, dass Luca mich hätte bewusstlos schlagen können, wenn er es darauf angelegt hätte – allerdings nur, wenn es ihm egal gewesen wäre, ob er mir den Kiefer brach. Er hielt sich zurück. Gleichgültig, was er sagte, er wollte mich nicht verletzen.

Mein Luca steckte immer noch in ihm.

»Er hätte überhaupt keine Chance. Er würde nie ernsthaft gegen dich kämpfen«, erwiderte ich. »Arian würde sich eher von dir aufschlitzen lassen, als das Risiko einzugehen, dir wehzutun. Aber das bedeutet dir alles nichts mehr, oder? Es ist dir egal, ob er dich liebt, dass er für dich sterben würde. Für dich zählt doch nur noch Ion.«

Einen Moment lang schien Lucas Maske des Hasses zu fallen. Er schüttelte heftig den Kopf. »Erzähl du mir nicht, was ich fühle. Das hier hat nichts mit Arian zu tun. Zieh ihn da nicht rein.«

»*Du* hast ihn doch reingezogen. Du hast uns alle reingezogen, indem du uns hierhergebracht hast.«

Er griff erneut an. Ich wehrte einen blitzschnellen Hieb auf mein Gesicht und einen Stoß auf meine Brust ab, drehte mich vor einem seitlich gesprungenen Fußtritt weg, duckte mich vor einem weiteren Schlag – und rammte Luca meine Axt frontal in den Magen. Er taumelte stöhnend zurück.

Schwer atmend umkreisten wir einander. Trotz der Kälte standen mir Schweißperlen auf der Stirn.

»Ion muss so stolz sein«, sagte ich leise. »Ich könnte wetten, er ist hier irgendwo in der Nähe, beobachtet dich und freut sich diebisch. Das hier muss er sich doch schon immer gewünscht haben.«

»Was? Wovon redest du?« Luca wich seitlich aus, er hielt das Schwert hoch, als wollte er sich so vor meinen Worten schützen.

»Hast du es noch nicht durchschaut? Er hat dich gefangen genommen. Er hat dich gefoltert. Und dann … hat er dich laufenlassen.«

»Ich bin *geflohen*.«

»Bist du dir da so sicher? Ich würde denken, dass du in deinem Zustand noch nicht mal aus deinem Bett gekommen wärst. Er hat mit dir gespielt. Er ließ dich laufen, weil er sehen wollte, was aus dir würde. Er wollte sehen, ob er diesen tapferen, liebenswürdigen Bruder – diesen goldenen Jungen, den er so sehr geliebt und gehasst haben muss – in ein Spiegelbild seiner selbst verwandeln konnte.«

»Ich bin nicht wie er!«

»Schau dich doch an, Luca«, sagte ich scharf. »Schau dir an, was du tust. Du versuchst gerade eine deiner Soldatinnen umzubringen, und wenn du damit fertig bist, wirst du Kinder foltern. König Abheron der Wahnsinnige würde dich mit Kusshand nehmen.«

»Halt den Mund!«

Luca stürzte sich auf mich.

In dem Augenblick, als unsere Klingen gegeneinanderklirrten, wusste ich, dass ich mich nicht getäuscht hatte. Luca hatte sich bislang zurückgehalten. Nun zwang mich seine Kraft zum Rückzug, meine Füße rutschten auf dem Schnee weg.

»Du weißt, dass es stimmt«, sagte ich und wich dem nächsten Hieb auf mein Gesicht aus. Luca gab keine Antwort. Seine Augen waren fiebrig und verzweifelt, als hätte ich ihn an den Rand des Wahnsinns getrieben. Mit gefletschten Zähnen wirbelte er herum und trat wild um sich.

Ich wich zurück und versuchte nur noch mich irgendwie auf den Füßen zu halten. Lucas Schwert prallte von der eisernen Schaftfeder der Axt ab und streifte mein Kinn. Mir lief Blut den Hals hinunter, da verpasste Luca mir einen Tritt, der mir fast die Rippen gebrochen hätte. Ich taumelte, meine Knie wurden schwach. Luca hob das Schwert.

Der Wolf regte sich von neuem.

Tochter, flüsterte er. Seine Stimme klang anders dieses Mal, nicht mehr wie die von Garin Aeskaar, sondern heftiger, sie ähnelte mehr der knurrenden, grausamen Stimme, die ich in meiner Vision gehört hatte. **Tochter, wenn du jetzt nicht um dein Leben kämpfst, stirbst du.**

Dann hilf mir, Vater. Kämpf mit mir.

Das Wilde in mir brach hervor. Als seine kraftvollen Gliedmaßen den meinen Kraft einflößten, lief ein Schauder durch meinen Körper. Muskeln spannten sich an, zuckten. Eiskristalle begannen sich auf meiner Haut auszubreiten. Meine Sicht wurde schärfer, silbernes Licht blitzte auf.

Ich spürte, wie der Wolfsbiss auf meiner Wange zum Leben erwachte.

Meine Axt schnellte hoch und traf Lucas Klinge. Luca zog sich zurück, drehte sich und ging in die Knie, dann schnellte sein Bein in meine Richtung. Ich sprang hoch und zog dabei beide Knie an, bereit für einen Doppeltritt. Meine Füße trafen seine Brust mit einem dumpfen Schlag. Kälte pulste durch die Muskeln in meinen Beinen und wanderte zu meinen Stiefeln hinunter.

Lucas Brustharnisch verbog sich. Er flog mit einem heiseren Schmerzensschrei nach hinten, während ich mit beiden Füßen aufkam.

Er landete ein paar Meter weiter im Schnee und überschlug sich, bevor er sich taumelnd wieder aufrichtete. Er zauderte einen Augenblick, dann nahm er sein Schwert in beide Hände. Ich konnte hören, wie er mühsam nach Luft rang. Sein Gesicht um die Verbände war weißer als zuvor.

»Du weißt es, oder?«, fragte ich gnadenlos, während ich auf ihn zuging. »Wir haben diese Festung gestürmt, unsere Feinde geschlagen und die Tempelfestung zurückerobert – und trotzdem, trotz all dem, hat er irgendwie gewonnen. Er hat *dich* gewonnen.«

»Du hast keine Ahnung, was er mir angetan hat«, sagte Luca. Tränen schimmerten in seinen Augen. »Du hast keine Vorstellung … Er hat mir alles genommen. *Alles.* Und ich kann es nicht zurückholen!«

Ich schwang meine Axt in einem großen Bogen über den Kopf, was Lucas Schwert in eine Abwehrhaltung zwang. Er zog es ächzend zurück. Seinen nächsten Hieb blockte ich problemlos ab, denn ich erkannte die Abläufe, die wir so viele Male zusammen geübt hatten. In Panik und unter Schmerzen verfiel Luca jetzt zurück in die Grundbewegungen.

Zu dumm, dass er sie mir alle eigenhändig beigebracht hatte.

Ich wich seitlich aus, um einem Tritt zu entgehen, senkte die Axt, um das Schwert abzuschmettern, das auf meinen Bauch zielte, dann machte ich eine Drehung, holte mit der Axt zu einem Nackenschlag aus, von dem ich wusste, dass Luca ihn mit der Klinge abfangen würde. Ich zog die Axt und nutzte den Schwung, um mit einer schnellen Drehung mit dem Kopf der Axt auf Lucas Gesicht zu zielen.

Als Luca abwehrte, erwischte ich mit der Spitze der sichelförmigen Klinge sein Schwert. Ich machte eine Drehung, bewegte die Spitze und verlagerte mein Gewicht auf den hinteren Fuß, dann zog ich mit all der Kraft, die mir der Wolf verlieh.

Lucas Schwert fiel ihm aus der Hand.

Es schlitterte durch den Schnee und landete vor Arians Füßen. Arian stellte seinen Stiefel darauf und begegnete Lucas anklagendem Blick, ohne zu zucken. Luca wandte sich trotzig zu mir um und schien darauf zu warten, dass ich ihm den Todesstoß versetzte. Als ich das nicht tat, stürzte er sich auf mich.

Ich ließ meine Axt klirrend fallen und erlaubte ihm mich anzugreifen, dann nutzte ich die Beweglichkeit des Wolfes, um uns in der Luft zu drehen, so dass ich, als wir auf der Erde landeten, auf ihm lag. Ich packte seine Fäuste und drückte sie auf den Boden. Die Kraft, die ich brauchte, um ihn abzuwehren, brannte eiskalt in meinen behandschuhten Händen, ich stemmte die Knie links und rechts von ihm auf die Erde, um ihn festzuhalten.

»Warum hast du nicht zugeschlagen?«, wollte er wissen, seine Stimme klang brüchig, er keuchte. »Zum Teufel mit dir! Wir wollten bis zum Tod kämpfen. Verräterin!«

»Idiot«, sagte ich leise und sah in sein Gesicht.

»Nein. – Sieh mich nicht so an. Ich bin nicht mehr dieser Mann. Ich bin nicht derjenige, den du geliebt hast. Ich bin nicht mehr er.«

Langsam und vorsichtig griff ich nach den Verbänden, die um Lucas Gesicht gewickelt waren. Luca bäumte sich auf und trat wild um sich, aber er versuchte nicht, mich wegzustoßen. Seine Hände, die jetzt frei waren, verkrampften sich an seinen Seiten. Er biss die Zähne zusammen, als wolle er so alle Bitten in sich halten.

Die befleckten Verbände lösten sich, darunter kamen die Brandnarben zum Vorschein. Tränen rannen über die verkrusteten Wunden. Er versuchte den Kopf wegzudrehen. Ich streifte die Handschuhe ab und nahm sein Gesicht in meine kalten Hände. Ich küsste seine Stirn. Seinen Mund. Und dann, ganz sanft und voller Ehrfurcht, küsste ich die beiden kreuzförmigen Narben.

Er erstarrte unter mir.

»Das kannst du nicht tun«, flüsterte er. »Nicht nach dem, was er mir angetan hat.«

»Es ist mir *egal*, was er getan hat«, brachte ich heraus, meine Stimme versagte mir fast. »Nichts – *nichts* – kann die Gefühle zerstören, die ich für dich habe. Sie sind nun ein Teil von mir, ein Teil dessen, was mein Ich ausmacht.«

»Du weißt nicht, worauf du dich einlässt«, sagte Luca, seine Augen flehten um Verständnis. »Ich bin nicht mehr derselbe. Ich bin innerlich zerstört, leer. Es ist zu spät. Ich möchte … Ich möchte einfach nur tot sein. Er hat mir alles genommen.«

»Aber du bist nicht tot und niemand kann dir deine Seele nehmen. Die Götter nicht und auch Ion nicht. Erinnerst du dich?«

Ich rutschte nach hinten, nahm mein Gewicht von Lucas

Brust und setzte mich auf seinen Schoß, während ich ihn vorsichtig aufrichtete. Meine Wange gegen seine gedrückt, fuhr ich zärtlich mit den Fingern durch seine seidenen, ungleichmäßigen Haarbüschel. Sein Geruch war noch immer derselbe. Mir war gar nicht bewusst gewesen, wie sehr ich den Duft nach Geißblatt vermisst hatte. »Ich weiß, dass du dadrinnen bist. Ich weiß, dass der Mann, den ich liebe, noch am Leben ist. Ich werde dir das so lange wiederholen, bis du erkennst, dass es die Wahrheit ist. Komm zurück. Komm zurück zu mir.«

Irgendetwas schien sich in ihm zu lösen. Seine Arme schlangen sich um mich, drückten mich fest, so fest an sich. Er vergrub sein Gesicht an meiner Schulter. Sein Körper wurde von heiseren, beinahe unhörbaren Schluchzern geschüttelt.

Mein Blick begegnete Arians, der ein paar Schritte entfernt stand. Sein Lächeln ließ seine Augen strahlen, auf seiner Wange zeigte sich das Grübchen. Welchen Schmerz er auch empfinden mochte, als er mich so in Lucas Armen sah, er hielt ihn versteckt – und mir wurde klar, dass er ihn weder mir noch sonst jemandem je wieder zeigen würde. Er war ein zu guter Bruder. Ein zu guter Freund.

Er winkte mir kurz zu, dann nahm er den Stiefel von Lucas Schwert. Seine Lippen öffneten sich, als wolle er etwas sagen.

Ich fand nie heraus, was er gesagt hätte.

Arians Blick wanderte hoch, über meinen Kopf. Er sah mich entsetzt an. Dann warf er sich auf Luca und mich.

Der Aufprall nahm mir die Luft. Wir drei schlitterten über

den Boden, mein rechtes Knie und mein Ellbogen schrammten schmerzhaft über die gefrorene Erde. Ich spürte Arian zucken und seinen keuchenden Atem in meinen Nacken.

Menschen schrien: Sie schrien meinen Namen, Arians und Lucas. Ich hörte Ion Constantin unflätige Flüche ausstoßen. Luca versuchte sich unter mir und Arian herauszukämpfen. Ich wollte helfen, kam jedoch nicht auf die Beine. Arian drückte mich bleischwer nach unten.

»Arian! *Arian!*« Ich wusste nicht, ob ich es war, die schrie, oder Luca oder wir beide.

Sein Gewicht wurde plötzlich angehoben. Ein eisiger Schauder schüttelte meinen Körper, als ich seine Wärme nicht mehr spürte. Luca sprang hoch. Ich rappelte mich auf. Wir drehten uns beide um.

Arian lag bäuchlings im Schnee. Livia kniete neben ihm. Überall war Blut.

Arians Blut.

Luca stöhnte. Er zog Arian an seine Brust und hielt ihn in den Armen. Die Heilerin blieb stumm, sie warnte uns nicht einmal, vorsichtig zu sein. Auch ohne die Wunde gesehen zu haben, hätte mir allein das schon alles gesagt, was ich wissen musste. Tief in Arians Seite steckte ein Armbrustpfeil. Dunkles Blut rann heraus, tropfte über seine Rüstung, über Luca und bildete unter ihm eine Lache im Schnee.

»Oh, mein Bruder«, flüsterte Luca. »Nicht so. Nicht für mich.«

»Idiot. War nicht … nur für dich.« Arian stieß die Worte keuchend aus, das Atmen hob seine Brust in kurzen, flachen Zuckungen. »Frost …«

Ich kroch auf Händen und Füßen zu ihnen und drückte mich gegen Arians unversehrte Seite, um ihn zu stützen. Er hob den Arm, seine zitternden Finger umfassten meinen Nacken, als er mich näher zog.

»Na, schlägst du … mir jetzt den Schädel ein?«, fragte er und versuchte zu lächeln. Seine Zähne waren blutverschmiert.

»Ich mache dieses Mal eine Ausnahme«, erwiderte ich und gab mir Mühe zurückzulächeln. Ich legte meine Hand auf sein Herz und drückte zart meine Lippen auf seine. Er schmeckte nach Eisen und Salz. Blut und Tränen. »Arian, ich –«

Er schüttelte leicht den Kopf und riss die Augen auf wie ein Kind, das unbedingt länger aufbleiben will. »Sorgst du dafür … dass sich Luca … von Ärger fernhält?«

»Du weißt, dass ich das tun werde.«

»Ja.« Er sah zu Luca, das Grübchen erschien wieder. »Du auch. Pass auf, dass diese rechthaberische …«

Ein schrecklicher Krampf schüttelte Arians Körper, seine Finger bohrten sich in meinen Nacken. Luca beugte sich herunter, drückte einen Kuss auf die Stirn seines Bruders und hielt ihn umklammert, während Arians Glieder mit letzter Kraft zuckten.

Ich spürte Lucas Finger auf meinen. Ich umfasste sie und unsere Hände verbanden sich auf Arians Brust. Wir hielten ihn in der Stille des fallenden Schnees zwischen uns. Die einzige Wärme in meiner Welt war in diesem Moment der Punkt, an dem unsere Hände zusammentrafen. Ich schloss die Augen.

Arians Finger rutschten schlaff von meinem Nacken.

»Diesen dreckigen Bastard wären wir los!« Ions schneidende Stimme hallte über den Innenhof.

Auf der ersten Wehrplattform hielten zwei Bergwächter Ion Constantin fest, seine Hände waren auf dem Rücken gefesselt. Die Armbrust, mit der er Arian getötet hatte – mit der er es auf Luca und mich abgesehen hatte –, lag zertrümmert unten an der Mauer. Sein Gesicht war zu einem freudigen Grinsen verzogen. »Möge Ovidiv auf seinen Kadaver pissen!«

In mir knurrte der Wolf, schnappte und begann zu heulen: eine schauerliche Wehklage, die mir in den Ohren hallte, meine Zähne schmerzen ließ und dafür sorgte, dass ich mich zusammenkrümmte. Der Wolf konnte meinen Schmerz fühlen.

Er lechzte nach Rache.

Mit einem hörbaren *Knack* legten sich Eisblumen Schicht um Schicht über meine Haut. Luca stöhnte vor Schmerz, doch er umklammerte meine Hand, sein Gesicht zuckte. »Nein, Frost! Nicht!«

Vorsichtig befreite ich meine Finger aus seinen und stand auf. Alles um mich herum verdunkelte und bewegte sich, die schneidende Kälte veränderte selbst die Luft. Mein Haar löste sich aus dem Zopf und peitschte mir um den Kopf, als bliese ein stürmischer Wind. Um die dicken Strähnen bildeten sich funkelnde Eiskristalle. Das Eis knackte an meinen Fingerspitzen, wurde länger, formte sich zu langen Krallen.

»Ion Constantin.« Es waren meine Lippen, die sich beweg-

ten, doch die Worte kamen als schriller, heulender Klagelaut heraus, ich war halb Mensch, halb Tier.

Ich ging in die Knie und sprang. Die Erde knackte, meine Füße hinterließen Abdrücke. Ich klammerte mich mit beiden Händen oben an der Brustwehr fest und zog mich mühelos hoch. Als ich auf der Wehrplattform aufkam, breiteten sich Eisblumen auf dem Stein aus. Die Bergwächter, die Ion festgehalten hatten, ließen ihn los und traten eingeschüchtert zurück.

»Ion Constantin«, wiederholte ich, meine Stimme ein ganzes Wolfsrudel in voller Lautstärke. *»Dieses Mal wirst du für deine Missetaten büßen.«*

Er zuckte nicht zurück. Steif, als wäre es eine große Anstrengung für ihn, beugte er den Kopf und spuckte mir vor die Füße.

Der Speichel gefror auf der Stelle. Mein Stiefel knirschte, als ich Ion im Nacken packte. Die Eiszapfen an meinen Fingerspitzen bohrten sich in ihn; Blut spritzte und gefror um die Wunden zu roten Blumen. Ich hob ihn hoch, bis er hilflos mit den Füßen zappelte.

»Mach weiter, wenn du dich traust«, zischte er durch die Zähne. Dort, wo ich ihn festhielt, breiteten sich Eisblasen auf seiner Haut aus, er zuckte zwar vor Schmerzen, wandte jedoch den höhnischen Blick nicht von mir ab. »Mach … weiter.«

Ich hätte nur ein wenig zudrücken, nur ein wenig die Finger krümmen müssen, um ihm das Genick zu brechen. Um diesen bösartigen Mund für immer zu stopfen. Meine Finger griffen fester zu.

Hinter mir flog die Tür zur Brustwehr auf. Ich hörte eilige Schritte.

»Warte!« Es war Lucas Stimme. »Bring ihn nicht um! Nicht so!«

»Du bittest … um Gnade … für deinen großen Bruder? Wie … rührend«, krächzte Ion.

»Frost, Arian hat mir erzählt, was im Feuer mit dir passiert ist«, sagte Luca. »Er hat mich gezwungen ihm zuzuhören, obwohl ich versucht habe ihn zu ignorieren. Er war so stolz auf dich. Mach nicht den gleichen Fehler, den ich begangen habe. Ion ist es nicht wert, nicht, nachdem du so hart gekämpft hast, deinen Wolf zu bezähmen.«

Ion zappelte schwach in meiner Umklammerung. Die Blasen bedeckten nun mehr als die Hälfte seines Gesichts und verfärbten die Haut gelb und knallrot wie bei einer Verbrennung. »Bei den Göttern … du hast … wirklich kein Rückgrat. Du bist nicht … mein Bruder.«

»Du brauchst das nicht zu tun. Bitte, Frost«, flehte Luca. »Er will dich nur noch mehr verletzen, dir noch mehr Schaden zufügen. Etwas anderes wollte er noch nie. Als Menschen leiden zu sehen. Das wird mir jetzt erst bewusst.«

»Wehleidiger … *Feigling.*« Ions Hände hoben sich, als wolle er an meinen Fingern reißen, weil er es nicht mehr ertrug. Er schrie auf, als seine Hände an der Eisschicht hängen blieben, die meine Haut bedeckte. »Du bist … jetzt ein Nichts … hörst du mich, Luca? *Nichts!*«

Ich ließ ihn los. Ion schlug hart auf die Plattform, das Blut rann träge aus seinem Hals und seinen Händen. Er starrte mich ungläubig an.

»Luca ist jemand, der du nie sein kannst.« Als ich sprach, trat meine menschliche Stimme aus dem Heulen des Wolfs hervor. Das Eis auf meiner Haut zersprang und wehte wie Schnee davon. Die Eiszapfen in meinem Haar klirrten melodisch auf den Stein. »Luca hat etwas, das du nie verstehen kannst. Luca wird geliebt.«

Ich wandte mich von ihm ab und schmiegte mich in Lucas Arme.

Fünfunddreißig

»Leb wohl, mein Lieb, es ist so weit,
so gern ich bleiben möcht;
es ist so weit, mein einzig Lieb,
weit fort ruft mich die Pflicht …«

Die Kerze flackerte und tanzte, obwohl das Glas in meinen Händen sie schützte. Ein Wind kam auf und ließ die Bäume rings um das Hügelgrab aus weißen Steinen rauschen.

»Leb wohl, mein Lieb, gedenke stets,
wie ich einst weilt' bei dir;
lass dir mein Herz, mein Lieb, leb wohl,
ich hoff, du weinst nicht mehr …«

Das Rascheln der Blätter übertönte fast meine Stimme, als ich das Lied beendete. Ich klemmte das Windlicht vorsichtig zwischen zwei große Steine und sah zu, wie sich die Flamme lang und dünn in die Höhe reckte und schließlich erlosch. Über mir gingen die Sterne im dunklen Wasser des Himmels auf.

Nach einer Weile begannen mein Rücken und meine Beine vom langen Hinknien zu schmerzen. Doch ich rührte mich nicht. Ich wartete.

Seit der Schlacht in der Festung der Abtrünnigen war fast ein Monat vergangen. Ich wusste nur wenig von dem, was auf der Brustwehr passiert war, nachdem ich das Bewusstsein verloren hatte. Die dramatische Machtdemonstration des Wolfs hatte mich vollkommen ausgelaugt, und als ich wieder aufwachte, wurde ich auf einer hastig zusammengezimmerten Trage den Berg hinuntergetragen. Livia war bei mir und kümmerte sich um mich. Hinter uns lief eine andere Gruppe, sie trugen die Leichen der toten Bergwächter.

Wir waren ins alte Lager zurückgekehrt und hatten die Gefallenen begraben. Arians Körper war die besondere Ehre dieses Hügelgrabs auf der Lichtung am Rande des Lagers erwiesen worden. In Uskaand verbrannten sie die Toten auf Scheiterhaufen, damit ihre Asche vom Wind davongetragen wurde. Als ich mit trockenen Augen zugesehen hatte, wie sie den in ein Leichentuch gehüllten Körper meines Freundes mit Steinen bedeckt hatten, die ihn für immer von Wärme und Licht und Luft trennten, hatte ich mir nichts sehnlicher gewünscht, als Lucas Arme um mich zu fühlen.

Doch er war nicht da.

»Du brauchst dir keine Sorgen um ihn zu machen«, hatte Livia gesagt. »Er war müde und traurig und durcheinander – aber er war er selbst. Du hast ihn zurückgeholt. Er wollte, dass du die Festung verlässt, damit du dich erholen kannst.«

Aber er wollte mich nicht bei sich haben.

Die Bergwächter, die zurückgeblieben waren, um die Tempelfestung und die gefangenen Aufrührer zu bewachen, schickten häufig Nachrichten ins Lager. Livia las mir die Briefe vor. Die Gefangenen – einschließlich Ion – waren unter Geleitschutz nach Mesgao gebracht und der kleinen Garnison dort übergeben worden. Anschließend würde man sie nach Aroha abführen, wo sie sich vor dem König und der Reia verantworten müssten. Die befreiten Rua wurden in die Dörfer und Höfe zurückgebracht, aus denen man sie verschleppt hatte.

Von Luca trafen keine Nachrichten ein.

Nach zwei Wochen kehrten immer mehr Bergwächter ins Lager zurück, sie hatten ihre Aufgaben beendet. Dann kam Rani und mit ihr alle überlebenden und verletzten Bergwächter, einschließlich Hind, die Witze riss, dass sie zur Hälfte eine Katze war und bestimmt noch drei Leben vor sich hatte. Rani brachte auch die Nachricht von Lucas unmittelbar bevorstehender Rückkehr.

»Arian«, sagte ich zu den Steinen. »Arian. Ich weiß nicht, was ich tun soll.«

»Er ist nicht hier«, sagte eine vertraute Stimme aus dem Schatten.

Ich sprang auf, dann zögerte ich, Schwindel überkam mich. Starke Arme fingen mich auf, bevor ich umkippen konnte. Der Duft von Sonnenschein und Geißblatt kribbelte mir in der Nase.

Lucas Hände lagen warm auf meinem Rücken und machten mir erst bewusst, wie durchgefroren ich war. Im Sternenlicht konnte ich nur das goldene Schimmern seiner zerzausten Haare sehen und das Blaugold seiner Augen. Auf seinem Gesicht waren keine Verbände.

Auf eine unruhige Bewegung von mir ließ Luca sofort die Arme sinken. Als ich ihn nicht mehr spürte, hätte ich am liebsten geweint, aber es war zu spät. Er trat bereits einen Schritt zurück.

»Ich wollte dich nicht erschrecken.«

Ich zuckte die Achseln, die Worte blieben mir im Hals stecken.

»Es tut mir leid, dass ich so lange weggeblieben bin«, sagte Luca tonlos. »Setzt du dich zu mir? Für einen Augenblick?«

Ich kniete mich wieder hin. Luca folgte meinem Beispiel. Wir starrten beide auf das Hügelgrab. Ich wartete, dass er sprechen würde, doch das einzige Geräusch war das Rascheln der Blätter im aufziehenden Wind.

»Was hast du damit gemeint?«, fragte ich nach einer Weile, als ich das bedrückte Schweigen nicht länger ertragen konnte. »Als du gesagt hast, er sei nicht hier?«

»Ich wollte sagen … dass dieses Grab für uns ist, nicht für ihn. Krieger, großherzige Männer und Frauen werden von der Flamme der Heiligen Urmutter eingehüllt. Er ist jetzt bei Ihr.«

»Das wird ihm gefallen.« Ich starrte auf meine Hände.

Wieder herrschte unbehagliches Schweigen. Es fühlte sich unwirklich an. So war es noch nie zwischen uns gewesen. Wir schienen einander nun fremder zu sein, als wir es bei unserer ersten Begegnung gewesen waren. Zwischen uns waren so viel Schmerz, so viele schreckliche Erinnerungen; ich hatte keine Ahnung, wie ich sie überwinden sollte.

»Du vermisst ihn sehr, oder?«, fragte Luca leise.

Ich drehte den Kopf, um den verschwommenen Fleck seines bleichen Gesichts im Dunkeln anzusehen. »Du nicht? Er war dein Bruder.«

»Für dich war er mehr. Er war mein Freund und mein Bruder, aber er war dein … dein …«

Ich seufzte. »Luca, so war es nicht.«

»Du schuldest mir keine Erklärungen«, sagte er, seine Stimme klang angespannt. »Es tut mir leid, wie ich damals reagiert habe. Es ist unverzeihlich. Du hast mir nie irgendwelche Versprechungen gemacht und –«

»Hältst du endlich den Mund?«, sagte ich und mein Tonfall ähnelte so sehr Arians, dass sich ein Kloß in meinem Hals bildete. »Arian hat mich zweimal geküsst. Ich habe es zweimal zugelassen. Mehr war nicht. Alles andere schlag dir aus dem Kopf. Es ist unfair – nicht nur mir gegenüber, sondern auch ihm. Er wusste, dass ich dich liebe, und er hat es akzeptiert.«

Luca zögerte. Als er sprach, waren seine Worte so unerwartet, dass ich einen Moment brauchte, bis ich sie begriff. »Hast du … mich noch …? Kannst du nach dem, was ich getan habe, noch etwas für mich empfinden? Ich habe versucht dich umzubringen …« Seine Stimme versagte. »Ich habe jedes Versprechen gebrochen, das ich dir je gegeben habe. Selbst wenn du mit diesem Gesicht leben könntest, bin ich wohl kaum mehr ein gutes Geschäft.«

Ich holte langsam und tief Luft. Hatten wir das nicht auf dem Innenhof des Tempels geklärt? Doch auch wenn es Luca jetzt besser ging, durfte ich nicht vergessen, dass er ein veränderter Mann war. Ein gebrochener Mann, der sich selbst wieder zusammengesetzt hatte. Er würde nie wieder dieser unbekümmerte, waghalsige Mensch sein, der er früher gewesen war. Man hatte ihm die Vorsicht eingebrannt.

Vielleicht würde er die Liebe eines anderen nie wieder als selbstverständlich annehmen können. Und vielleicht war das ja nichts Schlechtes?

»Als ich dich das erste Mal gesehen habe, Luca, hast du erraten, dass ich lange Zeit allein gewesen bin«, sagte ich langsam, denn ich spürte, dass der geringste Fehler, ein einziges falsches Wort, etwas unwiederbringlich zerbrechen konnte. »Und so war es. Ich hatte fast mein ganzes Leben in der Dunkelheit gelebt und du hast als Erster Licht in mein Dasein gebracht. Und vielleicht habe ich deshalb … Gefühle für dich entwickelt. Du erschienst mir wie ein Traum. Vollkommen und golden und gut und in allem so sicher. Du machtest es so einfach zu glauben, dass du immer stark sein, immer eine Antwort auf alles haben würdest. Vermutlich hast du das selbst geglaubt. Aber das – das war nur Schwärmerei. Heldenanbetung. Es ist nicht wirklich. Ich habe in den letzten Monaten eine Menge über die Liebe gelernt. Und etwas, das ich gelernt habe, ist, dass man jemand für das wollen muss, was er ist, nicht für das, was man in ihm sehen will. Man muss den tatsächlich existierenden Menschen lieben; nicht irgendeinen Traum, der einem durch den Kopf schwirrt. Keiner von uns beiden hätte so leben können.«

»Was bedeutet das für uns?«, fragte er ruhig. Er drehte sich zu mir und versuchte mein Gesicht zu erkennen. »Was willst du damit sagen, Frost?«

Ich wandte mich zu ihm und ließ das Sternenlicht in meine Augen scheinen. »Ich will dich nicht, weil ich erwarte, dass du herbeigeeilt kommst und mich rettest und alles gut machst. Ich will dich nicht, weil du auf alles eine

Antwort hast. Ich will dich nicht mal, weil du schön bist. Nichts davon hat irgendeine Bedeutung. Du kannst nie ein schlechtes Geschäft für mich sein, weil du … Luca bist. Und ich dich liebe.«

Ich hörte, wie er Luft holte. Dann schlangen sich seine Arme um mich, sein Herz pochte gegen meine Brust, als wäre er gerade über die Ziellinie eines Rennens gelaufen, bei dem es um Leben und Tod ging. Ich spürte warme Tränen über meine kalten Wangen laufen und konnte nicht sagen, von wem sie stammten, aber es interessierte mich auch nicht. Ich klammerte mich mit allem, was ich war, an ihn. Ich würde ihn nie wieder loslassen.

Schließlich rückte Luca ein wenig ab und drückte mich in ängstlicher Zärtlichkeit an sich. Seine Augen waren große, dunkle Tümpel, so warm und voller Glück, wie früher. Ich berührte die Narbe auf seiner Wange und er zuckte nicht zurück.

Er sagte: »Ich wusste nicht, ob du mir verzeihen könntest, was ich dir alles zugemutet habe und dass ich an Arians Tod schuld bin. Ich wusste nicht einmal, ob ich dich darum bitten durfte.«

»Du bist nicht an Arians Tod schuld«, widersprach ich und schlug ihm leicht auf den Arm. Ich hatte das Gefühl, dass ich diese Worte oft würde wiederholen müssen, bis sie ihm ins Bewusstsein drangen. Luca war zu sehr daran gewöhnt, die Verantwortung für andere zu übernehmen, um Schuldgefühle einfach aufzugeben. »Ion hat den Pfeil abgeschossen und Arian hat beschlossen uns zu retten. Er hätte dir nie die Schuld daran gegeben, ebenso wenig wie ich ihm die Schuld gegeben hätte, wenn du an seiner Stelle gestorben wärst.« Ich sah auf den Steinhügel. Die Kerze brannte wieder, die winzige Flamme flackerte blau und purpurfarben und grün. Ich hielt die Luft an.

Ich flüsterte: »Du warst derjenige, der uns beiden beigebracht hat, dass wir die Wahl haben. Arian hat seine getroffen. Sein innigster Wunsch war, dass die Menschen, die er liebte, sicher und glücklich waren.«

»Wenn du bei mir bleibst, geht sein Wunsch in Erfüllung«, sagte Luca. »Ich denke … ich werde einige Zeit brauchen, bis … ich der bin, der ich war. Vielleicht bin ich ja auch verrückt. Aber komme, was will, ich werde dich immer lieben, meine Frostblüte.«

Dann küsste er mich und ich schmeckte die Geißblattsüße und die bittere Salzigkeit von Tränen auf seinen Lippen. Ich schmeckte seine Trauer und seine Liebe. Ich schmeckte Frost und Feuer.

Ich schmeckte Ewigkeit.

Danksagung

Es kommt mir so vor, als ließen sich schwierige Entscheidungen im Leben in zwei Kategorien unterteilen. Zu Ersteren zählen Situationen und Herausforderungen, die einem zu der betreffenden Zeit unerträglich schwer, sogar unmöglich erscheinen – die einem aber im Rückblick ein Lächeln entlocken und man denkt: »Ach, war doch alles halb so wild.« Die zweite Kategorie betrifft Zeiten, die so unangenehm sind, dass man nach Möglichkeit vermeidet, überhaupt noch an sie zu denken, und alles in seiner Macht Stehende tut, dass sie sich nicht wiederholen. *Frostblüte* zu schreiben und anschließend komplett umzuschreiben, als ich merkte, dass die Geschichte nicht funktionierte, war ganz sicher eine der größten Herausforderungen in meinem Leben. Doch dank der folgenden Liste von Menschen kann ich nun – statt das Schreiben für immer an den Nagel gehängt zu haben und in Tibet Yaks zu hüten – mit einem trockenen Lächeln sagen: »Ach, war doch alles halb so wild.« Mein tiefster Dank gilt:

Meiner Lektorin, Annalie, meiner Agentin, Nancy, die mich immer einfingen, bevor ich einen Flug in den Himalaja buchen konnte, und mich davon überzeugten, dass ich zum Überarbeiten besser geeignet bin als zum Viehhüten.

Den Mitgliedern des Clubs der Heimlichen Schreiberlinge, die Schritt hielten mit den schwindelerregenden Änderungen an meinem ›unvollendeten Werk‹ und mich immer anfeuerten, auch wenn sie keine Ahnung hatten, welches Geschlecht meine Figuren hatten oder wer überleben oder sterben würde.

Der ganzen wundervollen talentierten Mannschaft bei Walker Books, die mir jedes Mal, wenn ich sie treffe, vor Augen führt, dass ich für den tollsten Verlag der Welt arbeite.

Meiner Gruppe von Twitter-Freunden, einschließlich meiner adoptierten Mütter Emma Davies und Vivienne Da Costa, der wunderbaren Liz de Jager, Sarah Gibson und Lynsey Newton, Elle und Kate; Ashley Benson, Misty Braden und Enna, die mir folgen, ohne mich zu verfolgen, und meine Kolleginnen Kaz Mahoney, Cat Clarke (Ha! Wieder Seite an Seite!), Jackie Dolomore und Lee Weatherly. Und vielen anderen, die immer bereit waren, Tiraden oder persönliche Erfahrungen auszutauschen.

Meinen anbetungswürdigen ›Lieben Lesern‹, für die ich gern meinen Blog und meine Website schreibe. Mein besonderer Dank gilt Alex, Isabel und Megha, bei denen ich darauf zählen kann, dass sie auf alles, was ich schreibe, mit solcher Begeisterung reagieren, dass ich mich – zumindest dreißig Sekunden lang – für ein Genie halte.

Und vielen Dank schließlich meinen Eltern. Einfach so.

Eine besondere Gabe

Kristin Cashore
Die Beschenkte
496 Seiten
Taschenbuch
ISBN 978-3-551-31009-5

Lady Katsa wird überall gefürchtet, denn sie hat die Gabe des Tötens. Doch sie ist es leid, ständig als Racheengel eingesetzt zu werden – und als sie dem geheimnisvollen Prinzen von Lienid begegnet, schöpft sie Hoffnung, mit ihrer Gabe auch Gutes bewirken zu können.
Der Prinz fasziniert Lady Katsa. Außerdem scheint er genau wie sie ein Beschenkter zu sein. Schon bald verbünden sich die beiden, um gemeinsam in den Kampf zu ziehen und nicht nur das …

CARLSEN

www.carlsen.de

Eintauchen und freischwimmen

Trish Doller
Sternenhimmeltage
352 Seiten
Taschenbuch
ISBN 978-3-551-31439-0

12 Jahre zieht Callie schon mit ihrer Mutter von Ort zu Ort, als eine Polizeikontrolle alles verändert. Plötzlich steht die 17-Jährige in einem Hafenstädtchen in Florida, vor einem Mann, an den sie sich kaum erinnert: ihr Vater Greg. Denn Callies Mutter hat sie als Kind entführt … Obwohl Greg und seine Familie sie herzlich aufnehmen, fällt Callie das neue »alte« Leben nicht leicht. Zum Glück gibt es Alex, den jungen Schwammtaucher, in dessen Nähe sie sich auf Anhieb wohlfühlt. Doch kann – und will – Callie wirklich bleiben?

www.carlsen.de

CARLSEN